La glace

JOHN KÅRE RAAKE

La glace

Traduit du norvégien
par Hélène Hervieu

J'AI LU

TITRE ORIGINAL
Isen

ÉDITEUR ORIGINAL
© Gyldendal Forlag, 2019
Publié en accord avec Northern Stories

POUR LA TRADUCTION FRANÇAISE
© Michel Lafon, 2020

On ne distingue pas vraiment ses amis de ses ennemis avant que la glace se brise.

Proverbe inuit

« Le pôle Nord et les régions autour n'appartiennent à aucun pays mais constituent une ressource pour tous. La Chine compte plus d'un milliard d'habitants, un cinquième de la population mondiale, mais le pays consacrera ses forces à participer activement au développement de l'Arctique. Le combat que mènent actuellement certains pays pour affirmer leur souveraineté sur l'Arctique revient à violer les intérêts de tous les pays du monde. À la lumière de cette nouvelle réalité, il est difficile de prédire l'avenir de "la guerre de l'Arctique", mais il faut que les voix de tous les pays soient entendues, y compris celle de la Chine. »

Contre-amiral Yin Zhuo dans une interview accordée à China News, Pékin, 5 mars 2010

Pôle Nord

Novembre 2018

1

89° 35' 7" N – 37° 22' 9" O

Chaque pas qu'il faisait rapprochait davantage l'homme de Xian de la mort. Pour le pôle Nord, il ne faisait pas si froid que cela, moins vingt, mais au cours de la dernière heure le vent du nord avait gagné en force et fait baisser la température ressentie jusqu'à presque moins quarante.

Les explorateurs du pôle Nord ont survécu par moins cinquante et plus, avec des doubles couches de sous-vêtements en laine, des manteaux coupe-vent, des pantalons et vestes en duvet.

Gai Zhanhai, lui, était pratiquement nu.

Sur son torse maigre, il ne portait qu'une chemise de bûcheron à carreaux ; le reste se composait en tout et pour tout d'un caleçon long ultra mince troué de surcroît au genou gauche et de baskets Adidas vertes. Seule la chapka en peau d'ours contribuait à maintenir la tête au chaud.

Zhanhai savait qu'il allait mourir de froid s'il continuait, mais chaque pas l'éloignait aussi un peu plus de la mort.

De l'homme auquel il cherchait à échapper.

Zhanhai ne sentait plus ses jambes. Dans ce froid extrême, le corps devait établir un ordre de priorités. Le sang chaud était récupéré dans les extrémités et la peau pour être acheminé vers le cœur qu'il fallait alimenter à tout prix. Les jambes, quant à elles, s'étaient mises en mode automatique. C'était comme si elles anticipaient les obstacles présents sur le terrain ; elles sautaient par-dessus ou contournaient les blocs de glace que les mouvements de la calotte glaciaire avaient fait remonter à la surface. Elles rétablissaient automatiquement l'équilibre lorsque Zhanhai glissait et manquait de s'étaler à cause de la neige poudreuse qui recouvrait la glace.

Dans le ciel roulaient des vagues vertes. L'aurore boréale était assez puissante pour que le Chinois puisse distinguer les contours du paysage devant lui. Zhanhai avait remercié le ciel quand les ténèbres s'étaient dissipées ; il lui tardait de voir ce paysage de glace baigner dans la lumière du soleil. Et il rêvait même de pouvoir vivre le pôle Nord comme sur les photos qu'avaient montrées les instructeurs à la base d'entraînement du Bureau administratif chinois de l'Arctique et de l'Antarctique.

Plusieurs rideaux verts tombèrent de l'espace et l'aurore boréale devint si puissante que Zhanhai fut saisi de crainte : ce n'était qu'une question de temps avant que l'homme qui le pourchassait ne le voie dans ce paysage plat comme la main.

À l'abri dans la tête réchauffée par la fourrure d'ours, le cerveau envoya une impulsion vers les jambes engourdies et leur demanda de changer de cap, plus vers l'ouest. Le seul plan que Zhanhai eût réussi à échafauder, tandis qu'il courait à travers la nuit polaire, consistait à attirer l'homme qui le poursuivait assez loin sur la glace afin que lui-même puisse mettre sa vitesse supérieure à profit pour faire un grand cercle et revenir à son point de départ.

Vers la chaleur.

Vers la réserve où l'on stockait les armes.

Zhanhai sentit l'odeur du sel juste à temps.

Il obligea ses jambes à s'arrêter avant qu'elles ne l'entraînent directement dans l'océan Arctique. Une faille de dix mètres de large barrait la glace d'un bout à l'autre de l'horizon, y creusant un sillon noir. La faille était si récente que seule une mince pellicule de givre avait réussi à se former en surface. Des volutes de givre montaient de l'océan Arctique aux eaux noires comme de la poix et elles enveloppèrent l'aurore boréale d'une brume légère.

Dans une demi-heure, la pellicule de givre sur la faille serait devenue si épaisse qu'un homme pourrait la franchir skis aux pieds. Zhanhai n'avait ni skis ni une demi-heure devant lui.

La seule chose que possédait l'homme de Xian, en dehors des maigres vêtements qu'il portait, c'était le pistolet lance-fusées qui, à son grand étonnement, pendait encore au bout de sa main droite aux doigts engourdis. Il tourna le dos à la faille et leva le bras de façon à braquer le pistolet sur les traces que ses baskets Adidas avaient laissées dans la neige fraîche. Les traces que son poursuivant suivrait pour le trouver.

Les blocs de glace qui avaient été arrachés à la calotte glaciaire gisaient éparpillés comme d'énormes bonbons gris dans le paysage sombre devant lui. Il eut beau écarquiller les yeux, il ne put discerner le moindre mouvement au milieu de ce labyrinthe.

Les bras de Zhanhai tremblaient tellement qu'il arrivait à peine à maintenir le pistolet en position. D'après ce que les instructeurs lui avaient appris, il savait que le corps n'allait pas tarder à relâcher son emprise sur les vaisseaux sanguins externes comprimés, et le sang chaud refluerait des bras et des jambes glacés. Le froid abaisserait la température du sang et, lorsqu'il reviendrait au cœur, le muscle cardiaque battrait plus lentement et acheminerait moins de sang jusqu'au cerveau. Celui-ci cesserait de fonctionner. Il s'ensuivrait des hallucinations. Le dernier résidu de sang circulant encore sous la peau glacée lui paraîtrait trop chaud. Il aurait envie de se déshabiller.

Alors il mourrait.

Zhanhai entendit un plouf à la seconde même où il se décidait à reprendre ses propres traces à l'envers, en espérant que son poursuivant s'était égaré.

S'il avait pris cette décision deux ou trois secondes avant, l'ours polaire n'aurait peut-être pas pu se saisir de lui.

Encore que l'issue aurait été la même.

Un ours polaire adulte peut courir à plus de trente kilomètres à l'heure sur de courtes distances. Encore plus vite s'il est maigre et affamé. La jeune ourse qui jaillit de l'eau n'avait pas mangé depuis des semaines.

La puissante patte avant faucha la jambe de Zhanhai, arracha au passage le caleçon troué en même temps que des morceaux de peau gelée et jeta le Chinois au sol, où il se mit à tourbillonner. Zhanhai ne sentit ni le froid de la glace ni les cristaux de glace pointus qui lacéraient la peau nue de son visage quand il glissa sur la neige. Le corps avait depuis longtemps fermé les voies d'accès à ce genre d'impressions sensorielles inutiles et dévoreuses d'énergie. Mais les nerfs optiques enregistrèrent la gueule de l'ourse lorsqu'elle s'ouvrit juste devant son visage. Quatre longues canines. Une rangée de petites dents acérées. Une langue rouge foncé. Les pupilles eurent à peine le temps d'envoyer ces impressions visuelles au cerveau avant que l'ourse polaire ne referme ses mâchoires sur la tête de sa victime. Le crâne éclata et la cervelle de Zhanhai se répandit sur la glace dans une gerbe d'éclaboussures.

Dans les spasmes de la mort, la moelle épinière envoya des milliards de signaux non synchronisés vers les terminaisons nerveuses du corps. L'un des signaux finit par aboutir au bout du doigt de la main qui tenait le pistolet lance-fusées. Zhanhai était déjà mort quand son index tressaillit et pressa la détente. Le chien du pistolet percuta l'extrémité de la cartouche de la fusée logée dans le canon en acier glacé. La poudre dans la cartouche explosa et la pression des gaz propulsa la fusée éclairante hors de l'embouchure.

En jaillissant tout droit vers le ciel, le projectile brûla le pelage de l'ourse, y traçant un profond sillon noirâtre. La prédatrice lâcha la tête broyée de Zhanhai et battit en retraite vers la faille où elle plongea en creusant un trou dans la croûte de glace qui s'était déjà formée en surface. Les vagues projetèrent des morceaux de glace contre le bord de la fissure où, sous l'action du froid intense, ils se collèrent instantanément.

Tout là-haut dans le ciel, la fusée brillait d'une lueur crue sous le parachute au bout duquel elle se balançait. La lumière rouge transformait le paysage de glace, où gisait le corps déchiqueté de Zhanhai, en une vision fugitive de l'enfer.

2

89° 33' N – 37° 43' O

« Putain. »

Anna Aune s'assit dans son lit et sentit que son bras gauche était glacé. Il avait glissé hors du sac de couchage pendant son sommeil et il était resté appuyé contre la paroi extérieure de l'aéroglisseur Sabvabaa, en permanence glacée parce qu'un courant d'air passait à travers le joint poreux bordant la fenêtre. Elle aurait dû le changer, mais ce n'est pas si facile lorsque le magasin de pièces détachées le plus proche se trouve à mille trois cents kilomètres de là. La seule possibilité pour se procurer un joint neuf, c'était de réquisitionner un avion-cargo depuis la Norvège pour qu'il parachute la pièce. Au final, le plus simple était d'essayer de dormir avec les deux bras bien enfoncés dans le sac de couchage.

Anna enfouit sa main dans son super sous-vêtement. Sous la peau froide, le cœur battait au contact des doigts. Contrôle médical du jour : Anna Aune vivait encore. Les aiguilles de sa montre rougeoyaient dans l'obscurité. Vingt-trois heures treize. Elle ne comprenait pas ce qui l'avait réveillée, et elle ne savait pas non plus à quelle heure elle s'était couchée. Au pôle Nord, les jours s'écoulaient sans lumière diurne pour se repérer.

Elle bâilla et jeta un coup d'œil par la fenêtre à travers les roses de givre. C'est à peine si elle y distingua le reflet de son long corps enveloppé dans le sac de couchage étriqué, comme une larve dans sa chrysalide. Une étoile rouge brillait dans le ciel. Sacrément grande, se dit-elle, étonnée. Une supernova. Anna cligna des paupières et se frotta les yeux. L'étoile brillait encore. Pour mieux voir, elle écrasa son nez contre la fenêtre et retint sa respiration afin que l'air chaud issu de ses poumons ne vienne pas geler sur la vitre et épaissir encore la couche de glace qui s'y trouvait déjà. À présent, elle distingua quelque chose au-dessus de l'étoile rouge. De la fumée blanche et un parachute. Elle comprit alors qu'il ne s'agissait pas d'une étoile mourante qu'elle voyait par la fenêtre.

C'était une fusée de détresse. Cette vision fit réagir le système nerveux qui envoya une décharge d'adrénaline dans les veines de la jeune femme.

Elle ne savait que trop bien ce que signifiait ce genre de fusée de détresse.

Danger.

Mort.

Tout ce qu'elle tentait de fuir.

Anna demeura assise, totalement immobile. Bien qu'elle entendît distinctement le vent siffler dans les antennes sur le toit, elle s'accrochait à l'espoir qu'elle dormait encore, qu'elle était en plein dans un rêve hyper réaliste dont elle n'était pas encore sortie. Le silence du pôle Nord conjugué à l'absence d'impressions sensorielles avait fait qu'elle s'était remise à rêver.

Anna n'avait pas non plus envie d'éveiller l'homme couché à l'autre bout de la cabine, mais après avoir étudié la fusée de détresse assez longtemps pour se convaincre que ce n'était pas une illusion, l'instinct reprit le dessus.

« Daniel, faut te réveiller ! » s'entendit-elle crier.

Le Pr Daniel Zakariassen, qui dormait de l'autre côté du rideau divisant la cabine en deux pendant la nuit, grogna faiblement. Le lit grinça lorsque le dormeur se retourna. Pour un homme de son âge, il avait le sommeil inhabituellement profond.

Anna tira le rideau et passa devant la table de travail, où trois ordinateurs portables ronronnaient doucement tout en moulinant le flot d'informations que leur envoyaient les instruments disposés sous la glace.

« Daniel, je vois une fusée de détresse ! »

Elle secoua Zakariassen qui sursauta et s'assit sur son lit. Une odeur de camphre monta aux narines de la jeune femme. Le professeur ne jurait que par les bonbons au camphre pour se préserver du rhume, même s'il n'y avait pas d'autre virus sur la glace que ceux qu'eux-mêmes avaient apportés.

« Qu'est-ce qu'il y a ? dit-il encore à moitié endormi.

— Je vois une fusée de détresse.

— Une fusée de détresse… maintenant ? »

Ses mots étaient encore plus cassants que d'habitude. À l'origine, Zakariassen était un gamin de Tromsø, mais sa langue parlée s'était adaptée au langage sec, théorique qui prévalait dans le monde des sciences.

Anna s'approcha des grands panneaux vitrés tout à fait à l'avant de la cabine. La flamme rouge avait baissé sur l'horizon mais restait encore bien visible.

« La position, tu as relevé la position ? cria Zakariassen.

— Non. »

Il passa devant elle d'un pas lourd et essuya la buée sur la grande boussole encastrée dans le tableau de bord. Il marmonna quelque chose qu'elle ne comprit pas tout d'abord.

« Distance ? répéta-t-il. À quelle distance se trouve la flamme ? »

Anna essaya de calculer la distance. La fusée de détresse était juste à l'aplomb de la petite chaîne de montagnes qui s'était soulevée sur la banquise, deux semaines plus tôt. Elle avait bien des jumelles avec télémètre dans un sac sous son lit, mais le temps d'aller les chercher la flamme aurait probablement disparu. Il ne restait plus qu'une solution, un truc très simple qu'elle avait appris chez les scouts.

Elle ferma l'œil droit et tendit le bras devant elle, le pouce visant l'un des sommets sur la banquise. Lorsqu'elle changea et ferma l'œil gauche, le pouce était pointé sur la hauteur située deux crans plus à gauche. Elle estima que quatre cents mètres environ séparaient ces deux repères. L'astuce consistait à multiplier cet intervalle par dix.

La banquise était à quatre kilomètres de là. La fusée de détresse semblait légèrement décalée un peu plus loin.

« Au moins quatre kilomètres, peut-être cinq », répondit-elle.

Même si c'était sa propre voix, Anna avait l'impression de s'être dédoublée et d'être devenue spectatrice d'elle-même. Tout ce qu'elle voulait, c'était regagner son lit, tirer le sac de couchage par-dessus sa tête, se rendormir.

Zakariassen sortit une petite valise. Elle contenait quelque chose qui faisait penser à une caméra vidéo à l'ancienne.

« Je vais essayer de voir si je peux repérer quelqu'un avec la caméra thermique. »

Il alluma l'appareil, le tint devant lui et Anna parvint à distinguer le paysage de glace plongé dans l'obscurité qui, sur le petit écran, se dessinait sous forme de contours bleutés. Le seul élément à ne pas apparaître dans les tons bleus, c'était cette fusée de détresse qui diffusait une lumière rouge crue. Le professeur fit des zooms avant et arrière avec la caméra, mais là-bas sur la glace rien n'émettait le moindre rayon de chaleur. Il remit l'appareil dans la mallette et s'installa devant un ordinateur. Une carte du pôle Nord s'incrusta plein écran. Quand il remonta ses lunettes sur son front, les rides profondes s'accentuèrent encore sous l'effet des verres grossissants. Il posa des doigts maigres sur le clavier et imprima des chiffres sur le paysage immaculé.

« 5 kilomètres, 89 degrés… 35 minutes, 7 secondes nord. 37 degrés… 22 minutes… 9 secondes ouest. Merde, ça ne colle pas, je n'ai personne d'enregistré sur cette position. »

Dans sa profession précédente, on avait expressément inculqué à Anna de toujours faire en sorte d'acquérir la meilleure connaissance possible du lieu où une guerre pourrait éclater. Connaître le terrain à fond. Être toujours prête à rencontrer un ennemi, toujours se réserver une possibilité d'attaque ou de repli. Zakariassen avait raison, il ne devait y avoir personne sur la position d'où venait la fusée éclairante. Cela signifiait que la personne qui l'avait tirée devait forcément venir du seul endroit où Anna savait qu'il y avait une présence humaine dans un rayon de plusieurs milliers de kilomètres.

Ce devaient être les Chinois.

3

« Isdragen, dit Anna d'une voix trop forte. La fusée de détresse a dû être tirée à proximité de la base d'Isdragen. La direction correspond. Il s'agit de la base opérationnelle chinoise, elle doit se situer à sept ou huit kilomètres au nord de notre position. »

Elle regarda par la fenêtre. La fusée était en train de disparaître derrière la banquise. L'horizon se para d'une bordure rouge vif. Du sang sur la glace. Elle avait déjà vu pareils signaux. Brûlant au-dessus d'une ville étrangère, d'une plaine, d'une montagne sous des cieux lointains. Ils avertissaient toujours de la même chose.

La guerre arrive sous bien des déguisements.

Celle-ci commença avec une proposition partant d'un bon sentiment formulée autour d'une table de cuisine des années soixante-dix, avec vue sur Tromsø et le fjord qui la baigne.

« Il doit y avoir des centaines d'étudiants qui veulent se porter volontaires pour une expédition au pôle Nord, non ? »

Telle fut la première objection d'Anna quand son père, Johannes Aune, suggéra qu'elle pourrait faire un membre plus que convenable de l'expédition montée par Daniel Zakariassen.

« En effet. » La réponse de son père s'était fait un peu attendre. « Il y a eu des gens que cela intéressait et Daniel a eu bon nombre d'entretiens, mais il n'a retenu aucune candidature. Daniel est… un peu spécial. Voilà un élément qui peut aussi plaider en ta faveur, Anna. »

Elle n'avait pas pris la peine de demander à son père ce qui lui faisait croire que ce serait une partie de plaisir pour sa fille de trente-six ans de passer neuf mois à dériver sur une banquise au-delà du pôle Nord, en compagnie d'un vieil original de soixante-treize ans, veuf de surcroît, qu'elle avait à peine vu ou à qui elle n'avait guère adressé la parole en quinze ans.

Johannes Aune avait grandi dans la même rue que Daniel à Tromsø. Dans sa jeunesse, ce dernier étant bon à l'école, il donnait des cours particuliers aux élèves qui étaient à la traîne dans certaines matières. L'un d'eux était le père d'Anna qui avait cruellement besoin de meilleures notes en norvégien pour pouvoir intégrer une filière en mécanique dans un lycée professionnel. Daniel trouva en Johannes un talent naturel pour les moteurs et la mécanique, et avec les années le théoricien et le mécanicien devinrent des amis proches. Le chercheur rendait visite à Johannes quand il avait besoin de faire construire un instrument scientifique, et le mécanicien allait voir Daniel avec un sac en plastique plein de factures quand il était temps pour lui de faire sa déclaration de revenus. C'était Johannes qui avait proposé une expédition au pôle Nord, pour terminer en beauté une carrière par ailleurs entachée d'anonymat.

« Daniel a besoin de ça, dit son père tandis que le bout de ses doigts jaunis par la nicotine caressait machinalement le vieux jeu de cartes avec lequel il avait l'habitude de faire des réussites à l'époque où n'existait pas encore de programme de télévision pour accompagner le petit déjeuner. Tu sais, depuis le décès de Solveig… il ne lui reste plus rien.

— Papa, je ne suis pas thérapeute. »

Il se leva et alla chercher deux des fragiles tasses à café dont la mère d'Anna avait hérité de sa grand-mère russe, et saisit l'anse de la cafetière qui avait connu des jours meilleurs.

« C'est un peu pressé, vois-tu… Daniel a eu hier le dernier sponsor qui lui manquait pour se mettre en route. Presque trois millions de couronnes en provenance d'un institut de recherche en Suisse. Mais ils exigent qu'il se rende sur la glace… dès maintenant. Daniel est un théoricien, un chercheur pointu, mais il a besoin de quelqu'un pour veiller sur lui. Après tout, ce ne sera pas la première nuit d'hiver que tu passes dehors, argumenta-t-il en versant le café.

— À vrai dire, ça fait un sacré bout de temps que je n'ai pas mis le nez dehors par une nuit d'hiver, je n'aime plus autant le froid qu'avant, dit Anna en avalant une gorgée de café amer.

— Oui, mais tu as suivi un entraînement dans l'armée… tous ces exercices militaires auxquels tu as participé par ici. Tu sais comment survivre dans des conditions arctiques. »

Anna envisagea de faire un commentaire ironique : qu'elle savait surtout faire en sorte que les autres ne survivent pas, mais elle s'abstint. La proposition de son père partait d'un bon sentiment. Ces deux années avaient été dures pour lui aussi après qu'un coup de fil émanant du camp de Rena où étaient basées les Forces spéciales l'avait éveillé au beau milieu de la nuit pour lui annoncer que sa fille avait été gravement blessée au cours d'affrontements en Syrie.

Une heure plus tard, il était assis dans une voiture noire avec l'emblème des Forces armées sur la portière. En route pour l'aéroport de Tromsø, il avait récupéré au passage Kirsten, la demi-sœur d'Anna, dans le lotissement où elle habitait avec son mari et ses trois enfants, sur une colline dominant la ville.

Ils furent conduits à l'aéroport où un jet, d'ordinaire réservé au chef des armées, au Premier ministre et au roi, les amena directement à un aérodrome militaire en Allemagne. Un hélicoptère de la Luftwaffe les y attendait pour les transporter jusqu'à l'hôpital militaire américain, à Landstuhl. Quand le père et la sœur arrivèrent dans la chambre d'Anna, elle était allongée sans connaissance sur un lit. On l'avait plongée dans un coma artificiel pour donner au corps une possibilité de récupérer après trois arrêts cardiaques au cours de deux opérations. Les médecins expliquèrent qu'Anna avait été touchée par un projectile de gros calibre qui avait transpercé son corps de l'épaule jusqu'à l'os de la hanche.

Après avoir veillé Anna pendant une semaine sans qu'elle reprenne connaissance, Kirsten dut rentrer chez elle : elle avait une famille et une entreprise dont il fallait s'occuper. Le père, lui, resta pendant deux mois à l'hôpital de Landstuhl. À Tromsø, trois employés s'efforçaient de maintenir à flot l'Atelier de mécanique Aune.

Deux semaines après qu'Anna eut été admise à l'hôpital militaire, les médecins la réveillèrent.

« Yann est mort » furent les premiers mots qu'elle dit à son père. Johannes avait pleuré de joie en voyant que sa fille avait survécu. Anna pleura au contraire parce qu'elle était encore vivante.

Un mois plus tard, son père l'avait poussée dans son fauteuil roulant jusqu'à la réception de l'hôpital spécialisé Sunnaas à Nesodden, en dehors d'Oslo, pour y suivre un programme de rééducation. Après six mois d'un traitement douloureux, elle put remarcher. Le jour même, elle prit un taxi qui la descendit jusqu'au quai où le ferry était en partance pour Oslo. Une fois que le ferry de Nesodden eut accosté à Aker Brygge, elle marcha quelques centaines de mètres jusqu'à un bureau anonyme pour y rencontrer Victoria Hammer, la femme qui bien des années auparavant l'avait recrutée pour le compte d'un service secret des Forces armées. Victoria essaya de convaincre Anna de ne pas démissionner. Elle n'y était pas parvenue.

Depuis lors, Anna avait réintégré sa chambre de jeune fille chez son père.

Et là, dans la cuisine de son père, elle avait fini par accepter de participer à l'expédition de Daniel Zakariassen pour éviter de prendre une décision ; pour laisser derrière elle les tracas du quotidien et se soustraire aux conseils des uns et des autres sur la façon de gérer sa vie ; pour ne pas avoir à retourner dans le monde et commencer une nouvelle vie. L'aéroglisseur de Zakariassen dériverait avec la banquise vers le pôle Nord. Il l'entraînerait encore plus loin de tout.

Anna vit son reflet dans la fenêtre de l'aéroglisseur. La mèche brune pendait sur son front comme une serpillière humide. Sa peau était blême et les yeux ressemblaient à deux trous noirs. Les pommettes projetaient des ombres allongées. Elle se trouva l'air d'un vampire présentant un cas grave de carence en fer.

Il y eut comme un grésillement dans le haut-parleur de l'émetteur radio. « *This is ice drift station Fram X calling ice drift station Icedragon... over !* »

Zakariassen se pencha vers le micro. Il parla clairement et lentement, suivit la procédure radio. Son anglais semblait tiré d'un documentaire de Thor Heyerdahl[1]. Des mots précis, hachés, prononcés d'une voix sourde.

« Ici l'aéroglisseur Sabvabaa, l'expédition norvégienne Fram X qui appelle la station d'exploitation Isdragen, vous nous entendez ?... *Over*. »

Anna vit une lumière verte grandir derrière le reflet de son visage. L'aurore boréale vacillait dans les vents cosmiques soufflant de l'espace. Des tempêtes solaires d'une puissance inhabituelle avaient perturbé leurs communications toute la semaine.

L'université de Tromsø avait averti Zakariassen que plusieurs satellites étaient hors service à cause des tempêtes solaires. Il avait violemment frappé son écran d'ordinateur de la paume de la main, dans un geste tout sauf scientifique, lorsque le rapport hebdomadaire aux sponsors lui avait été renvoyé de l'espace. *Server not found*.

« Expédition Fram X appelle Isdragen, vous m'entendez ? *Over.* »

Le professeur écouta les crachotements dans le haut-parleur. « Expédition Fram X appelle Isdragen, vous nous entendez ? *Over*, répéta-t-il.

— J'appelle Boris », dit Anna.

1. Thor Heyerdahl est un aventurier norvégien, ethnologue, archéologue, navigateur et auteur né en 1914 et mort en 2002. Il est l'auteur du film documentaire *L'Expédition du Kon-Tiki* sorti en 1950. *(N.d.E.)*

4

« Nous n'arrivons pas non plus à joindre Isdragen », dit Boris.

La voix de baryton du Russe fluctuait au rythme des palpitations de l'aurore boréale. Anna imaginait un homme petit et râblé, enfermé dans une pièce exiguë.

« Ça pose problème ? demanda-t-elle.

— Pas avant ton coup de fil, Anna, répondit-il en riant aux éclats.

— Ils n'ont pas envoyé de mayday... »

Anna prononça délibérément ces paroles sur le ton de la conclusion. En espérant que Boris dirait qu'il se chargeait de l'affaire. Que cela relevait de la responsabilité des autorités russes.

Boris était météorologue et basé dans une station météo russe sur la presqu'île de Taïmyr, tout au nord de la Sibérie. Aussi loin au nord qu'il est possible d'aller en territoire russe. Le météorologue parlait tous les jours avec Anna quand il envoyait ses bulletins météo et ses relevés de la banquise. À vrai dire, ce n'était pas nécessaire, elle recevait les images satellites et les rapports par mail, mais Boris aimait bavarder.

Quand il comprit qu'Anna s'intéressait à la musique classique – un héritage de sa mère qui adorait les musiques de film et jouait toujours du piano –, le Russe se montra encore plus empressé. Selon lui, elle devait absolument visiter sa ville natale, Saint-Pétersbourg. Boris jouerait les guides et l'emmènerait à des concerts, des opéras et des ballets.

Parfois elle se demandait comment un homme entre deux âges originaire de Saint-Pétersbourg, ayant le sens des belles et bonnes choses de la vie, pouvait avoir échoué dans l'un des endroits les plus déserts de Russie. Ce bon vivant avait-il eu une liaison avec la femme du directeur de l'université ? Avait-il détourné des fonds ? Abusé de jeunes garçons ? Elle pensait à tout cela parce qu'elle-même s'était exilée dans un lieu qui ne figurait sur aucune carte, pour la bonne raison que la glace ne restait jamais assez longtemps en place pour qu'on puisse la cartographier.

Daniel tendit la main vers le combiné du téléphone satellite. Anna le lui donna.

« Tu as parlé avec le CAA ? » demanda-t-il.

Boris ne riait plus.

Le Chinese Arctic and Antarctic Administration ou CAA n'avait pas bonne presse auprès des Russes. La Chine n'avait pas de frontière avec le pôle Nord, mais ça ne les empêchait pas de prétendre qu'ils avaient des droits sur les ressources se trouvant sous la glace. Pour bien enfoncer le clou, ils envoyaient le brise-glace *Dragon des Neiges*, ou *Xue Long* de son vrai nom, à intervalles réguliers au pôle Nord. Les Russes le prenaient mal quand le colosse d'acier rouge vif se positionnait sur le pôle, juste au-dessus du drapeau russe qu'ils avaient placé au fond de l'océan à l'aide d'un sous-marin.

« Les Chinois sont aux prises avec les tempêtes solaires, eux aussi. Pourtant la base de Rivière Jaune au Svalbard a eu un contact avec le commandant de la base d'Isdragen il y a deux ou trois heures. Mais la liaison était sacrément mauvaise à ce moment-là. Ils veulent attendre un peu. »

Anna regarda dehors. Les ténèbres noires comme la poix l'entouraient de tous les côtés. La fusée éclairante à parachute s'était éteinte à jamais.

« Qui sait, c'était peut-être un accident, après tout. Les Chinois ont pu se tromper en regardant le calendrier et ils se sont crus au Nouvel An. Ils ont tiré des feux d'artifice. *Shiiit happens* », dit Boris.

Il était tard et la voix de baryton de Boris était empâtée par la vodka. À sa façon de prononcer les mots anglais, on aurait cru entendre une symphonie de Moussorgski désaccordée, une touche de génie et de démence alcoolisée.

« Ce que j'ai vu, c'étaient pas des feux d'artifice. Vous pouvez envoyer un hélicoptère ? cria Anna pour que Boris puisse l'entendre à travers la friture sur la ligne.

— Oui, demain, quand le vent sera tombé – et si les Chinois en font la demande.

— Le vent soufflera vraiment beaucoup ?

— *Nooot good*... jusqu'à vingt mètres à la seconde. Une petite tempête par rafales. »

Zakariassen colla le combiné à son oreille pour bien montrer que c'était lui qui parlait désormais. « Chez nous ça ne souffle pas tant que ça, pour le moment. »

Le rire de Boris éclata dans le haut-parleur.

« Appelle-moi dans deux ou trois heures et on verra bien qui a raison.

— Le Sabvabaa nous conduira à la base d'Isdragen en deux heures, sans problème, dit le professeur d'une voix déterminée lorsque Boris eut raccroché. Nous sommes les seuls à pouvoir aider les Chinois s'ils ont des ennuis.

— Comment tu sais qu'on va résister à la tempête ? » demanda Anna.

L'aurore boréale avait disparu et les ténèbres noires comme la poix régnaient de nouveau sans partage dehors. Elle alluma le projecteur sur le toit de l'aéroglisseur et le fit pivoter de façon à ce que le faisceau lumineux accroche la station météo située là-bas sur la banquise. L'hélice qui mesurait la vitesse du vent tournait déjà assez vite.

« Le Sabvabaa a déjà fait des campagnes hivernales. Sa coque est conçue pour résister aux intempéries, répondit Zakariassen.

— Les Américains ont une base à Thule. En partant du Groenland avec leur hélicoptère, ils peuvent arriver sur la zone plus vite que nous. »

Il dut admettre qu'Anna marquait un point, mais quand il parvint enfin à joindre la permanence de la base aérienne 821 sur la côte occidentale du Groenland, on lui fit la même réponse que Boris : les Chinois devaient faire une demande officielle d'aide s'ils estimaient qu'il existait une situation d'urgence sur leur base. De plus, le temps était trop mauvais pour le moment. Même si les hélicoptères de sauvetage américains parvenaient à voler jusqu'au pôle Nord, ils ne pourraient pas atterrir dans la tempête qui se préparait.

Avant de prendre la décision définitive de larguer les amarres, Zakariassen téléphona aux propriétaires du Sabvabaa, le Nansen Environmental and Remote Sensing Center à Bergen. Si le directeur de l'institut partageait l'inquiétude d'Anna à propos de l'avis de tempête, le devoir moral de porter secours à autrui prit le dessus : Zakariassen reçut le feu vert. Anna l'entendit démarrer le moteur tandis qu'elle s'habillait derrière le rideau, fait à partir d'une nappe à fleurs qu'elle avait empruntée chez son père. L'aéroglisseur trembla et vibra tandis que le moteur tournait au ralenti avec des à-coups.

Quand elle écarta une mèche de cheveux rebelle de sa bouche, une petite cicatrice apparut sur le côté de son visage. Cette cicatrice courait sur la peau et rejoignait une autre plus grande qui se voyait à peine au-dessus du col de son tee-shirt en laine. Il lui manquait le lobe de l'oreille droite : un souvenir de la balle qui avait failli la tuer en Syrie.

Elle enfila rapidement des dessous en laine et une couche de vêtement supplémentaire. Quand elle tira le rideau, elle vit que le professeur se dirigeait vers l'écoutille.

« Je commence à déblayer dehors, viens quand tu es prête », cria-t-il en ouvrant l'écoutille en grand.

Le vent s'engouffra aussitôt dans la cabine et la température y baissa plus vite qu'un fil à plomb ne met de temps à gagner le fond de l'océan. Zakariassen alluma sa lampe frontale et sortit en rampant au-devant des tourbillons de neige.

La tête d'Anna touchait presque le plafond de la cabine exiguë. Une longue enjambée l'amena à hauteur d'une combinaison isothermique suspendue à un crochet au-dessus d'un brûleur à gaz et d'une bouilloire. À côté du brûleur trônait un samovar, une grande théière russe joliment décorée. Bien trop grande, à vrai dire, pour la petite cabine, mais c'était un cadeau qu'Anna n'avait pu refuser à son départ. Il lui avait été offert par Galina, la Russe que Johannes avait employée quand il s'était mis à louer des chambres aux touristes dans le grand chalet suisse situé idéalement près du détroit de Tromsøysundet.

« Mon père faisait du thé pour les touristes dans ce samovar quand il était contrôleur sur le Transsibérien. Rien ne vaut un thé fort et bien sucré quand il fait froid », avait dit Galina avant d'embrasser Anna sur les deux joues et de lui faire un signe de la main au moment de se séparer à l'aéroport.

Après trois semaines passées au pôle Nord, Anna était d'accord : rien ne valait un thé chaud fumant avec beaucoup de sucre pour conserver au corps sa vitalité intacte. Mais pour l'instant le thé devait attendre. Elle endossa la combinaison de survie jaune vif avec des bandes réfléchissantes sur la poitrine et aux genoux, et chaussa une paire d'après-skis bleue. Le pôle Nord n'est pas l'endroit rêvé pour les amateurs de mode.

Tout était calme. Seuls un faible bruit de respiration et le grincement des chaussures sur les lattes de bois du plancher dominaient le ronron du moteur. Lorsqu'elle ouvrit l'écoutille, le vent cinglant du pôle Nord l'assaillit de ses morsures.

Un avant-goût de la tempête qui approchait.

5

Anna aperçut Zakariassen qui s'était un peu avancé sur la banquise, pour déconnecter les fils des instruments scientifiques, qui étaient la raison de leur présence au pôle Nord. Ou plus exactement, la raison de la présence au pôle Nord du Pr Daniel Zakariassen.

La plupart des instruments étaient reliés à de longs câbles immergés dans l'océan à des milliers de mètres de profondeur. Des capteurs hyper sensibles capables d'enregistrer le son des phoques ou l'écho des cris d'un troupeau de baleines blanches à la recherche de trous de respiration dans la glace. D'autres appareils pendaient au beau milieu des autoroutes invisibles de la mer, les courants océaniques sous la glace. Lorsque les premières mesures arrivèrent, il ne fallut pas longtemps à Zakariassen pour constater que la température dans l'océan était en hausse et que la teneur en sel de l'eau avait chuté.

Il expliqua à Anna que l'eau douce de la fonte des glaces rendait la mer moins salée et affaiblissait les courants océaniques qui acheminaient de l'eau froide du nord jusqu'à l'équateur, où l'eau de mer s'évaporerait et refroidirait l'atmosphère, y compris dans l'air au-dessus du pôle Nord. À présent, même la colonne vertébrale du pôle Nord commençait à fondre, cette glace ancienne aussi dure que de l'acier qui avait survécu depuis des millénaires.

« Tes enfants grandiront très vraisemblablement sans qu'il y ait de glace au pôle Nord. Un fait inédit en trois millions d'années, soupira le professeur tard un soir après avoir publié le premier article sur le blog de l'expédition Fram X.

— Tant mieux, alors, que je n'aie pas l'intention d'avoir d'enfants », avait répondu Anna.

Elle referma l'écoutille derrière elle, longea la coque avec vent de face et sauta sur la glace. Zakariassen lui fit signe d'approcher.

« Il faut juste que je règle un truc », lui cria-t-elle en retour.

Ses paroles furent emportées par le vent, mais le professeur en entendit suffisamment pour agiter les deux bras dans un geste de refus.

« Non, il faut qu'on parte maintenant avant que la tempête nous tombe dessus. »

Anna ignora ses protestations et passa à grandes enjambées devant l'énorme hélice à l'arrière du Sabvabaa puis s'enfonça dans les ténèbres. Elle se laissa guider par la lumière de sa lampe frontale le long des bâtons plantés dans la glace à intervalles réguliers. Entre les bâtons était tendu un réseau de câbles presque invisible qui déclencherait la fusée fixée au bout de chaque piquet si un hôte indésirable venait à pénétrer dans le périmètre ainsi délimité. Sous ces latitudes, l'hôte indésirable était généralement l'ours polaire.

Le faisceau de sa lampe frontale accrocha un monticule. Anna s'en approcha et se laissa tomber à genoux, ôta ses gants et réchauffa ses doigts engourdis en soufflant dessus. Puis elle écarta la neige ayant recouvert le bloc de glace qu'elle avait placé là quelque temps auparavant. On était le 1er novembre, le jour des Morts. La Toussaint. Derrière la neige apparut une photographie, figée dans la glace.

Elle représentait un homme.

Il se tenait sous un ciel bleu, il avait de grands yeux dans un visage bronzé, avec des pattes-d'oie au coin des yeux. Quelques mèches grises parsemaient ses cheveux noirs bouclés au dessus des oreilles, trahissant que l'homme était peut-être plus âgé qu'il n'en avait l'air. Il était vêtu d'un blouson bleu clair, et une carte d'identité illisible pendait sur sa poitrine.

Anna sortit un objet de la neige devant la photographie. Une veilleuse funéraire. Éteinte. La mèche était couverte de neige qui s'était visiblement infiltrée à travers les trous d'aération pratiqués dans le couvercle. Elle retourna la veilleuse tête en bas et en fit sortir la neige en secouant le tout. Puis elle alluma la mèche avec un Zippo ayant connu des jours meilleurs, porteur sur le côté d'un motif gravé représentant un poignard avec des ailes. Quand Anna fut tout à fait sûre que la mèche brûlait bien, elle creusa un trou dans la neige jusqu'à atteindre la banquise et elle y plaça la veilleuse allumée ; désormais, elle serait à l'abri du vent.

Anna resta assise à contempler la photographie. Illuminé par la flamme, le visage de l'homme était nimbé d'un halo lumineux tremblotant. Ainsi éclairés, ses yeux en devenaient vivants. L'homme s'appelait Yann Renault. Anna et lui étaient amants depuis presque un an lorsqu'il avait été kidnappé par l'EI en Syrie lors d'une mission pour Médecins sans frontières. Cela aurait dû être leur dernière mission à tous les deux. Anna devait emménager avec Yann dans sa ville natale de Seillans, au pied des montagnes de Provence, où ses parents tenaient un petit hôtel. Ils avaient pour projet de reprendre l'hôtel quand les parents de Yann prendraient leur retraite. Mais si vous voulez faire rire les dieux, vous n'avez qu'à leur parler de vos projets…

Yann Renault avait été inhumé dans le cimetière de Seillans tandis qu'Anna était dans le coma à l'hôpital en Allemagne. Aux yeux du monde, Yann Renault était un héros qui avait fait don de sa vie pour sauver ses compagnons de captivité. Seul un tout petit nombre de personnes savaient que c'était Anna Aune qui les avait sauvés. Ils étaient encore moins nombreux à savoir ce qui s'était réellement passé quand Yann avait été tué.

Elle remonta la manche rigide de sa combinaison isothermique jusqu'à découvrir sa montre. La petite aiguille avait dépassé le chiffre 12. La Toussaint était terminée. On avait célébré les morts. La machinerie du monde continuait de tourner…

Quand Anna grimpa de nouveau dans la cabine chaude du Sabvabaa, Zakariassen était déjà installé sur le siège conducteur, les mains posées sur le volant, la mine renfrognée, mais il s'abstint de lui faire remarquer qu'elle avait largement pris son temps. Elle se retourna et regarda les caisses métalliques contenant le matériel qu'ils laissaient sur la glace. Quarante caisses avec tout ce dont ils avaient besoin pour survivre pendant presque une année. Un an sans avoir à penser à rien d'autre que travailler, manger et dormir. Maintenant, plus que jamais, cela ressemblait au plus grand bonheur qui puisse exister sur Terre.

« La banquise peut se briser en notre absence, dit-elle. Si ça arrive, tu perdras tout ton matériel, Daniel, et ton expédition sera un véritable fiasco. »

Le vieil homme la regarda pendant quelques secondes avant de détourner les yeux et de fixer un point sur la cloison devant la table de travail. Plusieurs secondes s'écoulèrent encore avant qu'il ne secoue la tête d'un air déterminé et qu'il ne pose la main sur la manette des gaz.

« Nous avons le devoir moral d'aider les gens dans le besoin », dit le professeur honoraire Daniel Zakariassen d'une voix décidée en poussant la manette des gaz vers l'avant.

6

Dans la langue des Inuits, *Sabvabaa* signifie « celui qui flotte rapidement par-dessus ». De sa place sur le siège à côté de Zakariassen, Anna avait le sentiment qu'il serait plus exact de décrire l'aéroglisseur comme « celui qui cahote lentement par-dessus ».

Le vent avait forci et le professeur conduisait bien au-dessous de la vitesse de croisière normale de vingt-cinq nœuds pour ne pas perdre le contrôle.

Le Sabvabaa survolait la glace sur un coussin d'air maintenu sous la coque par des jupes en caoutchouc rigide. Pour le coussin d'air, les petits obstacles n'étaient pas un problème : le Sabvabaa flottait tout simplement au-dessus des blocs de glace et des fissures béantes, mais l'absence de frottement rendait les choses difficiles quand le vent venait de côté. Le pilote devait constamment corriger la trajectoire avec le volant qui contrôlait les pales de direction de la grande hélice. Le Sabvabaa vacillait terriblement et les secousses qu'Anna devait encaisser chaque fois que Zakariassen accélérait ou ralentissait lui valaient d'éprouver une légère nausée.

Elle respira profondément et s'efforça de regarder droit devant elle. La neige tourbillonnait dans la lumière des phares comme de grosses mites albinos par une tiède nuit d'été. Une image aussi éloignée que possible de la réalité. Les doigts de la jeune femme étaient encore glacés et un thermomètre sur le tableau de bord lui indiqua que la température avait chuté jusqu'à moins trente depuis qu'elle avait vu la fusée de détresse. Elle sentit son siège trembler, entendit le tintement d'objets qui se heurtaient dans la cabine. Une vague odeur de gazole. Dehors, le pôle Nord jetait toujours plus de neige sur les vitres. Elle essaya de se concentrer, d'imaginer ce qui s'était produit sur la base chinoise, ce qui les attendrait à leur arrivée, mais le ronron monotone du moteur fit glisser ses pensées.

Vers la photographie de Yann restée sur la banquise.

Anna se rappelait précisément quand et où cette photo avait été prise.

Dans un camp de réfugiés aux portes d'Aïn Issa en Syrie il y avait de cela deux ans, six mois et vingt-deux jours. Yann l'avait invitée à venir voir comment allait le gamin qui les avait réunis. Le petit Sadi avait gargouillé de joie quand Anna s'était penchée au-dessus du lit d'enfant où il était couché, apparemment indifférent à la perte de son pied – le rappel brutal que la guerre civile en Syrie ne fait pas de différence entre les soldats et les enfants.

« Sadi pourra remarcher tout à fait normalement, les enfants s'habituent aux prothèses beaucoup plus rapidement que les adultes », avait dit Yann alors qu'ils déjeunaient ensuite dans une tente climatisée. Ce premier repas avait été leur premier rencart, c'est du moins ce qu'avait prétendu Yann plus tard. Même si Anna protestait toujours haut et fort.

« Je sais que je ne suis pas la personne la plus romantique du monde, mais faire un trajet de deux heures en voiture à travers un désert brûlant jusqu'à un misérable camp de réfugiés pour prendre ce que tu appelais un déjeuner dans des assiettes en plastique tandis que tes collègues s'engueulaient en français et mettaient leurs coudes dans ma bouffe, c'est pas ça, un rencart – pas en Norvège, ni même à Tromsø. »

Yann riait chaque fois et l'embrassait. « Tu ne comprends pas ce qu'est le romantisme, Anna. Tu peux t'estimer heureuse de m'avoir rencontré, sinon tu ne te serais jamais dégelée, mon adorable femme de glace scandinave. »

À présent Yann était mort et elle était encore la femme de glace, au sens propre du terme. Anna savait qu'elle ne rencontrerait jamais quelqu'un capable de rivaliser avec l'homme sûr de lui et romantique originaire des montagnes de Provence. Cette certitude, elle l'avait ressentie jusque dans la plus petite cellule de son corps à la seconde même où elle était sortie du coma à l'hôpital en Allemagne. Malgré les paroles de son père, les mots de réconfort de ses collègues ou les efforts d'une flopée de psychologues pour l'aider à tourner la page, elle avait perdu goût à la vie. Si elle était restée en vie jusqu'à maintenant, c'était uniquement parce qu'elle ne supportait pas l'idée que son père la retrouve morte. Sauf qu'Anna avait dit oui pour partir au pôle Nord, pas pour en revenir.

« Le cap est bon ? »

Anna fut arrachée à ses pensées quand une rafale de vent fit faire une grande embardée au Sabvabaa. Elle parvint tout juste à s'agripper à l'ordinateur qu'elle avait sur les genoux. L'horloge incrustée dans l'écran lui indiqua qu'il s'était écoulé presque deux heures depuis qu'ils avaient mis le cap sur la base chinoise. À l'écran, il y avait une image satellite où trois points se déplaçaient. Elle savait que le rouge était la position d'Isdragen. Le bleu était le Sabvabaa et le vert était l'émetteur GPS de l'équipement qu'ils avaient laissé sur la banquise. L'aéroglisseur se situait quelque part à mi-chemin entre le point rouge et le point vert. Sur l'image satellite, Anna voyait des veines noires dans la glace : les failles qui se trouvaient devant eux.

« Oui, on devrait pas tarder à apercevoir la base. »

Zakariassen mit les gaz.

Il y eut un cliquetis dans le buffet de la cuisine quand l'aéroglisseur fit un bond en avant. Des éclats de glace giclèrent et vinrent cingler les fenêtres quand ils franchirent une large fissure.

« Putain ! »

Le professeur dirigea le Sabvabaa sur le côté quand un mur de glace apparut brusquement dans la lumière des phares. L'aéroglisseur fit une embardée et Anna vit la paroi glacée s'approcher à grande vitesse. Flocons blancs. Ombres noires. Contours déchiquetés.

Une lumière rouge clignota sur le tableau de bord et une alarme moteur se mit à ululer sur un ton hystérique lorsque Zakariassen mit pleins gaz. Il tourna frénétiquement le volant qui manœuvrait l'hélice et réussit tant bien que mal à contraindre le bateau à éviter la paroi glacée.

« Bon sang, Anna, faut être plus vigilante ! » cria-t-il, furieux.

Le cœur de la jeune femme cognait dans sa poitrine et elle entendait son propre pouls battre dans ses oreilles en voyant les bords effilés du mur de glace défiler devant les fenêtres comme les piquants d'un énorme hérisson. Ses yeux balayèrent le tableau de bord. Quelque chose clochait.

« Si tu allumais le radar, ça pourrait servir », dit-elle en abaissant le bouton que le professeur avait oublié dans sa hâte de partir.

Zakariassen marmonna quelque chose d'inaudible tout en se penchant en avant pour mieux voir par la fenêtre. Le Sabvabaa glissait doucement vers l'avant désormais. La haute paroi de glace offrait un abri contre le vent du nord.

Anna ravala son début de nausée et vit que le point bleu sur la carte satellite s'était déplacé vers le haut à côté du rouge.

« On devrait y être maintenant. »

Elle essaya de voir à travers la neige qui se collait sur les fenêtres plus vite que les essuie-glaces n'arrivaient à la déblayer. À la lumière des phares puissants installés sur le toit, le mur de la banquise jetait des ombres allongées vers l'intérieur du désert de glace. Au bout d'un moment, elle vit quelque chose clignoter dans l'obscurité.

« Arrête-toi ! » cria-t-elle.

Zakariassen abaissa la manette des gaz. Il cligna des yeux.

« Je ne vois rien. »

La main de la jeune femme trouva le bouton des phares et les éteignit – un truc que son père lui avait appris quand elle avait eu sa première Volvo, celle qu'il avait réparée et peinte lui-même. « Éteins les phares une seconde avant chaque virage, comme ça tu verras si des voitures viennent dans l'autre sens », avait-il dit avant de lui faire signe de la main, la mine soucieuse à la pensée de la savoir partie à un concert sur les routes détrempées par la pluie et noires comme la poix, qui menaient à Tromsdalen.

Quand ses yeux se furent habitués à l'obscurité, elle la vit. Une lumière scintillante de l'autre côté de la muraille de glace. Ce devaient être les lumières de la base chinoise.

Le professeur les vit en même temps qu'elle et remit les gaz. Sur l'écran d'Anna, le point rouge et le bleu se chevauchaient.

Une alarme retentit.

L'alerte anticollision clignota sur l'écran radar. Les dents d'une énorme bête surgirent juste devant eux. Zakariassen braqua brusquement à gauche et l'aéroglisseur évita les dents du monstre. Dans la lumière crue, Anna s'aperçut que les mâchoires n'étaient en réalité que des barils de pétrole empilés dans la neige.

Un baraquement peint en bleu apparut derrière les barils.

Zakariassen passa devant le baraquement et inversa le pas de l'hélice de sorte qu'ils s'arrêtèrent pile au milieu des lumières aveuglantes. Anna ne s'était pas rendu compte qu'elle retenait sa respiration avant que des points noirs ne se mettent à danser à la périphérie de son champ visuel.

Elle avait des picotements dans les yeux quand elle regardait les lumières crues suspendues au-dessus d'eux. Par comparaison avec les ténèbres de la nuit polaire qu'ils avaient traversées, c'était comme s'ils avaient échoué dans un ciel illuminé. Il allait s'avérer que le diable paie la facture d'électricité, lui aussi.

7

Moteur arrêté, le Sabvabaa était étrangement silencieux. La neige tourbillonnait en essaims denses dans le faisceau des puissants projecteurs qui éclairaient la base chinoise. Les vitres vibraient même si le moteur était coupé. Anna chercha une bonne excuse pour ne rien faire. Juste rester assise sur son siège, au chaud. Fermer les yeux et s'engloutir dans le néant.

« Le vent souffle déjà à treize mètres à la seconde, dit-elle. C'est force neuf.

— Oui, comme si je ne le savais pas ! s'exclama le professeur en lui jetant un regard peu amène. On n'est pas dans une expédition de gonzesses, putain ! »

Il augmenta la vitesse des essuie-glaces pour avoir une meilleure vue. Le caoutchouc gelé des balais grinçait salement tandis que ceux-ci passaient sur la couche de glace qui s'était formée sur les vitres des fenêtres.

Le faisceau du projecteur dont ils étaient prisonniers venait du haut d'une tour qui surgissait derrière un grand baraquement jaune. Le baraquement en question faisait au moins sept mètres de haut et environ quinze mètres de large. On aurait plutôt dit un petit local industriel.

Tout autour du bâtiment jaune se dressaient des baraques polaires rouges de moindre taille, rigoureusement déployées en formation de fer à cheval. Il y avait de la lumière à la plupart des fenêtres mais pas le moindre mouvement ni le moindre visage curieux à l'intérieur. Zakariassen toussa et essuya ses lunettes. Il les remit en place sur son nez court et baissa les yeux sur le tableau de bord. Ses doigts cherchèrent à tâtons un bouton.

Anna sursauta quand retentit le sifflet installé sur le toit de l'aéroglisseur.

Le son fut avalé par le vent et la neige.

Le professeur réitéra son signal, encore plus longtemps cette fois. Tous deux avaient les yeux rivés sur la base. Aucune porte ne s'ouvrit dans les baraques, personne ne surgit de l'obscurité en courant. Le seul son qu'Anna perçut en dehors des hurlements du vent fut un battement rythmé, lointain. Quelque chose qui cognait sans arrêt.

Zakariassen l'entendit aussi et inspira lentement par le nez, la mine soucieuse. Rien ne permettait d'affirmer que cette opération de sauvetage se terminerait par un acte héroïque rapide et facile, et Anna comprit qu'il en avait pris conscience.

« On ferait mieux d'en informer l'institut », finit-il par dire.

Le tissu de sa combinaison de survie crissa lorsqu'il décrocha le combiné du téléphone satellite qui se trouvait dans un support sur le tableau de bord.

« Oui, nous sommes arrivés chez les Chinois. » Il parla fort quand le directeur de l'institut à Bergen répondit. « Non, nous n'avons encore vu personne... que dites-vous ? Répétez... je n'entends pas... oui, je vous tiens au courant. Nous allons y jeter un coup d'œil. Nous serons prudents, bien entendu. »

Le professeur raccrocha. Il se leva et alla jusqu'à la table de travail. Il ouvrit un tiroir et en sortit un objet noir. Il se retourna et lui tendit l'objet. Anna reconnut le holster contenant le gros revolver magnum Smith & Wesson que Zakariassen avait acheté à Longyearbyen, au Svalbard.

« Je ne touche pas aux armes à feu. »

En entendant ces paroles, le professeur avait regardé Anna, abasourdi. C'était à la réception de l'Hôtel Radisson à Longyearbyen où ils étaient descendus en attendant que *L'Étoile Polaire* accoste dans la capitale de l'archipel du Svalbard pour les prendre en charge, le Sabvabaa et tout le matériel. Le lobby était plein de Japonais et d'Américains qui flânaient en chaussettes, vêtus de doudounes trop grandes pour eux. Un écriteau à la porte d'entrée indiquait à la clientèle que les chaussures d'extérieur n'étaient pas autorisées dans l'hôtel. Un autre faisait savoir que les armes (revolvers, pistolets et fusils) devaient être déposées au coffre-fort de l'hôtel et que la clé était disponible à la réception.

Zakariassen était sorti en ville et il avait acheté un revolver Smith & Wesson à un travailleur dans une mine qui rentrait au pays. Au Svalbard, tous les habitants étaient tenus de porter une arme dès qu'ils quittaient l'agglomération. La veille, Anna avait vu une mère arriver avec son enfant à la crèche située en plein centre-ville, au guidon d'un scooter des neiges, avec un revolver pendu à la ceinture.

« Tu ne vas pas me dire que tu ne veux pas tirer, tu es un soldat, non ? avait lancé le professeur.

— *J'étais* un soldat.

— Et pourquoi ?

— Cela me regarde, mais je ne touche pas aux armes à feu.

— Faudra bien… on ne peut pas séjourner au pôle Nord sans arme.

— J'ai une arme. »

Le scientifique avait ri aux éclats quand Anna lui avait montré l'arc de sport japonais qu'elle avait acheté à Tokyo il y a bien des années.

« Tu vas tirer sur des ours polaires avec un arc et des flèches ?

— Non, de préférence, je pense que je leur ferai suffisamment peur en braillant et en agitant les bras. »

Zakariassen avait fini par accepter à contrecœur qu'Anna ne veuille se servir ni de son vieux Mauser ni du revolver. Il n'avait pas regretté d'avoir accepté après avoir vu la jeune femme à l'œuvre avec son arc. Les cibles étaient des boîtes de conserve vides qu'elle posait sur un gros bloc de glace à côté du Sabvabaa. À vingt mètres de distance, elle descendait toutes les cibles avec rapidité et efficacité. L'écho du son de la corde de l'arc décochant la flèche faisait penser à des coups de fouet cinglants. Quand il ramassa l'une des cibles, la flèche avait traversé de part en part la boîte de « ragoût de Trondheim » qui avait constitué leur dîner la veille.

Le professeur poussa avec insistance l'étui en cuir contenant le revolver contre la main d'Anna en désignant du doigt la neige qui tourbillonnait dans la lumière crue au-dehors. « Nous ne pouvons pas sortir en pleine tempête et par visibilité nulle sans nous protéger contre les ours polaires… tu ne peux pas te servir de ton arc par un temps pareil… tu es bien placée pour comprendre ça, putain. »

Anna éprouva une nausée physique lorsque le métal du revolver entra en contact avec sa main. Elle replia instinctivement les doigts.

« Non, je me débrouillerai.

— Tu ne peux pas tirer à l'arc par ce temps-là », protesta de nouveau Zakariassen.

Elle se leva de son siège, alla à l'arrière de la cabine jusqu'à son lit et tira de dessous le sac North Face usé jusqu'à la corde. Pour atteindre le fond du sac, elle dut se frayer un chemin au milieu des culottes, des chaussettes, des tee-shirts, des caleçons longs et des livres dont elle n'avait pas encore lu une ligne. Sous une bouteille non entamée de whisky Lagavulin Single Malt, elle finit par trouver une gaine en cuir. Elle l'ouvrit et en tira un couteau. Une longue lame d'un noir mat au bout d'un robuste manche en cuir. Un couteau de chasse qu'elle avait gagné au bras de fer avec un marine américain en Bosnie. Le soldat ignorait qu'il défiait une triple championne junior de Scandinavie du bras de fer. La technique de la jeune femme l'emporta facilement sur la force de son adversaire, cela prit deux secondes avant que le vantard ne grimace tandis qu'elle rabattait son bras sur la table.

« Tu vois, je suis armée. »

Anna ouvrit la poche de côté de sa combinaison de survie et y glissa le poignard sous le regard frustré de Zakariassen. Il grommela quelque chose d'inintelligible et s'empara du chargeur qu'il laissait toujours sur le rebord de la fenêtre après ses sorties sur la banquise avec son vieux fusil Mauser. Il engagea le chargeur qui fit un bruit humide et lança un regard décidé à Anna.

« Maintenant il ne nous reste plus qu'à aller voir ce que magouillent ces Chinois. »

8

Quand elle sortit, Anna sentit le vent lui planter des aiguilles glacées dans la peau non protégée autour des yeux. Elle avait beau avoir un masque sur le visage, la bourrasque faisait s'infiltrer la neige jusque dans ses cils où elle décongelait avant de geler pour former un maquillage dur et glacé.

Elle se détourna du vent et vit Zakariassen descendre de l'aéroglisseur avec son Mauser en bandoulière. Elle abaissa ses lunettes de ski sur son visage, enfouit sa main dans sa poche et vérifia que son portable s'y trouvait. Il était connecté au réseau sans fil sur le Sabvabaa, et si les conditions venaient à s'améliorer, il y avait une toute petite chance pour qu'elle puisse téléphoner ou envoyer un SMS.

Le professeur passa devant elle en s'enfonçant dans la neige ; son ombre s'étira derrière lui comme une guimauve noire lorsqu'il s'avança face à la lumière. Elle lui emboîta le pas à contrecœur. La neige rendait la marche pénible. Le vent secouait son corps en tous sens, s'acharnant sans cesse à la repousser. Avec la capuche bien rabattue et solidement nouée et ses lunettes, le champ de vision était limité. Tout en marchant, elle tournait constamment la tête pour avoir une vue d'ensemble. Les flocons de neige entraînaient avec eux la lumière d'Isdragen dans les ténèbres, comme des lucioles. Anna se dit qu'elle aurait dû se sentir plus en sécurité ici, sur cette grande base aux allures de petite ville, mais c'était le contraire. L'obscurité et le désert de glace en dehors du cercle de lumière paraissaient décidément plus accueillants.

Elle tourna la tête vers la gauche, balaya du regard le local industriel jaune jusqu'à un chalet gris plus petit avec un toit plat. Une grande congère s'était formée contre le mur sous l'effet des rafales de vent.

Quand elle regarda de l'autre côté, les deux premières baraques polaires en formation de fer à cheval autour du grand local firent leur apparition. Toutes deux avaient de grandes portes sur le devant, mais aucune fenêtre. Deux tuyaux de cheminée dépassaient du toit de celle qui était la plus éloignée. Au contact de la fumée sortant des conduits, la neige tourbillonnante repartait pour de nouvelles pirouettes.

Anna suivit Zakariassen. Ils avançaient à l'abri du vent le long du pignon du grand local. Plus ils approchaient, plus le battement rythmé s'intensifiait. Le professeur tourna au coin du baraquement et disparut. À chaque pas que faisait la jeune femme vers le coin, ses jambes devenaient plus lourdes. Elle était déjà venue ici. De vieux souvenirs remontèrent à la surface. Les flocons de neige se muèrent en graines de pissenlit.

Les graines tombaient du ciel et, dans le contre-jour du soleil rasant du soir, on aurait dit des parachutistes d'une puissante armée d'invasion. L'ambiance était détendue. Les soldats de sa patrouille racontaient des conneries sur le karaoké de la veille au soir.

Anna marchait en deuxième position. Elle participait à sa première mission à l'étranger avec une force internationale de l'Otan au Kosovo. Devant elle, un soldat américain ouvrait la marche. Sebastian avait une belle voix. Sa version de *My Way* au karaoké était de loin la meilleure de toutes. Sebastian se retourna juste avant le coin d'un centre commercial bombardé en plein centre-ville de Pristina.

« *Are you good ?* » demanda-t-il avant de disparaître.

Elle avait hoché la tête et regardé en arrière pour vérifier auprès des autres.

Un grand boum.

Le coin de la rue la protégea de l'explosion. Sebastian le roi du karaoké, originaire d'une petite ville du Minnesota dont elle avait oublié le nom, fut réduit en charpie par une bombe à fragmentation de l'Otan. Tué par les siens.

Anna s'arrêta pile avant le coin. Dans l'espace entre le hall et les baraques polaires, elle vit trois petits tas de neige à quelques mètres d'intervalle. La neige bondissait par-dessus les monticules comme un millier de sauteurs à ski microscopiques.

Son instinct lui disait que dès l'instant où elle aurait tourné le coin il ne serait plus possible de revenir en arrière. Alors elle redevint un soldat. Tout comme la force magnétique sous la glace faisait pointer les aiguilles de toutes les boussoles du monde entier dans la même direction, Anna Aune avait manifestement le chic pour s'attirer des emmerdes. Qu'elle fasse tout pour s'éloigner et y échapper ne changeait rien à l'affaire.

Elle fit un pas en avant et tourna au coin du bâtiment.

9

Le vent violent venu de la toundra russe la heurta de plein fouet comme un train de marchandises invisible.

Zakariassen se tenait quelques mètres plus loin, devant une porte qui battait au vent.

Boum, boum, boum.

Il fixait quelque chose dans l'embrasure de la porte et se retourna lentement vers elle. Elle vit la lumière des projecteurs au-dessus de lui se refléter en double dans les grosses lunettes de ski qui recouvraient son visage ainsi que dans les lunettes de vue qu'il portait en dessous.

« Il y a un problème ? » demanda-t-elle.

Sa question fut emportée par le vent. Il faisait un froid glacial. Des flocons cinglants s'incrustaient dans la peau nue entre le masque et la bouche.

Le vent se saisit de nouveau de la porte ouverte.

Bong

Bong.

Bong.

Anna se força à mettre un pied devant l'autre. Elle marcha vers le professeur dans la neige profonde. Maintenant elle voyait ce qu'il voyait. Un homme était à quatre pattes dans l'embrasure de la porte. La tête baissée, il regardait fixement par terre, comme s'il cherchait quelque chose.

Lorsque la porte frappa l'homme de nouveau, Anna se dit qu'il allait se déplacer pour éviter de se faire coincer les doigts. Mais une rafale de vent rouvrit le battant et l'homme resta exactement au même endroit.

Bong.

Bong.

L'encadrement de la porte entailla son gant quand elle l'agrippa. Pourquoi avait-elle fait ce geste ? Elle l'ignorait. C'était sans doute une réaction en voyant que Zakariassen restait planté là sans rien faire.

« Hé, ça va, toi ?

— Je crois… qu'il est mort. »

Le professeur lui cria ces derniers mots au visage et la salive sortie de sa bouche gela instantanément sur ses lunettes.

Anna maintint la porte ouverte contre les assauts du vent avec son dos, tandis qu'elle se penchait sur l'homme. Elle vit alors qu'il était complètement recouvert de gelée blanche. Les cheveux étaient pris sous une couche de givre et un glaçon pendait à son nez.

Elle le saisit par l'épaule. À ce simple contact, une onde de froid remonta le long de son bras. Pas un froid véritable – elle portait des gants épais – mais l'impression qu'un mal glacial s'échappait du corps immobile. Quand elle essaya de tirer l'homme, le corps ne bougea pas d'un millimètre. Ses mains étaient prisonnières d'une couche de glace sur le plancher. Il était comme un de ces alpinistes sur le mont Everest morts de froid à trop haute altitude pour qu'un hélicoptère puisse les atteindre. Ceux qu'on laissait ensevelis là-haut dans la neige pour l'éternité.

Les hommes de glace.

« Tu as raison, dit-elle en se tournant vers le scientifique. Le type est bon pour le cercueil.

— Hein ?

— Il est raide mort, cria-t-elle pour être sûre qu'il l'entendait.

— Il est mort de froid… gelé ? »

Zakariassen cligna des yeux, affolé.

« Non, il *a été* gelé à mort. »

Le professeur regarda l'homme de glace.

« Quelle est la différence ?

— Il est à quatre pattes. S'il était mort de manière naturelle, il aurait été allongé par terre ou appuyé contre le mur. Il se peut bien entendu qu'on soit en présence du suicide le plus patient du monde, mais j'en doute. »

Anna désigna les mains blanches retenues dans la glace.

« Même par moins vingt, la quantité d'eau sur le plancher a besoin d'un minimum de deux heures pour geler. Personne ne peut rester immobile aussi longtemps. Il s'est passé quelque chose qui a fait que ce pauvre diable est mort de froid très rapidement.

— Un accident ?

— Il faut l'espérer », dit-elle en se tournant face au vent.

Les baraques rouges qui entouraient le grand bâtiment apparaissaient subitement différentes. Jusque-là, elles faisaient figure de simples refuges tièdes pour la tempête qui s'annonçait, désormais elles pouvaient dissimuler tout autre chose.

La jeune femme sentit les poils se hérisser sur sa nuque.

Zakariassen jeta un coup d'œil à l'intérieur du baraquement principal plongé dans l'obscurité. Le regard d'Anna suivit celui du vieil homme ; elle ne vit rien là-dedans, mais sut tout à coup que cela ne s'arrêterait pas avec l'homme dans l'embrasure de la porte : il y en avait d'autres à l'intérieur.

Elle lâcha le battant et fit deux pas en arrière.

« À partir de maintenant, il va falloir qu'on se montre super prudents », dit-elle.

Anna s'éloigna rapidement de l'homme de glace, à reculons. Elle s'éloigna d'Isdragen, de cet enfer glacé.

La double paire d'yeux du scientifique la dévisagea, il dit quelque chose que le vent emporta.

« ... autres... »

Il cria et montra du doigt la pièce sombre.

« Non, faut qu'on... »

Le vent balaya les paroles de la jeune femme avant qu'elles ne parviennent à leur destinataire. Elle baissa les yeux le long de la façade. Il n'y avait pas d'autre porte en vue. Elle se décida à faire le tour complet du bâtiment pour voir ce qu'il y avait de l'autre côté. Quand elle regarda derrière elle, Zakariassen avait disparu. Elle comprit aussitôt où il devait être.

« Daniel ! hurla-t-elle. Reviens, c'est pas sûr là-dedans ! »

Mais soit il ne l'entendit pas, soit il ne voulut pas l'entendre.

« Putain. Merde. »

Elle dut tâtonner pour ouvrir la poche de sa combinaison de survie où se trouvait une grosse torche Maglite. La lampe à la main, elle s'avança vers la porte. Elle plaqua le battant contre le mur et avec son pied elle tassa de la neige contre le vantail jusqu'à ce qu'il reste ouvert.

Anna respira lentement, se concentra pour faire baisser son pouls avant de lever un pied et de passer devant l'homme gelé. Quelque chose craqua sous ses bottes.

Elle tint la torche à bout de bras. Les ténèbres qui l'enveloppaient avaient quelque chose de physique. Un esprit noir qui la tiraillait de tous côtés. On lui avait appris à être toujours rationnelle, mais chacune de ses cellules nerveuses lui envoyait des signaux pour la prévenir que ce qu'elle était en train de faire était une putain de mauvaise idée. Le faisceau lumineux de la lampe trouait l'obscurité et il ne tarda pas à accrocher quelque chose. Une silhouette juste devant elle.

Ce n'était pas Zakariassen.

10

Sans réfléchir, Anna leva la Maglite, l'empoigna fermement, prête à utiliser la torche pour frapper l'homme qui se tenait juste devant elle. D'un mouvement automatique, elle replia sa longue silhouette pour offrir une cible moins grande, mais le plancher était glissant comme une patinoire.

La jeune femme tomba.

La Maglite lui échappa quand elle se servit de ses mains pour parer la chute. La torche partit en glissant sur la glace tandis que le faisceau lumineux tournoyait comme un phare qui serait sous amphétamines. La lumière accrocha des murs. Des poutres. Des murs. Des poutres... des murs... un pied. Un visage. Encore un visage. La lampe s'immobilisa et dans la lumière la jeune femme vit quelque chose qui se déplaçait.

« Anna ! »

Elle se rendit compte alors que c'était le professeur qui venait vers elle à quatre pattes. Les bandes réfléchissantes de sa combinaison de survie brillaient.

« Bon sang, tu ne peux pas me faire des coups pareils ! Tu m'as fichu une de ces trouilles ! »

Le givre lui sortait par la bouche. Il avait les yeux exorbités.

« Ils sont t… tous morts, putain ! »

La diction de Zakariassen était devenue hésitante.

« Ils sont morts, Anna, c'est plein de morts ici ! »

Elle avança en se traînant et récupéra sa torche. L'homme qu'elle avait pris pour un assaillant était encore au même endroit. Il était couvert d'une couche de givre blanc et de petits glaçons pendaient de ses bras. Tout comme l'homme à l'entrée, il avait gelé sur place, figé dans sa course vers l'extérieur. Derrière la couche de givre, Anna vit qu'il avait les yeux légèrement bridés. L'homme était sans aucun doute chinois ou en tout cas asiatique. Il était vêtu d'une doudoune légère et, à en juger d'après le peu qu'elle en aperçut, il portait des chaussures d'intérieur. Le Chinois n'était pas habillé pour affronter le froid extrême.

Derrière lui, elle distingua encore deux silhouettes. Deux hommes gelés sur place devant une table encombrée de formes recouvertes de glace et de givre dont Anna supposa qu'il s'agissait d'ordinateurs.

Près de la table, enseveli dans la glace qui recouvrait la totalité du sol, un autre homme était couché. Et un pied tout seul, plus loin. En découvrant la surface de fracture, Anna sentit la nausée lui monter à la gorge. Le pied était aussi parfaitement sectionné que lorsque Galina utilisait la grande machine à découper dans la cuisine de son père pour trancher du salami destiné au petit déjeuner des clients. Il n'y avait pas une goutte de sang. L'homme avait été congelé avant de tomber. Comme un glaçon tombe d'une gouttière. Le pied avait dû se briser quand l'homme avait percuté le sol.

Au-dessus des hommes congelés, une cascade coulait du plafond, gelée en chute libre. Là où la cascade rejoignait le sol, la jeune femme vit encore dépasser une partie d'un corps. Un bras. Et une tête, fendue en deux, où le cerveau avait l'apparence d'une masse blême et grise évoquant du pâté de foie. Une moitié de la tête était encore fendue en deux parties, et de la cavité oculaire fracturée sortait une petite boule de neige pendue au bout d'un nerf ténu. La lumière de la torche d'Anna se refléta dans la pupille sombre qu'elle entrevoyait derrière le givre recouvrant la boule de neige.

« Tu vois, ils sont tous morts ! »

La voix de Zakariassen grimpa dans les aigus. Son haleine flottait devant son visage comme un dirigeable semi-transparent. Le verre de ses lunettes Oakley était déjà recouvert d'une épaisse couche de givre. Anna sentit soudain à quel point il faisait froid dans ce bâtiment. C'était un froid intense qui venait de sous la glace, puissant et inexorable. Pour réchauffer cette pièce, il aurait fallu aller chercher la chaleur des flammes de l'enfer. Lorsqu'elle souleva son pied, des morceaux de la semelle en caoutchouc de sa botte restèrent pris dans la glace.

Le professeur dit quelque chose d'inaudible. Il dut lutter pour ouvrir la bouche, des gouttelettes de sang perlèrent sur ses lèvres lorsqu'il les décolla l'une de l'autre dans le froid. Les mots semblaient flotter dans la pièce comme quelque chose de visqueux.

« Au nom du ciel, qu'est-ce qui leur est arrivé ?

— Je ne sais pas. »

Anna se dirigea vers les deux hommes de glace assis devant la table couverte de neige. Elle vit alors qu'ils avaient tous deux la tête baissée et les mains devant le visage, pour se défendre de ce qui s'avançait pour les tuer. Leurs ordinateurs étaient ensevelis sous une couche de neige et de glace. Elle appuya sur une touche du clavier le plus proche. La neige crissa sous ses doigts, mais l'ordinateur était aussi mort que les humains. Deux ou trois papiers avaient été plaqués sur le dos de l'écran par le vent. La jeune femme arracha une feuille ; le papier rigide était couvert d'idéogrammes chinois tracés à la main. Rien qui la renseigne sur le travail de ces morts. Elle se retourna et fit lentement le tour de la pièce avec le faisceau de sa torche. Les hommes morts gelés projetaient des ombres allongées sur les murs, mais rien dans ce local ne semblait dangereux. Il n'y avait que quelques armoires contenant vraisemblablement de l'outillage, des bobines de fil électrique et quelque chose d'aussi banal qu'une cafetière couverte de givre pleine de café congelé en forme de reptile noir sur le point de sortir du verre fissuré.

Elle braqua sa lampe vers le haut.

Le faisceau lumineux accrocha la cascade gelée qui pendait du plafond. L'eau avait été figée dans sa course vers le sol. La glace avait éclaté dans les airs comme une image fixe sculpturale d'un pétard du Nouvel An à la seconde où il explose. Impossible de voir d'où venait le liquide, mais il ne faisait aucun doute que la cascade avait quelque chose à voir avec ce qui avait tué les hommes dans ce bâtiment. Anna glissa un doigt sous son masque et le releva un peu jusqu'à libérer les narines. Quand elle renifla, elle fut incapable de reconnaître l'odeur. L'atmosphère qui régnait dans le baraquement était simplement si froide que l'air qu'elle respirait lui paraissait presque visqueux.

« Tu sais ce que ça peut être ? » demanda-t-elle.

Zakariassen braqua sa propre lampe sur la cascade tout en s'efforçant d'éviter de regarder les morts.

« Ce peut être quelque chose d'aussi banal que de l'eau.

— Ces gens-là n'ont pas été tués par de l'eau. Ils ont gelé en quelques secondes. »

Le professeur garda les yeux fixés sur la cascade au plafond. Il réfléchissait.

Un claquement sec interrompit le cheminement de ses pensées.

Un coup de feu.

Venant de l'extérieur.

11

Pauvre conne !

Des reproches silencieux hurlèrent dans sa tête quand le coup de feu retentit. *C'est pas possible d'être aussi gourde, ma pauvre Anna !*

Le chemin de l'enfer est pavé de bonnes intentions. Quand elle avait suivi Zakariassen à l'intérieur, elle avait ignoré les instincts qui criaient à l'unisson pour l'avertir de ne pas entrer dans ce baraquement. Les gens qui avaient connu une mort si cruelle pouvaient fort bien avoir été liquidés. Et dans ce cas, le tueur n'était pas loin.

Une des premières règles qu'elle avait apprises dans l'armée était de ne jamais se précipiter au secours d'un camarade blessé, quels que soient ses appels à l'aide, sans sécuriser le périmètre au préalable. Si on oubliait cette règle fondamentale, il y avait un gros risque pour qu'un tireur embusqué fasse en sorte qu'on soit la victime suivante.

Elle était à ce stade de ses pensées avant que l'écho du coup de feu ne meure dans un ricanement métallique qui sifflait aux oreilles. La direction d'où provenait le bruit lui apprit que le tireur se tenait à la porte.

« À terre ! » cria-t-elle au professeur. En s'aidant d'une main, elle réussit à pivoter sur la glace. Elle distingua alors nettement un mouvement dans le noir. Quelque chose de blanc.

Encore un claquement sec.

Elle roula sur elle-même, au cas où l'inconnu l'aurait vue. Nouveau claquement. Elle vit de nouveau quelque chose de blanc bouger.

Lorsque le claquement sec métallique retentit une fois encore, Anna comprit enfin ce qu'elle voyait et entendait.

« Ce n'est rien... bon sang... c'était juste la porte. »

Ses nerfs lui avaient joué un mauvais tour. Le froid lui enserrait la tête comme un étau. Elle n'arrivait pas à penser clairement. Sans lâcher sa torche, elle se remit debout et se dirigea vers la porte, lentement pour ne pas perdre l'équilibre sur la glace. En passant devant l'homme à quatre pattes, Anna s'aperçut qu'une de ses mains était brisée. Trois doigts étaient accrochés à la poignée côté intérieur de la porte. Le reste de la main était écrasé derrière le battant. Sur la paume broyée, elle repéra l'empreinte de son propre pied. Elle devait avoir marché dessus quand elle était entrée.

« Suis la procédure, Anna, inspecte d'abord la zone », se dit-elle tout haut à elle-même. La boule au ventre lui soufflait qu'un danger la menaçait quelque part, mais l'image de la menace était chamboulée. Le danger se trouvait à l'extérieur. Elle ouvrit un peu la porte avec l'épaule. Personne en vue.

La tempête avait gagné en puissance au cours des quelques minutes qu'ils avaient passées à l'intérieur. La neige s'abattait sur la place comme un feu nourri de mitrailleuse. Impossible de voir les baraques de l'autre côté. Sortir serait à coup sûr du suicide, ne serait-ce qu'à cause de la météo.

« Mais bordel, qu'est-ce qu'il s'est passé ici, Anna ? » Zakariassen se tenait juste derrière elle.

Elle sentit le canon du Mauser s'appuyer contre sa cuisse et l'écarta.

« Reste ici. Ne sors pas avant que je te le dise », ordonna-t-elle, après quoi elle se faufila par la porte et s'enfonça dans le blizzard.

Elle tourna au coin du bâtiment en courant, pliée en deux, et plaqua son dos contre le mur. Ici, il n'y avait pas de bâtiment où un meurtrier aurait pu se cacher. Le baraquement bleu devant lequel ils étaient passés en arrivant était si loin que seul un fusil de tireur d'élite aurait été efficace, mais la tempête de neige rendait la jeune femme presque invisible.

Le froid lui déchirait les poumons quand elle prenait de profondes inspirations à intervalles réguliers pour se vider la tête. Elle essaya d'analyser la situation.

Scénario un : les hommes dans le grand bâtiment étaient morts de manière accidentelle. Si c'était le cas, où était celui qui avait tiré la fusée de détresse ?

Scénario deux : les hommes avaient été assassinés, un seul avait réussi à s'échapper de la base et à déclencher le signal de détresse, mais le meurtrier l'avait poursuivi et l'avait tué aussi.

Son esprit paranoïaque se focalisa sur la dernière option parce que la solution crevait les yeux, bordel.

Il fallait filer.

Tenant la lampe en l'air, prête à frapper, elle tourna le coin en sens inverse. Le gel fit couler des larmes. Quand elle les évacua en clignant des yeux, elle perçut un mouvement dehors dans la neige.

Une personne se tenait devant le grand baraquement.

Son corps se tendit comme un ressort en acier. Elle se jeta à terre. Elle sentit une douleur aiguë quand le poignard dans sa poche latérale heurta sa hanche. Une rafale de vent creusa un tunnel à travers le rideau neigeux. La personne devint visible.

C'était Zakariassen. Il restait planté là, regardant fixement quelque chose au-dessus du toit.

« Mais qu'est-ce que tu fous ? cria-t-elle pour couvrir les hurlements du vent. Je t'avais dit de ne pas sortir avant mon signal. Tu aurais pu finir avec mon couteau planté dans le dos ! »

Il accueillit la colère dans la voix de la jeune femme en agitant les bras, dans un geste d'impuissance.

« Je ne pouvais pas rester là-dedans, pas avec les… hommes de glace… j'étais sur le point de mourir de froid », bégaya-t-il.

Anna scruta les alentours. Les aperçus des fenêtres des baraques qui les entouraient ne révélèrent aucun mouvement. Personne en vue, mais l'endroit où ils se tenaient était le plus exposé. À quelques mètres devant elle, les trois monticules de neige étaient toujours là. La lumière accrocha quelque chose de métallique sous la neige, sur l'un des tas.

« Il y a un réservoir là. »

Le professeur montra du doigt la tour sur laquelle étaient montés les projecteurs. Anna se permit un bref coup d'œil. Un amateur avec plus d'envie que de talent avait peint un grand dragon en bleu vif sur une bâche attachée aux poutres de la tour. Des flammes vertes jaillissaient de la gueule béante du légendaire animal. À côté : deux idéogrammes chinois tracés à la peinture rouge.

La citerne dont parlait Zakariassen se devinait à peine derrière la bâche. L'épaisse couche de glace sur le dessus scintillait.

« Je crois que ce qui les a tous tués venait de là, dit-il. Le réservoir doit avoir fui. »

Anna regarda fixement le bâtiment jaune et se dit que, si cette théorie était la bonne, il manquait quand même un élément essentiel.

« Viens ! » hurla-t-elle en entraînant le professeur sans ménagement. Loin des baraques qui les encerclaient.

Trois enjambées les ramenèrent jusqu'à l'homme dans l'embrasure de la porte. Le faisceau de la torche balaya la main qui lui restait. L'objet que cherchait la jeune femme n'était pas là. Il ne se trouvait pas non plus par terre à côté de lui. Pourtant l'homme dans l'encadrement de la porte était le seul de la base qui pouvait avoir tiré la fusée de détresse s'il s'était produit un accident, puisqu'il se tenait en effet à moitié en dehors du baraquement. Mais où était le pistolet lance-fusées ? De nouveau, elle sentit les poils de sa nuque se hérisser. Elle avait la nette impression que quelqu'un l'observait. Anna pivota sur ses talons. Elle inspecta les alentours.

Un reflet argenté accrocha son regard. Désormais, le vent avait dégagé ce qui était caché sous l'un des monticules de neige. Quelque chose battait au vent. Quelque chose qu'elle ne voulait pas savoir.

Zakariassen suivit son regard.

« Qu'est-ce que c'est… dans la neige ? »

Qu'il ait vu la même chose qu'elle ne lui laissait plus le choix. Si la neige dissimulait ce qu'elle pensait, il serait impossible de quitter la base chinoise.

« Tiens-toi prêt avec ton flingue. »

Les yeux du scientifique derrière les verres de ses lunettes la regardèrent sans comprendre. Zakariassen n'avait toujours pas saisi dans quoi leur opération de sauvetage les avait embarqués.

« Marche à côté de moi, mais garde un œil sur les baraques. Si tu vois quelque chose… n'importe quoi… alors avertis-moi. »

Il parut enfin comprendre, se courba en deux, arma son Mauser et regarda autour de lui, d'un air inquiet.

Ils coururent côte à côte vers l'objet qui battait au vent. Arrivée à sa hauteur, Anna s'assit sans quitter des yeux les fenêtres des baraques.

« Garde un œil sur les fenêtres. Si tu vois quelque chose, alors gueule un bon coup. »

Elle déblaya la neige qui restait encore sur la matière argentée et put voir qu'il s'agissait de la capuche d'une doudoune. Des mèches de cheveux noirs dépassaient de sous la capuche argentée. Anna creusa avec précaution pour dégager la neige accumulée dans les cheveux. Une peau blanche apparut. La tête d'un homme. Elle aperçut quelque chose qu'elle prit tout d'abord pour un œil, mais l'emplacement ne collait pas. Anna eut bien la preuve que ce qui s'était passé à Isdragen était tout sauf un accident.

Au milieu du front du Chinois mort, un épais filet de sang noir coagulé bordait un impact de balle. Anna eut un haut-le-cœur. Son champ de vision se rétrécit et un feu d'artifice d'un blanc aveuglant effaça le monde.

12

La neige poussée par le vent recouvrit le contenu de l'estomac d'Anna sur la glace. C'est tout juste si elle avait réussi à tourner le dos au vent et à arracher sa cagoule avant de vomir. Maintenant, elle grattait le mucus déjà gelé autour de sa bouche. Le froid lui cinglait le visage. Elle resta pliée en deux à respirer profondément pour s'assurer qu'elle n'allait pas vomir de nouveau. Ensuite elle rabattit sa capuche sur son visage et se retourna. Le professeur la fixait du regard. Il clignait des yeux à toute vitesse, le fusil contre sa poitrine.

« T'es sûre que ça va ?

— Mais oui.

— Qu'est-ce qui s'est passé ?... Tu paraissais loin, je n'avais pas le contact avec toi. »

Anna détourna le regard vers le grand bâtiment où se trouvaient les hommes de glace. La lumière crue l'obligea à lever les yeux vers le dragon qui flottait au vent. Le projecteur l'aveuglait.

Elle tourna le dos à la lampe trop forte, vit qu'elle était couchée dans une pièce blanche. Sous un drap blanc. Des gens vêtus de blanc se tenaient autour d'elle. Elle essaya de parler, mais quelque chose dans sa bouche étouffa ses paroles. L'une des silhouettes blanches s'approcha d'elle. Un homme. Ses cheveux étaient recouverts d'une charlotte blanche, mais des traînées de sang rouge s'infiltraient sous le bord de la charlotte et coulaient sur son front. L'homme ôta son masque blanc. C'était Yann.

« Comment vas-tu, Anna ? »

Elle tenta de répondre, mais l'objet dans sa gorge l'en empêcha. Elle fouilla dans sa bouche avec la main, se saisit d'un tuyau qui envoyait de l'air dans ses poumons et le retira. Enfin elle pouvait parler.

« Comment peux-tu être vivant ?

— Il faut bien que quelqu'un veille sur toi.

— Je suis morte ?

— Il est trop tôt pour toi, Anna, tu as encore à faire dans ce monde. »

Yann l'embrassa sur le front. Ses lèvres étaient froides contre sa peau. Alors il enleva la charlotte blanche. Elle vit du sang noir couler d'un trou dans son front.

Anna cligna des paupières, s'obligea à détourner les yeux de la forte lumière. Elle rencontra le regard de Zakariassen.

« Je… J'ai juste eu comme un court-circuit… mais ça va aller maintenant. »

Elle sentit son cœur cogner dans sa poitrine. Le scientifique baissa les yeux sur l'homme mort dont le visage se couvrait déjà d'une fine couche de neige. L'impact de la balle était devenu gris.

« Il a été tué ? » Sa question en était à peine une.

Anna regarda autour d'elle. Elle ne voyait toujours pas le moindre mouvement derrière les fenêtres des baraques rouges. Elle cracha dans la neige pour se débarrasser de ce goût qu'elle avait dans la bouche.

« Maintenant, faut que tu m'écoutes, Daniel… et ne panique pas.

— Quoi ?! »

Raté. Ces paroles s'adressaient à elle-même. *Respire calmement. Une chose à la fois.* Anna montra le vieux Mauser du doigt.

« Tu dois surveiller pour moi. »

Zakariassen écarta gauchement le fusil de lui comme s'il s'était soudain transformé en serpent venimeux. La jeune femme le saisit par l'épaule et le fit pivoter de façon à ce qu'il ait une vue dégagée sur les baraques.

« Désormais, si tu vois quelque chose, tire, ne crie pas, contente-toi de tirer ! brailla-t-elle face au vent. Faut que j'examine ce type. »

Les doigts engourdis de la jeune femme palpèrent le corps sans vie et explorèrent la neige tout autour, tout en évitant de regarder la tête du mort. Pas la moindre trace d'une arme.

Elle se dirigea vers le monticule de neige suivant. Elle déblaya un peu la neige à coup de pied. Un homme apparut. Le mort était allongé, visage contre terre ; seule une petite déchirure dans sa doudoune révélait qu'on lui avait tiré dans le dos.

Avant de se rendre au dernier tas, elle jeta un coup d'œil vers Zakariassen. Le vieil homme était penché en avant, face au vent, le fusil braqué droit devant lui. Il faisait une cible facile si quelqu'un se dissimulait dans l'une des baraques avec une arme, mais pour l'instant elle ne pouvait rien y faire.

Quand elle eut creusé et déblayé la neige qui dissimulait la dernière victime, Anna vit que ce Chinois était couché sur le dos et regardait fixement en l'air, les yeux vitreux dans un visage blême. Elle ôta l'un de ses gants et posa le doigt sur la gorge dénudée de l'homme. Pas de pouls. Au moment de retirer son doigt, il resta un instant collé à la peau.

L'homme était mort, cela ne faisait pas le moindre doute.

Sa veste en duvet était effilochée à l'endroit où la balle l'avait frappé en pleine poitrine. Il avait les bras écartés, comme quand on joue à faire l'ange dans la neige. Il portait un bas de survêtement tout mince, et aux pieds des pantoufles à longs poils. Le Chinois n'avait aucune arme d'aucune sorte. Anna avait espéré qu'un des trois était le meurtrier. Qu'un individu perturbé mentalement mette fin à un meurtre de masse en se donnant la mort n'aurait rien eu d'étonnant. Mais rien dans la façon dont les Chinois avaient été tués ne laissait penser à un suicide. Et l'arme des crimes avait disparu. De ce qu'elle avait vu, il n'y avait qu'une seule conclusion possible : tout le personnel de la base d'Isdragen avait été éliminé.

Elle se retourna et vit son ombre allongée atteindre le baraquement rouge le plus proche. Toujours personne en vue derrière les fenêtres, mais désormais tout tremblait en elle. Le sang battait à ses oreilles. Elle partit rejoindre le professeur en courant dans la neige.

« Ils sont tous morts, quelqu'un les a assassinés, Daniel ! hurla-t-elle en plein dans son visage pour couvrir les mugissements du vent. Faut qu'on se tire d'ici au plus vite ! »

Puis elle le prit par la main et le conduisit comme un enfant à travers le rideau neigeux jusqu'au Sabvabaa.

13

Les secondes à attendre que le moteur Diesel soit assez chaud pour qu'Anna puisse démarrer lui parurent une éternité. Les essuie-glaces étaient à fond, mais il était impossible de voir loin dans cette tempête de neige. Si le meurtrier s'était caché dans l'une des baraques, il avait dû les voir arriver, lui. Anna ne savait pas grand-chose, mais elle était sûre que ceci était l'œuvre d'un homme. Peut-être de plusieurs. Qui attendaient dans l'une des baraques, armes au poing. Dès l'instant où elle tourna la clé de contact, la course contre la montre était lancée.

Elle n'avait devant elle que le laps de temps nécessaire à l'ennemi pour sortir en courant d'une des cachettes possibles sur la base. Pendant ces quelques secondes, il lui fallait manœuvrer l'aéroglisseur, faire demi-tour et regagner la glace où le professeur et elle seraient en sécurité.

Sans baisser les yeux, elle se saisit du téléphone satellite, mit le combiné à hauteur d'oreille et fit défiler jusqu'au numéro de Boris tout en regardant alternativement dehors et le téléphone. Quand elle appela, un bip syncopé sortit du haut-parleur. L'appareil n'avait pas de contact avec le satellite.

« Le téléphone est naze, ça ne passe pas, il faut essayer par radio ! » cria-t-elle à Zakariassen sans obtenir de réponse.

Le professeur était assis sur le siège à côté d'elle, penché en avant. Quand ils avaient regagné l'aéroglisseur, elle avait essayé de faire asseoir le vieil homme sur le siège conducteur, de lui faire prendre le contrôle, mais il semblait paniqué. Il se contenta de s'asseoir, les mains crispées sur son vieux fusil Mauser en marmonnant que ce n'était pas ainsi que cela devait se passer… que ce n'était pas ça, le plan.

« Oublie le plan maintenant, Daniel, faut qu'on essaie de foutre le camp d'ici ! »

Elle hurla pour tenter de le faire sortir de son apathie. Mais le scientifique garda obstinément les yeux rivés sur le plancher. Pendant les quelques moments qu'ils avaient passés à Isdragen, tous deux avaient craqué mentalement. Anna savait parfaitement d'où venait son stress post-traumatique, mais elle n'avait aucune idée de ce qui le tourmentait, lui. Probablement une réaction tout à fait naturelle après avoir vu tous ces morts. Un cauchemar auquel personne ne pouvait se préparer.

Le voyant du diesel s'éteignit enfin et elle tourna la clé de contact. Le moteur rugit dès la première tentative. Elle posa les deux mains sur le petit volant sans quitter la fenêtre des yeux. Si les meurtriers s'étaient lancés sur leurs traces, le rideau neigeux l'empêcherait de les voir avant qu'ils ne soient tout près. En allumant les phares, elle verrait certes les assaillants plus tôt, mais cela trahirait aussi la position de l'aéroglisseur.

À Longyearbyen, Zakariassen lui avait montré la façon dont le Sabvabaa se manœuvrait, ainsi que lors des premiers jours sur la banquise après le départ du brise-glace allemand qui les y avait amenés, mais il s'éclatait mieux quand il était au volant lui-même. Cela convenait tout à fait à Anna, les véhicules autres que les motos ne l'avaient jamais intéressée.

Le bruit du moteur était assourdissant. Le Sabvabaa vibrait tandis que de puissants ventilateurs aspiraient l'air polaire sous la coque. L'air comprimé souleva le bateau de la glace. Dès que l'engin flotta sur coussin d'air, le vent se mit à le pousser latéralement. Anna tourna le volant pour se mettre face au vent comme le lui avait appris Zakariassen. L'hélice trouva une prise et le gouvernail refoula le flux d'air sur le côté. Le petit aéroglisseur commença à pivoter.

Le grand bâtiment avec les hommes de glace défila devant les fenêtres avant.

La jeune femme se cramponna convulsivement au volant tandis que le bateau continuait à pivoter, s'éloignant de la base. Diriger un aéroglisseur n'avait rien à voir avec conduire une voiture. L'engin bondit et s'enfonça dans les ténèbres. Les projecteurs disparurent derrière eux et ils furent avalés par la nuit. Elle tâtonna d'une main sur le tableau de bord jusqu'à trouver le bouton des phares. Lorsque les lumières s'allumèrent, Anna vit le bâtiment bleu surgir juste devant eux.

Elle braqua le volant à droite, mais la tempête poussa le Sabvabaa de côté et le plaqua contre le baraquement.

« Daniel, j'arrive pas à le diriger, putain ! » cria-t-elle en lui assénant une grande claque sur l'épaule.

Zakariassen cligna des paupières et leva les yeux. Il mit quelques secondes à comprendre ce qui se passait. Il sortit de sa léthargie.

« Lâche le volant ! »

Il fit le geste de pousser vers l'avant.

« Les gaz ! Il faut mettre davantage de gaz ! »

Elle poussa la manette des gaz jusqu'à la butée.

Le baraquement bleu doubla de volume, puis tripla, les vibrations du moteur firent trembler les fenêtres. Quelque chose tomba à l'arrière dans la cabine, on aurait dit des billes qui s'entrechoquaient. Elle ne regarda pas vers l'arrière, il s'agissait avant tout de se dégager. Depuis le siège conducteur, Anna parvint à distinguer les plaques murales bleues au ras des fenêtres latérales couvertes de neige. Dans quelques secondes, l'aéroglisseur serait passé.

Une forte secousse. Des plaques d'aluminium s'envolèrent dans un grincement strident, arrachées aux rivets qui les maintenaient en place. Le Sabvabaa bondit, trembla et tourna le coin du bâtiment. Il y eut un claquement sec quelque part à l'arrière.

« Arrête-toi. Il faut s'arrêter. L'hélice a pris un coup ! »

Zakariassen mit au point mort.

De nouveau un claquement sec. Il y eut un bruit de verre brisé à l'arrière dans la cabine.

Le vent souffla dans la nuque d'Anna. Elle se retourna et vit la neige entrer en tourbillonnant par la fenêtre au-dessus de son lit. À l'extérieur, à travers la vitre brisée, une lumière aveuglante se frayait un chemin jusqu'à eux.

Des flammes.

Une alarme ulula.

« On brûle ! cria le professeur. Bon sang, il faut sortir ! »

La jeune femme sentit que le scientifique lui postillonnait jusque dans les oreilles.

« Non, reste ici, je vais arranger ça. »

Elle repoussa l'homme pris de panique et tâtonna d'une main sous le siège. Ses doigts sentirent une poignée en plastique et tirèrent dessus pour débloquer l'extincteur.

En trois enjambées, elle atteignit l'écoutille. Des flocons de neige transformés en glace lui cinglèrent le visage quand elle l'ouvrit. Dehors, un trou énorme béait dans le mur du baraquement où la collision avait arraché une plaque. Dans la lumière des flammes, elle vit des barils à travers la large ouverture. Des barils de pétrole.

Il ne manquait plus que ça.

Le Sabvabaa était la proie des flammes juste à côté du stock de carburant des Chinois.

Ça brûlait quelque part sous le carter qui protégeait l'hélice. Elle courut sur la coque en direction des flammes que le vent rabattait à la verticale sur le côté. L'odeur de gazole la saisit à la gorge. De la fumée noire s'échappait en spirales du foyer de l'incendie.

Anna ôta la goupille de l'extincteur et pulvérisa de la mousse à la base des flammes sous l'hélice. Elles feulèrent et crachèrent comme un fauve qui en aurait après elle. Elles sortirent leurs griffes brûlantes.

Refusant de mourir.

14

Il lui fallait éteindre l'incendie avant qu'il ne se propage à l'isolant des cloisons de la cabine. S'il prenait feu, le Sabvabaa serait la proie des flammes en quelques secondes. Finalement, la poudre réussit à chasser assez d'oxygène pour étouffer les flammes. Les langues de feu dansèrent avec colère dans les airs avant de s'éteindre jusqu'à n'être plus que des braises vite avalées par les ténèbres.

Quand Anna réintégra l'aéroglisseur, elle sentit comme une brûlure sous un coude. Elle retourna son bras et vit une braise tout au fond d'un trou dans sa combinaison de survie. À l'aide d'un couteau, elle extirpa la braise et écarta ainsi la dernière tentative des flammes de la brûler vive.

« Le moteur est endommagé ? »

Zakariassen n'avait pas bougé du siège conducteur, mais par chance il était sorti de son apathie.

« Aucune idée, on voit que dalle dehors, essaie de démarrer. »

Il tourna la clé de contact et un bruit fort, irritant et strident emplit la cabine.

« Le démarreur marche... mais on dirait que le moteur n'est pas alimenté en gazole. »

Le professeur coupa le moteur. Silence. Anna regarda dehors. Le baraquement avec lequel ils étaient entrés en collision l'empêchait de voir la base chinoise. Elle se pencha en avant et éteignit les phares. L'obscurité envahit la cabine ; derrière l'entrepôt de carburant elle devina l'éclat des projecteurs d'Isdragen.

« Daniel, faut que tu fasses quelque chose pour moi... sors et fais le guet. »

Le Sabvabaa était équipé de trois téléphones satellites Iridium, d'un émetteur VHF pour communiquer avec les avions, d'un autre pour les vacations avec les bateaux, et d'un dernier émetteur radio cent watts. Anna les essaya tous pendant que Zakariassen montait la garde dehors.

Elle ne quittait les fenêtres des yeux que pour un court instant pendant qu'elle essayait encore une fois d'avoir un contact par téléphone satellite. Rien ne bougeait devant les baraques rouges. Le vent balayait la neige latéralement à travers la lumière des projecteurs qui dessinait un cercle lumineux presque parfait autour de la base. De loin, Isdragen ressemblait à une de ces boules en verre avec des villes miniatures à l'intérieur que les parents achètent aux enfants pour Noël. Celles qu'on secoue pour faire tomber la neige.

Si Anna avait pu secouer Isdragen, il aurait neigé des gouttes de sang.

Le bruit de la collision et la vue des flammes devaient avoir appris à ceux ou à celui à l'origine de ces meurtres que l'équipe de sauveteurs dans l'aéroglisseur avait des ennuis. Désormais, les meurtriers avaient repris l'avantage. Ils étaient peut-être en train de les encercler là-dehors dans l'obscurité en ce moment même. Zakariassen ne pouvait surveiller qu'un seul côté du bateau tandis qu'Anna tentait de donner l'alerte.

Finalement, elle déclencha la balise de détresse.

La boîte en plastique noire et étanche qui ressemblait à une bouteille Thermos était une balise Argos qui diffuserait automatiquement un signal SOS avec la position exacte du Sabvabaa, destiné aux satellites gravitant au-dessus du pôle Nord. En tout cas, aussi longtemps que durerait la batterie.

Quand ce fut fait, Anna sortit précipitamment et s'avança courbée en deux face au vent. Elle resta à l'abri derrière le carter de l'hélice endommagé par le feu pendant que le scientifique examinait le moteur à la lumière de sa lampe frontale. Le vent était cinglant et elle dut vraiment lutter pour garder son équilibre. La peau de son visage lui semblait un masque dur et glacé quand le professeur eut terminé.

Zakariassen grimpa dans la cabine avec un tuyau carbonisé à la main. Sa combinaison de survie était gelée et pleine de cambouis, et il empestait le gazole. Il jeta le morceau de plastique carbonisé à Anna.

« Notre durite de carburant a été arrachée lors de la collision, le gazole a été projeté jusque sur le bloc moteur… Quand le moteur tourne, il est chaud comme la braise de l'enfer, c'est pour ça qu'il a pris feu, dit-il en dissimulant mal son agacement.

— Message reçu. Combien de temps il te faut pour le changer ? »

Anna ne quittait pas les baraques rouges des yeux. Les muscles de sa nuque étaient tendus et douloureux.

« Une… peut-être deux heures, mais on ne peut pas conduire le Sabvabaa dans cette foutue tempête. »

Le professeur reprit la durite et la posa sur la table de travail. Tout à coup il paraissait très petit et décharné dans sa grande combinaison de survie.

« On n'arrive pas à joindre les secours, nos radios sont mortes. Soit c'est la météo, soit les antennes ont trinqué au moment de la collision, dit-elle. Tu peux y faire quelque chose ?

— Oui, dans le pire des cas, elles sont brisées, sans doute juste un fil. C'est fréquent qu'on ait à changer... »

Sa voix s'éteignit, son regard devint flou.

« ... mais les pièces de rechange sont restées à la base. Bordel ! pesta-t-il en la regardant d'un air frustré. Désolé, je ne croyais pas qu'on allait tomber dans un truc pareil. Tu as vraiment essayé tous les téléphones satellites ?

— Bien sûr que oui ! Si tu ne me crois pas, t'as qu'à le faire toi-même ! répondit-elle en respirant un bon coup pour contenir son agacement. Ce putain de temps bloque les satellites. J'ai déclenché la balise Argos, le centre de secours sait qu'on a des ennuis. »

Zakariassen regarda le boîtier noir de la balise Argos d'un air inquiet. La lampe verte qui clignotait.

« Et si jamais elle ne marche pas ?

— Pourquoi elle ne marcherait pas ? Cette balise est conçue pour couler avec le bateau, elle émet sans problème au fond de l'eau... Avec cette tempête, ça prend du temps, c'est tout. Les Russes n'ont pas de bases sur la banquise cette année. L'hélico le plus proche est sans doute au Groenland, au Svalbard... ou peut-être en Nouvelle-Zemble, dit-elle sans quitter des yeux plus de quelques secondes la base au-dehors. Cette bourrasque ne durera quand même pas éternellement. »

Résigné, le scientifique fixait obstinément le sol. Elle voyait son crâne luisant à travers les cheveux gris. Les taches de vieillesse y dessinaient une carte d'un continent inconnu.

« Mais on ne peut pas attendre les secours, toi et moi. On ne peut plus rester ici, Daniel, reprit-elle. Je n'ai aucune idée de ce qui s'est passé dans le grand baraquement, c'était peut-être un accident... mais les Chinois qu'on a trouvés dans la neige ont été tués par balle, ça ne fait pas un pli. Ce qui veut dire qu'il y a un ou plusieurs meurtriers sur la base.

— Qu'il y avait... corrigea le savant. D'habitude les assassins fuient les lieux du crime, non ?

— Pour aller où ? On est au pôle Nord, putain. Ici, pas moyen de se planquer. Si t'es tout seul sur la banquise, là maintenant, tu meurs de froid en moins de deux. »

Anna jeta un coup d'œil dehors où la tempête de neige faisait rage. Les lumières d'Isdragen vibraient derrière les flocons de neige comme si le courant qui les alimentait était pompé par un cœur vivant. *Il s'est peut-être suicidé,* pensa-t-elle. Une solution simple à tous les problèmes. Puis la dure réalité reprit le dessus. Les autres scénarios. Comment jouer les pièces de cette partie d'échecs sanglante ?

« Maintenant le truc, c'est que... si le meurtrier se trouve encore ici, sa seule planche de salut, c'est nous. Le Sabvabaa est le seul moyen de sortir de cet enfer », dit-elle.

Quoi qu'elle fasse, elle en revenait toujours à la même stratégie. Un coup qu'Anna Aune elle-même ne voulait absolument pas jouer, en aucun cas. Mais dans ce jeu, il y avait si peu de pièces. Elle était la seule avec assez de force pour pouvoir les sauver.

La reine.

« Si on veut survivre, on ne peut pas rester ici les bras croisés. C'est à nous d'attaquer, il faut qu'on arrête le meurtrier, Daniel. »

15

« Ici expédition Fram X, appel à tous ! Mayday ! Mayday ! Mayday ! » psalmodiait Zakariassen d'une voix monotone, comme un pasteur démotivé dans une église vide. Face aux radios, il tournait les boutons des fréquences. « Au nom du ciel, il doit bien y avoir quelqu'un qu'on peut joindre ! »

Seul un bruit lancinant sortait du haut-parleur. Anna fit ce qu'elle faisait toujours quand elle n'était pas sûre d'une décision : elle se dirigea vers son lit, sortit le sac qui se trouvait en dessous, tira sur la fermeture à glissière du petit compartiment avant et prit une boîte de tabac à chiquer. Elle coinça une chique sous sa lèvre supérieure, la première de la journée. Elle resta assise sur son lit en sentant la nicotine commencer à lui picoter le pourtour du nez, puis une sensation de bien-être se répandit dans tout son corps.

Elle regarda dehors.

Aucun mouvement hormis la neige balayée par le vent. L'espace d'un instant, elle se dit : *Pourquoi s'en faire ?* N'était-ce pas là l'occasion qu'elle avait attendue ? Ne pouvait-elle pas simplement rester assise ici à attendre ce que le destin lui réservait ? Laisser les pièces du puzzle se mettre en place comme elles voulaient ? Mais le regard fixe du vieil homme derrière ses radios chassa cette pensée, et son honneur de soldat revint à la charge comme un défi. Elle ne pouvait pas laisser tomber Zakariassen dans un moment pareil.

« Combien t'as de munitions ? »

Il sursauta.

« Euh… un plein chargeur dans le flingue et six balles dans le revolver, mais j'ai apporté d'autres boîtes de munitions. »

Il se leva, content d'avoir une mission avec un objectif précis : trouver les boîtes de munitions et les compter. Le scientifique se dirigea vers le petit placard de cuisine accroché au mur à côté du lit d'Anna. Il en ouvrit la porte et écarta les conserves, le pain grillé et les paquets de spaghettis.

« J'ai mis les boîtes ici quelque part. »

Elle entendit la respiration du vieil homme s'accélérer. Le tissu de la combinaison de survie crissa quand le professeur plongea le bras jusqu'au fond du placard. Il sortit des paquets de riz et des pommes de terre de l'étagère du bas.

« Bizarre… elles ont dû tomber… »

Il enfonça le bras tout en dessous de l'étagère. Deux ou trois grognements furieux, puis il sortit une boîte rouge et une grise plus grande. Toutes deux étaient ouvertes.

« Comment est-ce arrivé ? Je les ai pourtant fermées moi-même avec soin… » Zakariassen regardait les boîtes d'un air indigné. Anna se pencha en avant. Il ne se trompait pas. Il ne restait que quelques cartouches au fond.

« Je ne comprends pas… les cartouches devraient être là… c'est un mystère. »

L'indignation fit place à la confusion. Anna l'écarta du bras, éclaira l'intérieur du placard avec sa torche. Il y avait un petit interstice tout au fond contre la cloison. Elle y enfonça un doigt. Elle sentit la paroi extérieure froide au bout du doigt, mais pas la moindre cartouche.

« Tu es absolument sûr que les cartouches étaient dans les boîtes ? »

Affolé, il cligna des yeux, quêtant son aide. Elle regretta presque d'avoir posé la question. Qui pouvait être absolument certain de quoi que ce soit désormais ?

« Oui, oui, j'en mettrais ma main au feu. Où pourraient-elles être sinon ? »

Le froid venant de la fenêtre brisée trouva le moyen de se glisser le long de sa nuque. Anna sentit des picotements sur sa peau. Combien de temps étaient-ils restés à l'extérieur pendant que Zakariassen bricolait le moteur ? Dix minutes ? Un quart d'heure ? Elle s'était tenue à l'abri du vent derrière le carter de l'hélice. Elle essaya de se rappeler quelle vue elle avait depuis sa position. Dans cette tempête de neige, elle n'avait pas pu distinguer grand-chose. Elle avait surtout été occupée à tenter de voir si quelqu'un venait d'Isdragen. Se pouvait-il que le tueur ait fait le tour par l'autre côté ? Qu'il ait grimpé sur la coque, se soit glissé jusqu'à la fenêtre cassée et se soit introduit dans le Sabvabaa ?

Elle se retourna vers la fenêtre au-dessus du lit. Les restes du verre brisé étaient encore accrochés au joint d'étanchéité qui s'était en partie décollé de la coque. *Ce putain de joint va enfin être remplacé*, se dit-elle, *yes*. Elle passa sa main gantée sur les morceaux de verre, mais dut admettre qu'il était impossible de déterminer si quelqu'un s'était faufilé par là.

« Qu'est-ce que tu fais ? » demanda le professeur. Il se tenait encore à côté du placard, la boîte de cartouches presque vide à la main.

« Je viens d'avoir une idée dingue : les munitions auraient pu être projetées par la fenêtre pendant la collision », mentit-elle.

Elle lut du scepticisme dans les yeux du vieil homme.

« Ça vaut le coup d'explorer toutes les possibilités, pas vrai ?

— J'ai compté. Nous avons quatorze cartouches en tout, dit-il. Trois en réserve pour le Mauser et une seule pour le revolver. »

Elle vit qu'il sollicitait une réponse qu'elle ne pouvait lui donner. Est-ce que quatorze cartouches, c'était suffisant pour les maintenir en vie jusqu'à l'arrivée des secours ?

« Ici expédition Fram X, ceci est un message d'urgence. Mayday ! Mayday ! Mayday ! » psalmodia encore une fois Zakariassen d'une voix monotone. Personne ne répondait à l'appel d'urgence.

« Mayda ! Mayday ! Mayday !

— Daniel, faut vraiment qu'on sorte maintenant. »

Anna avait posé la main sur les maigres épaules du savant. Il envoya un dernier appel au secours avant d'éteindre la radio. Lorsque les lumières indiquant la puissance du signal et la fréquence disparurent, ce fut comme si le reste du monde cessait d'exister. Désormais, il ne restait plus qu'eux deux, l'aéroglisseur et ce qui devait se dissimuler dans les baraques sur la banquise.

Anna demanda au scientifique de vérifier que le Mauser fonctionnait correctement. Elle le vit armer, contrôler que la cartouche s'éjectait de la chambre, puis elle lui fit retirer le magasin et réenclencher la cartouche. Les cartouches de réserve, il les mit dans sa poche tout en haut sur la poitrine. Facile d'accès.

« Et toi alors ? » demanda Zakariassen en lui tendant le revolver dans son holster.

Anna regarda l'arme. Si elle prenait le revolver, son poids ferait céder le plancher sous ses pieds. Elle passerait à travers la glace sous le Sabvabaa et se noierait.

« Mon couteau me suffit. Allez, passe devant. »

16

Quand elle entendit l'écoutille de l'aéroglisseur se refermer derrière elle avec un claquement sec, Anna n'eut soudain plus qu'une idée en tête : rebrousser chemin au plus vite. Se faufiler dans la cabine, pousser les éléments chauffants à fond et se pelotonner dans son sac de couchage. Allumer le samovar, se faire un thé très fort. Se foutre de tout, fermer les yeux et espérer le meilleur. Attendre les secours ou la mort. Mais son corps ne l'écouta pas. Les jambes et les muscles ignorèrent les objections du cerveau et la transportèrent rapidement et avec efficacité loin de cette fragile bulle de civilisation.

Elle courut vers le bâtiment le plus proche et n'arriva pas à respirer avant de se retrouver dans l'ombre, à l'arrière du baraquement. Zakariassen, qui marchait à reculons, le Mauser braqué sur ce qui pourrait surgir de l'obscurité, traînait loin derrière, et quand il la rejoignit enfin il soufflait comme une baleine échouée.

Derrière son corps chétif, Anna entraperçut à peine le Sabvabaa plaqué contre l'entrepôt de carburant. Leur petit refuge avait bien triste mine : la partie arrière de la coque était noircie par le feu, la cabine plongée dans l'obscurité, et d'énormes congères de neige obstruaient déjà les fenêtres. C'est drôle comme on peut se sentir heureux dans une boîte en aluminium de douze mètres sur six.

Dès que le scientifique eut repris son souffle, ils s'enfoncèrent dans l'étroit passage entre la première et la deuxième baraque. Ici, le vent gagnait en puissance et aller de l'avant dans cette soufflerie revenait à se déplacer sous l'eau. On entendait comme un faible ronflement de moteur venant de la baraque de droite. Là-bas sur la place, Anna vit la capuche du Chinois voltiger dans le vent. Elle ne croyait pas à la vie après la mort, mais à cet instant précis elle aurait donné n'importe quoi pour que les cadavres des Chinois puissent lui parler depuis l'au-delà et lui dire où se trouvaient les meurtriers.

Lorsqu'elle s'arrêta au coin, le canon du fusil de Zakariassen lui heurta les reins.

« Fais gaffe, putain, j'ai pas envie de me prendre une balle dans le dos. »

Elle le repoussa tandis que ses yeux guettaient des mouvements derrière les fenêtres des autres baraquements. La porte de celui de gauche était à moins d'un mètre de distance.

« Tu restes ici et tu fais le guet. Tu comptes jusqu'à quinze et tu te retournes et vérifies que personne ne vient par-derrière, compris ? »

Le professeur se retourna aussitôt. Anna le saisit brusquement par la tête et le fit pivoter vers elle.

« Tu regardes en arrière dans cinq secondes… et ensuite vers la place dans quinze. Quinze… cinq… quinze… cinq. T'as compris ? »

Il acquiesça et épaula le Mauser. Plaqué contre le mur, il visa les bâtiments en face. Elle plongea la main dans sa poche de côté et en sortit le couteau de chasse.

Un, deux, trois…

Le couteau à la main, Anna Aune courut vers la porte. Elle saisit la poignée, ouvrit le battant en grand, fit des moulinets avec le couteau devant elle et plongea dans la chaleur.

La porte se referma avec un claquement sec, et Anna s'accroupit derrière sa lame. La lumière puissante d'un plafonnier lui brûlait les yeux. Tout en essayant de se repérer, elle sentit une odeur de beurre rance. Plusieurs étagères étaient installées le long du mur. Il était facile à un homme de se dissimuler derrière l'une d'elles.

« N'ayez pas peur, nous venons vous aider ! » cria-t-elle en anglais.

Elle tendit l'oreille mais n'entendit que les mugissements du vent venant de l'extérieur et le bruit de l'eau qui gouttait par terre. La neige de sa combinaison fondait à la chaleur.

Cette baraque était un atelier.

Des boîtes à outils jaunes marquées « DeWalt » en grosses lettres noires étaient soigneusement empilées sur les étagères. Des tournevis, des clés à molette voisinant avec des haches, des pistolets à clou et de longues vrilles à glace étaient suspendus à des grilles métalliques solidement vissées aux murs.

Anna s'avança, passa devant les étagères et vit des pièces de moteur et des tuyaux amoncelés contre la paroi du fond à côté d'un grand établi. Dans un filet au mur pendait quelque chose qui ressemblait à un parachute. Une grande caisse en bois était fermée avec un cadenas et bardée d'autocollants jaune et rouge. Un petit traîneau avec des brancards encombrait le passage à côté d'un énorme pneu de voiture. Un côté du pneu était déchiré et s'était désolidarisé de la jante.

Quelqu'un avait sacrifié à la tradition classique des ateliers en collant une affiche *Playboy* sur une armoire. Une Chinoise posait dans un escalier. Elle était vêtue d'un petit tailleur violet qui lui faisait remonter la poitrine jusqu'au visage. Sur la tête elle portait des oreilles de lapin violettes. « China Lee », pouvait-on lire dans un coin de l'affiche en caractères tarabiscotés.

Il n'y avait personne ici. Anna se retourna et vit une armoire en acier près de la porte. Un gros cadenas et une scie à métaux traînaient par terre devant le meuble. Le cadenas avait été scié.

Elle ouvrit l'armoire et vit des râteliers vides et des affaires de nettoyage qui lui firent comprendre qu'elle était en présence de la variante chinoise d'une armoire forte. Sauf qu'il manquait les armes. Elle compta dix râteliers à fusil, et les étagères en bas étaient assez spacieuses pour accueillir de grandes quantités de munitions.

Une seule cartouche de 9 mm sous l'étagère du bas témoignait que l'armoire avait contenu des revolvers ou des pistolets en plus des fusils. Après avoir fait cette découverte peu encourageante, elle fourra la scie à métaux dans sa poche au cas où le meurtrier aurait d'autres secrets sous clé. Elle emporta une poignée de bandes en plastique et un rouleau de ruban adhésif qu'elle rafla sur une table où des tuyaux en plastique courbes étaient en cours de montage. Si on part en guerre, on n'emporte jamais assez de bandes en plastique et de ruban adhésif.

En sortant, elle vit le devant de la combinaison de survie de Zakariassen recouvert d'une couche de neige gelée. La tempête s'était encore intensifiée. La température chutait. S'ils n'arrivaient pas bientôt à trouver un lieu sûr où se réfugier, le pôle Nord serait leur linceul.

« Qu'est-ce qu'il y avait dans cette baraque ? »

Anna se précipita dans l'étroit passage et courut jusqu'à l'autre bout pour vérifier que personne n'était en vue.

« C'est juste un atelier. »

Inutile de secouer Zakariassen davantage en lui racontant que le ou les assassins possédaient désormais assez d'armes et de munitions pour mener une petite guerre. Le baraquement à côté ne leur créa pas le même genre de souci. Quand elle ouvrit la porte, elle vit trois gros groupes électrogènes.

Pour atteindre les bâtiments situés du côté nord de la place, il leur fallait de nouveau passer à découvert sous la lumière des projecteurs. Un bref instant, Anna hésita à demander à son compagnon de tirer sur les lampes, mais elle préféra ne pas gâcher leurs maigres munitions.

Elle voulut courir mais c'était peine perdue. La tempête annoncée par Boris les agressait à pleine puissance, soufflant si fort qu'il était pratiquement impossible de respirer sans tourner le dos au vent.

Arrivée à deux mètres du baraquement, elle aperçut quelque chose.

Cette fois, ce n'était pas un mirage. Un mouvement dans les ténèbres. Deux yeux luisaient dans la lumière du projecteur.

« Y a quelqu'un, là-bas. »

Du coin de l'œil, elle vit le professeur se retourner comme dans un film au ralenti.

« À couvert ! » hurla-t-elle face au vent.

Il leva son fusil, mais ce qu'il y avait eu dans l'obscurité avait disparu. Elle vit une silhouette grise détaler devant la baraque en contrebas.

Une forte détonation déchira les hurlements de la tempête. Il y eut une autre déflagration quand le Mauser entra en action. Zakariassen tira une fois, deux fois, trois fois.

Anna cria : « Arrête ! »

Mais c'était trop tard.

17

Le professeur vida le chargeur. Son corps frêle tressaillait chaque fois qu'il appuyait sur la détente. Le canon du fusil tressautait. Quand les coups de feu cessèrent, Anna, qui s'était couchée dans la neige, se releva et courut jusqu'à lui.

« Faut plus tirer, ce n'était qu'un renard. »

Il la regarda sans comprendre.

« Désolée, c'est ma faute, j'ai mal vu, j'ai cru voir quelqu'un entre les baraquements. »

Derrière les lunettes, les sourcils broussailleux du professeur s'arquèrent en signe de protestation.

« Non, ce n'est pas possible. Il n'y a pas de renards au pôle Nord au milieu de l'hiver.

— Ce que j'ai vu, c'était un animal, j'en suis sûre, ça avait une queue et ça a filé derrière la baraque.

— Le renard arctique ne fréquente le pôle Nord qu'en été, continua le savant d'un air buté. Je…

— Bon, mais on ne peut pas rester ici, maintenant seuls les morts ne nous ont pas entendus arriver, l'interrompit Anna en attirant le vieil homme à l'abri derrière le mur qu'il venait de transformer en écumoire. Il faut recharger ton fusil.

— Il fait un de ces froids, sacré nom d'un chien… »

Ses doigts minces tremblaient quand il sortit les cartouches de réserve de sa poche de poitrine et tenta de les loger dans le chargeur. Une cartouche tomba dans la neige. Anna vit le trou qu'elle fit et elle la dégagea en même temps qu'une bonne poignée de neige. Elle se mit face au vent, faisant écran de son corps tandis que Zakariassen souffla la neige sur la cartouche avant de réapprovisionner le chargeur et de l'enclencher dans le fusil.

Les tourbillons de neige étaient si denses qu'Anna voyait uniquement les premières baraques de la rangée où ils se trouvaient. Doigts et orteils étaient engourdis et insensibles. S'ils devaient consacrer autant de temps à fouiller le reste de la base, ils mourraient de froid bien avant que quelqu'un ne parvienne à les assassiner.

À l'armée, en pareille situation, la tactique aurait été de trouver une position qu'Anna pourrait défendre jusqu'à ce qu'une unité plus importante ne prenne la relève. Mais ceux qui désormais avaient reçu le signal de détresse, du moins il fallait l'espérer, enverraient des sauveteurs, des médecins, des infirmiers – pas des soldats. Les meurtriers se débarrasseraient de tout le monde sauf des pilotes dont ils auraient besoin pour que ceux-ci les ramènent sur le continent.

Une rafale de vent rabattit la capuche de la combinaison d'Anna en arrière et la remplit de neige.

« Je... je suis complètement gelé, bordel. »

Il claquait des dents et elle vit la panique dans les yeux du vieil homme. Sa propre paranoïa lui serrait la poitrine avec la force d'un lutteur de sumo. Ils ne pouvaient pas rester plus longtemps dehors par cette tempête.

« On va prendre toute la rangée d'un seul coup, cria-t-elle avec une fausse confiance en soi dans la voix. Moi, j'ouvre les portes, toi, tu me couvres. »

Sur ce, elle tourna au coin en courant avant que Zakariassen ne puisse protester. Elle ouvrit la porte la plus proche et eut le temps d'enregistrer du regard la présence de deux canapés vides et d'un grand téléviseur, avant de repartir en courant. Dans le baraquement suivant, un bol de riz abandonné sur une table longue témoignait qu'il s'agissait de la cantine.

Quand elle ouvrit en grand la porte de la dernière baraque de la rangée, elle sentit une odeur de poussière brûlée.

L'électronique.

Plusieurs émetteurs radio étaient empilés les uns sur les autres, sur une étagère. Elle entra lentement, le couteau levé haut devant elle. Les ombres des cabines radio glissaient sur son visage. Le contour de quelque chose surgit derrière les étagères.

Une silhouette. Habillée en orange.

Elle fit marche arrière. Les images dansaient devant ses yeux. Sa vue la trahissait. La silhouette orange se divisa comme une amibe et devint cinq personnes en combinaison orange debout devant un mur noirci par le feu. Yann se tenait au milieu d'eux.

« Putain, putain ! Merde et merde ! »

Anna hurla les mots comme pour se libérer, secoua la tête, prit une profonde inspiration. Un psychologue lui avait dit que cela pourrait se produire. Stress post-traumatique déclenché par un bruit, des odeurs ou des impressions visuelles. Le cerveau saturé de souvenirs cessait de capter les informations venant de l'extérieur et ces souvenirs devenaient plus réels que la réalité. Le psychologue appelait cela l'hypermnésie. Yann occupait de plus en plus de place dans son champ visuel. Elle voyait ses cheveux voler au vent, le temps passait lentement. Une porte s'ouvrit dans le mur derrière lui. Une silhouette gigantesque en sortit, une montagne humaine. La silhouette tenait quelque chose dans les mains. Une flamme prise des feux de l'enfer.

Anna ferma les yeux si fort que cela en était douloureux. Elle inspira l'air à pleins poumons. Elle laissa l'oxygène circuler comme s'il s'agissait d'un tout nouveau plat à savourer et à apprécier à sa juste valeur. Elle rouvrit les yeux. Elle vit ses Moon Boot bleues au beau milieu d'une flaque d'eau. Les images tremblotantes devant ses yeux se dissipèrent. Elle recouvra sa vue normale.

Elle fit un pas en arrière. Quelque chose s'enfonça dans son dos. Elle pivota brusquement et vit que c'était une des barres qui soutenaient le baraquement. Lorsqu'elle se retourna de nouveau, la silhouette orange n'avait pas bougé.

« Je suis armée ! » hurla-t-elle, mais la silhouette ne réagit pas.

Elle s'avança, le couteau pointé devant elle ; du coin de l'œil elle enregistra qu'une hache traînait sur le sol derrière l'étagère aux émetteurs radio. La silhouette orange était assise, penchée en avant, la tête reposant sur la table de travail devant trois écrans d'ordinateur où des images multicolores d'aurores boréales dansaient un ballet incessant.

Les doigts crispés sur le manche du couteau, Anna continua d'avancer lentement vers la silhouette immobile.

C'était un homme.

Quelque chose qui ressemblait à un casque de slalom était accroché à un portemanteau juste à côté de lui. Vu sous un autre angle, ce casque donnait l'impression d'être une tête qui s'était détachée du corps.

L'homme immobile portait une doudoune orange. Dans son dos, des idéogrammes chinois étaient habilement brodés autour d'une illustration du même dragon que celui figurant sur la bâche en haut de la tour des projecteurs. Les cheveux de l'homme étaient noirs avec quelques traînées grises. Comme de la neige sale dans une mine de charbon.

Quand Anna arriva tout près, elle s'aperçut que le front de l'homme reposait sur un clavier. Ses yeux étaient fermés, comme s'il dormait. Une barbe clairsemée lui ornait le menton. Anna enleva un de ses gants et appuya l'index sur le cou de l'homme. La peau était froide et moite au contact du doigt.

Du sang avait éclaboussé le sol sous sa chaise. Les gouttes étaient rouge foncé au milieu et brunes, voire noires, sur les bords. La mort du Chinois remontait à plusieurs heures. Elle nota qu'il n'y avait pas d'impact de balle dans le dos de sa veste, avant de se retourner et de regarder derrière elle. Elle comprit alors à quoi avait servi la hache par terre. La partie arrière des radios avait de profondes entailles. À l'intérieur du métal tordu pendaient des fils sectionnés sur des cartes de circuit imprimé broyées, pareils à des entrailles déchiquetées. Celui qui avait assassiné l'homme avait aussi pris le temps d'annihiler toutes possibilités de communiquer avec le monde extérieur.

Le meurtrier avait épargné deux rangées de grandes vitrines en verre alignées le long des murs, pleines de boîtes noires avec une lumière bleue clignotante sur l'avant. Venant de l'intérieur des boîtes, on entendait le faible bourdonnement de ventilateurs. Deux fils noirs et gris pendaient d'une étagère vide dans l'une des vitrines.

Elle laissa dormir le mort et sortit.

18

Zakariassen était à genoux dans l'allée derrière le baraquement suivant quand Anna sortit. Le Mauser reposait sur sa cuisse et il visait les trois Chinois morts là-bas sur la place, comme s'il avait peur qu'ils ne reviennent à la vie et ne l'attaquent.

« Y en avait un de plus, là-dedans », hurla-t-elle pour couvrir le mugissement du vent.

Le professeur hocha la tête avec raideur signifiant par là qu'il ne souhaitait pas connaître les détails.

Désormais, il restait cinq baraquements. Elle prit une profonde inspiration et courut. Ouvrir une porte revenait à appuyer sur la détente d'un revolver à la roulette russe : tôt ou tard il y avait une balle dans le barillet.

La première baraque était une infirmerie avec des médicaments, des bandages et une machine à laver. Ensuite vint un local abritant huit lits faits au carré. Dans la troisième, des images satellites de la banquise étaient suspendues autour d'une grande table de réunion, devant un paravent orné d'un paysage où des montagnes escarpées surgissaient de la mer.

Pas d'autres morts, pas âme qui vive.

Maintenant, il ne restait plus que deux bâtiments. Le plus éloigné était un garage avec une porte à deux grands battants. L'un d'eux était ouvert et on apercevait à l'intérieur un baril de carburant avec une pompe branchée sur le dessus. Anna fit signe à son compagnon qu'il leur fallait commencer par là. Elle passa en courant devant la baraque la plus proche, courbée en deux pour ne pas être vue et s'engouffra dans le garage. Derrière l'autre battant stationnait un petit tracteur vert. Anna sentit l'odeur de gazole provenant de la pompe enclenchée sur le baril. Quelqu'un avait récemment fait le plein de carburant. Ça grinçait quand elle marchait. Des planches de bois recouvraient le sol.

« Viens, il n'y a personne ici », dit-elle en faisant signe à Zakariassen, qui se plaqua contre le mur extérieur, à l'abri derrière le battant fermé.

Il entra mais s'arrêta net.

« Une voiture était garée ici. »

Il désigna une flaque d'huile que le plancher était en train de boire. Il y avait une empreinte de pneu dans la flaque. Dehors, la neige avait recouvert les traces depuis longtemps. Anna examina la marque laissée par les roues. Elle n'avait pas imaginé qu'il soit possible de rouler en voiture au pôle Nord. De fait, une voiture ou un tracteur pouvaient circuler sur la banquise tant qu'une crevasse ou une crête de neige ne se mettait pas en travers du chemin. Et tant que le moteur tournait, un humain pouvait se tenir au chaud. C'était une façon de survivre à la tempête sur la glace.

« Où la voiture peut-elle bien être allée ? » demanda Zakariassen.

Anna passa la tête par la porte et regarda au coin du garage. Elle espérait voir les lumières de l'aéroglisseur, mais tout ce qu'elle y gagna fut une bonne pelletée de neige en plein visage, apportée de la nuit noire par une rafale de vent. Elle rentra la tête et essuya la neige sur sa figure.

« Aucune idée. Dans cette satanée tempête, Godzilla pourrait se trouver à dix mètres de nous qu'on ne le verrait même pas. »

Le professeur gardait les yeux rivés sur la flaque d'huile.

« Il a fichu le camp… tu crois ? dit-il plein d'espoir.

— Ou *ils* ont foutu le camp. C'est un sacré boulot de zigouiller autant de monde. Il faut vérifier le dernier baraquement », ajouta-t-elle.

Ils regardèrent tous deux dans cette direction. La dernière pièce. La dernière chambre dans le barillet, à la roulette russe. Le seul endroit où un meurtrier pouvait se dissimuler.

« Pourquoi ne peut-on pas simplement… rester ici ? demanda le vieil homme d'une voix tremblante. Il y a juste à tirer la porte. Il fait chaud ici. »

Il désignait un radiateur à pétrole poussé sous une table avec des outils pour voiture. Devant la porte du garage ouverte, la peinture rouge de la dernière baraque scintillait sous la lumière crue des projecteurs. Les fenêtres n'étaient pas éclairées. Anna aurait fait la même chose si elle avait voulu voir sans être vue elle-même.

« Non, faut qu'on fouille le dernier baraquement aussi.

— S'il te plaît, je n'en peux plus. »

Brusquement, Zakariassen se mit à pleurer.

« J'ai peur. »

Il sanglotait à fendre l'âme, et Anna resta paralysée un instant. Puis elle lui passa les bras autour des épaules et l'attira contre elle.

« Ça va aller. J'ai peur, moi aussi, dit-elle en le regardant dans les yeux, mais c'est bon pour nous, seuls les idiots n'ont pas la trouille. La frousse, ça te maintient sur la brèche. »

C'était vrai. La peur réprimée et la paranoïa contrôlée avaient maintenu le soldat Anna Aune en vie à travers trois guerres civiles sur deux continents.

Lorsqu'elle eut calmé Zakariassen, ils ressortirent dans la tempête de neige. Ils longèrent le mur qui était à l'abri du vent et s'avancèrent vers la dernière baraque.

« Attends ici. »

Anna se pencha et entreprit de tourner au coin du bâtiment en se traînant sur les genoux.

Devant la porte, elle distingua des taches grises en partie cachées sous la neige. Courbée en deux, elle alla se placer juste en dessous de la fenêtre, elle tendit le bras vers le haut et elle cogna fort avec son couteau sur la vitre. Elle se redressa brusquement. Elle aperçut un visage blême. Deux trous noirs à la place des yeux. Le reflet de son propre visage dans les carreaux de la fenêtre. Un être humain paumé, dans un endroit paumé.

Pas le moindre mouvement dans la hutte.

« Viens ! » hurla-t-elle au scientifique.

Il tourna lui aussi le coin sur les genoux et la rejoignit.

« Tu tiens la porte quand je rentre. Si on me tire dessus, tu tires aussi, mais fais gaffe de pas me toucher. »

Zakariassen empoigna fermement le Mauser et acquiesça.

Une fois arrivée au niveau de la porte, elle se redressa et attendit qu'il ait la main sur la poignée ; un signe de tête et il ouvrit le battant en grand.

Accroupie, le poignard dans une main et la torche dans l'autre, Anna progressa dans l'obscurité. Dès qu'elle fut à l'intérieur, elle sentit une odeur douceâtre. Comme si on venait de trancher de la viande.

19

Anna vérifia d'abord qu'il n'y avait personne derrière la porte, avant de braquer le faisceau de sa lampe sur des lits défaits. Deux des couchettes étaient occupées.

« JE SUIS ARMÉE ! cria-t-elle aussi fort qu'elle le put. RESTEZ COUCHÉS !!! »

Personne ne répondit.

Elle retourna le poignard, le tint par la lame, visa les silhouettes dans les lits. Prête à lancer son arme. On aurait dit que l'obscurité dans la pièce s'échappait des formes immobiles.

Le faisceau de la torche accrocha une tête dans la couchette la plus proche. Dans la lumière, la jeune femme vit une grande mare de sang par terre et elle reconnut l'odeur écœurante du sang coagulé.

L'autre personne regardait fixement le plafond, les yeux grands ouverts. Elle s'approcha d'elle. Il s'agissait d'un jeune homme aux cheveux coupés court. Il était allongé dans un sac de couchage bleu foncé et Anna vit que du duvet blanc de canard s'était logé dans sa chevelure noire. Juste au-dessus de la poitrine, il y avait deux petits trous dans le sac de couchage.

« Qu'est-ce que tu fais ? »

Zakariassen se tenait sur le pas de la porte. La lumière des projecteurs du dehors le faisait se détacher comme une silhouette noire sur fond de tempête de neige. Son ombre se projetait à l'intérieur et venait recouvrir le corps de l'autre mort comme une couverture.

« Il y en a encore deux ici. Tous les deux tués par balle.

— Seigneur… Seigneur ! gémit le vieil homme d'une voix brisée. Ce cauchemar ne va-t-il donc jamais s'arrêter ? »

Anna remit le couteau dans sa gaine.

« C'est fini maintenant, on a été partout, il n'y a aucun survivant ici. »

Zakariassen se retourna et regarda vers le garage. Le vent semblait avoir tourné ; poussée par les rafales, la neige s'engouffrait par la porte.

« Les meurtriers doivent avoir fichu le camp, conclut-il.

— Pour aller où ? Il n'y a aucun endroit où se planquer dehors.

— Le pôle Nord, c'est vaste… douze millions de kilomètres carrés, au moins. Il ne doit quand même pas être bien difficile de s'y évaporer.

— Oui, espérons sincèrement que le monstre qui a fait ça s'est volatilisé, dit Anna en regardant les deux morts.

— Je ne comprends toujours pas pourquoi quelqu'un voudrait assassiner de paisibles chercheurs, bredouilla le scientifique.

— Pour la même raison que des hommes normalement paisibles tuent des femmes. Il peut y avoir des milliers de raisons : une dispute, la jalousie, des problèmes de fric.

— Oui, tuer quelqu'un sur un coup de colère, ça, je peux le comprendre, mais ça, là… c'est de la folie.

— Tout à fait d'accord, dit Anna en se dirigeant vers la porte. C'est l'œuvre d'un fou. Mais… la nuit permanente et l'isolement ont déjà fait des trous dans les cerveaux de plein d'hommes qui n'étaient pourtant pas des mauviettes.

— Je n'ai jamais entendu dire que l'on se soit entretué au pôle Nord. »

Frustré, Zakariassen frappa le fusil contre le bout de sa botte si fort qu'Anna eut peur de voir le coup partir.

Un court instant, elle craignit que le vieil homme ne devienne cinglé tout à coup et s'en prenne à elle. Le Pr Daniel Zakariassen avait passé cinq ans à préparer son expédition. Il avait un plan pour tout. Le Sabvabaa transportait tellement de pièces de rechange au pôle Nord que le savant aurait certainement pu construire un deuxième aéroglisseur avec. Le matériel avait été vérifié, revérifié et re-revérifié avant leur départ. Mais il était une seule chose que Zakariassen, malgré ses efforts, n'avait pas pu emballer. Il n'avait pas le petit ingrédient qui faisait la différence entre les gens qui réussissent vraiment et les autres.

La chance.

Même un brillant génie scientifique, les poches bourrées de prix Nobel, n'aurait pu prévoir que le prochain meurtrier de masse surgirait au pôle Nord.

« Qu'est-ce qu'on va faire maintenant ? » demanda-t-il.

Une rafale de vent balaya la neige sur le toit et le chercheur se retrouva avec la tête pleine de poudreuse. Il ne voulait pas entrer dans la pièce aux morts et être obligé de regarder les deux hommes.

« On ne peut rien faire de plus ici, il faut retourner au Sabvabaa et installer des dispositifs pièges autour du bateau. Comme ça, personne ne pourra nous tomber dessus par surprise. Il va aussi falloir que tu répares les antennes radio. L'éruption solaire, la tempête ou ce foutu phénomène qui nous empêche d'avoir le contact radio va bien finir par se calmer. On n'a qu'à pousser les radiateurs à fond et attendre l'arrivée des secours. »

Tout à coup, Zakariassen sourit. Un espoir de gamin que tout finirait par s'arranger.

« Oui, bien pensé, Anna. C'est un bon plan. »

Il mit la bretelle de son Mauser en bandoulière. Prêt à regagner l'aéroglisseur lorsque, brusquement, Anna entendit un son.

Une parole.

Elle se retourna et vit un mort se redresser sur son lit.

20

Le mort, en se redressant, sortit de l'ombre projetée par Zakariassen et son visage apparut sous la lumière des projecteurs qui inondait l'intérieur du baraquement. Il leva une main, comme pour se protéger les yeux, et dit quelque chose en chinois avant de retomber d'un bloc sur sa couchette. Anna laissa le chercheur et accourut jusqu'à l'homme.

L'espace d'une seconde, elle crut que le ressuscité était une femme. Le visage était blême. Les yeux bridés étaient bordés de longs cils et une chevelure noire abondante ondulait sur un front haut et lisse. Le nez était petit, au-dessus de lèvres charnues et larges.

« Tu m'entends ? » demanda-t-elle.

Le Chinois remua et le sac de couchage glissa, découvrant à moitié son corps. Son torse était moulé dans une polaire rouge et, par-dessus, quelque chose qui ressemblait à un tee-shirt lui enveloppait la cage thoracique. Difficile d'en déterminer la couleur en raison de la quantité de sang qui avait imprégné le tissu.

« Qu'est-ce qui s'est passé ? »

La voix du Chinois était étonnamment grave. Son anglais, clair et sans ambiguïté.

« On t'a tiré dessus. Tu sais qui a fait ça ?

— Non… dit-il en ramenant ses bras maigres sous lui et en essayant de se soulever.

— Ne bouge pas, reste couché jusqu'à ce que j'examine ta blessure. »

Anna posa une main sur la poitrine du blessé et l'obligea gentiment mais fermement à se recoucher. Elle avait encore du sang noir collé au bout des doigts quand elle lâcha prise.

« On l'a… on lui a aussi tiré dessus ? »

Zakariassen se tenait toujours dans l'encadrement de la porte. La lumière dessinait une auréole autour de sa tête qui le faisait ressembler à Jésus.

« Oui. Rentre et ferme la porte. »

Le scientifique ne bougea pas.

« Et si les assassins reviennent ?

— En tout cas, si j'étais toi, je ne resterais pas planté là, tu fais une cible idéale. »

De mauvaise grâce, il fit un pas lent vers l'intérieur.

« Non, tiens, j'ai besoin de bandages. Retourne à l'infirmerie qu'on a vue tout à l'heure, lui dit-elle en se penchant au-dessus du Chinois et en posant un doigt sur sa carotide. Tu n'as qu'à rafler tout ce que tu trouveras. Des produits anesthésiants seraient sacrément utiles.

— Non, mon Dieu… ça, je refuse, protesta Zakariassen. Il faut qu'on parte d'ici tout de suite, dit-il d'une voix qui, sous l'effet de la peur, se brisa. S'il te plaît, nous n'avons qu'à nous en aller, avant que le tueur ne revienne. »

La patience au combat n'avait jamais été le point fort d'Anna. Lorsqu'elle se retourna vers Zakariassen, ses yeux devaient avoir une expression particulièrement effrayante, car il fit deux ou trois pas en arrière et faillit trébucher.

« Pourquoi diable tu crois que j'essaie de maintenir ce pauvre type en vie, Daniel ? S'il y a bien quelqu'un au monde qui peut nous aider à découvrir qui est derrière ce massacre, c'est lui. Sauf que ce type est en train de mourir parce qu'il a perdu beaucoup de sang et qu'il a subi un choc. »

Elle examina le Chinois blessé et continua à parler au chercheur en lui tournant le dos.

« Maintenant, tu vas faire exactement comme je dis. Tu vas te magner le cul, passer par-derrière et tracer jusqu'à l'infirmerie. Prends quatre des plus grandes compresses que tu pourras trouver et plein de pansements. Quatre rouleaux au moins. Et de la morphine, ça serait génial. »

Il y eut un silence. Elle l'entendait respirer par le nez. Puis des pas. Le claquement sec de la porte lui indiqua que le scientifique obéissait.

Les yeux inhabituellement grands du Chinois la fixèrent.

« Qui es-tu ? demanda-t-il.

— Je m'appelle Anna Aune. Nous sommes les membres de l'expédition norvégienne Fram X. Notre base se trouve à huit kilomètres plus au sud. J'ai vu votre fusée de détresse. On est venus vous aider. »

Il se contenta de continuer à la fixer. Elle ignorait s'il avait compris ce qu'elle avait dit ou s'il était encore en état de choc. Elle parla lentement et distinctement :

« Est-ce que tu peux m'aider... est-ce que tu sais ce qui s'est passé ici ? »

Pour toute réponse, il cligna deux ou trois fois des yeux.

« C'est toi qui as tiré la fusée de détresse ?

— Non, je suis tout le temps resté ici. »

Il toussa et se tortilla dans son lit. Anna lui mit la main sur l'épaule.

« Il faut te tenir tranquille, ensuite on va te trouver quelque chose pour te soulager. »

Ses lèvres à vif à cause du froid esquissèrent ce qui, espérait-elle, pouvait passer pour un sourire rassurant.

« Tu ne te souviens pas… de ce qui t'est arrivé ?

— Non… je dormais… le bruit m'a réveillé… je crois avoir vu une silhouette à la porte, puis il y a eu un claquement sec. J'ai ouvert de nouveau les yeux, ça brûlait terriblement dans ma poitrine, je l'ai touchée, ma main était pleine de sang. J'étais terrifié et j'ai crié, crié au secours… mais personne n'est venu. »

Le Chinois tourna la tête vers l'homme allongé sur la couchette d'à côté.

« Alors j'ai vu que Guan… était mort. »

Il se mit à pleurer. Les larmes ruisselaient sur ses joues lisses.

« N'aie pas peur, ça va bien se passer, on est là, tu es en sécurité maintenant, mentit Anna en esquissant encore un sourire figé. Mais ça nous aiderait si tu me disais tout ce que tu te rappelles. »

Le Chinois bougea à peine la tête.

« Celui que tu as vu à la porte, tu sais qui c'était ? » insista-t-elle.

Il essaya de sécher ses larmes en clignant des paupières.

« Non, il faisait noir et je dormais, tout est allé si vite, je crois qu'il m'a dit quelque chose, puis il a levé le bras, comme s'il voulait montrer quelque chose, il y a eu un claquement sec et… je dois m'être évanoui. Quand je me suis réveillé, il n'y avait personne ici. Rien que Guan. Je n'en sais pas plus, dit-il avant de se remettre à pleurer.

— Ça ne fait rien. Détends-toi, maintenant, on finira par tout savoir. On est là pour t'aider. »

Anna lui passa un bras autour des épaules et souleva un peu le corps. Avec l'autre main, elle tâta le long de la couchette sous le dos du blessé. Si le Chinois avait caché une arme, elle ne devait pas être loin.

« Comment tu t'appelles ?

— Shen Li… Jackie.

— OK, Jackie, reste allongé ici sans bouger, mon collègue va bientôt revenir avec ce qu'il faut. On va s'occuper de ta blessure. Les secours sont en route. Ça va s'arranger, Jackie. »

Être infirmière ou être soldat, c'était au fond un peu la même chose. La fin justifie le mensonge aussi longtemps qu'il maintient le moral au beau fixe quand tout espoir est apparemment perdu.

Il sortait comme un sifflement de sa gorge quand Jackie respirait. Il regarda l'homme mort dans le lit voisin.

« Et les autres… ? Qu'est-ce qui leur est arrivé… ? »

Anna s'efforça de garder une expression neutre, mais ses yeux la trahirent. Jackie lui jeta un regard affolé.

21

Zakariassen revint enfin avec une mallette de premiers secours. Les étiquettes des médicaments étaient incompréhensibles, mais Anna prit le risque que la seringue, qui avait l'air d'une seringue à morphine, en soit vraiment une. Le chercheur aida à maintenir Jackie immobile sur sa couchette pour que la jeune femme parvienne à enfoncer l'aiguille dans le bras du blessé. Cela ne prit que quelques secondes avant qu'elle ne sente les muscles se détendre.

Lorsque la morphine fit son effet et que le Chinois s'endormit, elle demanda au savant de le soulever. Anna vit que le matelas imbibé de sang était intact : aucune trace de la balle qui lui avait traversé le corps. Jackie s'était fait tirer dessus ailleurs. Elle se souvint des taches dans la neige devant la porte, ce pouvait être son sang.

« A-t-il dit qui lui a tiré dessus ? demanda le professeur.

— Non, il faisait trop noir, il n'a rien vu. »

Elle fit pivoter sa torche. Le faisceau de lumière glissa sur les couchettes, les murs, les sacs de couchage. Des bribes de couleur. Soudain, on eût dit que l'obscurité était dotée d'une volonté qui lui était propre. Dès que la lumière s'éloignait, les choses changeaient de place. Les lits étaient en train d'encercler la jeune femme. Les sacs de couchage devenaient vivants, se dépliaient et lui enveloppaient la tête… le corps. L'étouffaient. Anna se redressa brusquement. Prit une profonde inspiration. Les couchettes battirent en retraite. Les sacs de couchage retrouvèrent leur place. La paranoïa se dissipa.

« Absolument personne en vue dehors. Le meurtrier doit s'être enfui. La seule possibilité, c'est qu'il ait pris un véhicule dans le garage, raisonna Zakariassen avec un soupçon de volonté retrouvée.

— Désolée, je déteste te contredire, mais jusqu'où tu crois qu'on peut aller par un temps pareil ? Disons que t'as raison… l'assassin est maintenant bien au chaud dans un véhicule. Tu connais le terrain aussi bien que moi, Daniel, même une chenillette ne peut pas s'en sortir sur la banquise dans ces conditions. Et le carburant ne dure pas éternellement. Il faut s'attendre à ce qu'il revienne. »

Zakariassen dirigea sa lampe vers Jackie endormi.

« Alors, je ne comprends absolument pas pourquoi il a fichu le camp.

— Parce qu'il nous a vus arriver, nos phares se voient sûrement à des dizaines de kilomètres de distance. Il ne pouvait pas savoir qu'on n'était que deux. Mais maintenant il le sait. »

Le chercheur la regarda d'un air frustré, il avait horreur de perdre le contrôle. Un doigt tremblant se leva, triomphant.

« Là, tu supposes que les Chinois ont été tués par les leurs. Et si c'étaient les Russes qui étaient derrière tout ça ? Après tout, ces crapules font des pieds et des mains pour garder le pôle Nord rien que pour eux. Ces enfoirés de Russes sont sans pitié, tu sais… Ils vont même jusqu'à éliminer des ex-espions avec des neurotoxines en Angleterre, bordel…

— Oui, Poutine ne pardonne jamais à un traître, mais ce qui s'est passé ici, ça manque de logique, dit Anna qui n'arrivait plus à cacher son agacement. Si c'étaient les Russes qui avaient provoqué l'accident dans le grand bâtiment, pourquoi auraient-ils tout gâché en tirant sur les trois Chinois dehors ? »

Le chercheur eut un sourire de triomphe.

« Parce que quelque chose a foiré, tiens. Les Russes ont été pris de panique, ils ont assassiné les autres et ont foutu le camp ! »

Anna se résigna. Elle pensa un instant parler des armes et de toutes les munitions dérobées, mais ça ne valait pas la peine.

« Bon, peu importe qui a fait ça, espérons qu'ils ont disparu pour toujours. »

Quand l'envie de se disputer eut passé, ils restèrent tous deux plantés là, l'oreille aux aguets.

Dehors, le vent hurlait comme une meute de coyotes enragés et les murs en planches du baraquement vibraient sous les assauts de la tempête. Pleine d'espoir, Anna se dit que même si le tueur de masse avait dix fusils et des tas de munitions, cela ne lui serait d'aucun secours dans cette tempête qui tuait elle aussi. Tout au fond d'elle-même, elle pressentait que le pôle Nord, lui aussi, aurait son mot à dire dans l'affaire. Que le royaume des glaces se vengerait de la peine de mort que l'humanité lui avait infligée.

22

Elle attendit que Jackie dorme profondément avant de découper le tee-shirt sanglant et d'en écarter les pans sur la poitrine du blessé. Du sang noir s'était coagulé et formait de gros caillots gélatineux le long de l'épaule. Elle trouva un flacon d'antiseptique dans la trousse de premiers secours, pulvérisa le liquide sur un coton-tige et nettoya les caillots de sang.

La balle était entrée sous la clavicule et ressortie juste sous l'aisselle. Le Chinois avait eu une veine incroyable : quelques centimètres plus haut et le projectile aurait touché la clavicule et l'aurait brisée ; sa course à l'intérieur du corps aurait été déviée, le cœur aurait pu être atteint.

Elle posa deux grandes compresses sur la blessure et tandis que Zakariassen les maintenait en place, elle passa un bandage autour de la poitrine de Jackie en serrant le plus fort possible. Le sang se mit aussitôt à imprégner le bandage.

« Il a perdu beaucoup de sang. Il faut qu'on le mette sous perfusion avant qu'il ne soit en état de choc. Tiens ça. »

Elle prit une poche de liquide à perfusion dans la mallette de premiers secours, l'ouvrit et la donna au scientifique, puis elle piqua habilement l'aiguille qui allait avec, dans une veine de l'avant-bras de Jackie. Le liquide clair commença à s'écouler.

« Avec toi, le monde a perdu une sacrée bonne infirmière. »

Anna lui prit la poche de plasma et la suspendit à un cintre dans l'armoire derrière la couchette.

« Il va survivre ?

— Espérons-le, mais quelqu'un de plus professionnel que moi doit examiner la blessure avant qu'elle s'infecte. »

Elle prit sa torche et circula entre les autres lits. La literie était sens dessus dessous. Ceux qui vivaient dans cette baraque devaient dormir quand le reste du personnel fut tué. S'étaient-ils réveillés en entendant les cris des agonisants dans le grand bâtiment ? Les trois qui gisaient morts dans la neige avaient enfilé des vêtements à la hâte, couru dehors et été abattus, mais Jackie et Guan étaient restés dans leurs couchettes. Pourquoi ? Elle éclaira l'intérieur de l'oreille de Guan. La lumière accrocha un bouchon d'oreille orange enfoncé loin dans le conduit. Une sorte de boule Quies.

Anna finit par trouver l'impact de la balle provenant de la blessure de Jackie, dans le lit le plus proche de la cloison. Le rideau de la penderie d'à côté était tiré. Sur le sol traînait un pistolet à clou jaune à moitié démonté.

Les vêtements avaient été arrachés des cintres et entassés au fond de la penderie. Un pantalon en duvet et un blouson rouge et argent d'Isdragen se trouvaient sur le haut de la pile. Il y avait des taches de sang à l'intérieur de l'armoire, probablement à mettre sur le compte de la tentative de Jackie pour se panser lui-même. Le reste du casier était plein de revues, de livres, il y avait aussi une trousse de toilette, une petite boîte en bois, un appareil photo numérique compact et un iPhone. Elle essaya le téléphone, mais il semblait déchargé.

L'air se chargea d'électricité et crépita au-dessus d'elle. Les objets dans le placard furent avalés par des ombres sombres lorsque les néons s'allumèrent au plafond. Zakariassen avait trouvé l'interrupteur près de la porte. Quand Anna se retourna, elle vit que les bottes avaient laissé des taches humides de neige fondue sur une trace de sang stagnante. Les taches de sang allaient du lit avec l'impact de balle à la penderie et ensuite à la porte. Jackie était-il sorti du baraquement ?

« Tu vois du sang dehors ? »

Le chercheur poussa le battant ; dehors, la neige passait en tourbillonnant comme un mur blanc. La tempête faisait rage, plus que jamais.

« Non. S'il y avait du sang ici, la neige l'a recouvert depuis longtemps. Il est complètement impossible de voir quoi que ce soit maintenant. »

Il referma la porte. Les hurlements de la tempête s'en trouvèrent atténués. Il mit son fusil en bandoulière et regarda dehors entre les rideaux noirs qui pendaient devant la fenêtre à côté de la porte.

La baraque paraissait tout à fait différente maintenant qu'elle était éclairée. Les sacs de couchage de couleurs vives posés çà et là donnaient presque l'impression d'être dans un chalet de montagne tout ce qu'il y a d'ordinaire, si ce n'était une statuette de Bouddha en or. De longs bâtonnets d'encens étaient enfoncés dans les mains de la figurine dorée.

Mais dès que le regard d'Anna se porta sur le Chinois mort, la scène changea. La jeune femme était désormais dans la baraque sombre de *Vendredi 13*, le film d'horreur qui lui avait filé des cauchemars à l'adolescence. Était-ce Jason qui attendait quelque part là-dehors dans la nuit polaire avec son masque de hockey sur le visage ?

Elle saisit un sac de couchage sur un autre lit et le jeta sur le cadavre. Désormais, ils avaient fouillé la base et à part Jackie tout le monde était mort. Anna essaya de se rappeler si Jackie avait dit avoir vu un seul homme. Combien étaient-ils dans le véhicule qui avait dû quitter la base juste avant leur arrivée ? Combien de membres comptait le personnel d'Isdragen ?

Elle eut une idée. Elle retourna à l'armoire de Jackie et en sortit la chemise qui se trouvait tout en haut du tas de vêtements. Il y avait une tache de sang dessus. Elle secoua la chemise et vit une étiquette cousue à l'intérieur du col. L'étiquette ne comportait aucun texte qu'elle puisse comprendre, rien que des idéogrammes chinois, mais Anna devina tout de même qu'il devait s'agir d'une étiquette provenant d'une blanchisserie.

23

Après avoir éteint la lumière dans le local pour ne pas être vus de l'extérieur, Anna entrouvrit la porte. Il lui fallut s'agripper au battant pour que le vent ne le rabatte pas contre le mur pendant qu'elle examinait la place devant le baraquement. Même si le professeur avait dit qu'il n'avait vu personne, il se pouvait malgré tout que des gens se dissimulent quelque part. Elle resta longtemps immobile. Sans se concentrer sur quelque chose en particulier, elle se contenta de scruter à travers le blizzard dans l'espoir de capter un mouvement, quelque chose qui n'était pas là avant, n'importe quoi.

Elle s'était abstenue de mettre le masque de ski pour mieux y voir, ce qu'elle regretta aussitôt. Le vent glacial lui pétrifiait le visage et lui piquait les joues quand elle tournait la tête. Mais elle s'efforça de garder les yeux grands ouverts derrière ses lunettes de ski. Elle ne suivait rien du regard, elle observait simplement. Exactement comme un homme privé de la vue le lui avait enseigné, il y a fort longtemps. À l'époque, elle était aussi entourée de petites baraques. Mais elles étaient habitées. Par des hommes, des femmes, des enfants. Une vie grouillante.

« Laisse ton subconscient travailler pour toi. »

L'aveugle tournait le dos à la vue sur le toit d'un hôtel en plein centre-ville de Mogadiscio. Autour de l'hôtel, de petites cahutes rouillées étaient tassées les unes contre les autres. Vues du toit, on aurait dit des colonies de champignons sauvages. « Ne vois pas ce que tu crois voir parce que tu l'as déjà vu tant de fois ; vois ce qui se trouve effectivement devant toi. » C'était le neuvième jour qu'ils faisaient le guet sur le même toit et Anna en avait sa claque.

Mogadiscio était une ville perdue.

Le dernier représentant de la loi et de l'ordre, le général Sarinie, avait été assassiné parce qu'il essayait d'empêcher la destruction d'un cimetière italien par la milice islamique qui assiégeait la ville. La mission d'Anna consistait à veiller à ce que l'hôtel servant de base au personnel des Nations unies ne soit pas attaqué ni plastiqué avant qu'ils parviennent à se sortir du piège somalien. La seule diversion pendant la garde, c'était la livraison quotidienne de pain frais en provenance des cuisines de la base norvégienne située aux abords de l'aéroport. Un luxe pour des soldats qui sinon vivaient sur des rations de combat.

C'était cet homme qui lui avait fait découvrir le petit hangar derrière la mosquée. La milice l'avait édifié pendant la nuit et avait fait en sorte que cette construction en tôle ondulée semble avoir toujours été là. Lorsque la patrouille de la jeune femme avait attaqué la cachette, ils avaient tué cinq adolescents équipés de fusils automatiques, de lance-grenades et de canons sans recul de fabrication russe. Les jeunes gens étaient dopés aux amphétamines et avaient refusé de se rendre. Deux jours plus tard, Anna avait fait ses bagages en même temps que les autres soldats des Nations unies et du personnel civil, ils étaient partis à l'aéroport gardé par des marines américains dans des véhicules blindés, laissant la Somalie livrée au chaos et à la mort.

L'espace découvert autour du grand bâtiment bleu lui rappela le cimetière à Mogadiscio et elle utilisa la même technique qu'à l'époque pour s'assurer que la tempête et les tas de neige ne dissimulent rien. Les trois morts gisaient exactement au même endroit. Désormais la neige s'accumulait contre leurs corps du côté opposé, poussée par le vent qui avait tourné. Le pôle Nord était en train d'ensevelir les morts. La neige qui se déposait sur les cadavres tournait le coin du baraquement et passait devant la porte où l'homme de glace était toujours à quatre pattes.

Il n'y avait rien en vue, mais Anna avait pourtant le fort pressentiment que le danger n'était pas terminé. À la fin, elle dut prendre une décision fondée sur ce qu'elle voyait effectivement.

« La voie est libre », cria-t-elle à Zakariassen et elle sortit en courant. Tandis qu'elle faisait le guet à la porte, il avait solidement attaché Jackie au lit avec du ruban adhésif afin qu'il ne s'enfuie pas.

Avec le blizzard dans le dos, cela alla si vite qu'Anna eut du mal à s'arrêter quand elle arriva à destination. Elle s'agrippa à la poignée de la porte, ouvrit le battant et regarda autour d'elle, sur ses gardes, alors que le chercheur arrivait en courant et s'engouffrait à sa suite dans l'infirmerie. Avec cette tempête de neige, il était presque impossible de distinguer quoi que ce soit. Si un meurtrier se cachait quelque part à leur insu, la seule consolation, c'était que lui non plus ne pourrait pas les voir dans cette purée de pois.

Il fallait l'espérer.

Quand Anna entra, le vent referma la porte derrière elle si violemment que deux ou trois flacons tombèrent d'une étagère.

Une bouffée de térébenthine leur monta aux narines.

Elle trouva l'interrupteur dissimulé derrière un tablier bleu accroché à une patère près de la porte, et éteignit la lumière. Maintenant, ils étaient moins visibles si quelqu'un surveillait le baraquement de l'extérieur. Des étagères pleines de médicaments et de matériel d'acupuncture chinoise brillaient dans le faisceau des lampes de poche. La jeune femme trouva ce qu'elle cherchait derrière une toile suspendue à une armature au plafond.

Au-dessus d'une machine à laver et d'un sèche-linge était accroché un tableau en plastique avec des caractères chinois griffonnés dans la partie du haut. Sous les idéogrammes étaient collés des aimants de réfrigérateur de différentes couleurs.

« Qu'est-ce qu'on cherche ici ? » demanda Zakariassen qui essuya ses lunettes tout en jetant un coup d'œil au tableau.

Sur chaque aimant était écrit quelque chose dont Anna devina qu'il s'agissait des noms de ceux qui vivaient sur la base. Le tableau était divisé en sept champs horizontaux. Sa connaissance des calendriers chinois frôlait la nullité absolue, mais elle partit du principe qu'eux aussi avaient recours à la semaine de sept jours.

« Ma théorie… c'est qu'on est en présence de quelque chose d'aussi banal qu'une liste de lessives. Les scientifiques ont besoin de chaussettes et de pantalons propres, eux aussi, dit-elle en déplaçant l'un des aimants colorés. Chaque homme a son propre aimant pour réserver une heure de lessive.

— Hum, intelligemment pensé. »

Les lèvres du chercheur remuaient au fur et à mesure qu'il comptait les aimants. « Quatorze... quatorze hommes en tout. Combien en avons-nous trouvé ? »

Anna faisait déjà le compte dans sa tête : l'homme à la porte. Celui qui était figé dans son élan à l'intérieur, plus les deux devant les ordinateurs, cela faisait quatre. La personne au pied sectionné, cinq. L'homme captif de la chute d'eau gelée, six. Les trois abattus dehors sur la place, neuf. Celui en combinaison orange dans la baraque aux émetteurs radio saccagés, dix. L'homme dont Jackie avait dit qu'il s'appelait Guan plus Jackie lui-même.

« J'arrive à onze morts, et puis Jackie, donc douze au total. »

Les rides sur le front du savant se creusaient encore davantage sous la lumière de la lampe de poche. « Seigneur, ce que tu dis... cela signifie... qu'il nous en manque... deux. »

Anna sentit une lassitude infinie envahir tout son être.

« Oui, maintenant, plus besoin de se poser de questions. On ne cherche pas seulement un tueur, mais deux. »

24

Anna regarda dehors et essaya d'apercevoir le garage où il manquait un véhicule. Le véhicule dans lequel deux assassins s'étaient enfuis après avoir tué onze personnes.

Pourquoi ?

S'il y avait deux tueurs, les meurtres n'avaient pas été commis sous l'emprise de la panique. Ils devaient avoir collaboré. Qu'avaient bien pu faire les scientifiques chinois qui justifiait qu'on dût les assassiner ? Ou bien, tout ce qui s'était passé sur la base était-il l'œuvre d'un seul fou ? Un meurtrier dément qui avait pris un otage parce que lui-même ne savait pas conduire ? Parce qu'il était blessé ?

Et où allaient-ils ?

Des questions, toujours des questions. Anna ressentit une somnolence accompagnée de vertiges. Elle s'éloigna de la fenêtre, regagna le milieu de la pièce, mais alors l'obscurité l'enveloppa, elle eut comme l'impression de se diriger vers une falaise dans un épais brouillard.

« Daniel, est-ce qu'on peut atteindre le continent en voiture d'ici ? »

Il regarda dehors. La neige cinglait les vitres, hachée par la lumière crue des projecteurs ; le faisceau qui lui balaya le visage clignotait comme un stroboscope dans une discothèque. Il alla se coller à la fenêtre comme s'il espérait apercevoir tout le trajet jusqu'au Groenland ou jusqu'en Russie.

« Non. On ne peut pas faire tout le parcours en voiture jusqu'au continent, finit-il par dire. D'abord, la plus grande partie de la calotte glaciaire est entrecoupée de crevasses à cause des changements de climat. La seule façon de les franchir, c'est avec un aéroglisseur, comme nous le faisons. Et plus on s'approche de la côte du Canada, de la Russie ou du Groenland – si c'est bien ce que ces monstres ont dans le crâne –, plus l'état de la glace empire. En rencontrant le continent, la banquise se soulève sous la pression. Cela crée des murailles d'une hauteur incroyable avec du pack partout, ces blocs de glace flottants. C'est tout juste si on arrive à les escalader à pied. Alors en voiture… ils n'ont aucune chance. »

Anna jeta de nouveau un coup d'œil au tableau des lessives. Les couleurs vives des aimants étaient bien visibles dans l'obscurité. Zakariassen et elle observèrent en silence les traits au feutre qui racontaient l'histoire du quotidien d'une douzaine d'hommes qui jamais ne verraient un nouveau jour se lever.

« Mais, dit le savant, il y a une chose qui cloche…

— Oui, dit Anna, résignée. Qui a lancé la fusée de détresse ? Jackie dit qu'on lui a tiré dessus, mais si c'était le contraire ? S'il avait zigouillé tout le personnel mais que quelqu'un avait réussi à le descendre et à se tailler ensuite ? Si cette théorie est la bonne, de pauvres diables sont en train de crever de froid sur la banquise en ce moment.

— Ils *sont* morts de froid », corrigea Zakariassen.

Toutes ces hypothèses épuisaient Anna. Elle avait l'impression d'être de nouveau engluée dans la guerre civile en Somalie. Tout comme à l'époque, il était impossible de savoir où se situait le front. Sans un front, même le soldat le plus habile était incapable d'établir une ligne de défense.

« C'est quoi... le plan maintenant ? » finit par demander le professeur.

Une puissante rafale de vent fit trembler le baraquement. Le panneau vitré de la porte du sèche-linge vibra. Renonçant à tout comprendre, Anna se concentra sur le plus important.

« La priorité numéro un, c'est la communication. Faut qu'on arrive à faire marcher la radio, dit-elle. On ne devrait pas se séparer, mais cette foutue tempête nous donne en tout cas un avantage. Si les assassins sont en dehors de la base, ils n'y voient que dalle comme nous. »

Zakariassen resta planté là à regarder la lumière de sa lampe. Ses lèvres remuèrent, formant des mots silencieux. Anna eut le sentiment qu'il voulait dire quelque chose qu'il ne parvenait pas à formuler. Il renonça, lui aussi.

« Il vaut mieux que je retourne au Sabvabaa et que j'essaie de trouver ce qui est arrivé à nos antennes radio, dit-il.

— T'as besoin d'aide ? »

La question fut posée sans grande conviction. Les connaissances techniques d'Anna en radio se limitaient à changer de fréquence et à remplacer les batteries.

« Non, mieux vaut que tu restes ici et que tu surveilles le Chinetoque. »

Le scientifique mit son Mauser en bandoulière. La réverbération de la neige avait des reflets bleutés sur l'acier de l'arme. Anna se dirigea vers la porte. Dès qu'elle posa la main sur la poignée, elle sentit le froid. Elle dut batailler ferme contre la pression de l'air pour ouvrir le battant. Le vent trouva aussitôt le chemin entre les lunettes et le masque de ski. Le froid traça un cercle autour de son visage ; elle garda la bouche fermée et respira par le nez.

Il n'y avait rien d'inhabituel en vue. Anna considérait déjà les trois cadavres au milieu de la place comme un élément de la base chinoise. Le froid allait les congeler et les enfermer dans une gangue de glace. La neige les ensevelirait.

« La voie est libre. »

Elle se retourna et fit signe à Zakariassen de sortir. Dès qu'il fit un pas sur la place, le blizzard l'entraîna comme un morceau de bois dans une rivière en crue.

« Allume le radar ! hurla-t-elle dans son dos. S'ils reviennent, comme ça on pourra les voir. »

Les meurtriers étaient déjà devenus « ils ». Quelqu'un dont on avait entendu parler mais qu'on ne connaissait pas. Comme ces horribles voisins dont on souhaiterait qu'ils vendent leur maison à des chrétiens non fumeurs.

Le chercheur fit un geste du bras pour montrer qu'il avait bien reçu le message avant que la neige et les ténèbres ne l'avalent.

25

Jackie dormait encore quand Anna revint à son baraquement. Elle l'observa. À l'armée, elle avait toujours reçu de bons commentaires sur sa capacité à savoir décrypter les gens. Dans une situation tendue, cela pouvait faire la différence entre la vie et la mort. Ici, elle avait besoin de savoir si vraiment cet homme frêle avait pu tuer tout le monde.

Anna étudia le visage blême dans le lit. Elle essaya de lui retirer son masque pour dévoiler ce qui se cachait dessous, mais Jackie ne révéla aucun secret. Elle ne vit qu'un petit Chinois aux traits féminins qui en ce moment même se débattait dans une zone mal définie entre la vie et la mort. Son regard glissa de la peau lisse jusqu'au bandage ensanglanté.

Après avoir revérifié que le plasma coulait bien dans la veine, elle plongea sa main dans les poches du blessé. Elle en sortit un paquet de chewing-gums chinois, un briquet et des cigarettes dans un sachet étanche, un téléphone portable, la clé d'un cadenas, rien qui puisse lui apprendre si l'homme inconscient était un tueur.

Elle sortit les magazines et les livres de Jackie de l'armoire.

Il y avait un numéro de *Popular Science* avec la photo de la vedette de cinéma anglaise Simon Pegg en uniforme de *Star Trek* à la une. Tout en haut de la première page s'étalait un gros titre : « Le côté obscur de la réalité virtuelle ». Les trois autres revues étaient différents numéros du mensuel de technologie américain *Wired*. La dernière de la pile était le magazine économique *Forbes*. La une était barrée d'un titre en gros caractères d'un jaune agressif : « Liste des riches ! » Une page était pliée. On y voyait le dessin d'un bateau futuriste, un yacht, qui mouillait sur une rivière entourée d'une jungle impénétrable.

Tous les livres de Jackie étaient en chinois et, d'après les illustrations et les photos, Anna supposa qu'il s'agissait de manuels techniques sur les systèmes informatiques. Un seul ouvrage sortait du lot. Une édition de poche, passablement usagée et aux bords racornis. Sur la première page, trois idéogrammes chinois. Elle feuilleta le livre et vit que Jackie avait souligné du texte à plusieurs endroits.

Une photographie en papier glacé glissa du bouquin tandis qu'elle le parcourait : le cliché d'une femme qui parlait dans son portable tout en marchant le long du front de mer. La femme avait de longs cheveux blonds et était vêtue d'un jean serré et d'une chemise blanche décolletée sous une veste de costume. Les yeux et la plus grande partie du visage étaient dissimulés derrière de grosses lunettes de soleil. Les larges épaules amenèrent Anna à penser que la fille était, ou avait été, soit une nageuse, soit une gymnaste. Un homme musclé en rollers arrivait dans l'autre sens. Anna devina que la photo avait été prise quelque part à Venice Beach, en Californie. Elle retourna le cliché, il n'y avait rien au dos. La photo semblait avoir été prise à l'insu de la femme, au téléobjectif. Peut-être s'agissait-il d'une célébrité que Jackie traquait ?

Le livre et le cliché devaient signifier quelque chose de spécial. Bien décidée à interroger Jackie à son réveil, elle fourra le livre et la photo dans sa poche de poitrine.

L'odeur douceâtre de sang se renforça lorsqu'elle s'approcha du mort. Elle se mit à genoux et regarda sous la couchette où il reposait. Les deux balles qui l'avaient tué avaient traversé le fond du lit avant de s'enfoncer dans le sol. En introduisant un doigt dans l'un des trous, elle comprit que dans cette baraque le sol était recouvert de plastique. Les projectiles étaient probablement enfouis dans la glace en dessous. Elle aperçut le pistolet à clou à demi démonté qui traînait par terre à côté de la couchette. Pourquoi se trouvait-il ici et non dans l'atelier ?

Anna s'affala à côté du lit de Jackie. Elle regarda l'heure. L'aiguille sur le cadran vert approchait de sept heures. La tête appuyée contre le pied du lit, elle tenta de trouver des liens dans ce chaos sanglant. Au-dessus d'elle, l'armature qui soutenait le toit vibrait sous les assauts du blizzard. Les membrures du baraquement grinçaient. Et dans la tête d'Anna, les fils s'emmêlaient et s'embrouillaient jusqu'à former des nœuds impossibles à démêler.

Tout à coup, elle sentit quelque chose d'humide sous elle. Elle se retourna et vit de l'eau noire jaillir par les impacts de balle sous la couchette. L'eau coulait sur le sol vers elle ; elle essaya de se lever, mais son corps était tout ankylosé. Le niveau montait, l'eau s'infiltrait dans l'ouverture de sa fermeture Éclair à hauteur de la poitrine. Le froid glacial lui enserrait le cou. Elle essaya de crier, mais sa gorge était paralysée, elle aussi. L'eau de mer coulait sur son visage. Sa vue se déforma quand sa tête fut immergée. Devant la fenêtre dans la baraque inondée, elle vit quelque chose rougeoyer ; des flammes montaient des profondeurs. Une douleur aiguë lui transperça la poitrine. Il n'y avait plus d'air dans ses poumons. Elle ouvrit la bouche, et l'eau de mer salée l'emplit tout entière.

« Anna. »

Elle s'éveilla. Vit un visage blême, indistinct au-dessus d'elle et, prise de panique, donna des coups de pied. Les coups portèrent. L'inconnu gémit et partit à reculons.

« Eh ! du calme, Anna, ce n'est que moi. »

Sa vue se clarifia. C'était vraiment Zakariassen qui était penché au-dessus d'elle.

« Désolée, Daniel, je dois m'être assoupie. »

Encore sonnée, elle regarda sa montre en clignant des yeux. Vingt minutes seulement s'étaient écoulées, mais cela lui parut avoir duré des heures.

Elle se releva. Les yeux lui piquaient. Un mille-pattes se tortillait et se contorsionnait dans son ventre. La faim. Si elle voulait être au top de sa forme, il fallait qu'elle mange bientôt.

« J'ai... j'ai eu un contact radio », annonça le chercheur en soufflant de l'air chaud sur ses mains.

Ces paroles firent oublier sa faim à Anna.

« Formidable, Daniel ! »

Dans son enthousiasme, elle lui tapota le dos, mais il se dégagea comme si ce simple contact lui faisait mal.

« C'étaient les fils de l'antenne qui étaient arrachés ; avec une épissure j'ai pu établir une connexion temporaire. La liaison était extrêmement mauvaise mais j'ai réussi à joindre les gardes-côtes américains. Ils enverront un hélicoptère du Groenland, quand la tempête se sera calmée.

— Tu leur as dit ce qui s'est passé ici ?

— Oui… que nous avons trouvé tout le personnel assassiné, et un survivant… que les meurtriers se sont enfuis dans un véhicule. Les Américains vont prendre contact avec les Chinois et se faire confirmer combien de membres comptait le personnel d'Isdragen. »

Zakariassen ôta ses lunettes et se mit à essuyer la buée et la neige. À cet instant précis, son visage avait quelque chose d'enfantin. Comme si l'âge et toutes les connaissances s'étaient concentrés dans les verres épais de ses lunettes.

« T'as eu des instructions… à son sujet ? » demanda Anna.

Tous deux regardèrent Jackie qui dormait immobile sur sa couchette. La poitrine qui se soulevait et s'abaissait indiquait qu'il était vivant.

« Non, simplement qu'il fallait le maintenir en vie. »

Anna regarda par la fenêtre du baraquement. Poussée par le vent, la neige passait devant les vitres, toujours aussi épaisse et impénétrable.

« C'est super, avec ce qu'on a ici, on peut survivre trois ou quatre heures. Maintenant, le mieux à faire, c'est de réparer le Sabvabaa, en se magnant le train, et de filer sur la banquise. Là-bas, ce sera plus facile de se défendre si jamais les deux fuyards rappliquent par surprise. »

Zakariassen remit ses lunettes sur son nez. Jeta un coup d'œil par la fenêtre.

« Je n'ai malheureusement pas que de bonnes nouvelles. Les durites de rechange sont restées au camp, déclara-t-il en la regardant, découragé. Je n'arrive pas à réparer l'aéroglisseur. Toi et moi, on est coincés ici. »

26

Anna essaya de rassembler ses idées. Il y a peu de temps encore, quatorze personnes vivaient et travaillaient ici. Pourquoi presque toutes avaient-elles été assassinées ? Qu'est-ce qui avait poussé des scientifiques rationnels à tuer leurs collègues dans un endroit d'où il était impossible de s'enfuir ? Où le coupable serait confondu en comptant tout simplement les cadavres par rapport à une liste du personnel. Qu'est-ce qui avait bien pu inciter des gens à commettre des actes aussi odieux ?

Elle se sentait fatiguée et sans forces.

« Putain, je n'arriverai pas à cogiter correctement avant d'avoir bouffé quelque chose, dit-elle à Zakariassen. Il y avait une cuisine dans une des autres baraques ; surveille Jackie, moi, je file voir si je peux nous trouver un peu de nourriture. »

Parcourir les quelques mètres jusqu'à l'autre baraquement fut éreintant. À l'intérieur, deux longues tables étaient disposées devant une cuisine. Dans un placard, elle trouva plusieurs sachets de nouilles instantanées. Elle en prit deux et se dirigea vers un grand bidon en plastique contenant de l'eau, installé sur le plan de travail. Elle plaça un récipient sous le robinet et l'ouvrit. Derrière le bidon en plastique trônait une pile d'assiettes comme si quelqu'un avait été dérangé pendant les préparatifs d'un repas.

Yann avait une pile d'assiettes dans les mains quand Anna et Geir entrèrent dans la cuisine.

« Vous êtes en avance, dit-il en fourrant les assiettes sous un plan de travail.

— Non, en fait on a une demi-heure de retard », répliqua-t-elle un peu trop vivement.

Yann regarda sa montre d'un air étonné.

« Désolé, j'étais à Paris ce week-end, je dois avoir oublié d'avancer ma montre de nouveau.

— Quelqu'un veut du vin ? demanda un homme d'un certain âge, vêtu d'un costume trop grand pour lui, en posant un cubi sur le plan de travail.

— Merci, Eissa, on en veut bien. »

L'homme, dont Anna apprit plus tard qu'il était le propriétaire du restaurant, versa le vin dans de grands verres à Coca-Cola.

« La qualité, c'est couci-couça bien sûr, mais on n'a pas de bons millésimes en Syrie en ce moment », dit Yann en levant son verre pour porter un toast.

Le vin avait un goût de cassis, de vanille et de poivre avec un vague arrière-goût de plastique. Yann but et passa son bras autour des épaules d'Eissa. Le propriétaire du restaurant avait des bouts de papier toilette sur le menton. Il s'était coupé en se rasant la barbe, obligatoire jusqu'à aujourd'hui. La période sombre de l'occupation de l'État islamique était terminée.

« Trinquons à la santé d'Eissa qui a bien voulu me prêter sa cuisine.

— Je ferais tout pour Yann, il a sauvé la vie de ma fille », répondit l'intéressé.

Yann balaya les louanges d'un revers de main et déposa quatre morceaux de viande saignants dans une grande poêle à frire en fer qu'il disposa sur un brûleur à gaz. La viande grésilla et bientôt une odeur d'agneau et de coriandre s'éleva de la poêle. Pour Anna, qui avait vécu sur des rations de combat la dernière semaine, ce fut comme entrer au paradis. Elle s'obligea à manger lentement, à savourer. Après quelques bouchées, elle s'aperçut que Yann la dévisageait d'un air curieux. Le cuistot attendait le verdict.

« Ça a un goût absolument fantastique, dit-elle. Où diable t'as trouvé une si bonne viande ?

— Je connais un berger à quelques dizaines de kilomètres en dehors de la ville. Il m'a donné un agneau. »

Anna eut tôt fait de comprendre que Yann Renault était le genre de type qui pouvait échouer dans l'endroit le plus désert au monde et se faire quand même une centaine d'amis en quelques jours.

Elle avait d'abord décliné l'invitation à déjeuner de Yann. Il l'avait regardée d'un air comiquement offensé.

« Tu ne peux pas refuser. Tu m'as sauvé la vie ; le moins que je puisse faire, c'est de te préparer un bon repas dans ce pays maudit. »

Une demi-heure plus tôt, depuis son poste de garde sur un toit, Anna avait vu Yann Renault courir avec un enfant dans les bras. Elle avait vu également les pierres gicler derrière lui. Sous l'impact de la balle du fusil d'un tireur embusqué de l'État islamique. Si elle n'avait pas riposté et obligé le tireur à se mettre à couvert, Yann serait mort.

« Alors je dois te remercier chaleureusement. Jamais ange plus charmant n'a veillé sur moi », avait été sa réponse quand le médecin apprit à quel point il avait été proche de la mort. Elle avait senti la chaleur lui monter aux joues sous les compliments du Français.

C'était Geir, compagnon jovial originaire de Hamar et bras droit d'Anna, qui l'avait convaincue. Il avait lui aussi vu l'acte héroïque et téméraire de Yann.

« Détends-toi un peu, voyons, Anna. Après tout, il n'y a rien de mal à manger avec un gentil Français, si ? »

Oui, en effet, qu'y avait-il de mal à cela ? Rien si ce n'est qu'elle était tombée amoureuse de Yann. Et commençait à rêver d'un avenir. D'une autre vie.

Après le repas, Yann se dirigea vers un vieux magnétophone qui trônait sur un buffet bancal derrière le plan de travail. Il s'essuya soigneusement les mains sur un torchon avant d'installer une nouvelle bande dans l'appareil et d'appuyer sur le bouton « start ».

« Celui qui devine ce que c'est aura droit à un dessert... »

Le son triste d'une clarinette s'échappa du haut-parleur du magnétophone. Au bout d'un moment s'y ajouta un saxophone. L'ambiance s'éclaircit un peu, comme si le soleil se levait soudain au beau milieu de la nuit noire. Geir gémit.

« Ça, c'est de la grande musique, j'en suis archi sûr.

— Leonard Bernstein, la musique du film *Sur les quais* », dit Anna.

Yann la regarda d'un air sincèrement surpris.

« Très juste ! Fantastique. Tu es musicienne ?

— Non, mais ma mère l'était. Elle adorait les musiques de film. J'ai grandi avec tous les classiques, *Casablanca, Docteur Jivago, Lawrence d'Arabie* ; j'ai entendu ces musiques des centaines de fois. »

Un bruit de voix fortes retentit soudain devant le restaurant. Eissa alla vers la porte, mais avant qu'il n'y arrive, le battant s'ouvrit en grand et plusieurs femmes en tenue camouflée se ruèrent à l'intérieur.

La plupart avaient des kalachnikovs en bandoulière, quelques-unes portaient des packs de bière Heineken. Toutes étaient de fort bonne humeur.

« Non, laisse-les entrer ! cria Yann quand Eissa essaya d'expliquer aux femmes soldats qu'elles interrompaient une réunion privée, et il leur fit signe de venir. Ce sont les héroïnes de la libération d'Aïn Issa. Elles méritent bien une fête. »

Bien entendu, Yann connaissait plusieurs des membres de l'Unité de défense féminine, une branche distincte de l'Armée de libération kurde. Il présenta Anna et Geir à la capitaine, un petit bout de femme aux grands yeux maquillés. S'il n'y avait pas eu l'uniforme et la kalachnikov, on aurait pu prendre Nuhad pour une adolescente. Sa compagnie avait été en première ligne lors de la défaite des djihadistes à Aïn Issa, maintenant elles allaient fêter ça en attendant la prochaine bataille. L'objectif consistait à libérer Raqqa, la capitale de l'État islamique, où des centaines de gens se faisaient décapiter en public.

Plus tard, Yann avait mis une nouvelle bande. De la musique mexicaine classique, chaude comme du miel coulant.

« La musique du film *Le Masque de Zorro*. J'adore Catherine Zeta-Jones ; elle est rayonnante de beauté et meilleure escrimeuse que la plupart des hommes.

— Ta femme, elle pense quoi de ton grand amour pour Catherine ? »

Les yeux d'Anna rencontrèrent ceux de Yann. Elle nota qu'il avait une tache claire à l'iris gauche.

« Si j'avais eu une femme, elle aurait sans doute pensé que j'étais un idiot romantique.

— T'es un idiot romantique ?

— Quand l'occasion se présente, ça peut m'arriver. »

Du coin de l'œil, Anna enregistra que Geir l'observait ; elle aussi commençait à se sentir comme une idiote romantique.

Le début de flirt fut interrompu par des cris venant de dehors.

Anna se leva, ôta d'un geste rapide la sécurité du pistolet qu'elle portait sous sa veste et emboîta le pas à Nuhad qui sortait de la cuisine. Un jeune homme était dans la rue devant le restaurant. Il avait sur lui un maillot de Manchester United. Il cria en anglais :

« Vous avez de la nourriture ici ? Je n'ai pas mangé depuis trois jours. »

Les gardes abaissèrent leurs fusils automatiques, la tension était en train de se dissiper. Le jeune homme enfouit une main dans sa poche tout en s'avançant vers l'entrée. Les deux coups de feu que tira Anna se confondirent en un seul. Les balles le touchèrent en pleine poitrine. La ceinture d'explosifs sous le maillot de foot se déclencha. Le corps du djihadiste de Manchester fut réduit en charpie. Le souffle de l'explosion fit voler en éclats les fenêtres du restaurant, et quelque chose d'humide atteignit Anna au visage. Du sang.

Elle sentit de l'eau froide lui couler sur la main.

Le bol de nouilles était plein d'eau. Elle le poussa sur le côté et remplit l'autre également. Elle mit les deux bols dans un four à micro-ondes en acier brillant et tâtonna un peu avec les boutons qu'elle ne connaissait pas avant de réussir à mettre l'appareil en marche. Elle pensa à Yann, elle arrivait encore à voir distinctement son visage. Les boucles rebelles. Les grands yeux avec les rides du sourire au coin. Parviendrait-elle jamais à l'oublier ? Souhaitait-elle l'oublier ?

Le micro-ondes bipa.

Elle ingurgita bruyamment les nouilles brûlantes, debout près du plan de travail. Elle sentit la nourriture chaude dans son ventre, l'énergie qui revenait. Ensuite, elle réchauffa deux autres bols et les rapporta à Zakariassen. Les pâtes avaient eu le temps de tiédir en chemin, mais il les mangea goulûment sans se plaindre. Il fit beaucoup de bruit avec la bouche en aspirant la dernière nouille.

« Merci, j'étais plus affamé que je ne l'aurais cru », reconnut-il en bâillant.

Pour Anna, ce fut contagieux. La tension leur avait fait oublier de manger, mais le besoin de sommeil les rappelait à l'ordre. Elle tenta de chasser sa fatigue, mais les hurlements monotones du vent la firent cligner des yeux.

« Faut qu'on sorte, dit-elle.

— Quoi ?

— On est obligés de faire le guet au cas où ils reviendraient. »

Le scientifique gémit bruyamment, mais ne protesta pas.

Une heure plus tard à peine, Anna dut constater que même si Zakariassen et elle avaient été des soldats d'élite super entraînés, dotés des meilleurs équipements polaires que l'on puisse acheter avec des fonds militaires, ils auraient tenu au maximum une demi-heure à leur poste par pareille tempête. Or, pour un professeur à la retraite sans un gramme de graisse sur le corps et une femme ex-soldat qui ne s'était pas entraînée depuis deux ans, c'était mission impossible.

Le froid mordant et le blizzard la vidaient de son énergie et venaient à bout de sa vigilance en quelques minutes, en plus de lui causer des engelures au visage.

« Ça va pas, putain, encore une seule garde et je meurs de froid sur place. On a besoin de dispositifs pièges », gémit-elle quand la porte de la hutte de Jackie se referma derrière elle en claquant. Elle tremblait convulsivement après avoir monté la garde pendant un petit quart d'heure. « Si on installe des pièges autour du baraquement ici, on sera avertis si jamais ils reviennent.

— Non, je ne peux pas... je suis au bout du rouleau, je n'ai pas la force de rester dehors une seconde de plus. »

La voix du vieil homme était brisée et comme rouillée. Anna sentit qu'elle claquait des dents.

« On va résoudre un problème à la fois.

— Alors, c'est à toi d'aller chercher les pièges, moi, je reste ici à surveiller le Chinetoque », dit Zakariassen.

Jackie dormait toujours, immobile dans son lit.

« C'est mieux si on y va ensemble, Jackie n'ira nulle part.

— Bon Dieu, Anna, tu n'entends pas ce que je dis, putain ! (Sa voix monta dans les aigus.) Je n'ai pas la force de faire tout le trajet jusqu'au Sabvabaa encore une fois. »

Elle céda. Il avait malgré tout soixante-treize ans au compteur.

« Bon, mais fais pas comme moi, roupille pas, nom de Dieu. Si je ne suis pas revenue dans une demi-heure, il faudra que tu rappliques. »

Anna sautilla sur place, battit des bras pour se réchauffer. Puis elle monta la fermeture à glissière de sa combinaison de survie au maximum, ajusta ses lunettes, resserra sa capuche, poussa le battant et sortit.

27

Pour arriver à l'aéroglisseur en toute sécurité, Anna choisit un nouvel itinéraire. Si les meurtriers étaient déjà revenus et se dissimulaient quelque part dans les ténèbres, ils n'auraient pas l'avantage de la prendre à revers.

Profitant de l'abri que lui offraient les ombres de l'arrière de la base, elle lutta contre le vent et la neige en gardant toujours un œil dans le cercle de lumière autour du camp. Il n'y avait rien à voir, mais l'impression qu'un être malfaisant rôdait ne la lâchait pas. Si le dragon sur la tour s'était brusquement détaché et l'avait attaquée en crachant des flammes, Anna n'aurait pas été autrement surprise, tant ce sentiment l'habitait. Le pôle Nord était un pays inconnu. Même le sol sur lequel elle marchait pouvait cacher un ennemi.

Anna avait connu exactement la même expérience lors de sa première semaine au pôle Nord. Éveillée au beau milieu de la nuit par un bruit inconnu, elle avait vu la Voie lactée dessiner une arche dans le ciel, juste devant ses fenêtres. La vue était si spectaculaire qu'elle avait éteint toutes les lumières des instruments dans la cabine pour essayer de prendre un beau cliché.

À travers le puissant téléobjectif de son appareil photo, elle avait tout à coup aperçu des lumières vertes et rouges. Cela avait tout l'air de feux de navigation d'un bateau. Après avoir vérifié sur le radar qu'il ne s'agissait pas d'un brise-glace ayant un cap susceptible de le faire entrer en collision avec l'aéroglisseur, elle s'était habillée et était sortie pour mener son enquête. Elle avait parcouru deux ou trois cents mètres dans la direction des lumières quand elle avait vu quelque chose de haut et de noir surgir de la glace.

Le kiosque d'un sous-marin.

Sur la seule photo qu'elle avait réussi à prendre avant que le sous-marin ne plonge, des hommes l'observaient avec des jumelles. Au-dessous d'eux, une étoile rouge était peinte sur le kiosque. Le submersible russe avait dû capter le bruit des sonars de Zakariassen et fait surface à travers la glace pour vérifier d'où venaient ces sons.

Pourquoi les Russes avaient-ils plongé si vite en la voyant ? Anna n'avait pas d'explication. Peut-être les gens de mer appartenaient-ils à la vieille génération superstitieuse qui croyait qu'une femme à bord d'un bateau portait malheur ?

Des lumières vertes et rouges émergèrent de la tempête de neige. Pas celles d'un sous-marin. Celles du Sabvabaa. Lorsqu'elle finit par ouvrir l'écoutille et grimper dans la cabine, elle fut prise de violents tremblements. Trente pompes à la suite contribuèrent un peu à la réchauffer.

L'étui avec l'arc japonais traînait par terre. La collision l'avait sans doute projeté hors de sa place sous le lit. Elle ouvrit l'étui et sortit l'arc pour vérifier qu'il n'était pas endommagé. Ce n'était guère le moment de se préoccuper de ce genre de détails, mais cela la calma de constater que le bois stratifié était intact et toujours aussi beau.

Après avoir pris la boîte de dispositifs pièges, elle s'installa devant l'émetteur radio. Elle voulait joindre Boris pour lui demander quand la tempête allait cesser. Son haleine se transforma en glace sur la fenêtre au-dessus de l'appareil. Toutes les fenêtres dans la cabine étaient gelées ou recouvertes d'une épaisse couche de neige. Elle enleva le givre du ruban où Zakariassen avait inscrit l'indicatif d'appel de l'aéroglisseur au feutre vert.

« Whisky... delta... écho... quatre... quatre... un... quatre... ici Fram X qui appelle le météorologue sur Taïmyr. *Over.* » Quand elle relâcha le bouton du microphone qui permettait de parler, un crachotement s'échappa du haut-parleur de l'émetteur radio. « Anna à Boris, t'es là ? Réveille-toi, mec, j'ai vraiment besoin d'un coup de main ici. »

Grincements et crépitements furent sa seule réponse.

En grattant la glace à l'aide d'une règle de carte, elle se ménagea une sorte de judas dans la fenêtre et essaya d'apercevoir le ciel, mais avec cette tempête, l'horizon était complètement bouché à cause de la neige qui tombait dru.

Elle décrocha le combiné du téléphone satellite suspendu au mur à côté de l'émetteur radio et tapa le numéro de son père à Tromsø. Pour toute réponse, elle entendit un bruit bizarre comme une sirène.

Alors elle essaya de joindre une femme appartenant à son ancienne vie. La dernière fois qu'elle avait rencontré Victoria Hammer, c'était sur un quai à Tromsø. Anna était allée avec son père voir un ancien bateau de pêche qu'il envisageait d'acheter pour le transformer en navette pour touristes. De plus en plus de touristes voulaient partir en safari-photo pour admirer les baleines ou bien aller escalader les sommets à pic avec des équipements de randonnée et redescendre dans la poudreuse vierge. Ces deux activités exigeaient un bateau.

« Je voulais juste voir comment tu allais, Anna », avait dit Victoria en sortant d'une voiture de location bien briquée. Victoria Hammer avait succédé à Ola Kaldager à la tête du groupe secret Section d'intervention spéciale. Officiellement, ce groupe, qui apparaissait sous le nom de Code E14 dans les articles que publiait *VG*[1] sur les espions, avait été dissous en 2006 ; officieusement, il se portait comme un charme. Ola Kaldager était surnommé « LG – Le Gris ». Le premier jour en tant que nouvelle chef, Victoria plaisanta en disant qu'elle était donc « LB – La Blonde » dans son discours devant ses agents triés sur le volet. Les initiales restèrent. LB avait été la supérieure immédiate d'Anna dans l'armée. LB lui avait téléphoné un nombre incalculable de fois pour tenter de la convaincre de revenir. Anna avait fini par ne plus décrocher.

Elles avaient déjeuné dans un café-bar où de jeunes hommes à la barbe bien taillée servaient, goutte à goutte, du café colombien.

« Tu as reçu la lettre disant que ton dossier est classé sans suite ? » avait demandé LB tandis qu'Anna picorait son omelette. Les noix et le miel n'étaient pas sa garniture préférée.

« C'est la CIA qui a fait changer d'avis l'armée, tu le savais ? »

---

1. *VG* : *Verdens Gang*, plus connu sous l'abréviation *VG*, est un quotidien norvégien.

Anna avait effectivement reçu un courrier de l'avocat militaire, mais elle n'avait même pas ouvert l'enveloppe, restée telle quelle à la maison.

« La CIA veut te donner une médaille. »

Elle n'avait pas non plus ouvert ce courrier.

« Prends soin de toi et appelle quand tu veux, avait dit LB en s'installant dans sa voiture de location pour regagner l'aéroport. Jour et nuit, je serai toujours là pour toi, Anna. »

Le même crépitement sortit du combiné et Anna n'eut pas le loisir de vérifier si LB pensait vraiment ce qu'elle avait dit.

« Putain ! »

De rage, elle jeta le téléphone au loin. Le combiné rebondit entre les ordinateurs sur la table de travail couverte de givre, comme une bille dans un jeu de flipper. Brusquement, elle eut le sentiment intense que quelqu'un l'observait.

Anna se retourna lentement. Il n'y avait personne dans la cabine. Devant les fenêtres, les vents faisaient tourbillonner la neige et bouchaient l'horizon comme les parasites sur un vieux téléviseur. Il n'y avait personne en vue dehors non plus.

Instinctivement, elle baissa le regard sur le sol. C'est de là que venait ce sentiment. Le sentiment qu'une puissance malfaisante avait été éveillée à la vie et l'observait d'en bas. Qu'une machinerie diabolique s'était mise en mouvement sous la glace, dans les profondeurs. Un mécanisme qui broierait tout ce qui se mettrait en travers de son chemin.

Elle referma les yeux le plus fort possible et dit le mot que l'aveugle lui avait donné en cadeau quand ils s'étaient dit adieu sur un aéroport militaire en Angleterre, dans une autre vie. Le mot qui mettait tous les compteurs à zéro. L'autohypnose, ça marchait, les souvenirs de moments d'angoisse se recroquevillaient comme un morceau de papier jeté au feu. La peur cédait la place à des tâches tangibles. Un : installer les pièges. Deux : dormir.

En sortant, elle vérifia la balise de détresse. La lumière verte clignotait plus vite que dans son souvenir, mais elle clignotait. Tant que les batteries seraient alimentées, l'émetteur diffuserait un signal avec la position précise du Sabvabaa.

Anna pensa à l'inquiétude de son père quand il apprendrait pour le signal de détresse. Johannes Aune était le seul qu'elle eût indiqué comme « proche parent » sur le formulaire que l'institut Nansen lui avait demandé de remplir avant de la laisser partir pour le pôle Nord.

Un cache en plastique sur le côté de la balise Argos n'était pas à sa place. Le mince couvercle dissimulait un petit écran avec trois boutons et un connecteur USB.

Quand elle appuya sur un bouton, un texte apparut à l'écran : *Besoin de pièces détachées*. Nouvelle pression : *Besoin d'assistance médicale*. Encore une pression : *Joyeuses fêtes, meilleurs vœux du pôle Nord*. Après avoir cliqué sur encore cinq messages, elle revint à « Besoin de pièces détachées. » Sur le bouton suivant, il y avait simplement écrit : « Envoi. »

L'émetteur avait visiblement préprogrammé des messages à l'intention d'explorateurs polaires au cas où aucune autre forme de communication ne fonctionnerait. Elle remit le cache en place, traversa la cabine en deux enjambées et ouvrit l'écoutille. Le vent glacial s'engouffra dans la cabine, balaya les feuilles de papier volantes et emplit le Sabvabaa de neige tourbillonnante. En sortant, Anna se rappela qu'elle avait oublié la boîte avec les pièges et elle retourna la chercher.

Si elle ne l'avait pas fait, elle n'aurait pas entendu l'alarme.

Un bip insistant venait de quelque part tout au fond près du siège conducteur. Dans sa hâte, elle glissa sur la couche de neige qui s'était déposée sur le plancher de la cabine et tomba. Elle se releva juste au moment où l'alarme s'éteignit.

« Putain, putain de merde ! »

Frustrée, Anna cogna du poing sur le tableau de bord. Un écran brillait sous la couche de givre. L'écran du radar s'était allumé. Elle essuya le givre. Le froid lui mordit le bout des doigts. Une vieille engelure récoltée dans une montagne paumée en Afghanistan se rappela à son bon souvenir.

Sur l'écran, elle ne vit tout d'abord que des parasites, la tempête de neige brouillait le signal radar, mais ensuite... pendant une courte seconde, un carré rouge clignota tout en haut de l'écran. Le carré disparut, mais au balayage suivant de l'antenne radar, il réapparut.

Plus proche maintenant.

Quelque chose sur la banquise se dirigeait droit sur l'aéroglisseur.

28

« Ils reviennent ! » Anna ouvrit la porte à la volée. Elle avait couru au baraquement par le plus court chemin.

« Qui revient ? demanda Zakariassen avec une expression étrangement confuse.

— Les meurtriers ! Le radar a capté un truc qui s'approche sur la banquise, là, à l'instant. »

Le radar de l'aéroglisseur était réglé pour détecter tous les gros objets dans un rayon de moins de deux kilomètres. À cette période de l'année, les seules embarcations à s'aventurer dans les glaces du pôle Nord étaient les énormes brise-glaces russes à propulsion nucléaire. Le Sabvabaa ferait à peine une éraflure sur la coque d'un monstre pareil si celui-ci venait à les percuter. Les hélices hacheraient menu Anna, Zakariassen et le fragile aéroglisseur et les réduiraient à des fibres de viande et à des morceaux d'aluminium et de plastique que l'on remarquerait à peine lorsque l'équipage accosterait à Mourmansk.

Une lueur d'espoir s'alluma dans les yeux du savant.

« Et si c'étaient les hélicoptères de sauvetage ?

— Non, ça ne se déplace pas à plus de cinq ou six nœuds. »

Il saisit le Mauser et se leva.

« De quelle direction viennent-ils ?

— Du nord-ouest, à environ deux kilomètres. À l'allure où ils vont, ils seront ici dans une demi-heure. »

Soudain, on entendit un gémissement. Anna se retourna et vit que Jackie remuait. Le sang de la blessure avait imprégné la manche de sa veste en polaire.

« Qu'est-ce… qu'est-ce que vous faites ? bafouilla-t-il.

— Rien, reste allongé, tu as besoin de repos. »

Jackie tenta de se lever, mais le ruban adhésif autour de ses poignets le tint captif.

« Pourquoi m'avez-vous attaché ?

— Pour que tu te tiennes tranquille ; tu as perdu beaucoup de sang », mentit-elle.

Zakariassen éteignit la lumière dans le baraquement, écarta les rideaux et regarda dehors. Quelque chose qu'Anna avait manifestement réussi à lui apprendre.

« Il faut qu'on parte d'ici maintenant, tout de suite !

— Chut, pas si fort ! »

Anna jeta un coup d'œil à Jackie. Ayant renoncé à se détacher, il restait sagement allongé à fixer le plafond. Même si le Chinois ne comprenait pas le norvégien, il remarquait la tension dans la voix du chercheur, mais elle ne pouvait pas y faire grand-chose.

« On n'a nulle part où aller, Daniel.

— Qu'est-ce que tu dis ? Deux assassins sont en route et tu prétends qu'on est obligés de rester ici ? C'est de la folie pure ! »

Zakariassen ne fit rien pour dissimuler la panique dans sa voix. Le pôle Nord a ce don particulier de révéler le véritable caractère d'une personne. Le froid, le bruit continuel de la glace qui se crevasse de tous les côtés et le sentiment que le sol peut s'ouvrir à tout moment sous ses pieds ôtent une à une les couches du vernis de civilisation des explorateurs jusqu'à ce qu'il ne reste plus que l'homme primitif.

« Ce n'est pas le moment de paniquer. Respire un bon coup, pendant que moi, je cogite pour trouver la meilleure solution. »

Anna entrouvrit la porte d'entrée et essaya de regarder dehors. La neige que la tempête poussait en rafales à travers la lumière des projecteurs donna l'impression à la jeune femme de se trouver au fond de l'océan sous un banc de poissons blancs sans fin. C'était tout juste si elle arrivait à voir la baraque d'à côté, pourtant située à seulement quatre mètres de distance.

Quel genre d'armes avaient les meurtriers ?

D'où attaqueraient-ils d'abord ?

Anna savait que si elle parvenait à sauver la vie du scientifique, elle aurait un avantage stratégique. Sa décision fut prise en quelques secondes.

« Faut les attirer dans un guet-apens. Je suis l'appât… toi, tu les flingues. »

29

Anna avait le sentiment d'être planquée derrière le tracteur dans ce garage glacial depuis des heures. Elle avait eu largement le temps de regretter sa décision faisant de Zakariassen celui qui prendrait position au chaud dans la baraque, mais d'un autre côté, pour qu'il puisse utiliser son fusil, ce dernier devait être chaud.

Le chercheur avait été tout sauf d'accord avec le plan offensif de la jeune femme.

« Pourquoi rester ici ? Toi et moi, nous avons de bons vêtements ; si nous emportons la balise Argos et si nous partons sur la banquise dans le sens contraire, les Américains nous trouveront quand ils viendront, protesta-t-il.

— Et qu'est-ce qu'on fait du Chinois alors ? On emmène Jackie avec nous ? Il va raconter aux meurtriers qu'on était là. »

Zakariassen la regarda d'un air frustré.

« Il ne sait pas où nous allons. »

Anna commençait à piger pourquoi Zakariassen n'avait jamais fait carrière comme chef d'expédition. Dans une situation de stress, son cerveau était de plomb, incapable d'aligner les pensées dans un ordre logique.

« La balise de détresse donne notre position à… tout le monde. Les tueurs peuvent nous repérer aussi facilement que les Américains. Surveille la porte du garage par la fenêtre », dit-elle en sortant.

D'après le cadran vert de la montre Rolex Submariner, héritage de sa mère, il s'était écoulé à peine une demi-heure depuis qu'elle avait eu cette conversation avec le professeur.

Elle aurait dit une éternité.

La capuche épaisse était serrée autour de son visage, mais pas au point de limiter son champ de vision. L'air polaire glissait le long de ses joues comme des serpents à sonnette froids. Elle était assise sur une caisse à outils, mais le froid qui remontait de la glace sous elle avait depuis longtemps pénétré la caisse et atteint ses fesses.

Anna ramassa son arc. Tendit la corde, mit la flèche en place et visa à travers la porte du garage. Les fortes rafales de vent allaient dévier la trajectoire de la flèche. Si elle voulait atteindre son but, il lui faudrait attendre que les cibles soient vraiment près.

« De nous deux, c'est toi le soldat, c'est à toi de le faire, avait dit Zakariassen en lui tendant le Mauser après qu'elle lui eut exposé son plan pour attirer les meurtriers dans un piège.

— Non, je ne peux pas, Daniel, faut que tu comprennes… je ne peux pas tirer, c'est tout. »

Rien qu'à la pensée de tenir le vieux fusil dans ses mains, une sueur froide ruisselait sur son visage.

« Mais bon sang, qu'est-ce qui t'est arrivé, Anna ? »

Elle détourna les yeux, incapable de soutenir le regard du vieil homme.

« On a vingt minutes maxi avant qu'ils rappliquent, alors il faut que toi et moi, on ait un plan béton. »

Le visage du savant se crispa. Une colère impuissante emplit ses yeux.

« Mon Dieu, nous sommes seuls face à deux assassins qui ont tué onze personnes ! Je n'ai même pas fait mon service militaire pour cause de pieds plats. La seule chose sur laquelle j'aie tiré, c'étaient des cibles en carton quand j'ai passé mon examen de chasseur. Et vu la tempête qui fait rage dehors, je serai incapable de toucher quoi que ce soit. »

Anna dut céder. Le plan fut remanié. Ce serait à elle d'attaquer, Zakariassen serait en soutien. D'où l'arc.

À travers la petite fenêtre de la porte du garage, elle pouvait voir la baraque où se dissimulait le chercheur. Elle lui avait enjoint de s'asseoir au milieu de la pièce, le fusil braqué vers la fenêtre, une tactique qu'employaient les tireurs d'élite pour ne pas être vus de l'extérieur. Il restait à espérer que le vieil homme n'ait pas rampé sous une table.

Anna sentit la glace vibrer. Quelque chose approchait.

Ce qu'elle aperçut tout d'abord, ce fut une lumière orange vacillante à travers les tourbillons de neige. Un pick-up rouge plus haut que la normale d'un demi-mètre, juché sur des roues gigantesques, déboucha de la tempête de neige à une allure d'escargot. Les pneus étaient si larges, et les proportions si différentes de celles d'un véhicule habituel, que le pick-up ressemblait plus à une version énorme des voitures téléguidées avec lesquelles Anna avait vu des gamins jouer. La présence d'une voiture au pôle Nord lui donna l'impression d'évoluer dans un rêve absurde. Les feux de détresse sur le toit du pick-up envoyaient des faisceaux lumineux intermittents sur les baraquements, tandis que le véhicule avançait lentement vers le garage. Il s'arrêta devant la porte ouverte.

Anna se leva lentement de la boîte à outils. Le plastique fragile crissa dans le froid. Ses fesses la picotèrent quand le sang se remit à circuler. Elle espéra que le professeur avait lui aussi vu la voiture.

Reste planqué à l'intérieur, Daniel, nom de Dieu, reste planqué, pensa-t-elle.

Elle longea lentement le tracteur. Les lumières du pick-up le faisaient se découper comme une ombre tranchante contre la paroi du fond du garage. Elle se colla contre le tracteur pour que son ombre à elle se confonde avec celle du véhicule.

Elle tendit l'oreille pour voir si elle captait des voix, mais c'est de la musique qui lui parvint.

De la musique classique.

Le rythme était d'abord hésitant et prudent, puis énergique et enlevé.

Tchaïkovski. *Le Lac des cygnes*.

Tandis qu'Anna, courbée en deux, se dirigeait vers la porte ouverte du garage, elle décida que c'était exactement ce qu'elle allait faire : elle irait au concert avec Boris. Elle achèterait une robe rouge vif comme celle qu'elle portait quand elle avait rencontré Yann pour la première fois.

Non.

Ne pas penser à lui.

Se concentrer sur Boris. Si le météorologue n'avait pas des allures d'abominable homme des neiges, cela pourrait peut-être déboucher sur quelque chose. Cette pensée lui donna du courage.

Une voix d'homme cria quelque chose en chinois dehors. Comme il n'obtint pas de réponse, il cria de nouveau, encore plus fort.

Sa voix était claire et râpeuse.

Anna fit le tour de l'avant du tracteur, précédée de l'arc. Elle tenta de voir au-delà des phares aveuglants pour apercevoir l'homme qui hurlait. Était-il armé en ce moment ou bien les armes se trouvaient-elles encore dans le pick-up ? Où était l'autre homme ?

Elle entendit le grincement de gonds non graissés. L'inconnu abaissait le hayon arrière du véhicule.

Un... deux...

Elle déboucha dans la lumière en courant.

30

Anna sortit du garage en deux secondes.

Tenant l'arc devant elle, elle courut se cacher derrière une roue avant. Il n'était pas possible de voir l'homme qui se tenait à l'arrière de l'engin et elle espéra qu'il ne l'avait pas repérée. Personne en vue dans la cabine, mais quelque chose dépassait du volant. Quelque chose de long avec une boule au bout.

Une fusée ?

Anna atteignit la gigantesque roue arrière. Devant elle, elle aperçut quelque chose d'un jaune éclatant. L'homme se trouvait encore à l'arrière du véhicule. Elle tourna le coin dans un mouvement enveloppant et visa la tête de l'homme.

« Bouge pas ! cria-t-elle si fort que sa gorge se noua. Ou je tire ! »

L'homme était petit et large. Comme un bouddha du pôle Nord. Son visage était dissimulé dans l'ombre de la capuche rabattue sur sa tête. La matière jaune fluorescente de sa combinaison le faisait ressembler à un énorme ver luisant.

Il dit quelque chose d'inaudible.

« Bouge pas ! » répéta-t-elle.

Elle s'avança vers lui, la flèche pointée sur sa poitrine. À un mètre de distance. Désormais, même le vent violent ne pouvait pas lui faire rater sa cible.

L'homme leva lentement les bras, il n'avait pas d'arme à la main.

« Daniel, t'en vois d'autres dans la bagnole ? »

Anna ignorait si Zakariassen était déjà en chemin, mais c'était bien que l'étranger comprenne qu'elle n'était pas seule. Elle s'approcha de lui, courbée en deux, pour ne pas s'exposer au second meurtrier qui pouvait se cacher de l'autre côté du pick-up. Maintenant, elle distinguait le visage dans l'ombre de la capuche. Il se tenait rigoureusement immobile et ses yeux ne quittaient pas la flèche sur la corde de l'arc.

Après avoir vérifié qu'il n'y avait personne de l'autre côté du véhicule, Anna agrippa l'homme par sa capuche et le fit pivoter, puis lui donna un puissant coup de pied entre les jambes qui lui fit perdre l'équilibre. Il tomba en avant. Le pied de la jeune femme s'incrusta douloureusement dans le dos du Chinois.

« Sortez de là ou je le descends ! » beugla-t-elle en direction de la cabine du pick-up. *Utiliser une puissance écrasante*. L'éternel credo de ses instructeurs militaires. Dégagez toujours une puissance écrasante, que vous l'ayez ou non ; ne donnez jamais le temps à l'adversaire de penser ou d'agir.

Elle laissa tomber l'arc et la flèche dans la neige. Elle sortit le couteau de sa poche et en appuya la pointe sur la nuque de l'homme. Le dos tourné au pick-up, elle se sentit infiniment vulnérable. L'autre tueur pouvait se dissimuler dans le véhicule. Mais elle n'osait pas se retourner par peur que l'homme à terre n'en profite pour lui faire un croc-en-jambe.

« Vous êtes plusieurs ? Elles sont où, tes armes ? »

Les questions posées en hurlant rebondirent sur la nuque du captif. Le Chinois dit quelque chose, mais ses paroles furent étouffées par la neige et la glace.

Elle discerna un mouvement du coin de l'œil ; c'était le chercheur qui arrivait en courant dans la tempête. Le Mauser à la main, il s'arrêta devant l'homme qui gisait dans la neige.

« Tu… tu as réussi à le coincer, putain !

— Vérifie dans la bagnole, regarde s'il y en a d'autres.

— Qui est-ce ?

— Écoute-moi, bordel ! Faut vérifier s'il y a quelqu'un dans la bagnole. »

Zakariassen saisit enfin le message et elle entendit ses pas s'éloigner. Elle ne quittait pas des yeux une seconde le poignard appuyé sur la nuque du meurtrier. Sous le pied de la jeune femme, le dos de l'homme se soulevait et s'abaissait au rythme de sa respiration rapide. Elle sentit l'esprit du mal brûler à travers les semelles de ses bottes, bientôt ce mal infecterait ses jambes. Sans en avoir conscience, elle souleva légèrement le pied, et l'homme essaya aussitôt de se retourner.

« Bouge pas ! » s'écria-t-elle en appuyant de nouveau son pied sur lui.

Zakariassen cria dans son dos.

« Anna, regarde ça !

— T'as vérifié dans le pick-up ?

— S'il te plaît… Anna… il faut que tu voies ça ! »

Elle tourna la tête sans ôter son pied du dos du Chinois ni relâcher la pression du couteau. Le bord de sa capuche bouchait son angle de vision, si bien qu'elle entrevoyait à peine le savant. Il se tenait devant une bâche qui voletait sur le plateau de la camionnette. Le Mauser pendait au bout de son bras, inutilisable et impuissant.

Dans la lumière crue, Anna distingua nettement les baskets vertes qui dépassaient de sous la bâche.

31

Il y avait quelqu'un sur le plateau à l'arrière du pick-up. Anna vit des jambes blanches au-dessus des baskets sous la bâche qui battait au vent. Le dernier homme. Elle appuya le pied aussi fort qu'elle put sur le dos de la brute gisant à terre. Le tueur gémit.

« Qui c'est, celui sur le plateau ? »

Le monstre dit quelque chose.

« Gai Zhanhai est…

— Qu'est-ce que tu dis ?

— Il s'appelle Zhanhai… il est mort.

— Pourquoi tu l'as tué ?

— Je ne l'ai pas tué… je l'ai trouvé.

— Je ne te crois pas, beugla-t-elle.

— C'est vrai.

— T'es qui, toi ?

— Zheng… Marco. »

Sa voix était étonnamment calme, comme si c'était normal de répondre d'une accusation de meurtre, le visage enfoui dans la neige glacée, en pleine tempête.

« Tu t'appelles Zheng ou Marco ?

— Les étrangers m'appellent Marco. »

Une violente colère s'empara d'Anna et lui fit appuyer le bout du poignard si fort sur la nuque du Chinois qu'il s'enfonça un peu dans l'étoffe de son blouson. Il poussa un cri.

« Pourquoi tu l'as tué, Marco ?

— Non, Zhanhai était mort quand je l'ai trouvé. Je crois qu'il a été attaqué par un ours polaire. »

L'espace d'une seconde, Anna envisagea de raconter à l'homme dans la neige qu'elle savait que tout le monde sur la base avait été assassiné, mais une voix cynique en elle lui souffla que ce serait un meilleur plan de voir la réaction du meurtrier quand il rencontrerait Jackie. Ce qu'il ferait en comprenant qu'une de ses victimes était encore en vie. Mais pourquoi avoir pitié de ce monstre alors qu'il n'en avait jamais eu pour ses victimes ?

Maintenant.

Elle tenait fermement le couteau dans sa main. Désormais, Marco n'était plus un être humain. C'était un ennemi. Deux étaient revenus. Un vivant et un mort. Le tueur et la dernière victime. En temps de guerre, c'était une preuve plus que suffisante. Anna vit le regard du scientifique. C'était elle qu'il fixait maintenant, pas Marco. Elle se prépara. Il la soutiendrait. C'était de la légitime défense. Tous les morts qu'ils avaient découverts. Le témoignage de Jackie.

Il n'y avait absolument aucun…

Tué par un ours polaire.

… doute.

Elle relâcha la pression du couteau. La neige cinglait ses lunettes et rendait le monde gris et indistinct.

« OK, Marco. »

Anna parla à voix basse ; l'air glacé lui irritait le larynx chaque fois qu'elle respirait, il était à vif après tous ces hurlements.

« Voilà ce qui va se passer. Primo, j'enlève mon pied de ton dos, ensuite tu roules sur toi-même… Si tu tentes quoi que ce soit, je te tue… et ne va pas t'imaginer que je ne le ferai pas parce que je suis une femme… T'as compris, Marco ?

— Oui. »

Elle ôta son pied du dos de l'homme, fit un pas en arrière tandis que Marco se retournait sur le dos.

« Garde tes bras loin du corps. »

Le Chinois qui s'appelait à la fois Zheng et Marco fit comme elle disait. Ses bras courts et son corps large le faisaient ressembler à un enfant grandi trop vite. Un petit enfant bien emmitouflé, fluorescent, qui jouait à battre des ailes comme un ange dans la neige. Son visage était large, lui aussi, et sous sa petite bouche il portait un bouc noir dont la pointe rebiquait. Il ne lui manquait plus que des cornes sur le front pour faire de lui un diable asiatique.

« Daniel, viens ! » cria Anna avec le peu de voix qu'il lui restait.

Sans quitter Marco des yeux, elle remarqua que Zakariassen s'approchait d'elle.

« Va falloir que tu fouilles ses poches. Vérifie aussi l'intérieur du blouson, vérifie tout. »

Le Chinois se tenait rigoureusement immobile, il n'essayait même pas de se protéger de la neige qui lui cinglait le visage.

« Marco, mon collègue va te fouiller au corps… Tu ne bouges pas et tu ne fais pas de conneries… t'as compris, Marco ?

— *Yes*. »

La grosse tête bougea à peine à l'intérieur de la capuche en duvet, mais Anna interpréta ce mouvement comme une confirmation. Pour plus de sécurité, elle piqua la pointe de son poignard dans le ventre du Chinois. Il restait parfaitement immobile dans la neige.

« Daniel, vide toutes ses poches. »

Le chercheur ne bougea pas d'un pouce.

« Il est vachement dangereux.

— Je sais, c'est pour ça que je veux que tu le fouilles.

— C'est un tueur de masse... on devrait... s'en débarrasser. »

Ce qu'Anna avait elle-même pensé il y a quelques instants lui sembla soudain absurde. Parce que ces mots sortaient de la bouche du paisible universitaire.

« Non ! dit-elle haut et fort, surtout pour mettre fin à son propre dialogue intérieur. Fais ce que je te dis. Vide toutes ses poches. »

Un grognement réticent échappa à Zakariassen quand il se baissa et commença à fouiller Marco. Le blouson du Chinois avait deux poches extérieures. À la fermeture Éclair pendait le bout de tissu rouge qui facilitait l'ouverture des poches quand on portait des gants. Dans la première poche extérieure, le savant trouva une lampe étanche et un sachet de noisettes. Dans l'autre, une clé anglaise et une petite perceuse électrique.

Le professeur déposa les objets sur la neige au fur et à mesure qu'il les sortait, et ceux-ci étaient aussitôt recouverts de poudreuse.

Un maillot de foot rouge apparut lorsque Zakariassen tira sur la fermeture Éclair de la combinaison. Le maillot de foot était rouge vif, et le numéro 21, imprimé dans un cercle blanc au milieu du ventre rond de Marco. Cela le faisait ressembler à une boule de billard.

Le chercheur plongea la main dans la poche intérieure et en sortit un gros portable.

« Voilà, j'ai tout vérifié, il n'a plus rien sur lui. »

Zakariassen se releva péniblement. Anna découvrit un rabat rouge sur une jambe de la combinaison. Sous le rabat, le pantalon faisait une bosse.

« Faut aussi vérifier la poche sur sa cuisse. »

Le professeur grogna et se pencha de nouveau avec raideur. Il saisit le rabat rouge, baissa la fermeture à glissière et enfonça sa main dans la poche. Quand il ressortit sa main, celle-ci tenait la crosse ronde d'un gros revolver.

32

Anna trouva un fusil automatique russe dans la cabine du pick-up. L'arme, une kalachnikov, était accrochée à un support derrière le siège du conducteur.

Le Lac des cygnes que jouait le lecteur de Marco en était désormais arrivé à la « Mazurka ». Les accents pourtant fougueux semblaient étrangement décalés dans l'enfer hivernal qui les entourait. Le vent était si violent que le véhicule tanguait légèrement.

La fusée dont elle avait aperçu le sommet se révéla être un modèle en plastique posé sur le tableau de bord. Le jouet aux lignes aérodynamiques se terminait par un renflement en haut et en bas sous forme de deux boules. Les boules étaient illuminées de l'intérieur et produisaient une lumière tantôt bleue, tantôt violette.

Sur le siège passager, Anna trouva un pistolet lance-fusées. Il était ouvert et pas chargé, mais le canon sentait la poudre. Sur un côté de la crosse, elle vit des gouttes de sang séché. Elle le laissa où il était. D'un coup de pied, elle éjecta la kalachnikov de son support, puis ouvrit la portière arrière de la cabine et poussa l'arme hors de la voiture avec les pieds. D'un bond, elle sauta dans la neige et fit glisser la kalachnikov sur la glace jusqu'à ce qu'elle soit enfouie dans la poudreuse. Elle continua à la recouvrir de neige à coups de pied tout en retenant la position d'après les baraques autour. Quand les Américains arriveraient, ils vérifieraient si les balles dans le fusil automatique étaient du même type que celles retrouvées dans le corps des quatre Chinois.

Maintenant, le pire restait à faire.

Anna devait découvrir de quelle façon était mort l'homme sur le plateau du pick-up. Elle revint lentement jusqu'au véhicule. Le Chinois avait détaché l'extrémité arrière de la bâche quand il avait abaissé le hayon. Désormais, le bout détaché battait au vent comme une gigantesque chauve-souris au-dessus du plateau de chargement.

En arrivant, elle s'aperçut que ce qu'elle avait pris pour de la peau blanche était en fait le tissu du caleçon long que le mort avait encore sur les jambes. L'espace d'une seconde, elle envisagea de refermer le hayon, de rattacher la bâche et d'en rester là. Comme cela, tout serait infiniment plus simple. Marco était le tueur. La preuve était devant elle sous forme de onze morts, un blessé, plus l'homme sur le plateau arrière. Si les Américains, ou les autorités qui allaient avoir la responsabilité d'inspecter les lieux du crime, en arrivaient à d'autres conclusions, ce serait leur problème. Pas le sien.

Si…

Anna détestait viscéralement ne pas savoir. Détestait que les autres en sachent plus qu'elle-même sur quelque chose la concernant : les profs qui savaient quelle note elle avait eue, son premier amour qui n'avait jamais dit pourquoi il avait rompu, sa mère qui savait pourquoi elle était entrée dans une boutique par une chaude journée d'été pour acheter des glaces à Anna et Kirsten mais n'en était jamais ressortie – abandonnant ses deux filles et disparaissant sans laisser la moindre trace... Et maintenant, le Chinois Marco qui était le seul à savoir comment était mort l'homme sur le plateau de chargement de la camionnette.

Elle se pencha en avant et jeta un coup d'œil sous la bâche. Le mort portait une chemise à carreaux rouges et noirs, tandis que la tête était recouverte de quelque chose qui ressemblait à de la fourrure. Pour parvenir jusqu'à la tête, il fallait qu'Anna ôte la bâche. Elle prit son élan et se hissa sur la haute plate-forme. Ses doigts se replièrent autour de la première sangle. Au fur et à mesure qu'elle défaisait la bâche, le vent avait de plus en plus de prise. Elle ne parvint pas à détacher les dernières sangles avant qu'une rafale de vent arrache la toile du plateau et l'envoie voltiger dans les airs. Il ne fallut pas plus d'une seconde avant que la bâche disparaisse dans la neige et la nuit éternelle.

La même bourrasque emporta aussi le bonnet en fourrure que Marco avait posé sur la tête du mort dans un geste plein de prévenance.

Anna sentit aussitôt un haut-le-cœur.

On aurait dit que la tête avait été coincée dans un gros étau. Des parties du cerveau avaient coulé de la boîte crânienne et gelé dans les cheveux du mort. Une oreille était arrachée et un caillot de sang noir gelé pendait du trou du conduit auditif jusqu'au cou. Un œil était enfoncé dans la tête, broyé et transformé en bouillie blanche congelée. Au-dessus de l'autre œil, qui la fixait de son regard aveugle, les mâchoires de l'étau avaient laissé deux trous dans le front.

33

Anna sentit un goût aigre dans la gorge. Pour la deuxième fois depuis leur arrivée à Isdragen, elle avait vidé ses tripes. Désormais, son estomac était complètement vide ; seule une substance visqueuse en sortit lorsqu'elle vomit à nouveau.

Elle tourna le dos au vent ; il lui sembla que la tempête lui déchirait le corps. Elle tenta de respirer calmement en regardant ses bottes dans la neige, de trouver un endroit normal dans le monde. Ses yeux se mouillèrent. Un sentiment d'impuissance paralysante la saisit.

Elle ne voulait rien faire. Elle ne voulait pas être ici. Elle ne voulait être nulle part.

Elle inspira l'air froid si profondément dans ses poumons que cela lui fit mal.

« Foutue pleurnicheuse ! Soit tu ressors la kalach de la neige, tu te colles le canon dans la bouche et tu te fais sauter ta sale gueule, soit tu te mets à faire quelque chose d'utile, putain, Anna ! » Les mots furent hurlés à la face du vent. Une fois qu'ils furent sortis de sa bouche, la jeune femme se sentit un peu mieux. Elle fit volte-face, s'éloigna du pick-up et entra dans le garage.

Elle y retrouva Zakariassen, le Mauser braqué sur le dos de Marco resté dans la position qu'Anna l'avait obligé à prendre, assis sur ses mains, sur la boîte à outils. À l'intérieur du garage, ils étaient à l'abri du vent, mais il y faisait aussi froid que dehors.

À quoi ressemble un tueur de masse, en fait ?

Anna pensait à ça tout en étudiant le visage rond de Marco. Les yeux étaient dissimulés sous la capuche fluorescente, mais à part le bouc taillé en pointe, il avait l'air tout à fait normal, à vrai dire.

« Est-il mort ? » demanda le professeur tout en enfonçant le canon du Mauser dans le dos du meurtrier. À cette distance, c'était un tir que personne ne pouvait manquer.

Marco regardait Anna avec quelque chose qu'elle interpréta comme une expression d'attente.

« Qu'est-ce que tu lui as fait ? demanda-t-elle.

— Rien, j'ai trouvé Zhanhai comme ça, je n'ai rien fait. »

Les yeux noirs la regardaient bien en face.

« Tu l'as écrasé ?

— Non, non… j'étais parti réparer un instrument… j'ai vu un signal de détresse et je me suis précipité à la rescousse. Zhanhai était allongé sur la glace, il était mort quand je suis arrivé. »

Anna jeta un coup d'œil au revolver qu'ils avaient trouvé dans la poche de pantalon de Marco. Il était par terre derrière lui. L'arme était du même type que celle achetée par Zakariassen à Longyearbyen, un Smith & Wesson, 44 Magnum, mais le revolver de Marco avait un motif de dragon jaune gravé dans le métal. Un technicien avait-il besoin à la fois d'un fusil automatique et d'un revolver ?

« Zhanhai était presque à poil, pourquoi il est sorti sur la glace sans ses fringues ? voulut-elle savoir.

— Je ne sais pas… je l'ai trouvé comme ça, c'était vraiment horrible. »

Marco écarta les mains pour souligner ses dires. Un geste qui incita Zakariassen à lui faire sentir encore plus durement le canon de son arme dans les reins. Les mains du Chinois retombèrent aussitôt le long de son corps.

« Tu lui as d'abord tiré dessus ? continua-t-elle. Tu l'as laissé sur la banquise pour que l'ours le bouffe ?

— Zhanhai était mort quand je l'ai trouvé. Vous pouvez vérifier mes armes, elles n'ont pas servi. C'est un ours polaire qui l'a tué. »

Anna dut accepter la vérité, à contrecœur. Celle à laquelle elle était parvenue elle aussi. Les trous dans la tête du mort étaient bien des marques de dent d'un ours blanc. Hélas, cela ne contribuait pas le moins du monde à élucider les autres meurtres, sauf si d'une manière ou d'une autre l'ours polaire avait appris à manier le couteau et les armes à feu et à manipuler des produits chimiques dangereux. Zakariassen comprit tout à coup la conclusion à laquelle elle aboutissait.

« Il ment comme un arracheur de dents, dit-il en norvégien. Le pauvre type sur le plateau de chargement s'est fait attaquer par l'ours polaire parce qu'il essayait de fuir. Il avait le diable à ses trousses mais c'est l'ours qui a eu ce malheureux en premier. »

La vérité est souvent assez simple.

« Oui, là tu marques un point, ça pourrait être ça l'explication logique de la fusée de détresse qu'on a vue », dit Anna qui souhaitait ardemment que le monde puisse être de nouveau aussi logique.

Deux hommes.

Un mort. Un meurtrier.

Elle ramassa son couteau.

« Vérifie son revolver. »

Le savant marmonna quelque chose d'inaudible, mais posa son Mauser et récupéra le revolver. Il bascula le barillet. Les six cartouches étaient encore dans les chambres. Le revolver sentait l'huile, pas la poudre. Il n'avait pas tiré, en supposant que Marco n'avait pas pris le temps de nettoyer l'arme très méticuleusement avant de rentrer.

« Comment tu fais pour conduire sur la glace ? demanda-t-elle.

— J'ai le radar. Il m'avertit pour les crevasses. »

Anna regarda par la porte du garage en direction du pick-up aux roues énormes. C'est alors qu'elle vit un boîtier noir suspendu tout au bout d'une longue perche fixée au pare-chocs.

— Tu sais ce qui est arrivé à tes collègues ?

— Non… répondit Marco en faisant une mimique qui, avec un peu de bonne volonté, pouvait passer pour une expression inquiète. Que veux-tu dire, il s'est passé quelque chose ici ?

— Viens, tu restes avec nous maintenant. »

Anna marchait derrière Marco et Zakariassen dans la neige profonde, en direction du baraquement de Jackie. Le Mauser du professeur faisait office de pagaie dans la tourmente. La jeune femme prit bien soin de se tenir à deux pas en arrière au cas où le savant tomberait et qu'un coup partirait.

En passant devant le pick-up, Zakariassen ne put s'empêcher de jeter un coup d'œil sur le plateau arrière. Elle le vit blêmir quand il s'éloigna du véhicule en braquant son fusil sur le dos de Marco. Elle lui posa la main sur l'épaule et l'obligea à abaisser le canon. Il renâcla, se dégagea et se courba en deux dans la bourrasque, avançant lentement, un pas à la fois.

Arrivé à la hutte, Marco s'arrêta devant la porte.

« Rentre dans la baraque », lui ordonna-t-elle.

Il ouvrit la porte et entra. S'arrêta devant le lit où Jackie était attaché. Elle hurla de dehors :

« Jackie, tu connais ce type ? »

Jackie ne répondit pas.

« Surveille-le, Daniel. »

Elle entra et passa devant Marco en faisant un large détour. Le lit apparut dans son champ de vision. Elle vit le ruban adhésif qui avait servi à attacher Jackie à la couchette. Les liens sanglants, vides, pendaient vers le sol.

34

« Jackie a foutu le camp ! Fais sortir Marco d'ici, plaquez vous contre le mur dehors et attendez-moi. »

Anna poussa les deux hommes à l'extérieur et ferma la porte. Sortit le couteau de sa poche de pantalon, recula contre le coin le plus proche et s'accroupit. Elle photographia mentalement la pièce et s'efforça de comparer les détails avec le souvenir qu'elle gardait de l'agencement du local, à peine une heure plus tôt. Son regard accrocha les vêtements pendus au plafond pour la blanchisserie ; il n'y avait pas assez d'espace derrière eux pour que Jackie puisse s'y cacher. Elle se pencha en avant et jeta un coup d'œil sous les lits. Personne.

Dans la couchette où avait été allongé Jackie, le tuyau de la perfusion était enroulé comme un serpent brillant au milieu du matelas ensanglanté. Le ruban adhésif était toujours en place. Le lien le plus proche était plein de sang et tout entortillé. Le sang avait probablement rendu le ruban assez glissant pour que Jackie arrive à se libérer au prix de quelques contorsions.

« On ne va pas te faire de mal, Jackie, t'as pas besoin de te cacher de nous. On est tes amis ! » cria-t-elle.

Elle attendit encore un peu avant de se relever. Passa lentement devant le lit où le sac de couchage recouvrait le mort, se dirigea droit sur le placard de Jackie. Le blouson et le pantalon en duvet n'étaient plus sur le haut de la pile de vêtements au fond de l'armoire. Jackie n'était pas dans le baraquement, mais il ne pouvait pas être allé bien loin. Pas avec cette tempête de neige ni avec sa blessure.

Elle retourna à la porte, l'ouvrit. Dehors, Marco et Zakariassen étaient collés contre le mur. Une mince couche de neige recouvrait le côté des deux hommes exposé au vent. Des flocons congelés tombèrent quand ils se déplacèrent vers elle. Les yeux écarquillés, Marco fixait l'intérieur du baraquement.

« Entre, Zakariassen, il n'y a personne ici. »

Il poussa Marco dans le dos du bout du canon de son Mauser.

« Ne lui parle pas, contente-toi de le garder à l'intérieur. Faut que je sorte retrouver Jackie. Éteins la lumière et barricade la porte, commanda-t-elle lorsque les hommes furent entrés. Je frapperai trois fois si je veux rentrer, t'as compris, Daniel ? Quand tu entends trois coups, c'est moi. Si tu entends quelque chose d'autre, tu tires ! »

Zakariassen acquiesça et il leva le fusil à hauteur de poitrine.

« Au nom du ciel, sois prudente, Anna.

— Ferme la porte. Attends mes trois coups. »

Elle s'éloigna du baraquement, tête baissée, face au vent. Elle vit bientôt des traces de pas en partie effacées par le vent, qui ne correspondaient ni aux siennes ni à celles de Zakariassen. Elles menaient loin de la baraque, traversaient l'espace découvert. Elle suivit les empreintes de pas de Jackie qui passaient devant les quatre baraquements côté nord.

Les traces s'arrêtaient devant la porte de l'avant-dernier hangar. Celui des générateurs.

Il lui fallut ses deux mains pour ouvrir le battant en luttant contre le vent. Il y eut un bruit métallique sous ses pieds quand elle entra.

« Jackie ! »

Le métal présent dans le local lui renvoya un écho mat de sa voix.

« Je sais que t'as la trouille, mais t'as pas à avoir peur de moi. »

Elle resta plantée là, le dos tourné à la porte. Une issue, au cas où elle devrait fuir. Il n'y eut pas d'autre réponse que le ronronnement régulier des générateurs. Quelque chose brillait par terre. La lumière du plafonnier se reflétait dans des flaques d'eau. Jackie était venu ici récemment. Il était entré dans le local.

« Jackie ! Je viens maintenant et je suis armée. Faut te rendre si tu ne veux pas être blessé. »

Elle resta rigoureusement immobile en comptant les secondes dans sa tête. Arrivée à cent vingt, elle leva le couteau, fit un pas en avant, pour voir. Ça craquait sous elle. Dans cette baraque, le sol en plastique était recouvert d'un grillage métallique, ce qui donnait l'impression à Anna d'évoluer dans une toile d'araignée. La toile la conduisit jusqu'aux trois générateurs qui bourdonnaient tout bas en rythme. Les flaques d'eau la menèrent derrière l'un d'eux. Elle sentit son pouls battre dans ses oreilles. Entendit le sol craquer sous son poids. S'arrêta devant le générateur. Écouta. Mais elle ne perçut rien d'autre que le ronronnement électrique.

Elle prit son élan, fit le tour. Il y avait une porte à l'arrière.

Jackie avait traversé le baraquement et était sorti de l'autre côté.

Il était bien entendu au courant pour la porte, c'était une manœuvre de diversion. Elle abaissa la poignée de la porte et poussa le battant. Les traces de pas du fuyard longeaient la dernière baraque et s'enfonçaient dans la nuit.

Vers le Sabvabaa.

« Putain de merde ! »

Anna se mit à courir. La tempête lui envoyait de violentes rafales dans le dos comme un compresseur d'air. Elle dut lutter pour rester debout. Lorsqu'elle passa devant la dernière hutte, les traces de pas de Jackie changèrent brusquement de direction. Voilà que maintenant elles rebroussaient chemin et retraversaient la place.

« Jackie ! » beugla-t-elle dans le vent. Une lumière rouge s'alluma dans la tempête de neige.

Le vent lui apporta un bruit.

Elle entendit un moteur démarrer.

35

Le pick-up émergea du blizzard à grande vitesse, en marche arrière. Les feux arrière teintèrent la neige de rouge. Le moteur vrombit tandis que le véhicule faisait demi-tour et Anna fut aveuglée par les phares puissants.

Elle courut se planter sur la place, jambes écartées, face aux cônes de lumière qui venaient vers elle. Elle sentit la glace vibrer sous ses pieds.

« Stop ! » hurla Anna même si elle savait que les chances que Jackie l'entende au volant étaient minces. Une seconde plus tard, elle comprit que l'homme n'avait pas la moindre intention de s'arrêter même s'il la voyait. Elle se jeta de côté, dans la neige.

Une roue énorme sauta légèrement quand le pick-up passa sur l'un des Chinois morts. Il y eut comme une lueur argentée et rouge quand le pneu arrière heurta le cadavre et l'envoya rouler dans la neige.

Le pick-up frôla Anna en tanguant. La hauteur des roues du monstre l'empêcha d'apercevoir Jackie dans la cabine. Le véhicule répandit une odeur de gazole avant de poursuivre sa route à toute vitesse dans la tempête de neige. Après son passage, Anna courut à sa poursuite. À la faveur d'une trouée dans le rideau neigeux, elle vit la tête de Jackie à travers la fenêtre arrière de la cabine du conducteur. À contre-jour de la lumière des phares, la tête se balançait d'avant en arrière dans un mouvement de pendule.

Les flocons de neige rouges redevinrent blancs et gris lorsque les feux arrière disparurent dans le blizzard, mais Anna continua obstinément de courir. À travers la bourrasque, elle entendit soudain un bruit de tôles froissées. Elle courut encore plus vite en direction du bruit. Elle ne tarda pas à revoir les feux arrière. La camionnette était immobilisée sous un angle bizarre. Les phares étaient braqués vers le ciel.

Elle s'arrêta.

Se figea.

Son pouls cognait dans sa tête, sa poitrine se soulevait et s'affaissait contre l'intérieur de la combinaison. Une douleur lancinante dans le muscle de la cuisse gauche.

Elle s'approcha lentement.

À travers la tempête de neige, elle s'aperçut que Jackie était entré en collision avec le Sabvabaa. Sous le choc, l'aéroglisseur avait été projeté à plusieurs mètres du hangar à carburant. Les énormes pneus avant du pick-up avaient grimpé le long du flanc du bateau. Une partie du toit était enfoncée. Un bras accusateur pointait droit sur elle. La collision avait envoyé le cadavre de l'homme déchiqueté jusqu'au bord du plateau arrière.

L'expérience dit à Anna que c'était maintenant qu'elle devait être prudente : c'est quand ça canarde de tous les côtés qu'il faut garder la tête froide si on veut survivre, mais elle s'en foutait. Elle courut jusqu'à la portière côté conducteur et l'ouvrit à la volée. La chance était avec elle. Jackie glissa de son siège et plongea la tête la première dans la neige. Quand il la vit, il étendit les bras devant lui.

« Ne me tue pas, s'il te plaît », supplia-t-il tandis que ses joues ruisselaient de larmes.

Pendant un instant, elle envisagea de le liquider. Se débarrasser du problème. Anna Aune avait depuis longtemps atteint son seuil de douleur personnel. Désormais, elle voulait juste que tout ça s'arrête. Cet enfer, ce n'était pas son problème. À cet instant précis, elle ne voulait rien d'autre que retourner dans sa chambre de jeune fille, au grenier chez son père, et fixer le mur d'un regard vide. Essayer de maintenir le froid hors de son corps et de son esprit avec du thé russe sucré.

Éviter, éviter, éviter de penser à quoi que ce soit.

« Personne ne va te descendre, Jackie », s'entendit-elle dire.

36

« Je… J'ai fui parce que j'avais peur… je ne veux pas être tué. »

Les mots étaient à peine audibles. Jackie les murmurait, affalé sur la table dans le baraquement de la cantine où Anna était installée en compagnie de Zakariassen et Marco. Sous la lumière qui tombait des néons au plafond, la tête penchée en avant de Jackie projetait une ombre sur la table. Il y avait comme un bruissement dans le drain en plastique qui descendait en spirale de la poche contenant le liquide de perfusion et aboutissait à l'aiguille, maintenue dans la veine du blessé avec du ruban adhésif. La jeune femme avait tenté d'expliquer à Jackie qu'il pouvait mourir s'il n'avait pas assez de ce liquide dans le corps.

Marco et lui étaient désormais solidement attachés à la table.

Anna avait trouvé une chaîne dans l'atelier, l'avait coupée en deux avec un coupe-boulons et s'en était servie pour entraver les chevilles des prisonniers en y ajoutant des cadenas. Elle avait fixé les pieds de la table au plancher de la baraque avec quelques gros clous.

Les Chinois ne pouvaient pas s'échapper. Son plan était de les interroger jusqu'à l'arrivée des

Américains. Faire avouer le meurtrier. Désormais, elle se refusait à abandonner tant qu'elle ne saurait pas ce qui s'était passé à Isdragen.

Marco était en violente discussion avec Jackie. En son for intérieur, elle traduisit les mots chinois incompréhensibles en quelque chose du genre : « T'as bousillé ma bagnole ! »

Se contorsionnant dans sa combinaison de survie, Marco regardait Jackie avec une ride de colère entre les sourcils. Sur une chaise à côté d'Anna, Zakariassen serrait un verre d'eau dans ses mains. Les poils blancs entre les articulations des doigts vibraient dans la lumière et la peau se tendait quand ses doigts se crispaient autour du verre.

Jackie ne répondit pas aux accusations de Marco, se contentant de regarder fixement ses jambes.

Zakariassen avait inspecté les dégâts sur le Sabvabaa, lui aussi était en colère :

« Je ne peux pas joindre les Américains, maintenant. La collision a complètement détruit les antennes. Il faut souder cette merde.

— Ce n'est pas ma faute, putain ! File-lui un bon coup de pied si ça peut t'aider à te sentir mieux », dit-elle en désignant Jackie du doigt.

Le professeur se borna à grogner en évitant de regarder les prisonniers.

« Faut me croire quand je dis qu'on n'a jamais eu l'intention de vous descendre, mais on a un gros problème, dit Anna : cinq de vos collègues ont été assassinés. »

Marco et Jackie se tournèrent vers elle en même temps. Les regards des deux hommes étaient vigilants et peut-être effrayés.

« Le reste du personnel de la base est aussi... malheureusement... mort. C'était peut-être un accident. »

Jackie cligna des yeux rapidement, comme s'il ne comprenait pas ce qu'elle disait. Puis sa tête retomba sur le dessus de la table. Son corps fut pris de tremblements, les pleurs arrivèrent sous forme de sanglots bas, graves. Anna vit de la peur dans les yeux de Marco. Elle tenta d'évaluer les réactions. Qui était le coupable ?

« Comment ? demanda Marco. Comment mes amis sont-ils morts ?

— Ils sont morts de froid, répondit Zakariassen d'un ton coupant. Ou plutôt, quelqu'un a fait en sorte qu'ils meurent de froid. »

Il se pencha en avant au-dessus de la table.

« Il y a une citerne en haut de la tour à côté du grand bâtiment : qu'est-ce qu'il y a dedans ? À quoi vous sert-elle ? »

La lèvre inférieure de Marco trembla. Il luttait pour garder son calme. Anna entendit le bruit de sa respiration et le frottement de vêtements mouillés. Jackie sanglotait.

Le savant récupéra son Mauser, le posa sur la table et enfonça le canon dans la poitrine de Marco.

« Réponds-moi. À quoi vous sert la citerne dans la tour, qu'est-ce qu'il y a dedans ?

— C'est secret, dit Marco lentement. Nous n'avons pas le droit d'en parler. Le commandant nous a donné des consignes strictes.

— Votre commandant est mort, lui rappela Anna. Comme tout le monde ici. À part vous deux. Ça m'oblige hélas à en conclure qu'un de vous, ou les deux, a quelque chose à voir avec cette tuerie. »

Elle fut étonnée d'entendre à quel point sa voix était calme.

Marco secoua la tête d'un air obstiné. Des larmes coulèrent. Il les essuya rapidement d'un revers de main. Il luttait manifestement pour contrôler ses émotions.

« Non, dit-il. Tout le monde était vivant quand j'ai quitté la base. Je ne sais rien de tout ça.

— Reprenons tout depuis le début, dit Anna en soupirant. Pourquoi t'es parti avec ton véhicule ?

— Un de nos instruments avait cessé de fonctionner.

— Pourquoi n'était-il pas ici, sur la base ? » questionna Zakariassen.

Marco eut l'air de ne pas bien comprendre la question.

« Cet instrument est très sensible... il est installé en dehors de la base pour ne pas être influencé.

— De quel instrument s'agit-il ? demanda le scientifique.

— D'un magnétomètre, répondit Marco de mauvaise grâce. L'une des missions d'Isdragen est de mesurer les variations du champ magnétique terrestre.

— Je vois, somme toute, du matériel très classique. Qu'est-ce qui peut bien influencer un magnétomètre ici ? »

Marco enfouit la tête dans ses mains.

« Je ne sais pas, je ne suis qu'un mécanicien. Je fais ce qu'on me dit.

— Donc, ce qui s'est passé, c'est qu'on t'a dit que cet... instrument ne marchait pas et alors t'es parti pour le réparer ? résuma Anna.

— Oui, nous avons eu un problème avec les batteries. Elles sont de mauvaise qualité... de fabrication américaine. »

Sa voix était difficile à entendre derrière l'écran de ses mains.

« OK, alors quand t'as quitté la base, tout le monde était en vie ?

— Oui, le dernier à qui j'ai parlé, c'était le colonel Hong… le commandant… il m'a recommandé d'être prudent.

— Et alors t'as pris ton véhicule et t'as changé les batteries ?

— Oui… enfin… non. »

Marco leva la tête de ses mains. Il avait les yeux brillants. Il regarda Jackie. Son collègue était assis, la tête penchée sur la poitrine, comme s'il sommeillait.

« Je n'y suis pas arrivé car j'ai… aperçu le signal de détresse, continua-t-il.

— T'as fait quoi quand t'as vu la fusée de détresse, Marco ? »

Toutes ces questions épuisaient Anna, elle avait l'impression de jouer dans un mauvais film policier.

« J'ai essayé de contacter la base… mais personne n'a répondu.

— T'as pas trouvé ça bizarre ?

— J'ai cru que c'était la tempête solaire, dit Marco en désignant le plafond avec ses petits doigts boudinés. Le rayonnement a perturbé nos radios toute la semaine.

— Tu es tout seul sur la banquise, tu n'arrives pas à joindre la base et tu décides quand même d'aller voir cette fusée de détresse à travers une glace truffée de failles et de crevasses ? demanda le chercheur qui n'en croyait pas un mot.

— Ma voiture a un radar, alors pas de problème si je roule très lentement. »

Marco leva un peu la tête. Son bouc pointait fièrement de son menton rond.

« Les radars chinois sont les meilleurs. »

Le regard d'Anna se porta sur Jackie, toujours affalé sur sa chaise, qui avait cessé de pleurer.

« Jackie, tu peux nous aider... Tu ne te souviens vraiment pas de ce qui s'est passé quand on t'a tiré dessus ? »

Jackie leva la tête. Ses joues étaient baignées de larmes. Ses yeux, injectés de sang.

« Non, seulement que je dormais... et puis un bruit m'a réveillé... un claquement sec... tout à coup quelqu'un a surgi dans la pièce, mais il faisait si noir, je n'ai rien vu. Il y a eu une explosion... et j'ai eu horriblement mal... ensuite je dois m'être évanoui, car je ne me souviens de rien d'autre. »

Les mots sortaient par saccades, il devait s'arrêter pour respirer, il était évident qu'il souffrait beaucoup.

À ce stade, Anna était sûre d'une chose : un des deux hommes assis devant elle avait tué cinq personnes et était peut-être responsable de la mort affreuse des hommes de glace. Soit le petit Jackie qui prétendait qu'un inconnu lui avait tiré dessus, soit le stoïque Marco qui affirmait qu'il n'était pas présent à Isdragen lors du massacre à cause d'une batterie défectueuse. Mais cette conclusion n'était pas le fruit d'une longue réflexion : il n'y avait tout simplement pas d'autres options.

« Prends Marco avec toi », dit-elle.

Zakariassen la regarda d'un air perplexe.

« Prendre avec moi... ?

— Oui, emmène-le avec toi dans une autre baraque, je veux parler avec Jackie... seule. »

37

Anna regarda fixement Jackie.

Elle s'était installée sur la chaise juste en face de lui. Seule la table les séparait. Tantôt il la regardait, tantôt ses yeux l'évitaient. Deux ou trois fois, il écarta sa longue mèche de ses yeux. Sa respiration était rapide mais régulière. Comme celle d'un petit animal. Elle baissa les yeux sur les mains du jeune homme. Petites, avec de longs doigts fins.

Il brisa le silence le premier.

« Que veux-tu ?

— Je veux savoir qui tu es.

— Je suis Jackie.

— T'as bien un autre nom ? »

Le regard de Jackie erra de nouveau dans la pièce. Revint se poser sur elle. Avec maintenant quelque chose de buté.

« Qui es-tu pour poser ces questions ?

— Je te l'ai déjà dit... je m'appelle Anna Aune, je suis norvégienne.

— T'es de la police ? »

Elle se demanda si elle devait mentir, elle opta pour un demi-mensonge.

« Non, je suis de la Défense norvégienne... l'armée.

— Tu es soldat ?

— Jackie… ici, c'est moi qui pose les questions. »

La bouche du Chinois se rétrécit jusqu'à devenir un trait mince. Ses yeux devinrent brillants. Une larme roula le long de sa joue et il la laissa couler.

« Tu souffres ?

— Je pense à ce qui s'est passé… Pourquoi mes amis ont-ils été assassinés ? »

Plusieurs larmes ruisselèrent. À présent, il la regardait bien en face. Elle se faisait l'effet d'être une vraie salope.

« Jackie, je déteste ça autant que toi, mais Marco et toi, vous êtes les seuls survivants, et s'il y a une réponse… il n'y a que vous qui puissiez la donner. »

Il cligna des yeux, prit le temps d'essuyer ses larmes.

« Tu crois que j'ai… tué mes amis ?

— Je ne crois rien, je veux juste savoir ton nom et ce que tu fabriques ici sur la base. »

Il baissa les yeux sur ses mains. Enleva quelque chose d'invisible sur un ongle.

« Comme je l'ai dit, je m'appelle Shen Li et je bosse dans l'informatique.

— De nos jours, bosser dans l'informatique, ça revient à dire qu'on respire. C'est quoi, ta spécialité ? »

Tout à coup, les mots vinrent rapidement, avec un accent américain manifeste.

« J'ai un master en géologie ; ma spécialité, c'est la télédétection… l'obtention de données géologiques via satellite, sonar, télémétrie et relevés sismiques.

— Waouh, très impressionnant, Jackie. Où t'as étudié ? En Chine ?

— J'ai eu mon master à Ucla, l'université de Los Angeles… en Californie. C'est l'une des meilleures universités au monde… Très peu de Chinois obtiennent l'autorisation d'y étudier.

— Ce n'est pas une question de pays. C'est très difficile d'y entrer et moi, je n'aurais à coup sûr eu aucune chance d'être reçue. »

Anna lui sourit ; les cours de technique d'interrogatoire allaient être utiles. Il est important d'établir une relation de confiance avec celui qu'on interroge.

« Parmi toutes les choses qu'on peut étudier... comment t'es venue l'idée que la géologie, c'était ton truc ?

— Mon père possédait une mine... j'ai grandi parmi les pierres. Papa voulait que je sois géologue, que je prenne sa suite à la mine quand il serait à la retraite.

— Mais maintenant t'es ici... au pôle Nord ? »

Les yeux fouillèrent de nouveau la pièce.

« Papa est mort. »

La façon dont il prononça ces paroles donna à penser à Anna que c'était une histoire à creuser.

« Je comprends. Et ta mère alors, elle ne pouvait pas continuer à exploiter la mine ? »

De nouveau il eut une expression butée.

« J'ai grandi à Gejiu... c'est une ville dans les montagnes du Yunnan. En Chine, on l'appelle la Ville de l'Étain. Pendant plus de cent ans, nous n'avons rien fait d'autre que d'extraire l'étain des montagnes. Mais, aujourd'hui, qui a besoin d'étain ? J'ai décidé de suivre une autre voie... et contre la volonté de mon père, je me suis mis à étudier les mathématiques théoriques à l'Université technique de Pékin. Mais... juste avant que je rentre à la maison pour fêter le Nouvel An... notre maison a été réduite en cendres. Maman et papa sont morts dans l'incendie... (Sa voix se fit plus faible.) Je crois que c'était la punition des dieux... parce que je n'avais pas fait ce que voulait mon père. Alors... après ça... j'ai postulé pour étudier la géologie à l'Université technique et des sciences naturelles de Chine orientale à Shanghai. Je suis sorti deuxième de ma promotion et j'ai décroché une bourse d'État pour étudier aux États-Unis. Après mes examens, j'ai eu des offres pour travailler dans de nombreuses grandes entreprises américaines, mais je suis rentré en Chine parce que c'était ce que papa aurait souhaité. Lorsque cette opportunité s'est présentée... je me suis porté volontaire pour partir au pôle Nord parce que je voulais honorer la mémoire de mon père. »

Ses yeux brûlaient de quelque chose qui ne devait rien à la fièvre.

38

« Je m'appelle Zheng He... mais tout le monde m'appelle Marco. Marco Polo était mon héros quand j'étais petit. »

Dès l'instant où Anna fut seule avec lui, le débit de Marco s'accéléra. Il la regardait comme s'il essayait de deviner ce qu'elle voulait avant qu'elle ne parvienne à poser sa question.

« T'es chinois, pourquoi c'est un Italien, ton héros ?

— Je suis aux trois quarts chinois, mon grand-père était moine au Tibet.

— Ah ? Je croyais que les moines bouddhistes n'avaient pas le droit d'avoir des gosses ?

— La Chine a envahi le Tibet, mais mon grand-père a participé à la grande révolte de 1959. On l'a jeté en prison et il n'a plus eu le droit d'être moine. Alors il est devenu commerçant et il a voyagé un peu partout en Chine... jusqu'à ce qu'il rencontre ma grand-mère, dit-il en joignant les mains et en regardant au plafond. Et Marco Polo n'était pas du tout italien, il était vénitien. Venise a été une république indépendante pendant mille ans.

— OK... Marco, tu as pu constater le peu de choses que je sais sur ton héros... et sur l'Italie. »

Il sourit de nouveau.

« Un jour je suivrai les traces de roue de Marco Polo.

— Puisque t'es si précis sur la plupart des trucs, permets-moi de te corriger un peu : on dit “traces” tout court. Tu suivras les traces de Marco Polo.

— Non, j'irai de Chine à Venise à moto, dans les traces de roue de Marco Polo, lâcha-t-il avec une sorte de gloussement.

— Qu'est-ce que tu fabriques ici, Marco ? »

Une toute petite ride se forma sur son front.

« Tu veux dire comme boulot… mon boulot à Isdragen ?

— Exactement.

— Je suis mécanicien… je construis des trucs… et je les répare.

— Alors, t'as participé à la construction de cette base ?

— En partie… mais nous étions beaucoup plus nombreux au départ… nous sommes tous venus avec le *Xue Long*.

— Le *Xue Long* ?

— C'est le premier brise-glace chinois… Le *Dragon des Neiges*.

— Alors, vous êtes venus sur le *Dragon des Neiges* et vous avez construit le Dragon des Glaces ?

— Oui. La plus grande partie a été construite à l'avance à Shanghai… mais cela nous a pris plus d'une semaine pour installer tout le matériel et tous les baraquements. Isdragen est la première base chinoise au pôle Nord, il est important que tout soit impeccable. »

Il lui sourit.

« Marco, est-ce que tu sais quelque chose sur ce qui s'est passé ici ? »

Anna remarqua que les mains de Marco se nouaient.

« Non, je ne sais rien… tout allait bien quand je suis parti.

— Ils faisaient quoi, les autres membres du personnel, quand tu les as vus pour la dernière fois ?

— Dans ma baraque, certains s'étaient couchés, mais les scientifiques bossaient.

— Pourquoi travaillaient-ils si tard ? »

Il haussa les épaules.

« Ici, il n'y a pas de différence entre tôt et tard, vu qu'il fait toujours nuit. Parfois, ils travaillent… enfin… ils *travaillaient* le soir… d'autres fois, le jour, et à n'importe quelle heure aussi… je n'en sais pas davantage.

— Tu sais ce que faisaient les chercheurs ? »

Les mains du Chinois se séparèrent et restèrent côte à côte sur la table.

« Je ne suis qu'un simple mécanicien… je n'ai pas besoin de savoir grand-chose.

— Alors, raconte-moi le peu que tu sais. »

Les mains se nouèrent de nouveau.

« La mission d'Isdragen, c'est d'explorer le pôle Nord. Nous mesurons la glace, l'océan et le rayonnement de l'espace.

— Pourquoi ? »

La ride réapparut sur son front lisse.

« Comment ça… pourquoi ?

— Pourquoi la Chine construit-elle une base immense au pôle Nord pour trouver des trucs que beaucoup de pays ont déjà découverts ? »

Pour la première fois, le visage de Marco laissa transparaître un soupçon d'agacement.

« N'avons-nous pas le droit d'être ici ? Tout le monde à Isdragen s'est porté volontaire pour faire une bonne action pour notre pays.

— Les Chinois ont viré ton grand-père de son pays natal, pourquoi t'es venu ici plutôt qu'au Tibet si tu voulais faire une bonne action ? »

Marco serra les poings. Détourna les yeux.

« Le Tibet, c'est la Chine. Je suis chinois. »

Après quelques autres questions qui n'aboutirent pas à éclaircir davantage les circonstances de l'assassinat du personnel d'Isdragen, Anna fit de nouveau entrer Zakariassen et Jackie dans le baraquement.

« Tu as découvert quelque chose ? demanda Zakariassen.

— Pas grand-chose. Jackie n'est que blessé, c'est vrai, mais c'est celui qui paraît le plus secoué par ce qui s'est passé. Avec Marco, je ne sais vraiment pas quoi penser, on dirait qu'il a une autre vision des choses, mais aucun d'entre eux ne semble mentalement instable. Et tous les deux se sont portés volontaires pour être ici. »

Anna posa son regard sur les deux Chinois, et le savant l'imita.

« Ces deux hommes n'ont aucune raison évidente d'être des meurtriers de masse. Mais bon, qui en a vraiment une ?

— C'est sans doute vrai, mais je sais maintenant sur qui mes soupçons se porteraient. Nous avons trouvé Jackie blessé par balle, dit le professeur. Marco, lui, a surgi du néant avec un mort dans sa voiture.

— D'accord jusqu'ici. Marco est mécano, il a peut-être les connaissances pour saboter le matériel dans le grand bâtiment.

— Et qu'est-ce qu'on fait maintenant ? »

Anna regarda Marco et Jackie. Oui, l'un des deux avait forcément commis ces meurtres, parce que tous les autres étaient morts. Elle voulait que ce soit comme ça, mais une pensée paranoïaque s'insinuait sournoisement en elle : *Tu n'es pas tout à fait sûre qu'il y avait bien quatorze personnes sur la base.* Elle repassa à l'anglais. « Votre commandant, il habitait où ? »

Marco hésita avant de répondre.

« Dans le baraquement en face du nôtre, à Jackie et à moi.

— Surveille-les, Daniel, faut que je sorte vérifier un truc. »

Zakariassen la regarda, surpris.

« Où vas-tu ?

— Je ne serai pas longue. »

Anna avait franchi le seuil de la porte avant qu'il puisse poser une autre question.

Dehors, la tempête s'empara d'elle, mais la jeune femme ne prit pas le temps d'ajuster ses lunettes. Le vent ne lui sembla plus aussi violent et elle n'allait pas loin. Lorsqu'elle traversa la place vers la rangée de baraques en face du garage, son regard capta quelque chose auquel elle n'avait pas prêté attention jusqu'ici. Un petit tas de neige s'était formé contre ce côté du mur du grand bâtiment. La neige s'était aussi déposée sur un rebord du mur. L'encadrement d'une petite porte. Il y avait manifestement deux accès au grand bâtiment.

À l'intérieur du baraquement du commandant se dressait une table de réunion adossée contre un mur où était accrochée une carte satellite du pôle Nord. La carte était couverte de traits tracés au feutre et de petits drapeaux chinois qui semblaient marquer les positions où la base d'Isdragen avait mené ses activités. Les traits entre les drapeaux ressemblaient à la démarche hésitante d'un homme sortant d'un bar ivre mort et rentrant chez lui. À côté de la porte était suspendue une photo dans un cadre épais, noir. Un Chinois souriant sanglé dans un uniforme brun, avec plein de médailles sur la poitrine. Le commandant.

La pièce était séparée en deux par un paravent décoré d'une peinture de paysage chinois représentant des pêcheurs dans un canot sur un lac avec de charmants sommets enneigés à l'arrière-plan. Quand Anna contourna le paravent, elle vit un lit soigneusement fait, avec une chapka ornée d'une étoile rouge posée au beau milieu du drap. Derrière la couchette pendaient deux sacs à vêtements pour la blanchisserie, du même type que ceux présents dans la baraque de Jackie. Le commandant avait été manifestement le seul sur la base à jouir du privilège d'une vie privée. Sur une table de nuit, près du lit, trônait ce qui ressemblait à un trophée de concours en cuivre, mais Anna reconnut dans l'objet une lointaine parenté avec son propre samovar. La table de nuit où était posée la théière chinoise, apparemment en acajou, était dotée de trois tiroirs. Tous fermés à clé. Deux coups de pied envoyèrent une pluie de copeaux de bois précieux sur le lit impeccablement fait et firent sauter les serrures des tiroirs.

Dans celui du bas, Anna trouva exactement ce qu'elle cherchait.

39

Tout d'abord, Marco ne voulut pas prendre l'objet qu'Anna lui tendait quand elle revint à la baraque abritant la cantine.

« C'est le dossier privé du commandant Hong, dit-il nerveusement. C'est confidentiel.

— Je n'ai pas l'intention de dévoiler les secrets d'État de la Chine, tout ce que je veux, c'est avoir une vue d'ensemble de qui est qui ici », répondit-elle d'un ton brusque en lui fourrant dans les mains la liste du personnel qu'elle avait trouvée dans le tiroir de la table de nuit.

Marco feuilleta le dossier avec une mine tantôt inquiète tantôt curieuse, selon l'analyse d'Anna. Chaque membre du personnel s'était vu attribuer une feuille de papier avec photo et texte tapé à la machine. Au dos des feuillets, le commandant avait consigné ses annotations à la main.

Marco désigna sa propre photo sur un feuillet au milieu du dossier. « Zheng He, Marco… c'est moi. »

Un vieux souvenir d'une formation dégringola d'un coin poussiéreux de son cerveau : le nom de famille chinois venait toujours en premier. Il n'était pas non plus inhabituel de prendre, une fois adulte, un surnom occidental. Un nom auquel les

« étrangers » pouvaient se référer. Marco et Jackie avaient tous deux suivi la tradition.

Zheng He, alias Marco, retourna le feuillet et lut les notes de son défunt chef avec intérêt, en prenant son temps.

« Le commandant était très... satisfait de moi, déclara-t-il avec un sourire niais en tendant le feuillet à Anna, comme s'il s'agissait de la preuve qu'il était quelqu'un sur qui l'on pouvait compter.

— C'est bien, dit-elle. Car ce n'est pas une partie de plaisir qui nous attend tous les deux. J'espère sincèrement que tu me donneras satisfaction aussi. »

Avant de regagner la cantine, Anna avait fouillé le casier de Marco. Elle essayait de trouver quelque chose lui permettant de savoir s'il était le tueur. Ce qu'elle découvrit rapidement, c'est qu'il devait être un fervent supporter de football. Elle trouva une foule de magazines de foot. Un fanion rouge était accroché à la porte de son armoire avec une écharpe de la même couleur. La silhouette d'une tête d'aigle était imprimée sur le rouge. Sous des idéogrammes chinois était écrit « SIPG FC ».

Tout au fond du casier traînaient deux livres. Le premier était un ouvrage technique sur la réparation des motos BMW. Anna reconnut la classique R12 en première page. Le deuxième n'était pas si facile à comprendre. Toutes les pages étaient remplies de diagrammes techniques, une photo d'un gratte-ciel figurait en couverture. Sur les livres, un stock de tabac à chiquer. La mauvaise habitude scandinave avait visiblement gagné la Chine.

Dans une boîte en plastique, elle trouva ce qu'elle prit d'abord pour une console de jeux vidéo portable. Mais quand elle l'ouvrit, des pions numériques firent leur apparition. Marco jouait visiblement aux échecs. Tout au fond de la boîte s'entassait une liasse de billets de banque ainsi que deux ou trois jeux de cartes. Elle compta les billets de dix dollars. Le mécanicien avait emporté presque deux mille dollars au pôle Nord.

Elle se tint à bonne distance de Marco tandis qu'il dégageait de la neige le corps de l'un de ses compatriotes morts. La poche où se trouvait son couteau était ouverte. S'il tentait de l'attaquer, elle aurait l'arme en main en une seconde. Le lourd poignard volerait tout droit dans le vent. Il se ficherait dans la poitrine du Chinois avant qu'il ait eu le temps de battre un cil.

La dernière fois qu'Anna était sortie, il lui avait semblé que la tempête diminuait en intensité, mais le pôle Nord reprenait seulement haleine. Désormais le vent se jetait furieusement à l'assaut des baraquements et jouait sur les misérables caisses en plastique et en métal fragile, tels des instruments d'une symphonie pour ouragan. Le vacarme généré par cet orchestre déglingué envahissait la tête et balayait les rares idées claires qu'Anna avait encore, jusque dans leurs composantes individuelles, nettes et distinctes prises séparément, mais maintenant impossibles à coordonner.

Anna dut tendre l'oreille pour comprendre ce que disait Marco. Il tournait le dos au vent tout en déblayant la neige autour de la tête du mort. Le cadavre était couché sur le ventre et il fallut un certain temps avant que Marco ne parvienne à le retourner.

Un petit visage apparut. « C'est Young Chun Li. » Marco lâcha le corps et fit un pas en arrière. Comme si le mort était contagieux.

« C'était quoi, son boulot ? demanda-t-elle.

— Li était chargé de la sécurité sur la base. »

Cela expliquait peut-être l'expression de surprise sur le visage de l'homme. Se faire tirer dans le dos venait probablement tout en bas de sa liste des façons possibles de mourir au pôle Nord.

Sous sa veste en duvet, Chun Li ne portait qu'un tee-shirt et un caleçon long. De grosses chaussures de ski non lacées pendaient à ses pieds gelés. Quelque chose l'avait éveillé. Le chef de la sécurité s'était contenté d'enfiler une veste à la hâte avant de sortir. L'homme ne s'attendait donc pas à rencontrer une menace.

Le tas de neige suivant dissimulait l'homme touché à la poitrine. Marco l'identifia sous le nom de Deli Denian, un des cuisiniers de la base. L'autre cuisinier était celui que Jackie avait écrasé dans sa tentative de fuite. Les pneus monstrueux du pick-up l'avaient entraîné à plusieurs mètres des autres. Quand Marco le dégagea, il se détourna aussitôt à la vue de ce corps massacré.

« C'est Jin Fu », dit-il d'une voix si faible qu'Anna l'entendit à peine avec le vent.

Elle fit un pas de côté pour voir. La tête de Jin Fu ressemblait à un horrible pâté de viande. Le pneu monstrueux avait enfoncé le front jusqu'à l'occiput et le cerveau suintait autour des oreilles. L'empreinte du pneu se distinguait nettement dans la masse grise.

Anna sentit son estomac se tordre, mais elle n'avait plus rien à vomir. Elle respira. L'air afflua dans ses poumons et envoya des pointes de feu dans sa poitrine. Marco se tenait dos au cadavre. Impossible de voir son visage et sa réaction à cet affreux spectacle. Si c'était lui le tueur, réagirait-il tout de même avec répulsion ? Il se retourna vers elle.

« La femme de Fu était enceinte, il était tellement heureux de devenir papa. »

Il resta planté là, à l'observer. Anna croisa son regard et ne sut pas quoi dire.

« Dans quelle baraque ils vivaient ? finit-elle par demander.

— Fu et Denian étaient hébergés dans le même baraquement que Jackie et moi. Li était avec les scientifiques. »

L'arrêt suivant dans la tournée d'identification fut le mort dans le baraquement abritant le matériel informatique. Marco n'eut pas besoin d'entrer tout à fait pour constater qu'il s'agissait de l'analyste Qiang. Son travail consistait à gérer les puissants ordinateurs dont se servaient les savants. Qiang était éveillé et seul quand on l'avait tué. On l'avait probablement attaqué. Les autres étaient dans leurs lits à ce moment-là, mais quelque chose ou quelqu'un les avait réveillés et fait sortir tous en même temps.

Anna ressortit.

La distance entre cette baraque et le grand bâtiment était à peine de vingt mètres. Lorsqu'elle avait vu la fusée de détresse, il y avait un peu plus d'une demi-journée, le vent ne soufflait pas en tempête. Si l'accident dans le baraquement jaune s'était produit avant que Qiang ne fût assassiné, il aurait probablement entendu quelque chose, sachant qu'il était seul à travailler. Il serait sorti pour vérifier. Cela signifiait que Qiang avait été le premier à être tué.

Mais les autres ? Les hommes qui dormaient ? Qu'est-ce qui les avait attirés dehors ?

Un appel ?

Un cri ?

Non, ils étaient allés vers le grand bâtiment jaune sans crainte. Sans armes.

Quelqu'un les avait appelés. L'assassin. Anna regarda le baraquement en question. Que s'était-il passé de si intéressant là-dedans ?

40

Quand Marco ouvrit la porte du hangar jaune, l'homme de glace était toujours à la même place. Pieds et mains prisonniers du gel par terre.

« C'est le commandant, dit-il après avoir contemplé le mort une petite éternité. Le colonel Ko Hong. »

Anna pensa à la photo de l'officier souriant accrochée dans la baraque du commandant. Impossible de voir le visage de l'homme congelé sans se coucher à terre et ramper sous lui. Ce que la jeune femme n'avait nullement l'intention de faire.

« Pourquoi un commandant militaire sur une base civile ? »

Marco lui jeta de nouveau un coup d'œil de son regard insondable.

« Je ne sais pas… Ils m'ont raconté que le colonel Hong avait déjà participé à de nombreuses expéditions. Il avait beaucoup d'expérience.

— Faut qu'on entre là-dedans. »

Elle désignait l'intérieur du grand bâtiment, plongé dans le noir. Marco s'inclina devant son commandant congelé avant de s'enfoncer lentement dans l'obscurité.

« Fais gaffe, ça glisse », cria-t-elle, mais Marco avait remarqué la glace par terre avant qu'elle le dise ; il progressa prudemment, jambes écartées, sans lever les pieds. Il ressemblait de nouveau à un petit enfant qui aurait grandi trop vite.

En promenade.

Parti à l'aventure sur un terrain glissant.

Pour sa part, Anna demeura à la porte, dos tourné au vent et aux tourbillons de neige. Avec sa combinaison fluorescente, il était difficile pour Marco de se cacher ou de se carapater dans les ténèbres, même s'il arrivait à éteindre la lumière.

Marco s'arrêta quand le faisceau de la lampe accrocha le premier homme. Celui qui était figé dans son élan. Comme une grotesque statue de propagande érigée en hommage au héros du quotidien chinois. Anna souleva haut les pieds pour ne pas piétiner les mains du commandant en passant. Le faisceau de la lampe fit scintiller le gel qui recouvrait la tête de l'homme congelé.

De la buée sortit de la bouche de Marco quand il parla.

« Que… qu'est-ce qui leur est arrivé ?

— J'espérais que tu pourrais me le dire. »

Marco se borna à la fixer jusqu'à ce qu'Anna perde patience. Elle fit un geste brusque de la main. Le poussa en avant.

« Si tu ne veux pas crever de froid, t'as intérêt à te grouiller, lui dit-elle en lui remettant la liste du personnel. Qui c'est, lui ? »

Marco feuilleta les pages. Rendues cassantes par le froid, les feuilles de papier crissaient. Il montra un visage du doigt. Un bel homme sans caractéristiques particulières. Le regard grave face à l'appareil photo.

« Yunquing… Xiato. Il était ingénieur.

Et les deux, là ? »

Anna éclaira les deux hommes prisonniers de la glace sur leurs chaises devant la table aux ordinateurs couverts de neige. Marco s'approcha d'eux lentement.

« Kong… et Guan.

— Ils étaient ingénieurs eux aussi ? »

Il acquiesça.

« Et lui, c'est… c'était… Deming Lee, dit-il en montrant du doigt l'homme à moitié enfoui dans la glace qui recouvrait le sol. Monsieur Lee était ingénieur informaticien. Avant de venir ici, il travaillait au Grand Bond en Avant, un important programme spatial. C'est la Chine qui enverra les premiers astronautes sur Mars, déclara Marco d'un hochement de tête, comme s'il s'agissait d'un fait incontestable. Monsieur Lee était éminemment intelligent.

— Pourquoi un ingénieur en aérospatiale si calé voulait-il travailler au pôle Nord ? »

Marco se borna à la regarder. Anna interpréta cela comme un signe d'incompréhension de sa part. Ne savait-elle pas de quoi il parlait ? Elle ne prit pas la peine de lui rappeler que ses lacunes sur la Chine rempliraient une étagère plus longue que la Grande Muraille.

« Le pôle Nord est aussi très important pour la Chine, dit-il enfin. Si la banquise fond, le chemin de l'Europe sera plus court pour nos cargos. C'est bon pour le commerce, l'économie et le progrès de notre pays. »

Les mots paraissaient rodés, mémorisés.

Anna s'approcha du cadavre. Le visage de l'ingénieur Lee était à moitié enfoui dans la glace ; seul un œil semblait faire le guet, légèrement au-dessus de la surface. Vu sous cet angle, il ne lui parut pas spécialement intelligent, mais la mort est implacable dans son genre.

Elle avait vécu cela elle-même. L'instant d'avant, on tenait dans ses bras une personne vivante dont on connaissait l'identité, indépendamment de la gravité de sa blessure ou de sa maladie. Mais ensuite les yeux s'éteignaient. C'étaient toujours les yeux. Quelque chose s'échappait du regard. Il devenait mat, vitreux et fixe. Si Anna avait été croyante, elle aurait dit que c'était l'âme – c'était en tout cas la vie.

L'étincelle.

La personne que l'on connaissait n'existait plus. Après la mort, le corps n'est qu'une enveloppe charnelle contenant des entrailles en décomposition. Vu comme cela, Monsieur Lee avait de la chance. L'ingénieur en aérospatiale n'allait pas pourrir dans l'immédiat.

Marco fut incapable de lui dire qui était l'homme à la tête fendue et aux globes oculaires gelés. Quand il vit la tête éclatée sous la chute d'eau que le gel avait figée, il se retourna et se dirigea vers la porte en traînant les pieds, jambes écartées. Anna le laissa faire. À peine eut-il franchi le seuil qu'il se mit à vomir.

Pour lui laisser un peu de liberté, elle ne bougea pas. Le spectacle à la porte avait des allures de tableau grotesque. Le commandant à quatre pattes dans l'encadrement et, derrière lui, Marco en train de vomir ses tripes, le corps secoué de spasmes, prisonnier de la tourmente qui tournait autour de son corps.

Quand Marco eut vidé son estomac, il se redressa et regarda fixement la place déserte. Et les trois cadavres qui y gisaient. Il baissa les yeux sur la liste du personnel qu'il tenait encore à la main, puis se retourna lentement. Le projecteur juste au-dessus jetait des ombres sombres sur son visage, réduisant ses yeux à deux fentes grises.

Il cria pour couvrir les hurlements du vent.

« Il en manque un. Il y a un membre du personnel qui n'est pas ici. »

41

« C'est soit Lok Yafeng, soit Yao Lanpo qui manque. »

Anna donna le dossier du commandant à Zakariassen quand elle revint. Elle montra du doigt les photos des deux hommes non identifiés.

« Ça veut dire qu'un des deux peut aussi être le tueur qu'on recherche. »

Le vieil homme jeta un coup d'œil aux clichés en faisant la grimace.

« Mon Dieu, tout ça ne finira donc jamais ? »

Lok Yafeng était bel homme. Un sourire en coin sous une fine moustache. Les cheveux peignés en arrière. Yao Lanpo était tout son opposé : une cicatrice juste au-dessus des sourcils qui se rejoignaient presque, un nez aplati, un menton large et carré. Lanpo avait tout du boxeur professionnel.

Anna étudia les photos ; ensuite elle essaya de déchiqueter mentalement les visages, de les écrabouiller comme la tête dans le hangar de la mort, mais une pièce du puzzle continuait à lui échapper. Elle regarda Marco, assis, ses petits doigts boudinés serrant une bouteille de Pepsi qu'Anna avait trouvée dans le réfrigérateur. Depuis l'identification des morts, il était blême et silencieux.

« Marco, t'es absolument certain d'ignorer qui était le dernier mort dans le grand bâtiment ? »

Il baissa les yeux et secoua la tête.

« C'était quoi, le boulot de Yafeng ?

— Il était ingénieur... et pilote.

— Et Lanpo ?

— Il travaillait... avec moi, lâcha-t-il d'une voix faible mais claire. Lanpo était technicien en informatique. »

Jackie s'était redressé et son visage avait repris un peu de couleur. Le liquide intraveineux y était pour quelque chose. À moins que ce ne soit la barre chocolatée que Zakariassen lui avait donnée pendant qu'Anna et Marco étaient dehors, occupés à identifier les morts. Le professeur faisait toujours en sorte de remplir ses poches de chocolat avant de sortir sur la banquise. Le chocolat était efficace contre « le grand tremblement », comme il avait baptisé l'hypoglycémie. Pour une quelconque raison, il semblait maintenant mieux disposé à l'égard de l'homme qui avait endommagé le Sabvabaa.

« D'après toi, il y avait des raisons pour que Lanpo se trouve dans le grand bâtiment ?

— Oui, il était de garde hier soir, il m'a remplacé », répondit Jackie en regardant Marco, comme s'il cherchait une confirmation de ses dires, mais ce dernier resta muré dans son silence.

Le visage de la jeune femme se tourna vers Zakariassen dont le regard voulait dire : « Où veux-tu en venir, mademoiselle la détective ? »

Elle poursuivit son interrogatoire.

« Est-ce qu'il s'est passé quelque chose de particulier avec Lanpo ou Yafeng en votre présence ? L'un d'eux a-t-il eu un comportement bizarre d'une façon ou d'une autre ? »

Marco jeta un coup d'œil à Jackie pendant une courte seconde. Jackie se borna à contempler ses genoux comme si là se trouvait la réponse à tous les problèmes du monde.

« Oui, répondit Jackie. Lanpo a dit… qu'il voulait tuer le commandant. »

Zakariassen sursauta.

« Il voulait le tuer ? s'écria-t-il d'une voix qui grimpa dans les aigus. Pourquoi tu ne l'as pas dit avant ? »

Jackie continua à regarder fixement ses genoux.

« Tu sais quoi de cette histoire, toi, Marco ? »

Il haussa de nouveau les épaules.

« Le commandant Hong n'était pas satisfait de Lanpo… il disait qu'il retardait les recherches.

— Ah bon ? Et comment il faisait, Lanpo, pour retarder les recherches ?

— Je ne sais pas… je ne suis qu'un simple mécanicien. »

Les yeux fatigués et endoloris de la jeune femme croisèrent le regard noir du Chinois. La lumière qui jouait dans les yeux de Marco faisait ressembler ses pupilles à des tunnels dans une galaxie de secrets. Car un homme qui choisissait d'écouter du Tchaïkovski en roulant sur la glace polaire semée d'embûches était tout sauf « simple ».

« Mais est-ce que tu as entendu Lanpo dire qu'il voulait tuer le commandant ? » insista-t-elle.

Marco jeta de nouveau un coup d'œil à Jackie, comme s'il voulait avoir l'autorisation d'en dire davantage.

« Tout le monde l'a entendu… Lanpo était ivre… c'était très pénible.

— OK… Lanpo s'est soûlé la gueule et il a menacé de descendre le commandant parce qu'il s'était plaint de son travail ?

— Peut-être.

— Peut-être ?! »

Après celle de Zakariassen, la voix d'Anna devint elle aussi stridente. Interroger des Chinois, c'était comme tirer un fil à plomb du fond gluant de sables mouvants de mauvaises excuses et de faux-fuyants.

« Soyez plus clairs : qu'est-ce qui s'est passé entre Lanpo et le commandant ?

— Lanpo a été impoli, répondit Marco.

— Il a été impoli avec vous ?

— Non, Lanpo était un gars très gentil… il nous jouait du jazz. Son père est un pianiste de jazz renommé à Shanghai. Il joue à l'hôtel Fairmont Peace tous les samedis et dimanches, c'est juste à côté du vieux pont qui mène au Bund… »

La voix d'Anna coupa court à la manœuvre de diversion :

« J'en ai rien à foutre du père, je veux savoir pourquoi Lanpo voulait zigouiller votre commandant ! »

Marco la regarda d'un air contrarié.

« Il a été impoli avec le commandant.

— Comment ça ? Qu'est-ce qu'il a fait de si "impoli", votre Lanpo ? »

Marco baissa les yeux sur le bout de ses chaussures sous la table.

« Il a refusé de promener… le chien… du commandant. »

42

On aurait dit que les ténèbres aux abords de la lumière des projecteurs se rapprochaient un peu plus chaque fois qu'Anna regardait par la fenêtre. Ces ténèbres qui dissimulaient un homme dérangé et fou. Les noires mâchoires de l'obscurité se refermaient sur la base chinoise comme l'eau autour d'une bulle d'air dans laquelle Zakariassen et Anna étaient prisonniers. S'ils restaient sur la base, ils seraient la cible la plus visible de tout le pôle Nord, éclairée à des dizaines de kilomètres de distance. S'ils la quittaient à pied, la tempête les tuerait à coup sûr. Bref, la peste ou le choléra.

Le sentiment d'avoir laissé échapper quelque chose d'important la rongeait, mais Anna ne parvenait pas à mettre le doigt dessus.

Elle gagea que ni Marco ni Jackie n'avaient suivi de cours de norvégien avant leur départ pour le pôle Nord et fit le point avec le professeur dans leur langue.

« À l'heure actuelle, on a identifié onze morts. Pour le dernier, je crois que même sa mère aurait du mal à le reconnaître… c'est un kit pour pathologiste hautement qualifié. »

Zakariassen feuilleta les fichiers du commandant sans regarder les photos. Le vieil homme ne voulait pas se référer aux morts en tant que personnes réelles avec femmes et enfants, espoirs et rêves. Comme lui. Autrefois. Le cancer lui avait pris sa femme ; désormais Solveig attendait son Daniel sous une pierre polie au cimetière de Tromsø.

« Donc le dernier homme dans le grand bâtiment est soit… l'ingénieur… soit Lanpo ? dit-il après avoir fini de parcourir le dossier.

— Oui.

— Et Lanpo allait être renvoyé en Chine ?

— Si tant est qu'on peut faire confiance à ces deux marioles. »

Zakariassen jeta un coup d'œil à Jackie et Marco. Jackie avait repris sa position avachie, tandis que Marco dévisageait sans vergogne ses geôliers comme si les Norvégiens étaient un couple d'animaux exotiques dans un zoo.

On dit que les Chinois n'aiment pas perdre la face ou reconnaître que quelque chose n'a pas marché, mais Anna avait fini par arracher à Marco toute l'histoire à propos de Lanpo. Dès le premier jour, le colonel Ko Hong avait manifestement fait de Yao Lanpo son bouc émissaire pour tout ce qui n'allait pas comme il fallait à Isdragen.

Lanpo était un homme de haute taille, un peu lourdaud et brut de décoffrage, qui attirait l'attention par sa seule présence. Comme il avait un poste subalterne en tant que technicien en informatique, il était plus sûr pour le commandant de s'en prendre à lui plutôt qu'à un des scientifiques, même si c'étaient eux les responsables des retards enregistrés au niveau de la progression. Ces scientifiques triés sur le volet avaient consacré des années à préparer l'expédition Isdragen. Si le commandant Hong venait à se brouiller avec eux, il y avait fort à parier que ce serait lui qu'on remplacerait. Des colonels dans l'armée chinoise, ce n'était pas ça qui manquait.

La dernière humiliation vécue par Lanpo : il avait reçu l'ordre de promener le chien du colonel Hong. Sunzi était un husky sibérien dont le colonel était très fier. L'année précédente, le commandant et Sunzi avaient effectué ensemble la traversée du Groenland. Par beau temps, le commandant se faisait tirer en traîneau par son chien pour de courtes promenades. Si le vent soufflait, il s'amusait à attacher un parapente au traîneau et à se faire tracter sur la banquise tandis que Sunzi courait à côté en aboyant.

Au bout d'une semaine où Lanpo dut se lever à cinq heures du matin pour promener le cabot, sans jamais se coucher avant d'avoir effectué au moins trois longs tours autour de la base le soir, l'homme en avait eu ras le bol. Il avait volé une bouteille d'alcool médical à l'infirmerie et avait passé le reste de la nuit à se prendre une cuite mémorable.

Tôt le lendemain matin, le personnel d'Isdragen avait été éveillé aux accents déchirants d'une trompette. Lorsque, abasourdis, ils avaient ouvert les portes, ils avaient vu Lanpo debout devant le baraquement du commandant avec sa trompette de jazz. Mais au lieu d'une des mélodies joyeuses de Duke Ellington qu'il jouait d'habitude pour distraire le personnel, c'était une version affreusement fausse et à peine reconnaissable de *La Marche des volontaires*, l'hymne national chinois.

Quand le colonel Hong s'était réveillé et avait ouvert la porte de sa baraque, Lanpo lui avait flanqué un coup de trompette sur la poitrine en lui criant qu'il était un dictateur et un tyran qui lui pourrissait la vie et qu'il allait le tuer. Ensuite, l'homme complètement soûl avait baissé son froc et pissé dans la neige juste devant le commandant tout en continuant à massacrer l'hymne national en sifflotant.

Hong avait explosé, bien entendu. Lanpo avait été mis aux arrêts et devait être rapatrié en Chine par le prochain avion de ravitaillement.

« Ça explique tout, dit Zakariassen. Le type a pété les plombs. Ce doit être Lanpo qui est derrière tout ça, vu qu'il allait être renvoyé chez lui en disgrâce. »

Anna jeta un coup d'œil à Marco et Jackie. Pendant un court instant, elle avait cru qu'il n'y avait qu'à attendre les secours et laisser à la police le soin de découvrir qui avait assassiné le personnel d'Isdragen. Mais voilà que le contrôle de la situation lui échappait. Les prochaines heures seraient une course contre la montre entre les secouristes américains et le tueur de masse.

43

« Vous avez une idée de l'endroit où Lanpo peut aller ? » demanda-t-elle à Marco et Jackie.

Ils échangèrent un regard.

« Chez lui ? suggéra Marco.

— Tu crois vraiment que Lanpo a l'intention de *marcher* jusqu'en Chine ?

— Après tout, le chien du commandant n'est pas là, c'est peut-être Lanpo qui l'a emmené ? Pour tirer un traîneau avec de la nourriture et une tente. »

Anna se souvint du traîneau qu'elle avait vu dans l'atelier.

« Vous avez combien de traîneaux, ici ? »

De nouveau, les Chinois se regardèrent.

« Je ne me rappelle pas, dit Jackie. Au moins un, en tout cas.

— Seul un fou essaierait d'aller en Chine depuis le pôle Nord, avec ou sans chien », dit Zakariassen.

Marco se mit à rire. Le rire lui échappa par courtes saccades, comme des billes de verre sortant d'une boîte métallique.

« C'est vrai. Si c'est bien Lanpo qui a tué tout le monde, alors oui, il *doit être* fou à lier. »

Le rire mourut sur ses lèvres quand il vit la tête que faisaient Anna et Daniel. Il se tortilla dans sa combinaison fluorescente et tourna la tête.

Anna savait que Lanpo ne s'aventurerait pas à traverser le pôle Nord à pied. Avec une tempête pareille, personne ne pouvait survivre seul sur la banquise sans un équipement d'expédition approprié. Le meurtrier avait vraisemblablement fui en les voyant arriver. Cela ne pouvait signifier qu'une seule chose. Lanpo reviendrait. S'il voulait survivre, il y était obligé. Il était seul, mais avait des armes. Beaucoup d'armes. Si l'une d'entre elles était un fusil à lunette, ils seraient en danger de mort dès que la tempête s'apaiserait. Anna ne savait que trop bien comment un tireur isolé pouvait se cacher dans l'obscurité à plusieurs centaines de mètres de ses victimes.

Elle se dirigea vers la fenêtre la plus proche et jeta un coup d'œil à l'extérieur. À présent, elle était contente que la tempête ne montre pas le moindre signe de faiblesse. La neige lourde passait en rafales comme le tir d'une mitrailleuse d'un escadron de la mort propre au pôle Nord.

« Comment on éteint les lumières dehors ? »

Encore une fois, les Chinois ne répondirent pas.

« Mais bon sang ! Vous ne voyez donc pas qu'on fait des cibles vivantes pour ce putain de tueur de masse si on reste éclairés par les projecteurs ? »

Il était absurde d'essayer de faire comprendre à Jackie et Marco que désormais il s'agissait de collaborer contre un ennemi commun s'ils voulaient survivre. Elle sortit son couteau et le posa sur la table, pointe dirigée vers le ventre rond de Marco.

« Marco, maintenant on va sortir tous les deux… et on va éteindre ces saloperies de projecteurs. »

Il marchait devant elle en se dandinant, direction le grand bâtiment. La neige tombait si dru qu'Anna voyait à peine à deux mètres. Seul signe confirmant qu'ils étaient sur la bonne voie : la lumière s'intensifiait de plus en plus. Quand elle vit le mur juste devant elle, elle craignit de devoir à nouveau traverser le cabinet des horreurs à la température glaciale, mais Marco se dirigea vers le côté du hangar, s'éloignant de la porte où le commandant congelé veillait sur ses hommes morts.

Tout en marchant, Anna regardait autour d'elle. À la pensée qu'un tueur de masse à l'esprit dérangé se trouvait quelque part dans l'obscurité, tous les muscles de son corps se tendaient. Lorsqu'elle se concentra de nouveau sur ce qui se passait devant, elle s'aperçut soudain que Marco avait disparu. Ses traces tournaient le coin du bâtiment. Avait-il dans l'idée de l'attaquer ? Elle s'écarta du mur, sortit son poignard et tourna le coin à bonne distance. Mais Marco n'était pas embusqué de l'autre côté, c'est à peine si elle put distinguer sa silhouette tout au bout du bâtiment.

« Ressaisis-toi, espèce de froussarde parano », marmonna-t-elle tout en piétinant le long du mur à travers les tourbillons de neige. Marco lui fit signe. Il saisit une poignée et la neige dégringola de l'encadrement quand il ouvrit la petite porte qu'elle avait déjà repérée. À la vue du flot de lumière à l'intérieur, Anna sut tout à coup ce qui lui avait échappé. Ce qu'elle avait oublié.

« N'entre pas ! »

Elle courut vers Marco. Il lâcha la porte, tendit ses bras grassouillets et se recula loin du couteau que la jeune femme tenait devant elle.

« Les interrupteurs des projecteurs sont là... dedans », dit-il. Anna vit un écriteau jaune sur la porte. Des idéogrammes chinois incompréhensibles figuraient au-dessus du symbole international pour la haute tension.

« Qu'est-ce qu'il y a là-dedans ? »

Marco regarda dans le blizzard.

« Le tableau électrique, les interrupteurs et… quelque chose… »

Anna se maudit de ne pas avoir vu l'évidence. Le plus grand bâtiment de la base pouvait comporter plus d'une pièce.

« Quelque chose ? »

Il y eut des crépitements alarmants dans sa tête. Elle agita le couteau.

« Ne t'avise pas de me faire une crasse maintenant, Marco. Ouvre juste cette porte très, très lentement. »

Il obéit, posa la main sur la poignée et ouvrit le battant avec toute la lenteur voulue. À l'intérieur, la pièce était violemment éclairée. Murs jaunes et sol blanc. Au milieu, de gros câbles et des fils électriques pendaient du plafond. La bobine disparaissait derrière deux grosses valises métalliques, empilées l'une sur l'autre. Sur la valise du haut se trouvait un ordinateur.

Anna estima que le local devait faire dans les six mètres de large. Or la porte mesurait à peine un mètre. Cela signifiait qu'il y avait près de trois mètres de mur extérieur de chaque côté de la porte.

Désormais, elle savait où était Lanpo.

44

La guerre, c'est comme une partie d'échecs, avec des pions humains. Si vous ne disposez pas d'une force écrasante, il faut toujours que quelqu'un se sacrifie pour gagner. Anna avait deux pions. Marco et elle-même. La priorité était simple.

« Retourne-toi et entre par la porte à reculons », commanda-t-elle.

Marco jeta un coup d'œil dans la pièce éclairée. Anna s'attendait à des protestations, mais il se borna à hausser légèrement les épaules comme à son habitude, se tourna vers elle et commença à marcher à reculons vers l'entrée.

Elle le suivit lentement, en prenant garde de s'écarter de l'embrasure de la porte. Si Lanpo se dissimulait dans la pièce, il passerait un peu de temps à trouver où elle était, après avoir tiré sur Marco.

Lorsque l'ombre de l'encadrement de la porte tomba sur le visage de Marco, il la regarda droit dans les yeux. Les commissures de ses lèvres se relevèrent au-dessus de sa barbiche de diable. Un sourire en coin. Il continua à entrer dans le local à reculons. Une pensée envahit la tête de la jeune femme. Si Marco était le meurtrier, il savait quelque chose qu'elle ignorait : où il avait caché les fusils et les revolvers qui avaient disparu.

« Arrête ! »

Anna s'accroupit. Marco continua à marcher à reculons.

« Arrête ! »

Elle tenait la lame du poignard entre les doigts et leva le bras, prête à lancer. Quatre mètres la séparaient de Marco. Le toucherait-elle ? Lui le crut manifestement, car il s'arrêta.

À présent, il était à deux ou trois mètres à l'intérieur. Il faisait une cible facile si Lanpo se dissimulait à côté de la porte. Elle s'efforça de voir, à travers la neige qui passait en tourbillonnant, l'intérieur de la pièce où se tenait Marco.

« Est-ce qu'il y a quelqu'un là-dedans ? »

Il se retourna lentement, regarda vers les câbles et les boîtes métalliques.

« Non. »

Et si Marco et Lanpo collaborent ? Suis-je en train de me jeter dans mon propre piège ? Elle sentit trembler sa main qui tenait le couteau. Marco se tenait immobile dans le local inconnu.

Attendant le prochain coup.

Elle plongea la main dans sa poche, en sortit son portable et le jeta à Marco. Il atterrit sur le sol blanc et tourna deux ou trois fois sur lui-même avant de s'immobiliser aux pieds du Chinois.

« Prends des photos de toute la pièce avec. »

Marco baissa les yeux sur l'appareil, puis dévisagea Anna.

« Pour quoi faire ? »

Elle fit un signe avec son poignard.

« Contente-toi de faire ce que je dis, prends les photos. »

Le flash lança des éclairs d'une blancheur crue quand le Chinois photographia. La lumière restait imprimée sur la rétine d'Anna, alors elle préféra détourner les yeux. La neige lui cingla le visage et une rafale de vent l'emporta de nouveau. C'était tout juste si elle arrivait à distinguer le garage. La porte qui était ouverte. Elle pensa au tracteur qui s'y trouvait. Pourraient-ils s'en servir pour quitter la base d'Isdragen ? Combien y avait-il de places dans la petite cabine du chauffeur ?

« C'est fait. »

Marco jeta le portable dehors. Il échoua sans bruit dans la neige. Anna dut ôter un gant pour pouvoir appuyer sur l'écran. Le froid lui rongeait le bout des doigts tandis qu'elle faisait défiler les images. Il n'y avait pas de tueur armé à côté de la porte.

Le portable s'éteignit.

Le froid avait eu raison de la batterie. Elle eut mal aux doigts quand elle remit son gant. Elle rejoignit Marco à l'intérieur. À la seconde même où elle fut hors de portée de la bourrasque, son corps se réchauffa. Dès qu'elle referma la porte, le blizzard ne fut plus qu'un lointain bourdonnement. Le mur isolé amortissait les bruits.

Anna constata que la pièce était séparée du grand bâtiment aux hommes congelés par une cloison recouverte de plastique isolant jaune. Les câbles et les fils qu'elle avait vus de dehors pendaient d'un entonnoir au plafond et disparaissaient dans un grand trou découpé à la scie dans la glace juste derrière les boîtes métalliques.

Elle passa devant Marco, s'approcha du trou et jeta un coup d'œil en bas. Elle ne vit que son ombre se reflétant sur la surface sombre. L'eau de mer là en bas était dénuée d'éclats de glace qui se formaient habituellement en l'espace de quelques minutes au pôle Nord. De puissants radiateurs à incandescence, fixés au plafond, maintenaient la température bien au-dessus du point de congélation dans le local.

Anna sentit des gouttes tomber sur sa nuque et leva les yeux. Les gouttes venaient de l'entonnoir d'où pendaient les câbles. Quelques mètres plus haut, ils disparaissaient dans une masse grise informe qui, en quelque sorte, flottait dans l'obscurité. Elle comprit tout à coup que ce qu'elle voyait, c'était l'intérieur de la tour ornée du dragon des glaces. Elle alluma sa torche et s'aperçut que la masse de glace emprisonnait les poutrelles avec lesquelles on avait construit la tour. Cette glace devait provenir de la même source que la chute d'eau gelée dans la pièce d'à côté. Elle cligna des yeux quand plusieurs gouttes atterrirent sur son front.

À présent, elle voyait que les plaques murales étaient bombées et présentaient de grandes auréoles sous l'entonnoir au plafond. Le liquide qui avait tué les gens dans la pièce voisine avait aussi inondé ce local, mais les lampes chauffantes avaient dû faire fondre la glace.

Elle se dirigea vers l'ordinateur juché sur les boîtes métalliques. Il ressemblait aux machines mastoc qu'elle avait connues à l'armée : construites pour supporter le vent et le mauvais temps et être larguées à haute altitude. Un coffret laqué traînait à côté. Dans le coffret se trouvait un jeu d'échecs. Les couleurs de l'échiquier étaient passées, comme s'il avait été longtemps exposé au soleil. Les pièces étaient simples, faites d'un bois bon marché. Au lieu d'être noirs et blancs, les pions chinois étaient peints en jaune et rouge. Un passe-temps pour les longues heures de travail. L'écran de l'ordinateur était sombre, une lumière bleue clignotante indiquait qu'il était en veille.

« Il vous sert à quoi, l'ordi ?

— Les ingénieurs l'utilisent… l'utilisaient pour gérer nos instruments… au fond de l'océan », répondit Marco resté à l'écart près de la porte.

Avait-il peur de ce qu'Anna pourrait découvrir ou peur de révéler qu'il savait ce que la pièce cachait ?

Elle se retourna. Trois armoires métalliques étaient adossées au mur du fond. En s'approchant, elle entendit comme un faible bruissement.

L'électricité.

« C'est quel bouton qui éteint les projecteurs ? »

Marco tendit le doigt.

« Dans la deuxième armoire… la plus à droite. »

Elle ouvrit la porte et vit une rangée de fusibles.

« Le deuxième à partir de la gauche, c'est pour les projecteurs. »

En tendant la main vers l'interrupteur, elle sentit comme une odeur de poussière brûlée. Elle suspendit son geste et se tourna vers Marco. Il n'avait pas bougé. Savait-il quelque chose qu'elle ignorait sur cette armoire ?

« Viens et trouve le bon bouton, toi, je n'ai pas envie de faire une connerie. »

Il traversa la pièce. Il ne regarda ni le trou dans la glace ni l'ordinateur. Posa une main sur le fusible.

Éteignit le monde.

45

Quand les ténèbres profondes se refermèrent sur Anna, ce fut comme si la pièce cessa d'exister. Le sol disparut sous ses pieds. Sur sa rétine dansaient des lucioles. Elle sentit battre ses tempes. Elle lança sa main en avant et toucha le visage de Marco, le saisit par le col.

« Tu ne bouges pas d'ici, compris ? »

Un bourdonnement grinçant emplit l'obscurité, une lumière verte s'alluma au-dessus de la porte. Ce fut une nouvelle naissance pour la pièce. La jeune femme regarda autour d'elle, rien n'avait changé. Personne n'était entré.

« L'interrupteur, ce n'était pas que pour les projecteurs ? »

Comme à son habitude, Marco ne trahit aucune émotion.

« Nos générateurs sont... peu fiables. Les projecteurs pompent beaucoup de courant, peut-être... »

Il tendit la main vers l'armoire du milieu. Ses yeux quêtèrent une autorisation. Anna acquiesça et fit un pas en arrière. Marco ouvrit l'armoire à fusibles et remit en place ceux qui avaient sauté. Les lumières du plafond clignotèrent et revinrent à la vie.

« Nous n'avons jamais éteint les lumières auparavant... Je crois que les générateurs n'ont pas réussi à compenser ; la tension est devenue trop élevée et a fait sauter les autres fusibles », dit Marco.

Anna sentit un vent froid sur sa nuque. Elle se retourna et vit le visage blême de Jackie surgir de l'obscurité. Il s'arrêta sur le pas de la porte mais fut poussé dans la pièce par Zakariassen qui le talonnait.

« Anna, qu'est-ce qui se passe, le courant a été coupé chez nous, dit-il avant de s'arrêter et de regarder autour de lui. Qu'est-ce que c'est que cet endroit… ?

— Pas maintenant, Daniel, on n'a pas le temps. Sors, ouvre l'œil pendant que j'essaie de comprendre.

— Mais pourquoi…

— Écoute ce que je dis, bon sang ! Si jamais le tueur est dans le coin, il a vu qu'on a éteint les projecteurs. Si j'étais lui, j'en aurais profité pour me faufiler dans une des baraques, ni vu ni connu. Alors, laisse Jackie ici, sors et fais le guet jusqu'à ce que je te rejoigne. S'il te plaît. »

Il était visible que Zakariassen n'avait absolument aucune envie de rester seul dehors dans le noir, mais il poussa Jackie plus loin dans la pièce avant de sortir. Jackie resta planté devant le trou dans la glace en se blottissant le plus possible sous la veste en duvet qu'il avait jetée sur ses épaules.

« C'est quoi, comme local, ici ? demanda Anna. Vous faites quoi là-dedans ? »

Marco étudia les objets présents dans la pièce comme s'il ne les avait jamais vus auparavant.

« Nous effectuons des recherches, dit-il avec une mine solennelle. Sur des choses importantes.

— Et c'est quoi, ces choses importantes ?

— Le pôle Nord fond. C'est important. »

Anna bouillonnait à l'intérieur mais n'en montra rien.

« J'ai vu un réservoir en haut de la tour, je suppose que les câbles (elle désigna deux gros câbles couverts de givre qui s'enroulaient au milieu de fils et d'autres câbles plus fins au fond du trou dans la glace) ont quelque chose à voir avec le réservoir.

— Je ne suis qu'un simple mécanicien, répéta Marco. Les recherches sont secrètes. Les scientifiques ne me disent pas tout… »

Il se mit à hurler quand elle lui envoya un grand coup de pied dans le derrière qui le fit tomber et tournoyer sur la glace comme un vulgaire palet de hockey.

« Dis-moi ce que vous foutez ici, putain ! gueula-t-elle.

— Nous cherchons des minéraux au fond de l'océan, bredouilla Jackie.

— Non, tu ne peux pas parler de ça, nous n'avons pas le droit… »

Marco essaya d'arrêter Jackie, mais Anna n'eut besoin que de soulever son pied pour le faire taire. Jackie se dirigea vers la bobine de câbles. Baissa la tête et leva les yeux vers l'entonnoir sombre.

« (N) [7], dit-il. De l'azote. Il y a de l'azote liquide dans le réservoir là-haut. Nous utilisons le gaz pour refroidir notre matériel de recherche. »

Anna regarda le trou dans la glace.

« On est au pôle Nord, vous ne trouvez pas qu'il fait déjà assez froid ici ?

— Dans l'air, si, mais pas au fond de l'océan. Il y fait moins trois au maximum. Nous cherchons des minéraux avec une invention chinoise toute nouvelle, un radar géologique extrêmement puissant. Il dégage énormément de chaleur ; sans le refroidissement à l'azote, le radar fondrait. »

Jackie se dirigea vers l'ordinateur.

« Je peux ? »

Il regardait Anna, elle acquiesça. Quand il appuya sur une touche, l'ordinateur se ralluma et l'image d'un boîtier rectangulaire éclairé par des lampes puissantes apparut à l'écran. Anna vit un poisson aux formes allongées nager lentement à travers la lumière. L'image vidéo venait du fond de l'océan. L'idée que seule une épaisseur de glace d'un mètre et demi l'empêchait de plonger dans un abîme de trois mille mètres de profondeur la mit mal à l'aise.

« Cette boîte, c'est notre géoradar. Il a été inventé pour explorer les météorites, poursuivit-il. Dans l'espace, on n'a pas besoin de refroidissement.

— Ça explique la présence de l'ingénieur en aérospatiale.

— Oui, il a été inventé par l'ingénieur Lee.

— Le radar, ce n'est pas un truc tellement nouveau, pourquoi voulez-vous garder ça secret ?

— Le Danemark, le Canada, la Norvège, la Russie et les États-Unis prétendent qu'eux seuls ont le droit d'exploiter les ressources ici. La Chine représente un cinquième de la Terre, alors il n'est pas juste que nous soyons tenus à l'écart. »

Anna se pencha davantage sur l'écran pour essayer de se faire une meilleure idée de la taille du boîtier. Elle vit des marques derrière lui, qui ressemblaient aux traces que font les chenillettes.

« OK, après tout ce n'est pas illégal de faire des recherches... »

À peine ces mots étaient-ils sortis de sa bouche qu'un coup de feu retentit à l'extérieur.

46

C'était un coup de feu tiré par un fusil de gros calibre. Une seconde plus tard, Anna entendit un hurlement prolongé.

« Vous deux, vous restez ici ! » cria-t-elle à Jackie et Marco, puis elle sortit en courant.

Pourvu que la peur de ce qui se passait dehors les retienne dans le local…

Son cerveau surmené avait déjà oublié que les projecteurs étaient éteints et elle se précipita sans réfléchir dans l'obscurité noir d'encre, complètement à l'aveuglette, se jeta dans la neige et resta sur le ventre, l'oreille aux aguets. La neige s'accumulait sur elle tandis que, lentement, sa vision de nuit revenait.

Zakariassen avait disparu.

En s'aidant des pieds, elle pivota sur la glace, essayant de l'apercevoir. Autour des fenêtres éclairées des baraquements, elle ne vit que la nuit profonde. Sans les projecteurs, elle était entourée par le pôle Nord. La petite civilisation que les Chinois avaient construite n'existait pas. Désormais, le monde des glaces était tel qu'il était toujours censé être.

Glace. Neige. Froid. Nuit.

Une courbure dans le noir attira son attention. La courbure flottait devant la fenêtre dans l'une des baraques. Maintenant, elle parvint à distinguer une silhouette à travers les tourbillons de neige. Anna souleva le rabat de sa poche de côté et trouva le manche de son couteau de chasse. Couteau à la main, elle se mit à ramper. La silhouette ne pouvait pas la voir dans ces ténèbres.

« Anna ! Il faut que tu sortes ! »

La voix stridente donna une identité à la silhouette. Zakariassen sursauta quand la jeune femme se redressa à quelques mètres seulement de lui.

« Oh, tu m'as fichu une de ces trouilles !

— C'est toi qui as tiré ?

— Oui. »

La voix du savant s'entendait à peine dans le vent. Anna resta debout, dos tourné, tandis qu'il luttait contre la tempête pour arriver jusqu'à elle.

« Qu'est-ce que tu fous ? Je t'avais dit de faire le guet devant le grand bâtiment. »

Zakariassen était à bout de souffle. Son haleine avait gelé jusqu'à devenir des glaçons sur son masque de ski.

« J'ai monté la garde, je l'ai fait, mais j'ai vu quelque chose... j'ai cru que c'était un ours polaire. Je l'ai vu là-bas, dit-il en désignant deux ou trois fenêtres éclairées. On aurait dit que l'ours fonçait droit sur moi, impossible de le voir nettement, j'ai paniqué... J'ai visé là où j'ai cru que se trouvait l'animal et j'ai tiré.

— C'est lui qui a gueulé ?

— Oui, c'est incroyable que je l'aie touché, mais ce n'était pas un hurlement d'ours, continua-t-il en faisant vibrer les glaçons sous son menton. On aurait plutôt dit un chien. C'est pour ça que j'ai quitté mon poste, pour vérifier si la pauvre bête était là quelque part à saigner à mort. »

Il secoua la tête d'un air découragé.

« Je ne l'ai pas trouvé, l'animal a fichu le camp.

— Le seul clebs que je connaisse ici, c'est le husky… le chien du commandant. »

Le professeur hocha la tête, baissa les yeux et donna un coup de pied dans la neige.

« Oui, ça doit sans doute être lui. Pauvre bête, un chien qui vient chercher un abri et à manger, et voilà qu'il se prend une balle. Ah, merde. »

Anna effleura du regard le visage lourd de culpabilité de son compagnon et affronta les ténèbres. La nuit polaire les dissimulait, mais elle dissimulait également celui qui était là, tapi quelque part.

« Les Chinois ont bien dit que Lanpo avait peut-être emmené le chien avec lui pour se faire tirer jusqu'au continent. »

Zakariassen regarda son fusil. Essuya la neige sur le canon.

« Peut-être que le chien s'est sauvé… peut-être que le monstre est mort sur la banquise.

— Croisons les doigts. »

Anna se retourna. Elle ne vit rien derrière les baraquements, elle ne percevait qu'une chose : la glace. Le froid qui s'en dégageait.

La glace n'était pas faite pour l'homme. Le Sahara lui-même était un endroit plus hospitalier. Pendant des vacances au Maroc, Anna avait eu deux guides touaregs pour une balade à dos de chameau dans le désert. Étonnamment, les hommes vêtus de bleu trouvaient toujours de l'eau. Et s'ils n'y parvenaient pas eux-mêmes, ils laissaient les chameaux trouver les sources sous le sable du désert grâce à leur flair. Mais la glace n'était rien d'autre que de la glace. On ne pouvait pas la creuser pour accéder à une source de chaleur. La glace pouvait fondre, se boire, mais la chaleur, il fallait l'apporter avec soi. Quand la chaleur cessait, la glace reprenait ses droits et venait à bout de vous.

Anna renonça à voir quelque chose dans les ténèbres et s'efforça de gagner la bataille du froid dans son corps.

« Ce n'est pas avec des vœux pieux que nous sortirons de ce guêpier, dit-elle. Faut qu'on installe les pièges maintenant. Si tu fais le guet là-dedans, j'y arriverai… Essaie de savoir ce que les Chinetoques manigancent ici. Je crois que si on les a trucidés, il y a une raison, et ça doit être lié à leurs magouilles. »

Le professeur leva les yeux sur la tour au-dessus du grand bâtiment ; la construction était à peine visible dans l'obscurité et les tourbillons de neige.

« Ils n'ont pas fait grand-chose de plus que nous, c'est juste qu'avec plus de pognon ils ont pu mener des expériences à beaucoup plus grande échelle.

— Pourtant, si je crois ce que raconte ce Jackie, c'est plus que ça ; il prétend que les scientifiques cherchent des minéraux. Ils ont balancé un radar-truc au fond de l'océan.

— Un radar… truc ? répéta le professeur en se penchant tout contre Anna pour saisir ce qu'elle disait.

— Ouais, mais j'y pige que dalle, moi, à ces machins. Faut que tu lui parles toi-même. »

Anna en avait plus que marre de toutes ces hypothèses. Il lui fallait se concentrer sur quelques tâches concrètes. Priorité numéro un : survivre.

47

Le mécanicien Marco se révéla être quelqu'un qui apprenait vite.

Anna accompagna Zakariassen jusqu'à la pièce dans le grand bâtiment et emmena Marco chercher les pièges. Elle lui montra comment ils fonctionnaient et comment il fallait les placer.

Marco installa les pièges sans qu'elle ait besoin de lui expliquer quoi que ce soit. Elle fut frappée par la folie de la situation. Elle laissait un éventuel tueur de masse tendre des pièges à un autre éventuel tueur de masse.

Anna et Marco travaillèrent tout autour de la base dans le blizzard jusqu'à être tous les deux si frigorifiés qu'ils ne pouvaient plus bouger les doigts et avaient les orteils insensibles. Ce travail éreintant les avait amenés jusqu'à l'aéroglisseur dont le pick-up accidenté avait escaladé la coque. Les phares éclairaient le Sabvabaa comme un monument triste dans la nuit. Anna décida de faire d'une pierre deux coups ; le véhicule pouvait être utile, il ne fallait pas l'abandonner avant que la batterie soit vide.

« On va se réchauffer dans ta bagnole », cria-t-elle pour couvrir le vent.

Elle se dirigea côté passager, se hissa sur la pointe des pieds et ouvrit la portière. Marco grimpa sur le marchepied, mais resta là à regarder fixement le mort sur le plateau arrière.

« Qu'allons-nous faire de Zhanhai ?

— Rien pour l'instant. Le croque-mort le plus proche est à huit mille bornes d'ici et le cadavre ne va pas pourrir avant l'arrivée des secours. »

Elle regretta ses paroles quand elle vit la tête que faisait Marco.

« Désolée, je suis vraiment crevée, on le déplacera après. »

Anna buta sur le pied de Marco. Il se hissa dans la cabine en s'agrippant à la portière ouverte. Quand elle entra à son tour, il était assis sur le siège du conducteur. Dès qu'elle ferma la portière, le silence s'installa. Les fenêtres étaient couvertes d'une épaisse couche de neige et isolées des mugissements du vent. La cabine était éclairée par la réverbération des phares, d'une lumière froide et grise comme les lumières derrière les radiographies que les médecins lui avaient montrées à l'hôpital en Allemagne.

« Entrée de la balle à hauteur de la clavicule gauche. Projectile retrouvé dans l'hémi-bassin gauche présentant de multiples fractures. La clavicule et l'os iliaque sont partiellement brisés. Gros dégâts internes au niveau des tissus et de l'intestin mais le poumon est indemne… elle a vraiment eu du bol. »

De ce que les médecins américains dirent, elle comprit qu'il ne faisait pas bon se faire transpercer le corps par un projectile à grande vitesse. Tout ce qu'Anna souhaitait, c'était qu'on lui administre une dose massive de morphine. Pour oublier. Oublier ce qui était arrivé à Yann.

Elle remarqua que Marco regardait fixement son lobe d'oreille déchiqueté, comme si ses pensées pouvaient filtrer de là. Il avait ôté sa capuche. Les flocons de neige sur son visage le faisaient ressembler aux geishas maquillées de blanc qui, bien des années auparavant, avaient servi à Anna du thé chaud et du saké tiède dans une ruelle de Tokyo sans nom et sans numéros.

« Mets le moteur en marche, Marco. »

Il appuya sur un bouton à côté du volant. Le moteur démarra avec un ronronnement presque inaudible. Les essuie-glaces commencèrent leur ballet et tracèrent deux demi-cercles parfaits dans la neige qui recouvraient le pare-brise. Anna vit les antennes radio couchées sur le toit du Sabvabaa tels des arbres abattus.

« Faut que tu nous fasses descendre de là », dit-elle.

Marco la regarda fixement, d'un air interrogateur.

« L'aéroglisseur, est-ce que tu peux t'en dégager, en marche arrière ? »

Il tira un petit levier de vitesse. Le pick-up trembla en reculant sur la coque. Le véhicule atteignit le bord et retomba dans la neige. Les énormes pneus amortirent la chute. Anna eut l'impression d'être dans la barque à moteur de son père quand elle piquait du nez au creux d'une grosse vague en pleine mer.

Quand le pick-up se fut dégagé du Sabvabaa, la jeune femme constata que l'aéroglisseur avait étonnamment bien encaissé le choc. Il y avait une grosse bosse sur le toit au-dessus de la fenêtre brisée, mais à part ça la coque semblait intacte. Anna nota dans sa tête de penser à demander à Zakariassen de vérifier s'il n'y aurait pas des durites pouvant s'adapter au moteur de l'aéroglisseur, dans le hangar-atelier. Le Sabvabaa était encore la seule possibilité de quitter cet enfer. Avec le plein, le bateau pouvait circuler deux ou trois jours, au moins. Cela devrait pouvoir les amener très près des côtes du Groenland.

Elle jeta un coup d'œil à sa montre. Il était bientôt trois heures, mais était-ce la nuit ou le jour ? Qu'importe, les hélicoptères de sauvetage américains auraient déjà dû arriver depuis longtemps. Elle leva les yeux vers le ciel, mais il était impossible de voir quoi que ce soit à travers ces tourbillons de neige dense. Même avec les meilleurs instruments de navigation au monde et les lunettes infrarouges des pilotes qui transformaient la nuit polaire en jour, il était impossible de se frayer un chemin à travers une pareille tempête. Elle posa les doigts sur le volet de l'air chaud. Elle apprécia la sensation qui lui fit à la fois du bien et du mal lorsque le sang recommença à circuler au bout de ses doigts.

Marco mit la voiture au point mort, posa les mains sur ses genoux et garda les yeux rivés sur la fusée en modèle réduit posée sur le tableau de bord. Les lumières à l'intérieur des boules rondes en haut et en bas de la coque passaient du bleu au violet comme une aurore boréale en miniature.

« Ce n'est pas trop gênant, ce truc qui change de couleur, quand tu conduis ? »

Anna n'avait pas particulièrement envie d'entamer une conversation, mais elle craignait de s'endormir à cause de la chaleur.

« C'est un cadeau de mon père. La Perle de l'Orient porte chance.

— Il s'intéresse aux voyages dans l'espace, ton père ?

— Mon père est liftier. Il bosse à la Perle de l'Orient. »

Elle examina plus attentivement la fusée. Elle vit alors de petits trous dans la coque. Des fenêtres.

« C'est un modèle réduit de maison ?

— Oui, bien sûr. Tu ne sais pas ce qu'est la Perle de l'Orient ? s'indigna Marco. C'est la troisième plus haute tour de Shanghai. Mon père a installé les échafaudages en bambous pour les ouvriers qui l'ont construite. Quand la Perle de l'Orient a ouvert, mon père a obtenu un boulot de liftier parce qu'il n'avait pas le vertige. »

Anna ne voyait pas bien ce que gagnait un liftier à ne pas avoir le vertige, mais elle n'eut pas la force de poser la question.

« C'est pour ça que je me suis porté volontaire, poursuivit Marco en montrant du doigt la tour d'Isdragen. Maintenant, j'ai construit une tour encore plus haute que celle qu'a construite mon père.

— Ah bon ? Mais ta tour mesure seulement... environ vingt mètres, non ?

— Vingt-deux mètres cinquante-cinq, précisa-t-il avec un sourire de fierté qui illumina son visage. Mais Isdragen est tout en haut de la Terre. Au-dessus de nous, il n'y a que le ciel. Donc, ma tour est la plus haute de toutes. »

Il rit de son rire étonnamment perlé. Deux fossettes apparurent sur ses joues rondes. Anna trouva son rire contagieux et se joignit à lui ; cela faisait du bien.

« Désolée, dit-elle. Pour tout à l'heure. Quand je t'ai donné un coup de pied. Je ne suis pas comme ça d'habitude. »

Marco haussa les épaules. Un sentiment de camaraderie flottait dans la cabine bien chauffée. Cela avait été une grande partie de l'ancienne vie d'Anna : rester assise à attendre dans un véhicule et tuer le temps en racontant des conneries sur tout et rien. La guerre, ce n'est pas comme dans les films. Quatre-vingt-dix-neuf pour cent du temps, c'est de l'attente, mais pour un soldat, c'est souvent le plus dur. C'est dans ces moments-là qu'on peut craquer mentalement. Raconter des conneries aide à ne pas penser à ce qui vous attend.

Elle entendit de la musique. Les notes du *Lac des cygnes* s'égrenaient encore en sourdine.

« T'aimes Tchaïkovski ?

— Quoi ?

— La musique que tu écoutes… *Le Lac des cygnes*. »

Marco sourit. « Ma copine aime ce genre de musique, elle trouve que je dois me cultiver. »

Anna s'étira et sentit quelque chose de dur dans sa poche de poitrine. Le livre qu'elle avait trouvé dans l'armoire de Jackie.

« Tu sais ce que c'est ? »

Elle sortit le livre de poche usé. Il regarda la couverture un court instant.

« C'est à moi, Jackie me l'a emprunté.

— Ah bon, et c'est quoi comme bouquin ?

— *L'Art de la guerre*, c'est célèbre en Chine. Ce livre a été écrit il y a plus de deux millénaires. »

Anna ferma les yeux, alla pêcher les mots dans sa mémoire. « Un général est le meilleur attaquant si les adversaires ne savent pas ce qu'ils doivent défendre, et il est le meilleur défenseur si les adversaires ne savent pas où ils doivent attaquer. »

Les yeux noirs de Marco exprimèrent une pointe d'étonnement.

« Le général Sun Tse était au programme à l'école de guerre, dit-elle. Sun était à la tête d'une puissante armée impériale, mais à notre époque c'est surtout les armées de guérilla qui ont suivi sa stratégie.

— Oui, Maître Sun était très en avance sur son temps, enchérit Marco. Tu sais, presque tout ce qui est moderne a été inventé en Chine.

— Des grands mots, tout ça. Et les navettes spatiales et les ordinateurs, alors ?

— Nous avons inventé les feux d'artifice et le boulier. C'est du pareil au même. »

Anna sentit de nouveau un rire sec essayer de se faufiler dans sa gorge irritée.

« Tu peux le garder, je n'aime plus la guerre », déclara Marco en lui rendant le livre.

Elle sortit la photo sur papier glacé qui était coincée entre les pages.

« Tu sais qui c'est ? »

Marco examina la femme.

« Non.

— Jackie n'a jamais parlé d'une copine ? »

Il secoua la tête. Anna remit le livre et le cliché dans sa poche de poitrine ; elle sentit que ses yeux étaient fatigués et se mordit la langue pour se maintenir éveillée.

« Qu'est-ce que tu sais de Jackie ? »

Le regard de Marco se fit lointain.

« Pas grand-chose… Jackie est un gars calme. Qui parle peu. Il a rejoint l'Administration antarctique depuis la province de Mongolie. Là-bas, il avait un boulot super chiant dans une usine horrible, il brûlait d'envie de mieux utiliser la formation qu'il avait reçue aux États-Unis.

— Il a fait quoi comme études aux États-Unis ?

— De la géologie, de l'informatique tridimensionnelle, des trucs dont se servent les géologues pour trouver du pétrole au fond de l'océan. »

La réponse semblait assez proche de ce que Jackie lui-même avait dit. Anna effectua mentalement une mise à jour du dossier Jackie. Intéressé par l'art de la guerre. Un des rares Chinois à avoir étudié dans une université américaine. Un homme ambitieux.

« Et toi alors, Marco, qu'est-ce que tu fichais avant de devenir mécano ?

— C'est de nouveau un interrogatoire ?

— Oui. »

Il se tortilla sur son siège, détourna les yeux.

« Je suis né dans un village de merde à dix heures de bus de Shanghai. Quand j'en ai eu terminé avec l'école, j'ai déménagé chez mon père à Shanghai. Il m'a trouvé un boulot chez un copain à lui, dans un garage pour motos, alors du coup... je suis devenu mécanicien.

— Tu ne voulais pas continuer tes études ? »

Marco rit.

« Non, tout ce que je voulais, c'était foutre le camp de ce village pourri. On s'y emmerdait tellement, tu peux même pas imaginer.

— J'ai trouvé pas mal de dollars dans ton casier, t'as fait des économies pour un jour de pluie ? »

Le siège grinça quand Marco se tourna vers elle.

« Tu as fouillé dans mon armoire ?

— Bien entendu. »

Le ventre rond du Chinois tendait la combinaison quand il respirait.

« Fu et moi, on aimait jouer... au poker. Il arrivait qu'on soit plus que nous deux. On s'était mis d'accord : celui qui gagnerait le plus paierait un bon gueuleton à notre retour en Chine. Je suis en tête. »

Un sifflement sortit de sa gorge.

« *J'étais* en tête...

— Voilà au moins une explication. »

Il la regarda droit dans les yeux.

« Je ne suis pas un assassin, je n'ai tué personne. »

La lumière du tableau de bord éclairait un côté du visage de Marco. La moitié du visage luisait d'un rouge diabolique. L'autre moitié était dissimulée dans l'obscurité.

48

Anna et Marco transportèrent jusqu'au garage le corps de Gai Zhanhai raidi par le gel. Elle essaya d'éviter de penser à ce qu'elle portait en gardant les yeux rivés droit devant elle pendant tout le trajet. Ils le posèrent de manière à ce que son visage atrocement mutilé soit contre le sol, et poussèrent le cadavre aussi loin que possible sous l'établi. Puis Marco alla chercher un des sacs de couchage de son baraquement et en recouvrit le corps. Une fois qu'il eut fini, il resta immobile les yeux clos, pendant plusieurs secondes. Puis il sortit en silence et Anna abaissa la porte du garage derrière elle.

Quand elle revint dans la pièce du grand bâtiment, elle était à bout de forces. Faire un travail physique dans la tempête, c'était comme courir sous l'eau. Tout allait dix fois plus lentement et exigeait dix fois plus d'énergie. Le froid aspirait l'énergie du corps comme un trou noir dans l'espace. Que Marco et elle aient malgré tout réussi à installer tous les pièges autour de la base dans le noir sans même en déclencher un seul tenait du miracle.

En entrant dans la pièce, elle se crut dans un sauna et le Zakariassen qu'elle avait maintenant sous les yeux était bourré d'énergie positive, penché au-dessus de l'ordinateur chinois, tandis que Jackie était adossé au mur, assis immobile sur un tapis isolant. Seuls les yeux servaient à échanger des messages entre les personnes présentes dans la pièce.

Zakariassen fit signe à Anna d'approcher.

« Il faut que tu voies ça, maintenant je sais ce que les Chinois manigancent par ici.

— Oui, Jackie m'a raconté qu'ils cherchent des minéraux. »

Un sourire rusé barra le visage du scientifique. Dans des circonstances normales, Anna aurait pensé qu'il la trouvait naïve et en aurait été offensée, mais elle était trop lasse pour s'en formaliser. Il rapprocha sa tête de celle de la jeune femme, avec une mine de conspirateur, et chuchota en norvégien :

« Ces filous volent des minéraux aux Russes. »

Il en hennit de joie. Manifestement, aux yeux de Zakariassen, filouter les Russes figurait tout en haut de la liste des bonnes actions.

« Comment ça, ils volent des minéraux ? »

Anna sentit les yeux de Marco posés sur sa nuque. Le Chinois ne comprenait pas le norvégien, mais il se doutait probablement que les deux Norvégiens parlaient de quelque chose d'important.

« Un instant.

— Non, il faut que tu voies ça, c'est… »

La voix du scientifique était si forte et si claire qu'elle en devenait insupportable. Une lassitude extrême s'empara d'elle. Elle fut prise de vertige et dut s'appuyer contre le mur.

« Laisse-moi respirer un moment… s'il te plaît, Daniel. »

Voilà que maintenant c'était elle qui parlait trop fort. Comme si elle était en train de perdre le contrôle.

Les images d'un souvenir dansèrent devant ses yeux : de la lumière filtrant à travers les stores vénitiens dans une chambre plongée dans le noir. Yann se faufilant par la porte avec un plateau de petit déjeuner dans les mains. Il souriait. Dehors, quelque part au loin, une fanfare jouait. Elle sentit le goût du café sucré quand il l'embrassa. Mais ensuite elle s'éveillait dans une pièce sombre et Yann n'était plus là. Elle entendait des gens parler entre eux à voix basse. Elle voulut demander si Yann allait bien. Un espoir désespéré que quelqu'un lui assurerait que tout cela n'avait été qu'un rêve. Mais la bouche n'obéit pas à cette pensée. On lui passa quelque chose sur la peau. Pendant un moment une sensation de froid intense, puis une piqûre douloureuse. Le sommeil la libéra, toute question était désormais superflue.

« Laisse-moi le temps de faire quelque chose d'abord. »

Anna s'efforça de rendre sa voix aussi calme que possible tandis qu'elle essayait de refroidir l'enthousiasme de Zakariassen. « Je n'ai aucune envie de me coltiner ces deux-là. »

Elle s'empara de bandes en plastique et attacha les poignets de Marco et Jackie dans leur dos. Puis à un solide étai contre le mur. Elle vérifia le pouls de Jackie, un peu faible mais régulier. Elle expédia un regard à Marco « désolée mais c'est comme ça » et regagna sa place. Sur l'ordinateur, les images vidéo de l'équipement radar avaient cédé la place à un gros plan flou d'un concombre de mer en suspension à côté d'une pierre au fond de l'océan.

« Tu voulais me montrer quoi, au juste ?

— Contente-toi de regarder... »

L'index mince de Zakariassen appuya sur un levier vert au milieu du clavier. Le concombre de mer disparut dans un nuage sombre venant d'un endroit derrière la caméra. L'écran devint tout noir pendant quelques secondes... puis la caméra remonta au-dessus du nuage. Un flanc de montagne noir passa comme en glissant devant l'objectif.

« L'image vient d'un submersible, un satané mini-sous-marin par trois mille mètres de fond, dit le scientifique d'une voix triomphante, comme s'il avait découvert une forme de vie encore inconnue. (Son index tourna le levier vert.) Je peux le télécommander d'ici. »

Le sous-marin amorça sa remontée. Quelque chose scintilla dans la lumière. Des bulles provenant des fonds marins. Les bulles d'air remontaient tout droit en formation serrée comme la fumée d'une cheminée par une calme journée d'hiver.

« Tu vois ?

— Oui... »

Elle regarda avec impatience Zakariassen, qui lui répondit par un sourire.

« Attends un peu, je vais te montrer... »

Il poussa sur le levier. Le sous-marin vira de bord. Désormais, Zakariassen était de nouveau le capitaine sûr de lui tel qu'Anna l'avait connu sur le siège conducteur du Sabvabaa, dans son élément en tant que roi de la mécanique qui obéissait au doigt et à l'œil. Le faisceau de lumière frappa un paysage de fonds marins.

Tout d'abord, Anna ne parvint pas à interpréter ce que ses yeux voyaient. Le spectacle était si éloigné de tout ce que dans ses rêves les plus fous elle aurait pu imaginer trouver dans cette partie glaciale du monde.

Elle avait une vue plongeante sur l'enfer. Des volcans crachaient de la fumée noire.

49

Les volcans dépassaient des fonds marins comme des cheminées d'usine. Les nuages qui en sortaient étaient si nombreux et la fumée si noire qu'Anna avait l'impression de planer au-dessus d'une série sans fin d'usines polluantes.

Elle entendit Zakariassen claquer la langue. Il avait la bouche ouverte et clignait des yeux sans arrêt, totalement absorbé par ce qu'il voyait.

Un gros objet se glissa au-dessus des volcans. Peint en rouge, doté de courts bras mécaniques dépassant à l'avant : un autre mini-sous-marin.

« Maintenant il faut que tu voies ça, reprit le professeur, un brin admiratif. C'est tout simplement fantastique, les sous-marins se dirigent eux-mêmes. Les Chinois les ont programmés pour qu'ils cherchent des minéraux. »

Les remous de l'hélice du sous-marin chahutèrent un nuage de fumée remontant à la surface. Un bras mécanique se déploya. La griffe métallique arracha une pierre au flanc d'une montagne volcanique et la laissa tomber dans un panier suspendu sous le ventre du sous-marin. Les hélices tournèrent de nouveau lorsque le submersible vira de bord et s'éloigna du volcan. Zakariassen manœuvra son sous-marin pour suivre le premier.

Les lumières du submersible rouge accrochèrent quelque chose qui, à première vue, ressemblait à un autre volcan, mais lorsque l'engin s'approcha Anna s'aperçut que la montagne était en fait une haute structure en forme de cigare. Tout en haut clignotait une lumière rouge et la machine reposait sur des pieds en acier ancrés dans les fonds marins. Le cigare avait l'apparence d'un engin pour se poser sur la Lune, sauf qu'il était plus grand et se terminait tout en haut par un large entonnoir.

Le mini-sous-marin réduisit sa vitesse pour se positionner, immobile, juste au-dessus de l'entonnoir. Le panier bascula et un chargement de pierres volcaniques tomba dans l'entonnoir.

Dans la pièce, c'était le silence complet. Même si Jackie et Marco avaient les mains liées dans le dos et étaient assis dos au mur, ils pouvaient voir les images défiler à l'écran. Jackie ne trahissait aucune émotion, mais Marco avait l'air agacé.

« Tu vois, c'est complètement dingue… incroyable, tout à fait fantastique. »

Le chercheur frappa du poing sur la boîte en métal.

« Tu vois de quoi il s'agit ? »

Et sans attendre de réponse, il ajouta : « C'est une mine ! »

Derrière les verres, ses yeux brillaient d'excitation.

« C'est sensationnel… tu comprends ? Nom de Dieu, ces foutus Chinois ont réussi ce que personne d'autre n'a fait jusqu'ici : ils exploitent une mine au pôle Nord. Par trois mille mètres de fond ! »

Anna voyait le reflet de son visage blême sur l'écran de l'ordinateur tandis qu'elle étudiait la machine. Un nuage noir jaillit d'un tuyau sur le côté. Le nuage resta suspendu dans l'eau, en état d'apesanteur. Une lumière puissante s'alluma en haut de la structure. Balaya les alentours. Capta au passage le scintillement de poissons. Le faisceau effleura des câbles et des boîtes au fond de l'océan. Après quelques rotations, le faisceau lumineux s'éteignit. Une écoutille s'ouvrit et il en sortit un panier qui se balança vers un crochet fixé sur le flanc de la machine. Le crochet ouvrit sa mâchoire et s'empara du panier.

Anna entendit un bruit de câble qui s'enroulait. Il en sortit un du trou pratiqué dans la glace. Une pluie fine de glace tomba de la masse congelée en haut de la tour lorsque le filin remonta. Ça sentait le soufre et la poussière. À l'écran, elle vit le panier disparaître vers le haut et sortir de l'image.

« Qu'est-ce que tu fous ? »

Zakariassen sourit comme un gamin dans un magasin de bonbons. « La mine est entièrement automatisée. Jackie m'a montré comment ça démarre. »

Au fond du trou dans la glace, ça bouillonnait autour du filin, et des fibres métalliques vibraient tandis que le câble remontait le panier. Une bulle d'air était accrochée au filin. Anna suivit la bulle des yeux. Lorsque le câble s'approcha des lampes chauffantes au plafond, la bulle éclata.

La jeune femme tenta d'attirer l'attention du scientifique : « Laisse tomber ces machins, on ne sait même pas à quoi ça sert. »

Mais il continuait à regarder fixement au fond du trou.

« Daniel… t'as oublié qu'il y a un tueur de masse en liberté quelque part là-dehors ? »

Il la regarda. Ses sourcils broussailleux se froncèrent au-dessus des yeux, en signe d'agacement.

« Tu as installé des pièges, donc ils nous avertiront si quelqu'un arrive.

— En théorie, mais ce Lanpo est rusé, il a quand même tué onze, voire douze personnes. »

Il y eut comme un gargouillis dans la gorge du professeur lorsqu'il prit une profonde inspiration.

« Et s'il les avait tués à cause de la mine ? Si c'est effectivement la raison de ce massacre… n'est-ce pas faire preuve d'intelligence que d'essayer de découvrir ce qui se cache là en bas ? »

Le filin continuait à s'enrouler et à sortir de l'eau, entraînant des bulles d'air dans sa remontée.

« Il n'y a rien au fond de cette flotte qui puisse justifier qu'on zigouille autant de gens, protesta Anna. Laisse tomber ces machins maintenant.

— Les minéraux rares ont une valeur incroyable, c'est…

— OK, très bien, là t'as sûrement raison, dit-elle. Mais je ne comprends pas le plan de Lanpo. Ni son raisonnement. Disons qu'il a trouvé quelque chose de si précieux que dans son esprit dérangé c'est tout à fait logique de devenir tueur de masse pour s'en emparer. Mais qu'est-ce qu'il ferait du butin ?

— Il peut avoir des complices qui vont venir le chercher. »

Zakariassen n'était pas du genre à lâcher le morceau s'il trouvait une ligne de pensée qui lui paraissait logique.

« Oui, mais putain, Daniel, on est au pôle Nord. Si quelqu'un doit venir le chercher, il faut un hélico. Des hélicos, il n'y a que nous, les Russes et les Américains, qui en avons.

— La Russie, c'est corrompu comme pas possible, là-bas tout s'achète quand on a suffisamment d'argent. »

Au fond du grand trou, la mer bouillonnait furieusement autour du câble. Les bulles éclataient en surface. On ne sentait aucune odeur, mais Anna fit tout de même quelques pas de côté.

« Est-ce que c'est du gaz ? »

Le professeur se pencha en avant. Son ombre sur l'eau se divisait chaque fois que des bulles éclataient.

« Non, ce n'est que de l'eau chaude. L'endroit d'où sort la fumée, cela s'appelle des cheminées hydrothermiques. Elles se forment quand l'eau de mer s'infiltre dans des failles au fond de l'océan et rencontre la lave qui s'échappe des entrailles de la Terre. L'eau de mer se met à bouillir, remonte et entraîne des minéraux vers le haut… tu comprends ? »

Anna acquiesça de mauvaise grâce.

« Lorsque l'eau se refroidit, les minéraux redescendent. C'est ainsi que se forment les cheminées hydrothermiques. Cela fait des millions d'années que ça bout en bas. »

Les mots dansaient la sarabande dans la tête d'Anna sans trouver où se ranger.

« C'est Jackie qui t'a raconté tout ça ?

— Pff ! Quand j'ai vu les installations chinoises ici, j'ai aussitôt compris que ce n'était pas une exploration minière ordinaire, dit Zakariassen en faisant un geste qui englobait toute la pièce. Il s'agit d'une activité proprement industrielle. »

Il mit un doigt sur le filin. Des gouttes d'eau perlèrent et coulèrent sur sa main.

« Ma théorie, c'est que les Chinois ont fait une grosse découverte de minéraux les plus rares. C'est la raison pour laquelle ils ont cette grande salle informatique. Les chercheurs peuvent… ou pouvaient analyser les données sismiques en continu. S'ils faisaient une découverte intéressante, ils pouvaient récupérer leur prise tout de suite. Tout ce qu'ils ont sur les fonds marins est capable d'être téléguidé et de se déplacer. Même une demi-tonne ferait une grande différence sur le marché mondial des minéraux extrêmement rares.

— Pourquoi courir un tel risque ? Quand tout ça sortira, la Chine sera bannie du pôle Nord, non ? demanda Anna.

— Qui les bannira ? Aucun pays ne possède le pôle Nord, en tout cas pas encore. Regarde-nous : la Norvège a continué à chasser la baleine longtemps après que le reste du monde l'a interdit. On appelle ça des prises de recherche, mais tout le monde peut acheter du steak de baleine à Tromsø, nous exportons même de la viande de baleine. Rien n'est encore décidé au pôle Nord, c'est pour cela que l'expédition Fram X est si importante. »

Zakariassen lâcha le câble humide et examina le bout de ses doigts. Une trace de rouille rouge foncé se détacha nettement sur la peau blême.

« La Norvège doit prendre possession de cette portion de terre et faire valoir ses droits avant que tous les autres n'arrivent, poursuivit-il. Il n'y a pas d'indigènes gênants pour prétendre à l'indépendance ici. Si nous n'y prenons pas garde, la Chine et la Russie et tous les autres viendront nous voler tout ce qui est ici. Alors l'héroïsme d'Amundsen et Nansen[1] aura été totalement vain. »

Devant ce regard incandescent, Anna se dit que Zakariassen était vraiment un découvreur à l'ancienne. Sûr de lui concernant son droit incontestable à mettre un monde nouveau sous sa coupe.

La conversation fut brutalement interrompue par une alarme. Une lampe orange au mur se mit à clignoter.

---

1. Roald Amundsen (1872-1928) et Fridtjof Nansen (1861-1930) sont deux explorateurs polaires norvégiens ; ils ont tous deux utilisé le navire *Fram* pour leurs expéditions.

Le bouillonnement dans le trou s'intensifia encore. Le crochet au bout du filin émergea, tirant le panier derrière lui. Le câble s'arrêta brusquement et le panier resta suspendu, se balançant au-dessus du trou. Il était plus grand que ce qu'Anna s'était imaginé. Environ un mètre de large.

Il y avait dedans du gravier noir et quelques morceaux brillants d'un autre matériau. Les morceaux étaient agglutinés les uns aux autres comme les cellules dans une ruche. Entre le gravier et les fragments de roche s'étalait une couche qui ressemblait à de la glace sale.

L'eau sale ruissela du gravier et retomba dans la mer au milieu d'une gerbe d'éclaboussures. Une odeur écœurante d'œuf pourri se répandit dans la pièce. Anna entendit un fort tic-tac... comme venant d'un minuteur qui allait sonner d'un moment à l'autre.

Jackie ou Marco dit quelque chose au moment où Zakariassen se saisit du panier. Il l'attira à lui, plongea la main dedans et brisa un des morceaux brillants.

Il y eut une déflagration.

Anna vit un éclair aveuglant au fond du panier. Le professeur poussa un cri et retira sa main, mais un monstre vert aux doigts de flammes vacillantes vint avec.

50

Un poing de chaleur brûlante la frappa au visage. Le panier remonté des profondeurs glacées s'était transformé en réacteur de chaleur incandescente.

Zakariassen cria de nouveau. Les flammes vertes dansaient une sarabande endiablée autour de lui. Le gravier dans le panier brûlait comme s'il était imprégné d'essence à haut indice d'octane. Anna recula, mais les doigts de flammes vertes la suivirent. Elle se jeta à terre et appuya son visage contre la glace, sentit une odeur de cheveux brûlés et croisa les mains sur sa nuque.

Quand elle comprit que ses cheveux n'étaient pas la proie du feu, elle leva de nouveau les yeux. Le professeur tournoyait sur place, enveloppé de flammèches ondoyantes qui projetaient une lumière tour à tour verte, orange et bleue sur les murs. Marco et Jackie baissèrent la tête pour se protéger du feu.

Anna respira par le nez : l'odeur de peau et de cheveux brûlés était oppressante. Zakariassen continuait à brûler quand il tomba à terre et y resta allongé en se tortillant convulsivement. La jeune femme se remit debout et trébucha plus qu'elle ne courut vers lui. Elle détacha de la neige collée à la glace, à grand renfort de coups de pied. Elle en fit un tas avec les mains et la jeta sur la tête du scientifique.

Il arracha ses lunettes et porta les mains à son visage. Elle détacha encore de la neige et de la glace et en recouvrit son compagnon. L'étoffe de la combinaison commençait à cloquer sous l'effet de la chaleur, elle étouffa les flammes de son mieux.

« Faut te refroidir le visage ! »

Elle hurla pour être sûre que le savant l'entendait, tout en poussant davantage de neige vers lui. L'odeur de cheveux roussis, carbonisés était intense. Il s'aspergea la figure avec de la neige. La peau était rouge vif entre les flocons de neige.

« Faut qu'on te mette dans l'eau. »

Elle l'agrippa par la capuche de sa combinaison de survie. L'homme était comme une poupée de chiffon quand elle traîna son corps frêle vers le trou dans la glace. Des morceaux brûlants tombaient encore du panier, mais désormais les flammes s'éteignaient au contact de l'air.

Zakariassen réussit à pousser un hurlement bref avant qu'elle ne lui plonge la tête sous l'eau. Ses mains s'accrochèrent à celles d'Anna, essayèrent de lui faire lâcher prise, mais elle continua à lui tenir la tête dans la mer. Ses yeux écarquillés la fixaient sous l'eau tandis que des nuages de bulles jaillissaient de sa bouche. *Mille dix... mille onze... mille douze...* compta-t-elle dans sa tête. Arrivée à vingt, elle lui sortit la tête de la mer.

Le chercheur reprit péniblement son souffle entre deux hoquets, sa peau chaude faisant s'évaporer l'eau. Son visage était crispé de colère.

« J'ai failli me noyer, putain ! » parvint-il à crier avant qu'elle ne lui replonge la tête sous l'eau. La troisième fois, il n'eut même plus la force de protester, il garda simplement les mains posées sur la glace tandis qu'elle lui maintenait la tête dans la mer. Au bout de vingt nouvelles secondes, elle le remonta. Il reprit son souffle en haletant.

« Ton visage, tu le sens comment ?

— Ça brûle et j'ai va... vachement froid. »

Il claquait des dents tout en tâtant son visage du bout des doigts. La peau était rouge, il n'avait plus de sourcils et ses cheveux gris présentaient des traces noires, à part ça il semblait indemne.

« Ça fait mal quand tu respires ? » lui demanda-t-elle.

Il prit une inspiration mais une quinte de toux l'asphyxia. Il fit signe que non avec le bras.

« Ça va... c'est juste que j'ai avalé de l'eau de travers.

— Super, alors tu n'as pas eu de fumée dans les poumons. Faut le dire, si t'as le souffle court. »

Le dioxyde de carbone peut causer une mort sournoise. Le gaz peut s'infiltrer dans le corps, pénétrer l'oxygène dans les poumons, vous anesthésier et vous étouffer quand vous croyez que le danger est écarté.

Anna regarda le panier. De la vapeur s'en échappait, de l'eau sale gouttait du fond et coulait sur la glace comme du sang noir. Quand son regard se porta au-delà du panier, elle vit Marco et Jackie. Les Chinois la fixaient avec des yeux écarquillés.

Elle fut prise d'un accès de fureur. Elle fonça sur eux.

« C'est quoi, ça, putain de merde ? Vous essayez de nous tuer ou quoi ? »

Marco et Jackie tentèrent de faire le dos rond, se poussèrent contre le mur comme s'ils voulaient le traverser, mais les plaques en plastique les retinrent.

Le sang battait si fort dans les tempes d'Anna que c'en était douloureux.

« Anna ! Ce n'est pas leur faute, plaida Zakariassen dans le dos de la jeune femme. Écoute-moi, ce n'était pas leur faute. »

Elle vit que Marco avait l'air vraiment bouleversé. Difficile de dire ce que Jackie ressentait : il avait toujours la tête baissée et sa longue mèche lui cachait les yeux.

« Écoute-moi... ce n'est pas leur faute, répéta le scientifique. C'était de la glace brûlante... j'aurais dû y penser. »

Elle utilisa l'énergie que lui donnait la colère pour faire pivoter ses pieds sur la glace ; il y eut des craquements dans ses articulations fatiguées quand le reste du corps dut suivre le mouvement.

Le professeur était à genoux, un bras pendant le long du corps. L'eau coulait de sa combinaison, entraînant de la suie avec elle et colorant la glace et la neige autour de lui en noir. Il était au centre de son propre halo sombre, trou noir dans un espace blanc. Il lui tendit un morceau de matière fumante. Le fragment fondait tandis qu'Anna le regardait. Cela se transforma en ruisseaux noirs qui coulèrent entre les doigts du professeur.

« Ça s'est mis à brûler parce qu'il y a du méthane dans la glace... de l'hydrate de méthane, dit-il en désignant d'un doigt blême les lampes chauffantes au plafond. Quand la glace a été remontée, elle s'est mise à fondre et le méthane s'en est échappé. Les lampes ont dû enflammer le gaz. »

Elle jeta un coup d'œil au morceau de glace qu'il tenait.

« Comment la glace peut-elle brûler, bordel ?

— Le pôle Nord était une terre sèche à une époque. Des dinosaures vivaient ici. Des animaux qui se noient, ou qui sont avalés par les marais, tout être vivant qui meurt et se putréfie sans être exposé à l'air se transforme en méthane, exactement comme la mer du Nord est née d'algues mortes. »

Ces mots la firent s'avancer vers le trou dans la glace. L'eau était calme maintenant. De la neige et des morceaux de glace se balançaient comme de petites îles sur la mer.

« Les Chinois ne le savent pas ?

— Si, je suppose, mais ils prennent leurs précautions pour éviter ça : éteindre les lampes chauffantes, aérer la pièce… »

Anna regarda autour d'elle. Ses yeux tombèrent sur les caisses métalliques où était installé l'ordinateur. Elle le déplaça et ouvrit le couvercle de la caisse du dessus. Elle était pleine de masques à gaz vert olive. Elle sortit un des masques, l'agita devant le visage de Jackie et Marco.

« Merci de nous avoir prévenus !

— J'ai essayé… de vous arrêter », bredouilla Jackie.

Elle se souvint brusquement qu'il avait en effet dit quelque chose quand le panier était remonté, mais elle chassa cette pensée de son esprit tout aussi rapidement. Sa fureur avait besoin d'un ennemi.

51

« Qu'est-ce qu'ils foutent, les hélicos, putain ? »

Anna se tenait à la porte du grand bâtiment et ses yeux fouillaient obstinément le rideau neigeux. Son seul désir était de se débarrasser des deux zigotos attachés au mur dans la pièce. Elle n'aspirait qu'à partir loin de tous ces morts et de ce massacre mystérieux, véritable boîte de Pandore d'où sortaient des casse-tête toujours plus macabres.

La lumière qui s'échappait de la porte se heurtait à la neige drue et devenait un rectangle lumineux qui palpitait au gré du vent. Dans cette obscurité noire comme la poix, le rectangle avait des allures de portail magique. Il suffisait de quelques pas dans la neige pour le franchir et déboucher dans un autre monde.

Un monde où un joli village était perché au fin fond d'une vallée, coincé entre deux montagnes.

Par une claire journée sans nuages ni brume de chaleur, la vue s'étendait jusqu'à la mer Méditerranée depuis le parc situé tout en haut du village où se réunissaient les retraités pour jouer à la pétanque le soir. Du belvédère, il n'y avait que quelques mètres à descendre pour rejoindre le marché où un arbre gigantesque étendait ses branches au-dessus de toutes les tables et donnait de l'ombre à trois restaurants qui paraissaient n'en faire qu'un, quand la population locale disputait les rares places libres aux touristes les week-ends. Et lorsqu'on s'était bien empli la panse et que la tête vous tournait juste ce qu'il fallait à cause du rosé local, il n'y avait qu'une centaine de mètres à faire à pied pour regagner l'hôtel à travers des ruelles tortueuses. C'était ainsi que Yann l'avait décrit.

Elle n'était jamais allée dans le village entre les deux montagnes. Elle ne s'était jamais fait servir un Pernod par le père de Yann au bar où il avait enseigné à son fils l'art de mélanger les boissons, ce qui était illégal vu son jeune âge. Elle n'avait jamais pu manger sur la place devant l'hôtel où Yann avait servi les clients et appris ainsi sur le tas quatre langues.

Le monde perdu s'échappa à flots par le portail lumineux, la laissant exsangue. Ses jambes se mirent à trembler. Sa tête bourdonna. Elle lutta pour ne plus penser à tout ce qui n'avait jamais été. Elle fit soudain un pas en arrière pour s'écarter de la porte et se heurta à quelque chose. Une voix lointaine s'immisça dans le bourdonnement.

« Anna, tu m'écoutes… ? »

Elle se retourna. Zakariassen se tenait juste derrière elle. Elle respira profondément et lui répondit : « Excuse-moi, ce vent fait tellement de boucan… tu disais quoi ? »

Il la regarda fixement, puis inclina brusquement la tête sur le côté comme un moineau effarouché.

« Je disais… qu'à mon avis personne n'arrivera à atterrir ici par un sale temps pareil, il suffit de patienter. Nous sommes en sûreté ici en attendant.

— T'es calme maintenant, c'est bien. »

La tête de moineau s'inclina encore plus vers le bas.

« Les gens à qui j'ai parlé m'ont dit qu'ils allaient tout mettre en œuvre pour nous rejoindre, alors nous n'avons pas d'autre choix que de leur faire confiance. »

Anna dut admettre à contrecœur que Zakariassen avait raison. Seul un pilote habité d'une forte envie de mourir se risquerait à voler dans le blizzard à basse altitude au-dessus d'un paysage hérissé de pointes de glace. Elle donna un grand coup de pied dans l'une d'elles et vit des morceaux de glace gicler dans les ténèbres. Elle marmonna dans le vent : « Putain de glace ! Elle me porte sur les nerfs. »

Le professeur la regarda d'un air désorienté.

« Qu'est-ce que tu as dit ? »

Oui, que voulait-elle dire ?

La glace.

Elle était partout.

Le monde entier était de la glace.

Il y en avait tellement que certains types de glace avaient hérité de noms spécifiques. Glace bleue. Glace couleur acier. Glace de l'année. Mais contrairement à tous les autres paysages où Anna était allée, il n'y avait ici pas un buisson, ni une fleur, un ruisseau, ou même un tas de pierres. La glace était un corps gigantesque qui s'étendait sur tout le pôle Nord et elle avait l'impression d'être une puce microscopique sur ce corps. Un nuisible qu'on pouvait exterminer à n'importe quel moment, mais contrairement à la puce, Anna savait que cela pouvait arriver.

« Rien, répondit-elle. J'ai rien dit. »

Elle regarda une dernière fois l'ombre qui dansait au milieu du portail lumineux avant de refermer la porte pour confiner ce monde imaginaire dehors. Le local où ils se trouvaient était l'endroit le plus sûr d'Isdragen. Il n'y avait qu'une seule entrée et les murs semblaient être construits dans un matériau plus solide que celui des baraquements. Même si la température dans la pièce était bien au-dessus du point de congélation, la jeune femme sentait s'insinuer le froid du hall voisin où les hommes étaient prisonniers de la glace.

Jackie et Marco étaient silencieux. Ils ne se parlaient pas et paraissaient perdus quelque part dans leurs bulles à eux. Anna étudia leurs visages. Celui de Jackie, blême, la longue mèche qui pendait sur ses yeux bridés aux longs cils. Le petit nez et les lèvres charnues contrastaient fortement avec le visage large de Marco et sa petite bouche qui se relevait presque toujours pour esquisser un vague sourire au-dessus de sa barbiche de chèvre. Elle les observa en se posant mille questions. Eux et peut-être Lanpo, s'il vivait encore, étaient les seuls survivants d'un effectif de quinze personnes.

Zakariassen remarqua son regard.

« Tu y crois, toi, à cette histoire à propos de Lanpo ?

— Moi, tout ce que je sais, c'est que ces deux zigotos sont d'accord pour dire que ce type était mentalement dérangé d'une manière ou d'une autre… et si cette histoire tient debout, il avait de bonnes raisons de ne pas pouvoir blairer le commandant, répondit-elle. Ce Lanpo est le seul qu'on n'ait pas retrouvé. »

Elle nota qu'en entendant le nom de Lanpo, Marco lui jeta un coup d'œil. Il se demandait sans doute de quoi ils parlaient.

« Mais c'est sacrément commode pour eux deux que Lanpo manque à l'appel. »

Elle croisa le regard de Marco ; il baissa les yeux et se retira de nouveau dans sa bulle.

« À l'heure qu'il est, j'ai l'impression qu'on est tous d'accord pour dire que l'ennemi se trouve dehors sur la banquise. Tous les yeux doivent se tourner vers l'extérieur. Pas vers l'intérieur. »

Zakariassen regarda les Chinois. Il se racla la gorge, se dirigea vers le trou et cracha dans la mer.

« De toute façon, maintenant ces deux-là sont sous notre contrôle... Le mieux, c'est d'attendre ici que la tempête s'apaise. »

Mais Anna n'arrivait pas à se détendre autant que lui. Pourtant, rien ne lui aurait fait plus plaisir. C'était d'ailleurs bizarre de voir à quel point le professeur s'était calmé après son contact avec les services de secours. Car même si les Américains avaient promis monts et merveilles et que toutes les formes d'aide étaient en route, rien n'avait changé sur place : ils étaient toujours enfermés dans une petite pièce en compagnie de deux meurtriers éventuels et le troisième suspect pouvait se trouver quelque part dans le noir, lourdement armé et instable mentalement.

Anna sentit l'odeur fade de la sueur. Elle se passa la main dans les cheveux pour les écarter de son visage. Les mèches étaient visqueuses et restaient collées à ses doigts. À l'intérieur de sa tête, c'était au moins aussi visqueux.

« Putain ! »

Zakariassen sursauta.

« Qu'y a-t-il ?

— Désolée, c'est juste que je n'arrive pas à me calmer. Je suis un peu à cran de pas comprendre ce qui s'est passé ici. »

Il la regarda. Il cligna des yeux derrière les verres de ses lunettes.

« C'est peut-être le début... d'une nouvelle guerre ?

— Pourquoi quelqu'un voudrait se battre pour le pôle Nord ? »

Le scientifique leva un pied.

« Sous nos pieds se trouvent les plus importantes ressources non découvertes du monde. C'est comme le Far West à l'époque des colons. Personne n'a jamais pensé au pôle Nord comme à une terre valant la peine d'être possédée. Le pôle Nord a simplement été un endroit à conquérir pour les explorateurs... »

Il se mit soudain à chantonner et lui sourit.

« As-tu jamais entendu l'histoire d'un journaliste qui demandait à l'alpiniste George Mallory pourquoi il voulait à tout prix gravir le mont Everest après avoir échoué à deux reprises ? "Parce qu'il *est* là, répondit l'homme têtu. Parce que l'Everest est la plus haute montagne du monde, parce que personne n'y est allé avant... parce que c'est comme cela que les hommes cherchent à donner un sens à leur vie." C'est ce qu'il a dit... »

Il poussa un morceau de glace qu'il fit basculer dans le trou. Le glaçon se balança sur la mer parmi les bulles qui continuaient à remonter à la surface et à éclater.

« On peut prétendre que ce n'est pas comme ça, mais l'humanité est un ver qui s'enfonce de plus en plus profondément dans le sol. Qui vit pour manger et pour chier. Si on avait trouvé de l'or sur l'Everest, je doute fort qu'il y aurait encore eu un sommet à atteindre aujourd'hui. »

L'eau bouillonnait furieusement. Le morceau de glace fut projeté contre le bord du trou. La pression des bulles qui éclataient souleva le glaçon, le retourna.

Brusquement, Anna fonça sur l'ordinateur.

« Montre-moi encore l'image... des volcans...

— Pourquoi... ?

— Fais-le, c'est tout, s'il te plaît. »

Zakariassen se dirigea vers l'ordinateur, remonta ses lunettes sur son front et se pencha sur l'écran.

Le bord des lunettes était couvert de suie et le métal des branches brillait tel un arc-en-ciel psychédélique.

Il commença par manœuvrer son mini-sous-marin pour l'éloigner de la haveuse. La caméra capta au passage un des volcans qui crachaient de la fumée venue des entrailles de la Terre. Le flux de bulles remontant des fonds marins scintillait dans la lumière comme des étoiles égarées.

« C'est du méthane qu'on voit ? voulut savoir Anna. Les bulles ?

— Oui, la chaleur de la lave fait fondre la glace qui le retient prisonnier. »

Il suivit du regard une grosse grappe de bulles. Elles remontèrent tout droit et sortirent de son champ de vision en quelques secondes.

« Et où va le gaz ?

— Il s'échappe de la mer et s'évapore dans l'atmosphère, expliqua le conférencier qui sommeillait en Zakariassen. Les émissions de méthane ont centuplé dans les régions arctiques ces vingt dernières années à cause du réchauffement climatique. Il faut douze ans avant que le méthane se décompose dans l'atmosphère ; ce n'est pas aussi mauvais que le CO_2, mais cela contribue grandement au changement climatique… »

Anna baissa les yeux sur ses pieds. Sur la croûte solidifiée d'eau qui leur permettait à tous de flotter sur cet océan profond. Elle imagina des milliards de bulles de gaz remontant vers elle.

« Et il se passe quoi quand le méthane rencontre la glace ? »

Elle n'avait vraiment pas besoin de se trouver d'autres motifs d'inquiétude, mais elle ne put s'empêcher de poser la question.

Le professeur baissa les yeux sur la glace, lui aussi. Ses sourcils roussis avaient l'air de mille-pattes quand il les fronçait.

« Le gaz s'accumule sous la glace, puis il est libéré dans l'atmosphère quand la glace fond. »

Un gros soupir s'échappa de la gorge irritée d'Anna.

« Je vois… Alors moi qui croyais que c'était le seul lieu sûr dans ce foutu endroit… en fait c'est une saloperie de bombe à gaz géante ? »

52

Jusqu'à maintenant, on était au paradis, pensa Anna tandis que la bourrasque claquait la porte du local derrière elle. La glace avait vraiment presque réduit toutes ses perspectives à néant si une pièce sans fenêtre avec un sol fait de glace et sans même une chaise pour s'asseoir était désormais sa vision du paradis.

Elle essaya de voir la baraque dont elle savait qu'elle se trouvait seulement une dizaine de mètres plus loin, mais les tourbillons de neige venant de biais effaçaient la vague lumière des fenêtres et la transformaient en un voile lumineux à l'aspect laineux et mouvant. Elle fit une prière silencieuse pour que son sens de l'orientation les maintienne sur la bonne voie et ne les conduise pas tous dans le néant glacé. Anna luttait pour avancer tout en s'efforçant de garder Jackie et Marco prisonniers du faisceau de sa torche. En dehors de cette lumière, seules existaient les ténèbres.

Anna ne pouvait pas le voir, mais elle espéra que Zakariassen marchait toujours avec son fusil braqué sur les deux loustics. Elle doutait fortement que Jackie ou Marco essaient de s'enfuir. Ils étaient au pôle Nord depuis plus longtemps qu'elle et devaient comprendre mieux que personne que ce serait du suicide de s'aventurer seuls sur la banquise. Et désormais, ils savaient, du moins fallait-il l'espérer, que Zakariassen et elle s'efforçaient de les sauver, non pas de les tuer.

Anna fit une ronde supplémentaire autour du baraquement de la cantine avant de suivre les autres à l'intérieur.

« Ici, nous serons plus en sécurité. »

L'optimisme retrouvé du professeur l'accueillit à la porte. Anna était si exténuée qu'elle ne parvint pas à retenir l'agacement qui lui grattait l'intérieur de la tête comme de la paille de fer.

« En sécurité... ? Même si le gaz ne s'échappe pas exactement ici, cette foutue base flotte au-dessus d'une bombe. On a zéro contact avec le reste du monde et on est coincés ici avec deux tueurs de masse potentiels. »

Jackie et Marco, qui mangeaient des nouilles dans des bols, levèrent les yeux en entendant la voix emportée de la jeune femme. Zakariassen avait dû les laisser se servir eux-mêmes dans la cuisine.

« Et comme si ça ne suffisait pas, on a un cinglé dans la nature qui peut se pointer à tout moment ! Putain, honnêtement, je me sentais plus en sécurité dans les villages talibans en Afghanistan. »

Devant une sortie pareille, le scientifique battit en retraite.

« Il y a quelque chose qui t'inquiète ? demanda Jackie à Anna.

— Ouais, je suis vachement inquiète, mais ce n'est pas ton problème. Contente-toi de manger. »

Son visage avait des reflets verts sous l'éclairage des néons. Pas facile de dire si cela était dû à la fièvre qui le rongeait ou au chili dans la soupe aux nouilles.

« Je sais comment tu peux trouver Lanpo. »

Marco fit des gestes avec la main devant le visage de son compagnon pour le faire taire.

« Non, il ne faut pas parler de ces choses-là. »

Jackie repoussa la main.

« Ils essaient de nous aider, nous devons les aider. »

En trois enjambées rapides, Anna se planta devant lui.

« De quoi tu parles, Jackie, bordel ? Tu sais où il est, Lanpo ?

— Non, mais je sais comment nous pouvons le trouver. »

Jackie tendit sa main gauche à Anna. Il montra du doigt une zone sur la peau juste sous le pouce.

« J'ai été opéré et on m'a mis une puce GPS ici, dit-il. On nous a mis la même à tous avant de partir. »

Anna jeta un coup d'œil à la main. En y mettant de la bonne volonté, elle parvint vaguement à distinguer une cicatrice.

« C'est vrai, ça ? » demanda-t-elle à Marco.

De nouveau Marco fixa Jackie, comme s'ils étaient en train de trahir des secrets d'État.

« Le commandant Hong a dit que c'était pour notre propre sécurité, continua Jackie sans se soucier du regard de reproche que lui jetait son collègue. Si nous nous égarions ou si nous avions un accident, quelqu'un pourrait toujours nous trouver. »

Cela prit deux ou trois secondes avant qu'Anna ne comprenne ce que cela signifiait.

« Il est où, le programme qui suit les puces GPS ?

— Dans l'ordinateur du colonel Hong, mais il est le seul à avoir le mot de passe, répondit Jackie. Le programme ne devait servir qu'en cas d'urgence. »

Anna sentit la fatigue emplir sa tête cotonneuse.

« Mais putain t'as bien dit qu'on pouvait trouver Lanpo, non ? »

Jackie désigna Marco.

« *Lui* peut le trouver. »

Marco dévisagea Jackie. Il prononça quelques mots furibards en chinois et Jackie lui répondit par une tirade sur le même ton. Anna les laissa se quereller tout en réfléchissant à ce qu'elle venait d'apprendre, puis elle tapa sur la table. Les bols de nouilles vides tressautèrent et le claquement sec coupa court à l'engueulade.

« Marco, ce n'était pas un hasard si tu as retrouvé celui qui avait tiré la fusée de détresse, n'est-ce pas ? »

Le regard de Marco se déroba, ses yeux se concentrèrent sur le mur.

« J'ai vu la fusée de détresse...

— Oui, nous aussi, on l'a vue, mais on est venus ici à Isdragen parce qu'on ne connaissait pas la position exacte... Une fusée de détresse, c'est accroché à un parachute, ça vole avec le vent. Mais toi, t'as réussi à le trouver, t'es tombé pile sur celui qui a tiré la fusée... »

Elle se dirigea vers Marco, posa une main sur sa tête et la fit pivoter vers elle.

« Alors c'est vrai, ce que Jackie raconte, hein ? Que t'es le seul à savoir exactement où se planque Lanpo... en ce moment ? »

53

Le moteur du pick-up de Marco ronronnait doucement.

Une fois à l'intérieur de la voiture, Anna eut une impression de normalité agréable mais extrêmement fausse. La neige qui cinglait les fenêtres aurait pu venir des montagnes surplombant Tromsø, et le véhicule aurait pu être sur le chemin du petit chalet que son grand-père avait bâti de ses mains dans la montagne, juste après la guerre.

Aurait pu.

Mais derrière la fenêtre arrière contre laquelle elle appuyait la tête, il y avait eu un homme mort dont le crâne avait été broyé par les mâchoires d'un ours polaire. Et l'homme à côté d'elle était dans le meilleur des cas un allié réticent. Quand Zakariassen et elle avaient emmené Marco à la voiture, Jackie était resté dans la cantine, solidement attaché à une chaise.

« Tu as ton propre récepteur GPS dans ta voiture ? » avait-elle simplement demandé à Marco.

Elle avait dû lui arracher un « oui » lâché du bout des lèvres. Ce type était une pépite pour un employeur qui exigeait discrétion et secret.

« C'est pour ça que tu as retrouvé… Gai Zhanhai si vite ? » Elle se souvenait du nom parce qu'elle avait dans les mains le fichier du personnel du commandant. « Comme ça, tu savais exactement où il était ? »

De nouveau lui parvint un grognement sourd qui avec beaucoup de bonne volonté pouvait s'interpréter comme un « oui ».

Avec ses doigts boudinés, Marco était en train de pianoter sur un grand écran au milieu du tableau de bord. Une carte numérique apparut. Des points rouges clignotants emplirent tout l'écran.

« Ce sont eux ? demanda Anna.

— Oui, c'est la position de tout le monde… »

Il montra du doigt deux des points.

« C'est moi… et là c'est Gai Zhanhai. »

Zakariassen se pencha au-dessus d'elle, pour mieux voir l'écran. Elle sentit l'odeur forte d'un corps d'homme qui n'avait pas été lavé depuis un bon moment, mélangée à des relents de suie, de cheveux roussis et de camphre.

« Comment captez-vous les signaux des satellites en ce moment… avec ces mauvaises conditions ? questionna-t-il d'un air sceptique.

— Les satellites chinois sont très solides, répondit Marco avec fierté. Ils supportent tout. »

Il enleva un de ses gants, posa deux doigts sur l'écran et zooma sur la carte. Les points rouges qui marquaient la position de tout le monde à Isdragen se mélangèrent jusqu'à former un gros caillot rougeoyant. Douze morts. Deux vivants. Les signaux GPS ressemblaient à une image de bactérie.

Une infection dans la glace.

Marco agrandit encore la carte. La bactérie se réduisit à un point rouge perdu au beau milieu d'un néant noir et blanc. La glace qui les entourait. Il utilisa ses doigts pour faire tourner la carte sur l'écran. Anna essaya de comprendre à quelle échelle elle était, mais tous les menus étaient en chinois. Jusqu'où Lanpo pouvait-il être allé ?

Soudain, quelque chose de rouge surgit du bord de l'écran. Encore un point rouge dans le blanc.

« C'est la puce GPS de Lanpo, dit Marco.

— À quelle distance est-il ? demanda Zakariassen.

— Environ... deux kilomètres.

— Tu peux voir dans quelle direction il se déplace ? »

Marco tapa avec son doigt sur le point rouge et une bulle avec des idéogrammes chinois apparut à l'écran. Même sans lire le chinois, il était aisé de deviner que le trait en zigzag qui partait de la position de Lanpo était l'itinéraire qu'il avait suivi en quittant Isdragen.

« Au cours de la dernière heure, Lanpo s'est déplacé... de douze cents mètres... vers nous », dit Marco.

Anna sentit une sueur froide dans la nuque. Lanpo était vivant.

Le meurtrier était vraiment en vie.

« Seigneur... voilà que ce démon vient vers nous... Qu'est-ce qu'on fait maintenant ? dit Zakariassen en norvégien. Il faut décamper... Marco n'a qu'à conduire, hein ? »

Anna, ou plus exactement l'ancienne version d'Anna qui était toujours calme quand tous les autres paniquaient, s'entendit répondre :

« Non, on n'a aucune possibilité d'avertir les secours. Si l'hélico atterrit pendant qu'on n'est pas là et que Lanpo est sur place, les secouristes vont croire qu'il est un des survivants. Il a des armes et il peut les forcer à l'emmener n'importe où.

— Mais, bordel, après tout… ce n'est qu'un homme, protesta le scientifique en cognant du poing le côté de la portière. Nous sommes deux, et maintenant nous savons exactement où il est. Il doit être possible d'arrêter ce salopard, bon sang ! »

Le point qui marquait la position du tueur de masse se mit à briller, rouge vif. Si le signal GPS était précis, Lanpo se trouvait à seulement deux kilomètres de là.

« Il y a quelque chose que je ne t'ai pas dit, Daniel, reprit Anna toujours aussi calme. Lanpo est lourdement armé. J'ai trouvé une armoire forte dans un des baraquements, elle avait été forcée… il a pris tout ce qu'il y avait à l'intérieur. »

Une ride profonde se creusa sous la bouche du professeur quand ses lèvres s'abaissèrent.

« Quoi ? Et c'est seulement maintenant que tu me le dis ?

— Parce que quand je l'ai découvert je ne pouvais rien y faire. Mais si on doit sortir pour… le trouver, c'est normal que tu saches ce qu'on risque d'avoir en face de nous.

— Mon Dieu… fit Zakariassen en s'affalant sur son siège. Alors, on n'a pas le choix, nous devons rester ici… et prier Dieu pour que les secours arrivent avant lui. »

Anna regarda par la portière, où le vent violent empêchait la neige de se déposer. Elle pouvait voir une faible lumière provenant de la fenêtre de la baraque la plus proche. Elle n'était pas à plus de cinq ou six mètres, mais les tourbillons de neige masquaient la plus grande partie de la lumière.

« En ce moment, la tempête est notre alliée. Lanpo ne doit pas voir à plus de dix mètres dehors. Si on quitte la base, il ne saura plus où on est, dit-elle en posant le doigt sur la carte à l'écran. Et comme tu le dis toi-même… maintenant on connaît exactement sa position. »

Elle entendit le souffle de Zakariassen gargouiller dans sa poitrine tandis qu'il regardait fixement le point rouge à l'écran.

« Certes, nous connaissons sa position… maintenant que nous sommes ici, mais… tu ne crois pas qu'il va entendre la voiture arriver ?

— Probablement. Marco, dit Anna en montrant l'écran du doigt, j'ai juste besoin de ce truc. Tu peux sortir l'écran et le faire marcher en autonome ?

— Je ne peux pas abîmer la voiture, elle appartient à la Chine… »

Il n'eut pas le temps de finir sa phrase. Son visage fit un bruit de succion, comme quand une ventouse se colle sur du verre, lorsque Anna lui plaqua la tête contre la fenêtre arrière.

« Mais putain, tu ne vois pas que j'essaie de nous maintenir en vie ? Tu préfères attendre tranquillement ici qu'on te zigouille ? »

Marco ferma les yeux, tenta de dégager sa tête en se tortillant.

« Je ne suis pas un soldat… je suis mécanicien…

— Je ne te demande pas non plus de tuer quelqu'un. Tu vas faire un boulot qu'un mécano peut faire, poursuivit-elle en l'obligeant à tourner la tête vers l'écran. Ta mission, ça va être de sortir ce truc, même si pour ça tu dois désosser tout le véhicule. Quand t'auras réussi, tu le connecteras à une batterie, de manière à ce que je puisse trimbaler le barda avec moi. T'as compris ? »

Une explosion et un éclair l'interrompirent. Dehors, une lumière crue fendit le blizzard et les ténèbres.

54

« Surveille-le, Daniel ! » cria-t-elle.

D'un seul mouvement, elle coupa le moteur, passa par-dessus le professeur, tira sur la poignée de la portière et se laissa tomber à l'extérieur. La neige amortit sa chute, et en une seconde Anna fut debout et détala dans la tempête. Elle avait fait quelques pas avant de remarquer que quelque chose avait changé du tout au tout. La tempête s'était nettement calmée, la neige tombait toujours de biais mais ne cinglait plus son visage. Les Américains allaient pouvoir atterrir. Cette pensée lui traversa l'esprit, mais elle garda les yeux rivés sur une seule chose : la lumière de plus en plus faible de l'alarme qui s'était déclenchée.

Tout en courant, Anna tâtonna pour sortir son couteau. Lorsque la dernière étincelle mourut, les ténèbres enveloppèrent la jeune femme. Elle continua à courir à l'aveuglette. Une lumière verte apparut. La seule lumière verte qu'elle connût ici, c'était le feu de navigation de droite sur l'aéroglisseur. Cela signifiait qu'elle devait être à proximité immédiate de l'alarme qui s'était déclenchée. Elle entendit un bruit lointain, un grondement. Comme si quelqu'un battait du tambour. Elle sentit l'espoir grimper en flèche comme un ballon. *Les hélicoptères arrivent !*

Anna avait fait la guerre à toutes sortes d'ennemis. Des professionnels, des soldats, des cerveaux lavés, des convertis, des désespérés. Parmi ceux-là, les professionnels étaient les plus faciles : ils pensaient plus ou moins pareil, quels que soient le pays, la politique ou l'idéologie pour lesquels ils se battaient. Pour gagner la guerre, on dépend de l'importance des forces en présence, de la meilleure tactique et d'un brin de chance. La guerre professionnelle, c'est comme une partie d'échecs. Les pions sont fournis et la taille de l'échiquier est la même pour tous.

Le pire adversaire, c'est le désespéré. Les gens qui n'ont rien à perdre sont totalement imprévisibles. Même les fanatiques religieux, ceux qui ont subi un lavage de cerveau, ont derrière eux des dirigeants intelligents qui tirent les ficelles dans un but déterminé. Après une défaite choquante, on sait à quoi s'attendre et on se prépare en conséquence.

La glace sur laquelle elle courait était tous ces ennemis à la fois. Le pôle Nord ne pouvait pas gagner la guerre contre l'humanité. Maintenant, le royaume des glaces voulait simplement se venger. Et au combat, tous les coups étaient permis. La banquise s'ouvrit sous ses pieds. Elle tomba et les ténèbres l'engloutirent.

De l'obscurité surgit le soleil.

La silhouette des réfugiés à l'abri du soleil sous l'auvent de la tente argentée qui regardaient Anna, d'un air apathique, au passage de sa voiture.

Elle vit Yann debout devant une tente de la Croix-Rouge.

« Bienvenue à Aïn Issa. »

Dans la tente, l'air était refroidi par la climatisation. Il fallut quelques secondes avant que les yeux s'habituent à la pénombre. Un alignement de lits d'enfants apparut, dans lesquels des gosses dormaient sous des draps blancs. Une infirmière se leva de sa chaise quand elle vit Yann, et ils échangèrent quelques mots en français.

« Il est ici. »

Anna suivit Yann jusqu'à une couchette. Un petit garçon y dormait, tétine à la bouche. Des cheveux noirs bouclés encadraient son visage.

« Nous avons dû lui trouver un nom, maintenant il s'appelle Sadi, dit Yann. Ça veut dire "le chanceux" en arabe. Nous avons pensé que c'était bien qu'il ait un peu de chance après les débuts difficiles qu'il a connus dans la vie. »

Le médecin français souleva le bord inférieur du couvre-lit. Sadi était vêtu d'un pyjama bleu, mais sous le genou gauche il manquait le mollet et le pied. La jambe du pantalon de pyjama était soigneusement repliée et attachée au-dessus du genou avec une épingle à nourrice. Un grognement échappa au petit garçon. Il cracha sa tétine et ouvrit les yeux. Étonnamment, ils étaient bleus.

« Salut, Sadi, tu veux dire bonjour à celle qui nous a sauvés ? »

Sadi grogna de nouveau. Yann prit ça pour un « oui » et souleva l'enfant.

« Tu veux le tenir ? »

Anna prit Sadi dans ses bras, sentit le moignon de sa jambe contre sa poitrine. Le petit corps était chaud et doux. Il sentait le savon et la vanille. Les yeux bleus la fixèrent. L'enfant sourit, découvrant ses gencives sans dents.

« On dirait que Sadi t'aime bien, Anna. »

Anna s'éveilla en sentant de l'eau froide couler le long de sa nuque. Allongée sur le dos, elle regardait le ciel noir au-dessus d'elle. Dans sa tête, il faisait encore plus sombre. Un vide où le temps était absent. Elle tenta de redémarrer son cerveau. Où était-elle ? Pourquoi faisait-il si froid ?

Un doux balancement et une froideur moite dirent à ses sens qu'elle était plongée dans l'eau. Devant elle, elle voyait ses pieds flotter dans une boue glacée. Elle étendit les bras jusqu'à ce qu'ils rencontrent quelque chose de solide. C'était le bord de la faille dans laquelle elle était tombée. À la même seconde, tout lui revint en mémoire.

La glace.

La mort.

Elle éprouva une fatigue incommensurable. La mer clapotait contre son visage. Comme il serait facile de se laisser aller ! Se coucher, laisser l'eau emplir la combinaison, la transformer de bouée de sauvetage en cercueil. Attendre qu'elle soit sous la surface, envoyer de l'eau glacée dans les poumons, espérer que le choc arrêterait le cœur.

Clap de fin.

Mais l'instinct obstiné n'était pas d'accord, il luttait contre cette idée. Il prit le contrôle des bras et s'en servit de pagaies, poussant le corps jusqu'au bord de la glace. Prudemment, pour que l'eau ne coule pas dans la capuche ouverte, la force instinctive d'Anna la fit se retourner. L'autre bras trouva une prise et des muscles entêtés hissèrent le corps hors de la faille. Elle resta assise sur la banquise. Vit que la crevasse qui l'avait engloutie se prolongeait vers l'intérieur des glaces dont les bords coupants se dressaient comme autant de dents d'une scie infinie. Le grondement sourd que la jeune femme avait pris pour le bruit de l'hélicoptère de secours était l'écho de la glace qui se brisait.

Un objet flottait dans l'eau. Un bâtonnet, ce qui restait de la fusée d'alerte. Le pôle Nord avait fracassé la banquise. Obligé les bancs de glace à se disloquer et arraché le fil tendu entre deux fusées éclairantes. Il avait pris Anna au piège. En courant dans les ténèbres noires, elle avait vu la faille trop tard. Celle-ci ne faisait qu'une cinquantaine de centimètres de large, mais Anna avait sans doute mis le pied carrément dedans. Elle prit sa torche, l'alluma et éclaira l'autre bord de la crevasse : il y avait des traces de sang sur la glace. Elle se tâta le front et ramena une main pleine de sang. Elle avait dû se cogner la tête sur le bord de la faille en tombant, et s'être évanouie. Sans la combinaison de survie, elle se serait noyée.

Son corps tremblait, parcouru de frissons, tandis qu'elle faisait de grands moulinets avec les bras et se tapait dans le dos pour activer la circulation du sang.

Un bruit de moteur se fit entendre dans l'obscurité. Des phares puissants la prirent dans leurs faisceaux. Elle se retourna et vit le pick-up surgir du rideau neigeux.

« Arrête ! » beugla-t-elle en faisant de grands gestes avec les bras. La voiture s'arrêta net, une portière s'ouvrit et Zakariassen en sortit. Il se tint en équilibre sur l'énorme pneu et sauta dans la neige.

« Qu'est-ce qui t'est arrivé, Anna... ? dit-il en s'avançant vers elle, les yeux écarquillés. Mais tu saignes ! On t'a tiré dessus ? demanda-t-il en jetant un regard inquiet alentour.

— Non, ce n'est qu'une égratignure, il y a une faille ici et moi, comme une idiote, j'ai couru et je suis tombée carrément dedans. »

Elle sentit le frottement du gant du scientifique quand il posa la main sur son front froid.

« C'est une vilaine blessure, il va falloir que tu mettes un bandage.

— Ce n'est qu'une égratignure. Et le sparadrap, c'est pas ça qui manque. »

Il s'approcha de la crevasse et vit le bâtonnet qui flottait dans la mer.

« Il n'y avait personne ici… ?

— Non, fausse alerte. La fusée s'est déclenchée quand la faille s'est ouverte. »

Une autre portière s'ouvrit au-dessus des pneus monstrueux. Marco sortit. Tel un empereur chinois sur son trône surélevé, il demeura debout à contempler Anna à ses pieds. Elle essaya de déchiffrer son visage lisse. Marco était-il content ou mécontent qu'elle soit encore en vie ? Le cerveau secoué envoya un signal d'alerte. Zakariassen était aux côtés de la jeune femme.

Marco était libre. Et il était seul.

55

Qu'est-ce qu'on a de mieux à faire quand on a reçu un gros coup sur la tête et qu'on a vraisemblablement une commotion cérébrale ?

Anna réfléchissait tandis qu'elle cheminait dans la neige vers le grand bâtiment jaune. Elle se souvint d'un match de football qu'elle avait regardé en compagnie de son père qui était un fan de Liverpool. Après quinze années de traversée du désert, son équipe était prête à affronter le Real Madrid en finale de la Ligue des Champions. Cela se termina par une catastrophe. Le gardien de but de Liverpool trouva le moyen de lancer la balle directement dans les pieds d'un attaquant madrilène. Le dernier clou dans le cercueil fut lorsque ce même gardien, Loris Karius, laissa échapper entre ses mains un tir lointain qu'il aurait dû capter facilement. Liverpool perdit 3-1. On apprit par la suite que Karius avait été victime d'une commotion cérébrale plus tôt dans le match, qui lui avait donné des vertiges et gêné la vue. Liverpool perdit son match le plus important en quinze ans parce que son gardien n'était pas dans son assiette. Pour être tout à fait honnête, Anna s'était rarement sentie aussi éloignée de son meilleur niveau de forme, alors pourquoi voulait-elle grimper dans la tour d'Isdragen ?

Parce qu'elle n'avait pas le choix.

Lanpo était en vie. Le tueur de masse était sur le chemin du retour, mais elle n'était pas encore prête à l'affronter. Il fallait qu'elle monte dans la tour pour faire le guet.

Zakariassen avait reçu pour consigne stricte de surveiller Marco. Le Chinois n'avait pas tenté de ficher le camp en voiture quand il en avait eu la possibilité. Pour l'heure, le mécanicien était en train de démonter le récepteur GPS.

« Tu n'as pas besoin de m'attacher, je ne vais pas m'enfuir… j'ai compris que vous étiez de braves gens, dit Jackie comme Anna vérifiait que les bandes d'adhésif le retenaient toujours prisonnier sur sa chaise.

— Contente que t'aies enfin compris ça, répondit-elle en s'assurant que les liens n'étaient pas serrés au point d'entamer la peau des poignets de Jackie. Mais vaut mieux que tu restes ici en attendant. »

À sa grande surprise, elle vit qu'il lui rendait son sourire.

« Merci de faire tout ça pour nous aider. »

Après avoir contrôlé que le bandage n'était pas imbibé de sang et que le plasma liquide coulait toujours dans la veine, elle sortit. À le voir assis comme ça, Jackie paraissait très petit et très seul.

« Garde-les à l'œil tous les deux, dit-elle à Zakariassen qui se tenait près du pick-up, le Mauser à la main, et regardait Marco sauter dans la neige avec le lecteur GPS démonté. Quand Marco aura fini, tu sors et tu m'appelles en gueulant un bon coup. Je suis en haut dans la tour, je monte la garde.

— Comment tu vas faire ? Il fait noir comme dans un four. »

Anna brandit l'appareil qu'elle avait récupéré dans l'aéroglisseur quand ils avaient installé les pièges.

« J'ai piqué ta caméra thermique… Si Lanpo tente de se faufiler ici en douce, je verrai la chaleur de son corps.

— Surtout, fais attention.

— Je vais essayer.

— Je voulais dire… à la caméra… elle a coûté une petite fortune. »

Le professeur eut un sourire gêné.

Anna sentit comme un bourdonnement douloureux à l'arrière de sa tête tandis qu'elle se dirigeait vers le bâtiment jaune. Elle n'entendait plus le vent. Elle crut un instant que son ouïe avait été endommagée, mais ensuite elle comprit que la tempête s'était calmée. Comme si Dieu Lui-même avait coupé le son et aspiré tous les nuages présents dans l'espace où un milliard d'étoiles faisaient des trous dans la nuit éternelle.

À l'arrière du baraquement, elle piétina dans les profondes congères que le vent avait accumulées au pied de la tour. Le faisceau de sa lampe accrocha l'objet qu'elle avait espéré trouver là : une échelle fixée à l'extérieur de la tour. La glace qui recouvrait les échelons brillait dans la lumière.

Elle saisit fermement l'échelle.

Commença à grimper.

Après avoir franchi quatre échelons, elle remarqua à quel point le froid s'était intensifié.

Son nez se fronçait et ses lèvres devenaient plus dures à chaque inspiration. L'espace avait absorbé le peu de chaleur qui se trouvait au niveau du sol, ainsi que les nuages de la tempête. Le froid des échelons d'acier commençait à traverser aussi les gants.

Et comme s'il ne faisait pas assez froid, à mi-hauteur de la tour, l'échelle disparut dans un nuage gris. La glace figée pendait de la citerne, côté intérieur de la tour, recouvrant plusieurs échelons. La masse de glace avait dû geler en une microseconde, on aurait dit une explosion qui se serait figée au moment de la détonation. La neige s'était déposée au bout des doigts de feu.

Anna brisa une pointe et la porta à ses narines. La glace n'avait aucune odeur. Elle la goûta. Elle resta accrochée à sa lèvre. Ce n'était que de l'eau. Elle laissa tomber le morceau de glace, il tourbillonna dans l'air et tomba dans la neige sans bruit. Il fallut peu de temps à son cerveau refroidi pour réussir à trouver un moyen de contourner la masse de glace. Elle dut se contorsionner et grimper le long du côté de l'échelle.

Elle l'escalada à grand-peine, franchit prudemment un seul échelon à la fois jusqu'à atteindre le dessous du réservoir à l'intérieur de la tour. Maintenant, elle voyait qu'il n'y avait pas seulement un mais deux réservoirs, montés directement l'un sur l'autre. Seul celui du dessus était visible. Il affichait des idéogrammes chinois mais également un symbole chimique qu'elle reconnut : H_2O. L'eau.

Le réservoir du dessous, celui dont Jackie avait dit qu'il contenait de l'azote liquide, était intégralement recouvert de glace. Anna vit un petit tuyau qui partait de la citerne d'eau et disparaissait dans la masse de glace. C'était ici que ça s'était passé. L'accident, ou le sabotage, qui avait conduit l'ingénieur en aérospatiale Lee et les autres scientifiques du grand bâtiment à mourir gelés. Elle essaya de voir où les dommages avaient eu lieu, mais la partie de la citerne qu'elle avait sous les yeux paraissait intacte.

Une main glissa sur le barreau lisse de l'échelle. Elle se rétablit, s'agrippa, sentit son gant trouver une nouvelle prise et elle reprit son ascension.

Lentement. Très lentement.

Vers le haut. Toujours plus haut.

Plus froid. Encore plus froid.

Enfin, le faisceau de lumière de plus en plus faible de sa torche montra que l'échelle disparaissait dans un trou pratiqué dans le fond d'une grande boîte construite autour du sommet de la tour. Avec sa mauvaise grâce habituelle, Marco avait raconté qu'il était possible à un homme d'y pénétrer pour changer les lampes des projecteurs.

Quand Anna passa la tête par le trou, la lumière se réfléchit sur des câbles luisants enroulés sous des couvercles métalliques ronds fixés au mur. Il y avait tout juste assez de place pour elle au milieu des câbles et des couvercles. Pour y accéder, Anna dut se débarrasser de l'arc qu'elle portait sur le dos. Elle le jeta dans le petit réduit ainsi que le carquois avec les flèches avant de s'y glisser à son tour.

Dans la baraque servant de cantine, elle avait avalé le contenu d'une boîte de nouilles instantanées ce qui lui donna l'énergie nécessaire pour arracher un couvercle et ôter une lampe de chaque mur. Deux des lampes résistèrent, les deux autres vinrent facilement, comme si quelqu'un les avait déjà retirées il n'y avait pas si longtemps. Les trous laissés par les lampes lui donnaient une vue tous azimuts et juste assez de place pour braquer sa caméra thermique. Sur l'écran, des nuances de bleu se fondaient les unes aux autres comme dans une peinture à l'aquarelle. Rien que du bleu. Aucun être vivant dégageant de la chaleur ne se dissimulait dans l'obscurité en dehors du camp.

Anna posa la caméra et prit son arc. Elle dut le tenir à l'horizontale pour pouvoir le tendre dans ce local exigu. Sans la caméra thermique, il n'y avait pas grand-chose à voir. La glace n'était visible qu'aux endroits où la lumière des baraquements l'atteignait. Le reste du paysage n'était que des formes gris foncé, éclairées par un ciel étoilé. Si elle voulait avoir une chance de toucher Lanpo, il fallait qu'il pénètre dans la lumière de l'une des baraques. Et même alors, il était peu probable qu'elle fasse mouche. Anna avait acheté cet arc sur une impulsion, mais elle ne s'était jamais entraînée sérieusement. La distance de la tour aux baraques en bas était de presque cent mètres.

Mais cet arc était tout ce qu'elle avait.

Avant d'aller à la tour, Anna avait essayé de soulever le Mauser. L'acier lui avait brûlé la peau, elle avait eu des nausées et des gouttes de sueur avaient aussitôt perlé à son front.

Un sentiment d'impuissance l'avait envahie.

« On ne peut pas échapper au stress post-traumatique, l'avait prévenue le psychologue. Tu dois apprendre à intégrer le mal, c'est à cette condition seulement que tu pourras le laisser derrière toi, avait-il ajouté en formant un rectangle avec les mains. Ceci est un exercice qui peut t'aider, imagine que tu as un lecteur DVD sur lequel tu peux enregistrer les mauvais souvenirs.

— Un DVD ou un Blu-ray ? avait-elle demandé.

— Un Blu-ray, c'est mieux, comme cela tu auras plus de détails et de meilleures images arrêtées, avait répondu le psychologue qui ne s'était pas laissé désarçonner par cette tentative d'ironie. Imagine que tu enregistres l'incident dans son intégralité, commence plutôt un peu avant la partie qui fait le plus mal. Une fois ce film mental enregistré... tu as sous les yeux un écran télé où tu peux repasser... l'incident, exactement comme tu l'aurais fait avec un film normal à la maison.

— J'ai pas la télé chez moi. »

À cet instant, elle avait vu une pointe d'agacement sur le doux visage du psychologue.

Maintenant, elle regardait dans le noir. Elle se força à se rappeler.

Elle était allongée comme ça, cette fois-là aussi.

Quand tout avait commencé.

Perchée tout en haut.

L'épaule collée à la crosse d'un fusil de tireur d'élite.

Elle ne faisait qu'une avec son arme à l'époque. Même dans la nuit noire, elle était capable de démonter et de remonter son fusil Barrett MRAD. Elle savait de quelle façon régler la lunette pour compenser le vent, la pression atmosphérique et l'effet Coriolis, la rotation de la Terre.

Mais tous les entraînements du monde n'auraient pu la préparer à découvrir un bébé abandonné dans une boîte en carton sous un soleil brûlant. À entendre ses pleurs déchirants. Dans sa lunette, elle avait vu que le bébé ne pouvait guère avoir plus de deux ou trois mois. Sa seule protection contre le soleil brûlant était un maillot de football bleu, sale. Cela fit penser à Anna qu'il s'agissait d'un petit garçon. Elle ignorait quels étaient les gens cruels qui avaient abandonné ce bébé sans défense, elle savait seulement qu'il allait mourir.

« On ne peut pas laisser mourir ce gosse. »

Elle se souvenait très exactement des paroles qu'elle avait prononcées.

« Tu sais que c'est un piège. »

Le commentaire venait de Geir, allongé à côté d'elle ; son corps massif était tellement bardé de matériel qu'il faisait davantage penser à une bête de somme qu'à un soldat. Un émetteur radio sur le dos, des poches remplies de munitions de réserve sur la poitrine ainsi que des grenades à main et du matériel de secours. Son boulot était d'être le « *spotter* » d'Anna, chargé de faire le guet et repérer tout ce qui pouvait s'avérer être un ennemi.

Dans cette ville syrienne, l'ennemi, c'était l'État islamique.

« C'est horrible, mais ce gosse est un piège, sûr et certain, dit Geir en essuyant la poussière grise qu'il avait sur le visage quand il la regarda, cette poussière qui leur était tombée sur la tête quand ils avaient dû escalader un escalier branlant pour accéder au toit. Une boîte est un endroit idéal pour cacher une bombe. Ce gosse sert d'appât. Si on essaie d'aller le récupérer, on se fera exploser. »

Anna et Geir étaient l'avant-garde d'une compagnie de l'Armée de libération syrienne qui était en bas dans la rue avec leur chef, le lieutenant Eilertsen. Les trois Norvégiens avaient été envoyés en Syrie par leur pays en tant que « conseillers » pour seconder l'Armée de libération. Anna laissait aux généraux le soin d'expliquer quelle était la différence entre « conseiller » et « soldat » ; pour elle, tout concernait l'instant présent. La compagnie ne pouvait pas progresser tant que la place n'était pas sécurisée. S'il y avait une bombe dans la boîte en carton, on pouvait peut-être la faire exploser avec une balle bien placée. Mais Anna ne pouvait se résoudre à tuer l'enfant.

Échec et mat.

Puis il y eut du mouvement autour du gamin. Comme elle levait son fusil, Anna vit un chien sortir de derrière le mur écroulé d'une épicerie de l'autre côté du marché. Dans la lunette, elle distinguait nettement les côtes sous le pelage tacheté de gris. La ville en ruines grouillait de chiens errants qui rôdaient en quête de nourriture. Quand Anna compris le drame qui était en train de se jouer, il était trop tard. Le chien s'approcha de la boîte en courant, fourra la tête dedans, referma ses mâchoires sur un pied du bébé et le sortit du carton. Le petit garçon poussait des cris déchirants, agitait désespérément ses petits bras tandis que le chien le traînait sur le sol. Le doigt d'Anna se crispa sur la détente et elle tenta d'avoir le chien en plein centre de la croix de sa lunette de visée, mais l'animal était déjà à demi dissimulé derrière une aire de jeux en ruines. Si elle tirait, elle risquait tout aussi bien de toucher l'enfant.

Geir regarda dans ses jumelles télémétriques et cria ses instructions à la jeune femme : « Deux cent… quarante mètres. Légère brise d'ouest. »

Elle tourna une mollette pour régler la lunette en fonction du vent et de la distance. Elle se concentra et s'obligea à respirer calmement. Son pouls n'était qu'un faible écho dans ses oreilles. En tant que tireur d'élite, elle était entraînée à presser la détente entre les battements de son cœur. Quelque chose se déplaça dans le bord supérieur de son champ de vision. Elle ignora le mouvement, désormais il ne s'agissait que de sauver la vie de l'enfant. Son index appuya quelques microgrammes plus fort sur la détente. Dès que le chien sortirait de derrière l'aire de jeux, elle tirerait.

« Personnel ! » hurla Geir.

Des pieds entrèrent dans son champ visuel. Un homme courait vers le chien. Il portait un maillot blanc sans manches enfilé par-dessus un pull vert olive. Un logo rouge lui barrait la poitrine, Anna reconnut le symbole de l'organisation humanitaire Médecins sans frontières.

Ce fut sa première rencontre avec Yann Renault.

Dans une lunette de visée.

Les cheveux bruns bouclés de Yann flottaient autour de son visage tandis qu'il courait après le chien. Le soleil se refléta dans quelque chose qu'il tenait à la main. Son bras se détendit, une boîte de métal vola vers le chien. La boîte atteignit les côtes saillantes et l'animal lâcha l'enfant. Il aboya après Yann, mais le médecin ne se laissa pas impressionner. Il ramassa une pierre et la lança sur le chien. L'animal jappa de nouveau ; pendant une seconde, Anna crut qu'il allait attaquer, mais il se détourna soudain et s'éloigna en courant.

Yann prit le bébé dans ses bras. Il vit le sang couler du pied où le chien l'avait mordu. Le médecin se retourna et repartit en courant avec le petit garçon blotti contre sa poitrine. La tête de l'enfant dépassait au-dessus de l'épaule du toubib. Puis quelque chose s'interposa entre Yann et elle. Du gravier et des cailloux jaillirent derrière l'homme qui courait. Le bruit du coup de feu parvint à la jeune femme un instant plus tard.

« Sniper ! Deuxième étage. En haut ! »

Elle suivit les instructions de Geir comme un automate. Un trou béant dans le mur d'un immeuble détruit par un bombardement emplit la lunette de visée. Puis un reflet métallique aveuglant jaillit de l'ombre dans la brèche. Un tireur embusqué avait pris le médecin pour cible. Avant que le bruit de la détonation suivante ne lui soit parvenu, Anna fit feu sur le tireur. D'un mouvement bien huilé, elle ouvrit la culasse, éjecta la douille usagée, introduisit une cartouche neuve dans la chambre et tira de nouveau. Ses yeux restèrent grands ouverts pendant tout ce temps, guettant le moindre mouvement dans l'obscurité.

Personne ne vint.

Il n'y eut pas d'autre coup de feu.

Elle ne sut jamais si elle avait touché le sniper de l'État islamique.

Quand elle osa lever les yeux au-dessus de sa lunette de visée, Yann avait disparu.

Deux semaines plus tard, le médecin français l'invita à venir rendre visite au petit garçon qu'elle avait sauvé, dans un camp de réfugiés. Lorsque Yann lui mit le petit Sadi dans les bras, elle sentit comme un frisson de joie au creux de l'estomac. Le frisson se transforma en forte chaleur au niveau des joues quand elle croisa le regard de Yann.

Cela avait commencé ainsi.

Toute la bonté du monde.

Toute l'horreur.

Anna arrêta le film mental.

Sentant que son pouls battait trop vite, elle se redressa sur les genoux. La tour tangua un peu quand elle bougea. On aurait dit qu'elle avait une boule coincée dans la gorge qui entravait sa respiration. Sa vue était floue. Agenouillée, elle s'efforça de maîtriser cet accès de panique. Elle savait que tout se passait dans la tête, mais il fallait qu'elle arrive à envoyer le message à son corps. Elle finit par retrouver une respiration normale.

Elle se posta devant le trou dans le mur et regarda dehors. Il n'y avait rien à voir. Une recherche avec la caméra thermique ne donna pas de résultat non plus. Sous la faible lumière des étoiles, elle tenta de se rendre compte si la faille qui fendait la glace s'était élargie. Comme eux-mêmes, quand ils avaient positionné l'aéroglisseur sur la banquise, les Chinois avaient trouvé un banc de glace qui avait au moins un mètre cinquante d'épaisseur, ce qui, en théorie, leur donnait la garantie qu'il tiendrait pendant de nombreux mois, mais Anna ne se fiait plus à la banquise.

La jeune femme tendit le bras en l'air pour activer la circulation du sang. Sa main heurta une charnière qui pendait du plafond au-dessus d'elle. Les doigts jouèrent machinalement avec celle-ci tandis qu'elle se concentrait sur le paysage. Elle ressentit une douleur vive dans le dos quand quelque chose la heurta en tombant. Au prix d'une contorsion, elle aperçut une boîte noire par terre sous une trappe qui se balançait encore. Cette boîte était tombée d'une cavité ménagée dans le plafond. Elle alluma sa torche et réussit à voir un fouillis de fils électriques dans le petit compartiment avant que la faible lumière ne s'éteigne. Un local de câblage pour les projecteurs. Quelqu'un y avait caché la boîte.

Le tueur ?

Mais pourquoi ?

Elle souleva la boîte. Elle était étonnamment légère. À la lumière des étoiles, elle vit trois trous à l'arrière. Au-dessus des trous, des symboles chinois incompréhensibles, mais elle avait déjà vu des trous semblables.

Anna savait ce qu'était cette boîte.

56

Laissant ses souvenirs de Yann en haut, Anna redescendit lentement et péniblement les échelons glacés et glissants.

Presque à la seconde même où elle posa les pieds par terre, le vent souleva la neige de la congère. Il recommençait à souffler en rafales. C'était comme si Dieu, ou le pôle Nord lui-même, avait dompté la tempête un moment pour lui faire croire que tout pouvait s'arranger. Des nuages plus noirs que le ciel nocturne affluaient de l'horizon et dévoraient les étoiles.

Le vent la cinglait tandis qu'elle se rendait à la baraque où l'homme au blouson orange gisait, assassiné, au milieu de vitrines remplies d'ordinateurs. Elle alla droit sur celle où deux fils noir et gris pendaient d'une étagère vide. Elle ouvrit la porte vitrée et tint le boîtier noir juste devant l'étagère. Cela avait l'air de coller. Ce boîtier était bien ce qu'elle croyait qu'il était. Un disque dur.

Anna vérifia que le blouson du mort était vraiment intact et sans aucun impact de balle dans le dos. Puis elle glissa la main sous la table et palpa le devant du blouson du haut vers le bas. Ses doigts rencontrèrent quelque chose de dur. Le manche d'un couteau. Cela avait l'air d'un couteau de cuisine ordinaire. Elle s'accroupit sous la table et vit plusieurs déchirures profondes que la lame avait faites dans le tissu. Ce meurtre ressemblait à un acte de panique, à un geste précipité, contrairement à la façon dont le reste du personnel d'Isdragen était mort, soit de froid, soit abattu méthodiquement.

Elle ressortit de sous la table à reculons et se redressa. Ses yeux allèrent du mort aux trois écrans où des images excessivement belles d'aurores boréales laissaient maintenant la place à des images de banquise. Tout dans cette pièce était de la main de l'homme, artificiel et dénué de sensibilité. La table en plastique stratifié sur laquelle reposait la tête du mort. Les images de nature retouchées sur les écrans. Les données numériques derrière les portes vitrées. Seul le mort relevait de la réalité naturelle terrestre. De son vivant, il avait fait obstacle à quelque chose. Par conséquent, on l'avait assassiné.

En l'absence de faits, le seul outil de travail d'Anna, son intuition, lui disait que c'était ici, devant les ordinateurs aux lumières clignotantes, que tout avait commencé.

Lorsqu'elle revint au baraquement de la cantine, Zakariassen était attablé en compagnie de Jackie. Ils se parlaient à voix basse. Le scientifique voulait en savoir davantage sur le gravier des fonds marins. Il se leva brusquement quand Anna arriva.

« Tu l'as vu ? Tu as vu Lanpo sur la banquise ? »

Elle se retourna, il n'y avait personne d'autre dans la baraque.

« Il est où, Marco ?

— Il est encore à l'atelier, il essaie de trouver une batterie pour donner du courant au GPS.

— Faut pas le laisser seul.

— J'ai barricadé la porte, il ne risque pas de sortir, dit Zakariassen en montrant du doigt la poche de perfusion accrochée à la lampe au-dessus de Jackie. La poche était vide, alors je… je l'ai changée. »

Elle vit que la poche vide était posée sur la table.

« Faut que tu retournes surveiller Marco, j'ai besoin de parler avec Jackie maintenant.

— Ah… de quoi vas-tu lui parler ?

— Il y a quelque chose qui me tarabuste… lui seul peut m'aider. »

Le professeur jeta un coup d'œil à Jackie et passa au norvégien.

« J'ai vu que tu entrais dans… le bâtiment aux ordinateurs, tu y cherchais quelque chose en particulier ?

— Peut-être. J'ai trouvé un disque dur en haut de la tour. Quelqu'un s'est donné le mal de grimper au sommet pour le planquer. »

Les cils vibrèrent derrière les verres épais des lunettes.

« Tu as trouvé quelque chose dessus ?

— C'est justement pour ça que j'ai besoin d'un coup de main de Jackie. »

Il jeta de nouveau un coup d'œil au Chinois.

« Je m'y connais un peu en informatique, ne vaudrait-il pas mieux que j'essaie de faire parler ce disque dur ?

— Merci pour ton offre, mais on n'a pas le temps de s'occuper de ça maintenant. Le disque dur, ça peut attendre. En revanche, l'urgence, c'est que Marco bidouille le GPS. Il faut vraiment arrêter Lanpo s'il rapplique par ici. »

Le professeur pinça les lèvres et souffla par le nez.

« Et si Lanpo est mort ?

— T'as bien vu la même chose que moi, son signal est en mouvement. Lanpo est vivant.

— Il se pourrait qu'un ours polaire l'ait eu, lui aussi. Dans ce cas, la position pourrait se modifier également. »

Anna sentit l'impatience bouillonner dans sa poitrine.

« Pourrait... pourrait... il y a trop de "*pourrait*" à mon goût. Faisons comme j'ai dit : tu surveilles Marco, je prends Jackie avec moi. OK ? »

Zakariassen soupira. Anna vit quelque chose d'humide, de gris et de résigné dans ses yeux. Il savait pertinemment que, quoi qu'il arrive, l'expédition qu'il avait si minutieusement préparée était terminée. Il avait soixante-treize ans, il n'y aurait pas d'autres expéditions polaires pour lui. La seule chose qui comptât désormais, c'était de survivre jusqu'à l'arrivée des secours. Puis de rentrer en Norvège et de trouver un sens aux années qui lui restaient à vivre. Anna se sentit soudain emportée par un élan de tendresse et posa la main sur son épaule.

« Ça va, Daniel ? »

Il se hâta de sourire et cligna des paupières pour chasser les larmes naissantes.

« Oui, oui... Ça va. Faisons comme tu dis, c'est toi qui as raison. »

57

Le vent recommença à leur cingler le visage avec des grains de neige quand Anna et Jackie traversèrent la place. Dans le baraquement des ordinateurs, Anna avait mis le mort par terre, dissimulé sous une bâche. Elle attacha les poignets de Jackie dans le dos avec des bandes adhésives et l'installa sur la chaise qu'avait occupée le mort. Puis elle sortit le disque dur.

« Tu sais ce que c'est ? »

Jackie regarda d'abord la boîte puis la jeune femme.

« Un disque dur…

— Merci, j'avais deviné, mais tu sais ce qu'il y a dessus ?

— Non. »

Anna connecta le disque à l'alimentation et au réseau. Un faible bourdonnement se fit entendre et une lumière bleue s'alluma sur la partie avant du boîtier.

« Jackie… tu bosses dans l'informatique, tu peux me dire pourquoi ce disque dur en particulier a été retiré ? »

Le petit visage se tourna vers elle. La lumière bleue dansait sur ses longs cils. Il écarta une mèche de cheveux de son front d'un mouvement de tête.

« Je ne sais pas… toutes les données du fond marin sont stockées ici. Mais par mesure de sécurité, les données sont réparties sur plusieurs disques durs au cas où l'un d'eux serait endommagé. Celui que tu as est peut-être endommagé ?

— C'est ça, et, comme par hasard, vous avez l'habitude de stocker les disques défectueux en haut de la tour là-dehors parce que… c'est plus commode ? »

Il la regarda d'un air surpris.

« Qui l'a planqué en haut de la tour ? »

La réaction paraissait sincère.

« Peut-être Marco. Tu sais quoi de lui ?

— C'est un brave type. Il a l'air doué comme mécanicien. Il aime peut-être un peu trop jouer. C'est tout.

— Marco devait du fric à quelqu'un ?

— Non, mais je crois que Fu et d'autres… lui en devaient pas mal. »

Elle regarda la bâche qui recouvrait le mort.

« Celui qui bossait ici… il faisait partie de ceux qui devaient du pognon à Marco ? »

Jackie haussa les épaules tout en prenant une inspiration.

« Peut-être… »

Il y eut soudain comme un bruit de friture sortant du disque dur, comme si le cerveau de l'ordinateur avait trouvé quelque chose de particulièrement intéressant. Du coin de l'œil, Anna perçut une lueur vacillante. La lumière venait de l'intérieur du casque de slalom noir pendu au portemanteau derrière eux. Il lui revint brusquement à l'esprit qu'on ne pratiquait pas le slalom au pôle Nord. Elle fit le tour de la table et décrocha le casque du portemanteau. Un câble pendait jusqu'à terre, où il serpentait avant de disparaître derrière les armoires de données. À l'intérieur du casque, à l'endroit où aurait dû se trouver la visière, dansaient des images qui semblaient flotter dans ce milieu obscur.

« C'est quoi, ce truc ?

— Réalité virtuelle… la 3D, répondit Jackie. Nous l'utilisons pour étudier les données géologiques. »

Anna se débarrassa de son arc pour avoir les coudées franches et coiffa le casque.

Les murs du baraquement disparurent.

Le monde devint énorme.

Elle se trouvait dans une plaine entre des montagnes pointues peintes de couleurs surréalistes : orange vif aux sommets, jaune et finalement vert foncé plus loin vers le pied. Des lettres clignotantes flottaient juste devant elle : *Information manquante ou corrompue détectée dans cet ensemble de données. Restauration des données à partir de la dernière sauvegarde ? Oui ? Non ?*

Elle mit un doigt sur le « oui » virtuel. Les caractères devinrent plus gros.

Quelque part, en dehors du casque, un disque dur accéléra. Anna fut plaquée contre les montagnes pointues et passa devant elles à si grande vitesse qu'elle faillit perdre l'équilibre même si elle savait qu'en fait elle ne bougeait pas d'un pouce. Un trou bleu foncé apparut derrière les montagnes. Le trou s'agrandit, devint béant et l'engloutit. Loin en bas dans un abîme luisait une lumière rouge et orange. Un gros objet de forme cylindrique se présenta, brisé en trois endroits. Anna comprit qu'elle se trouvait au fond d'une fissure ou d'une crevasse dans les fonds marins. Le monde tridimensionnel dans lequel elle flottait devait être créé par le radar au fond de l'océan. Elle fit deux ou trois pas mal assurés pour s'approcher du cylindre cassé.

Le sol trembla sous ses pieds.

Un son lointain pénétra dans le casque. Puis un grondement violent.

Venant de l'extérieur.

Du monde réel.

58

Anna arracha le casque. Devant elle, le visage de Jackie était entouré d'un halo lumineux. Comme si le soleil s'était levé devant la fenêtre. Elle sortit en courant.

Dehors, la nuit était devenue le jour. Le Sabvabaa était encerclé par les flammes. D'énormes colonnes de feu s'élevaient au-dessus de l'aéroglisseur et étaient ballottées par le vent comme d'imposants arbres géants. Poussée par les rafales, la neige captait la lumière de l'incendie et l'entraînait dans les ténèbres d'où elle rejaillissait sous forme d'éclairs stroboscopiques. La jeune femme avait l'impression d'être immobile tandis que les arbres de flammes défilaient devant elle à toute vitesse.

La silhouette d'un homme se détachait sur la coque du Sabvabaa. Les arbres de feu projetaient des cônes de lumière au-dessus d'une combinaison rouge et jaune. Zakariassen était sur le point d'entrer dans la cabine. Les flammes sortaient du baraquement bleu avec lequel l'aéroglisseur était entré en collision.

Elle vit la porte du Sabvabaa s'ouvrir de nouveau. Le professeur en sortit, un extincteur à la main. Il courut sur la coque vers le côté du bateau qui faisait face aux flammes.

« Daniel ! Fous le camp, putain ! Le carburant va exploser ! » beugla Anna, mais la tempête emporta son avertissement au loin, éparpillant les paroles sur la banquise.

Zakariassen disparut à l'arrière de la cabine, seul le haut de son corps demeurait visible contre les flammes. Puis, une courte seconde, il fut entouré d'un nuage de mousse carbonique provenant de l'extincteur.

Courbée en deux, Anna courut en zigzag vers le lieu de l'incendie. La lumière des flammes glissait sur la pellicule de glace qui s'était formée à la surface de la faille béante. Anna n'avait pas le temps de faire le tour, alors elle prit son élan et franchit la crevasse de cinquante bons centimètres. Elle atterrit maladroitement de l'autre côté, tomba et roula sur elle-même, mais utilisa l'énergie et la vitesse pour se remettre debout.

Zakariassen la vit. Il sauta en bas de la coque et courut à la rencontre de la jeune femme.

« Couche-toi ! »

D'une poussée brutale, elle le fit tomber dans la neige. Anna se jeta à côté de lui, mais la tête tournée dans le sens opposé. Elle regarda fixement dans l'obscurité entre les flammes et le grand bâtiment.

« Qu'est-ce que tu fais ? Il faut sauver le Sabvabaa ! hurla-t-il.

— Faut d'abord qu'on sauve notre peau. »

Le scientifique suivit la direction du regard d'Anna dans les ténèbres.

« Tu crois que c'est... lui qui a fait ça ?

— D'habitude, un feu, ça ne démarre pas tout seul par moins vingt. T'as entendu tirer ?

— Non, je n'ai rien entendu. »

Elle essuya la neige qui se collait à ses lunettes de ski. La lumière des flammes nuisait à la vision nocturne, l'empêchant de voir quoi que ce soit dans l'obscurité à l'extérieur de la base. Un coup d'œil rapide à l'aéroglisseur révéla ce pour quoi le professeur avait risqué sa vie. Le côté du bateau faisant face aux flammes était recouvert de mousse carbonique provenant de l'extincteur.

« C'est une manœuvre de diversion, Lanpo essaie de nous attirer dehors. Si j'étais lui, je ferais le tour de l'autre côté maintenant. »

Le meurtrier pouvait en effet faire le tour du camp sans être repéré dans le noir et revenir vers eux en se dissimulant dans l'ombre derrière les baraques. La description que Marco et Jackie avaient donnée d'un grand type lourdaud ne tenait pas la route, cette attaque était tout sauf l'œuvre d'un déséquilibré mental.

« On ne peut pas rester couchés ici... Dans la lumière, on est des cibles vivantes. Il faut que je sorte et que je le chope. Daniel, tu me couvres. »

Elle resta couchée jusqu'à ce que Zakariassen ait sorti son Mauser de la neige. Puis elle se mit à ramper vers l'aéroglisseur. La chaleur de l'incendie brûlait la bande de peau nue entre les lunettes de ski et le masque. Brûler à mort, geler à mort, le pôle Nord ne manquait jamais de solutions pour faire mourir.

Arrivée au Sabvabaa, elle se redressa et fit le tour de l'autre côté au sprint pour se mettre à couvert derrière la coque. Elle regarda la place, personne en vue. Alors, elle sauta sur l'aéroglisseur et plongea à travers l'écoutille que le professeur avait laissée ouverte quand il était allé chercher l'extincteur. L'incendie réchauffait la cabine, mais les fenêtres qui donnaient sur l'entrepôt de carburant étaient couvertes de mousse carbonique. Pourvu que cela suffise à empêcher le Sabvabaa de s'embraser !

Une fois à l'intérieur, elle marcha à quatre pattes pour ne pas être vue de l'extérieur. La couchette sous la fenêtre brisée était couverte d'un gros tas de neige que les rafales avaient poussé dans l'habitacle. Sous l'effet de la chaleur, des ruisselets d'eau coulaient de la neige.

Elle rampa au milieu des flaques et passa la main sous le lit. Les doigts tâtonnèrent et ramenèrent un sac. Dans ce sac, elle avait une petite pelle, des bouteilles de boisson énergisante, quelques rations de campagne et un sac de couchage pour une personne. Une précaution ultime si l'aéroglisseur faisait naufrage et que tous les autres équipements d'urgence étaient engloutis.

Elle s'empara d'un des téléphones satellites sur la table où trônait l'émetteur radio. Les doigts trouvèrent la touche « appel ». Elle essaya de nouveau de joindre Boris. Et de nouveau, l'espace ne lui renvoya qu'un bruit statique.

En sortant, Anna vit une lumière rouge clignoter sur la balise Argos. Quand elle ouvrit le couvercle, un message était affiché à l'écran : *L'équipe de secours arrivera sur zone à 19h30, heure locale.* Sa montre lui indiqua qu'il restait très précisément une heure. Une heure à se maintenir en vie. Une heure pour faire en sorte que Lanpo ne réussisse pas la même chose.

59

« Les Américains arriveront dans une heure. »

Derrière les verres de ses lunettes doubles, les yeux de Zakariassen s'agrandirent. À la lumière de l'incendie, Anna vit des gouttes de sueur perler au-dessus des sourcils brûlés.

« Tu en es sûre ?

— Oui, ils ont envoyé un message sur la balise Argos. »

Le vent avait tourné de nouveau et gagné en intensité. Le pôle Nord était revenu à sa stratégie initiale. Les averses de neige cinglaient au-dessus de leurs têtes, éclairées par l'océan de flammes comme des comètes rougeoyantes. L'incendie dans l'entrepôt de carburant illuminait aussi la glace entre les baraquements. Il n'y avait personne.

« Viens ! »

Elle se leva. Le scientifique se lança sur ses traces en longeant la faille. Tandis qu'elle courait après sa propre ombre, Anna eut encore plus nettement l'impression d'avoir toujours un métro de retard. Quel que soit le plan qu'elle élaborait, l'assassin semblait avoir le don de tout prévoir.

Elle plaça Zakariassen dans l'étroit passage derrière l'atelier.

« Si tu vois quelqu'un sur la glace en dehors d'un hélico de secours, tu tires. C'est clair ? »

Il fit un signe de tête qu'elle interpréta comme un oui. Elle tourna au coin du baraquement en courant, fonça jusqu'à la porte, retira le tuyau métallique avec lequel le professeur l'avait bloquée et entra. Pas de Marco en vue. Elle poussa un véritable beuglement.

« C'est moi ! Sors de ton trou maintenant, Marco, sinon je jure devant Dieu que je fais aussi cramer cette baraque. »

Il y eut un bruit de ferraille derrière une étagère. Le mécanicien sortit de sa cachette avec une expression apeurée. Il tenait à la main une grosse clé anglaise.

« Je ne savais pas à qui j'avais affaire. »

Il raccrocha la clé à mollette à sa place indiquée sur le mur à outils.

« J'ai entendu une explosion, c'était quoi ?

— Lanpo a foutu le feu à l'entrepôt de carburant en tirant dessus, maintenant j'ai vraiment besoin de ton GPS pour le débusquer ! »

Marco tourna son large corps vers la table de travail et prit l'écran. Il avait fixé de grosses batteries à la partie arrière avec du ruban adhésif. Ses ongles étaient noirs après le travail et ses doigts laissaient des traces chaque fois que Marco les posait sur l'écran du GPS.

« Il marche... mais j'ignore combien de temps tiendront les batteries. »

La carte satellite apparut avec les points rouges qui indiquaient les morts et les vivants.

« Il est où, Lanpo, maintenant ? »

Un bout de doigt sale fit remonter la carte jusqu'à ce qu'un seul point apparaisse. La peau autour des yeux de Marco se plissa.

« Lanpo va… vers le sud-ouest… »

Le point qui marquait la position du tueur tirait un voile numérique derrière lui. Lorsque le point-Lanpo rencontrait une ligne matérialisant une latitude, il sautait en avant et en arrière, comme si l'homme là-bas sur la banquise éprouvait effectivement des difficultés à franchir l'obstacle.

« Il est à quelle distance, là ?

— À cet instant précis… environ neuf cent soixante… quatre mètres. »

Quelle distance arrive à couvrir un homme en courant par un temps pareil ? Anna regarda le râtelier d'armes vide.

« Ils ont des viseurs laser, vos flingues ?

— Oui, bien sûr, répondit Marco. Sinon, comment atteindre quelque chose dans le noir ? »

Cela expliquait comment Lanpo avait pu toucher le dépôt de carburant de si loin en pleine tempête de neige. La lunette infrarouge transformait la nuit en jour. La lumière laser transperçait le blizzard et lui donnait quelque chose à viser.

« Trouve-moi un truc pour pouvoir porter le GPS », dit-elle.

Marco se dirigea vers une étagère où étaient empilées plusieurs sacoches noires. Il en ouvrit une et en sortit un instrument, puis il mit avec précaution le lecteur GPS improvisé au fond de la sacoche qu'il apporta à la jeune femme. Elle passa la sangle autour de son cou. Désormais, un coup d'œil rapide à l'écran lui suffirait pour localiser la position de Lanpo.

« Comme je l'ai déjà dit, je ne sais pas combien de temps durent les batteries. »

Marco regarda son œuvre d'un air inquiet.

« Je prends le risque. Viens par ici, toi. »

Elle le prit par la main et l'entraîna vers un établi en acier à un pied duquel elle attacha le ruban adhésif qui entravait les poignets du Chinois. Une ride d'inquiétude se creusa sur son front.

« Et si Lanpo… te tue ? demanda-t-il.

— Eh bien, dans ce cas tu ne seras plus mon problème. »

Anna aperçut un bâton de ski à côté d'un pneu monstrueux déchiqueté, s'en saisit et sortit. Ce fut comme si le fluo de la combinaison de Marco réagissait encore plus fort à la lumière quand elle le quitta.

« Je pars à la recherche de Lanpo maintenant ! »

Elle hurla ces mots à l'intention du professeur dès qu'elle sortit dans la tourmente.

« Ce salopard n'est qu'à un kilomètre d'ici. Tiens Jackie à l'œil, là-dedans, mais fais gaffe de regarder à la porte toutes les deux minutes », ajouta-t-elle en désignant la baraque aux ordinateurs.

Zakariassen jeta un coup d'œil dans la sacoche qui pendait autour du cou de la jeune femme. Le point qui matérialisait la position de Lanpo rougeoyait dans le noir.

« Au nom du ciel, sois prudente, Anna, dit-il. Ne prends pas de risques. »

Il paraissait, si c'était possible, encore plus chétif et dégingandé dans cette combinaison de survie trop grande pour lui. Ses yeux avaient une expression inquiète. Anna comprit que c'était la crainte de ce qui se passerait si elle ne revenait pas. Mais elle n'avait pas le choix, il fallait qu'il reste à Isdragen.

« Je sais exactement où Lanpo se trouve, dit-elle tout en tenant le couteau en l'air avec une confiance en elle exagérée. Ce monstre n'aura pas idée de ce qui le frappe. »

Une quinte de toux plia le professeur en deux. Son corps maigre se recroquevilla ; le Mauser se balançait d'avant en arrière tandis que son propriétaire luttait pour retrouver son souffle. Lorsqu'il regarda Anna, il avait les larmes aux yeux.

« Anna… il faut que tu saches, je suis désolé de t'avoir entraînée dans tout ça, dit-il dans un filet de voix. Je voulais juste aider.

— Ne t'en fais pas, c'est apparemment mon destin de toujours me retrouver dans la merde, répondit-elle en l'embrassant sur la joue. Prends soin de toi, Daniel, je reviens tout de suite. »

Elle le lâcha et sortit rapidement dans la bourrasque avant que Zakariassen ait le temps de devenir encore plus sentimental.

60

Encore quarante-sept minutes et tout serait terminé.

Les aiguilles phosphorescentes indiquèrent à Anna que c'était le temps dont elle disposait avant l'arrivée des Américains : quarante-sept minutes pour trouver Lanpo et le neutraliser. Dans ces conditions extrêmes, cela voulait dire le tuer. Elle suivait sa propre ombre mais tout à coup la lumière du brasier pâlit. Lorsqu'elle se retourna, elle eut tout juste le temps d'apercevoir les restes de l'entrepôt de carburant s'enfoncer dans la glace. Quelques flammes se détachèrent du baraquement en train de couler et s'élevèrent dans le ciel où le vent les dispersa. Puis tout redevint noir.

Elle s'agenouilla, le dos tourné à la tempête, le temps que sa vision nocturne revienne. La neige l'enveloppait comme un sac gelé, en peu de temps elle serait transformée en bonhomme de neige. La tête bien enfoncée dans sa capuche, elle était dans son petit univers à elle, loin de tout. Les ténèbres qui s'insinuaient sournoisement en elle la fatiguaient. Elle ne voulait rien d'autre que dormir.

Une voix douce résonna dans sa tête.

« Ça va, Anna ?

— Non, ça ne va pas, putain.

— J'ai confiance en toi, tu peux y arriver.

— Mais bordel, c'est facile à dire pour toi, Yann, t'es mort. »

Il ne protesta pas.

La volonté reprit le dessus, elle commanda à la main de plonger dans la neige, releva les lunettes de ski sur le front, frotta les yeux avec de la poudreuse. Le froid la fit se redresser brusquement, une rafale de vent la débarrassa de la neige qu'elle avait sur le dos et obligea Anna Aune à s'agenouiller de nouveau sur la banquise. Elle alluma une lampe frontale qu'elle avait prise dans l'atelier.

Devant elle, elle distinguait à peine les horizons flous de blocs de glace. En faisant appel à sa volonté pure, elle réussit à mettre un pied devant l'autre. Vent dans le dos, le défi consista subitement à ralentir la cadence. D'autres failles pouvaient être dissimulées sous la neige fraîche.

Le bâton de ski qu'elle avait trouvé dans l'atelier faisait office de canne d'aveugle : elle enfonçait le bout dans la neige pour vérifier que la glace tenait. Quand elle atteignit le haut mur de pack que l'aéroglisseur avait failli percuter, elle trouva un abri derrière un bloc de glace et leva le lecteur GPS bricolé par Marco à hauteur de son visage.

Le point rouge indiqua que Lanpo était à moins de quatre cents mètres de là. Il se dirigeait toujours vers l'ouest. Anna sortit son arme secrète, la caméra thermique. Caméra au poing, elle escalada les blocs de glace déchiquetés. La neige fraîche était épaisse sur les amas de glace et ses pieds perdaient constamment leur adhérence sur la sous-couche glissante. En grimpant, des morceaux de glace se détachaient sous ses pieds. Fort heureusement, ces bruits qui auraient pu alerter Lanpo se perdaient dans les hurlements du vent. Elle éteignit sa lampe frontale, s'agrippa au bloc le plus haut et se hissa au-dessus d'une crevasse profonde dans le pack.

Les rafales de vent faillirent lui arracher la main quand elle installa la caméra sur le rebord du pack. Pour pouvoir voir quelque chose, il lui fallut relever les lunettes de ski sur son front. La neige lui piqua les yeux, et sur l'écran de la caméra thermique on ne voyait que des nuances bleu foncé. En se retournant sur le bloc de glace, elle put orienter la caméra au sud. Une tache jaune apparut, elle ondulait sur l'écran comme une amibe en constant mouvement. La chaleur d'un être vivant.

Le meurtrier marchait de l'autre côté de la muraille de glace.

En voyant cela, tous les pores de sa peau s'ouvrirent. Le corps absorba le froid glacial à travers la combinaison chaude et Anna eut l'impression d'être une sculpture en verre fragile. Si elle tombait maintenant, elle se briserait par terre comme les hommes de glace dans le grand bâtiment.

Elle se recula rapidement pour ne pas être vue, mais son mouvement fut trop précipité. Son pied glissa et elle se mit à glisser vers la crevasse. Elle lâcha la caméra thermique et s'agrippa à une saillie dans la glace. Son corps se mit à tournoyer et resta suspendu à mi-chemin dans la fissure profonde. Elle donna des coups de pied sous elle jusqu'à ce que ses après-skis trouvent de nouveau une prise. Dans sa chute, elle avait essayé de se rappeler la position exacte de Lanpo de l'autre côté du mur de blocs de glace.

Une fois en bas, elle marcha lentement vers le bout de la barrière de glace, le couteau à la main, en comptant ses pas. Arrivée à l'extrémité, le vent forcit. La capuche qui lui enserrait la tête menaça de se détacher quand Anna s'arrêta. Si Lanpo l'avait vue en haut, il saurait de quel côté elle allait venir.

« Allez, Anna, tu vas y arriver.

— La ferme ! »

Elle s'éloigna de la muraille de glace, fit face au vent contraire et longea le mur dans le sens inverse en luttant contre les rafales. Elle compta de nouveau ses pas. À cent cinquante, elle s'arrêta. Elle était revenue à l'endroit où la caméra thermique avait capté la chaleur du corps de Lanpo. Le vent déversait d'énormes quantités de neige sur le pack, mais on ne voyait rien à l'abri derrière le mur.

Les mugissements continus de la tempête gagnèrent soudain en puissance. Comme si un nouvel ensemble d'instruments à corde se mettait à jouer dans un orchestre symphonique, mais le son était plus grave : des altos, pas des violons. Le hurlement cessa d'un coup, puis reprit. Cela ne venait pas du vent.

C'était autre chose.

Cela venait d'un gros bloc de glace qu'Anna distinguait à peine dans l'obscurité à quelques mètres de distance. Une cachette pour Lanpo. Elle leva son couteau et fonça vers le bloc. Ce fut l'épaule qui encaissa le choc quand le vent se saisit de son corps et la projeta en avant sur les derniers mètres.

Droite ou gauche ?

Prends le chemin auquel tu ne penses pas en premier. Sois toujours imprévisible.

Anna prit à gauche, le dos plaqué contre le bloc de glace. Elle laissa le vent la contourner. Devant la lame du couteau levé haut, il n'y avait rien à voir, sinon une énorme congère que les rafales avaient accumulée à l'abri dans la partie arrière. Le hurlement reprit, venant de quelque part dans les ténèbres derrière la congère.

Elle alluma de nouveau sa lampe frontale. Le faisceau de lumière illumina la congère. Elle aperçut des taches sombres.

Des traces de sang.

Anna éteignit sa lampe frontale et courut se mettre à côté de la congère. Si Lanpo avait vu la lumière, elle voulait avoir pris une autre position quand il viendrait vérifier. Le hurlement fut remplacé par un aboiement, il devait y avoir un chien avec lui.

Courbée en deux, elle longea l'extrémité de la congère. Laissa pendre une main pour pouvoir se guider dans le noir. Le chien qui aboyait se trouvait juste devant elle. Elle entendit alors un autre son. Plus rauque et plus grave. Comme un reniflement et un feulement.

La jeune femme porta la main à sa lampe frontale. Tint le poignard au-dessus de sa tête. Alluma la lampe.

La lumière crue capta une autre congère. Mais celle-ci se déplaçait sur la glace. La congère se contorsionnait dans le vent, venant vers elle. C'est alors qu'elle vit trois cercles noirs dans tout ce blanc.

Le museau et les yeux d'un ours polaire.

61

Pendant quelques millisecondes, Anna réussit à penser que, obsédée par la traque de Lanpo, elle avait eu des œillères. Les êtres humains ne sont pas les seuls à dégager de la chaleur au pôle Nord.

L'ours polaire rabattit ses oreilles en arrière, baissa la tête. Il était prêt à attaquer. Anna cria à pleins poumons tout en se débarrassant de son sac. Le plantigrade balança sa grosse tête d'avant en arrière. Quelque chose derrière lui le dérangeait. Un chien. Elle arracha la pelle de son sac, continua à beugler tout en agitant sa pelle et son couteau.

Le chien aboya de nouveau. L'ours pivota sur place et Anna s'avança d'un pas. Lorsque l'animal se retourna de nouveau vers elle, elle le frappa avec la pelle et l'atteignit au museau, avant de reculer de nouveau. L'ours s'ébroua, se passa une patte sur le museau. Anna leva son poignard. Si la bête attaquait maintenant, elle n'avait qu'une seule chance. Le couteau devrait atteindre la gorge.

Une forme grise sortit des ténèbres en courant. Le chien mordit l'arrière-train du colosse avant de se retirer de nouveau dans l'obscurité. L'ours se retourna. Anna vit une traînée noire sur son pelage, qui s'incurvait au-dessus des côtes saillantes. Le chien bondit de nouveau en avant. Le plantigrade lui lança un coup de sa grosse patte, mais l'animal gris fit quelques pas en arrière, aboya et s'avança encore. L'ours fit une nouvelle tentative, mais le chien esquiva encore l'attaque par quelques pas élégants, telle une danse, tout en aboyant et en essayant de mordre le prédateur.

Un mugissement frustré sortit de la gorge de l'ours polaire. Il dodelina de la tête, puis fit demi-tour et disparut dans les ténèbres avec le chien à ses trousses. Anna tomba à genoux et regarda fixement dans le noir la direction prise par le carnassier. Elle tenta de l'entendre par-dessus le bruit du vent. Sa respiration était si rapide que les yeux lui piquaient et qu'elle avait du mal à tenir son couteau.

Le chien revint en courant. Il ressemblait à un loup, les oreilles dressées, le museau long et pointu, le pelage gris, presque blanc. Les yeux étaient des trous brillants dans l'obscurité. Un husky. Ce devait être le chien du commandant chinois.

« Sunzi, Sunzi, bon chien, Sunzi ! » appela Anna.

Les appels attirèrent l'animal vers elle. Sunzi se mit à lécher le visage d'Anna. La langue humide laissait des traînées de bave sur les lunettes de ski. Elle lui passa les bras autour du cou, attira le chien contre elle et sentit son souffle chaud sur sa figure. Sunzi gémissait et geignait. Elle aperçut quelque chose de rouge sur sa queue. Du sang frais mélangé à des caillots desséchés. Ce devait être la blessure occasionnée par le Mauser de Zakariassen.

« Il a essayé de t'avoir, l'ours blanc, hein… il a flairé ton sang ? »

Elle tenta de saisir la queue mais le chien poussa un cri aigu et se dégagea.

« Du calme, je ne vais pas te faire de mal. »

Sunzi se tenait à deux ou trois mètres de distance et poussait de petits gémissements en tournant de temps en temps la tête vers les ténèbres. Il aboyait après l'ours polaire en fuite.

Anna recula à quatre pattes et retrouva le sac dont elle s'était débarrassée dans la neige. Elle plongea la main en quête d'une ration de nourriture, déchira le paquet et tendit la masse de viande grasse à Sunzi. L'odeur attira le chien vers elle. Il flaira d'abord d'un air sceptique avant de se jeter sur la nourriture.

Anna ramassa le lecteur GPS. L'écran était couvert de neige après la chute, les batteries seraient bientôt à plat, mais le point rouge matérialisant la position de Lanpo était presque au milieu de l'écran. Il ne pouvait pas être loin.

Pour s'orienter, elle pivota complètement sur elle-même en gardant les yeux fixés sur l'écran et le mouvement du point rouge. Lanpo était toujours à l'ouest par rapport à elle. Mais à quelle distance ? L'écran s'éteignit ; heureusement, elle avait gravé la carte dans sa tête. Le mur de blocs de glace était orienté plein ouest. Lanpo ne devait être qu'à cent mètres un peu plus bas.

« Viens, Sunzi, faut qu'on trouve un homme, tu veux m'aider ? »

Le husky gambada joyeusement autour d'elle, la langue pendante, et quand Anna se mit en marche, il lui emboîta le pas.

L'expérience qu'elle venait de vivre et qui avait failli lui coûter la vie lui collait encore à la peau. L'environnement se montrait sous un jour on ne pouvait plus clair : chaque flocon de neige, même léger, que transportait l'air était un danger potentiel. Anna entendait ses après-skis racler la glace, chaque craquement était un avertissement, une faille risquait à tout moment de s'ouvrir sous ses pieds.

Elle compta chaque pas.

À quatre-vingt-trois, Sunzi aboya.

Quelque chose claqua dans le noir.

Elle s'immobilisa.

Écouta. Tenta de distinguer une menace dans la cacophonie des mugissements du vent, des gémissements du mur de blocs de glace et des crissements du tissu de la combinaison de survie qui bruissait à ses oreilles. Finalement elle perçut de nouveau le même bruit. Une série rapide de plusieurs claquements secs. On aurait dit comme un drapeau qui battait au vent. Sunzi aboya de nouveau, Anna essaya de faire taire le chien, mais il courut vers le bruit et disparut dans le noir.

Elle le suivit en décrivant un arc de cercle au pas de course pour ne pas être touchée si Lanpo entendait Sunzi et se mettait à tirer. Avec ce vent contraire violent, l'air glacial lui fit l'effet d'une gelée visqueuse quand elle courait. Sunzi aboya éperdument quelque part sur sa droite. La jeune femme tomba à genoux, regarda fixement dans la direction d'où venait le bruit. Il y avait quelque chose dans la neige devant le chien.

Un tas de neige qui disparaissait, pour revenir ensuite. Elle craignit un instant que Sunzi ne l'ait conduite de nouveau sur les traces de l'ours, mais ensuite elle reconnut le bruit. Elle se souvint de la première fois où elle l'avait entendu.

Le hurlement du vent était devenu un martèlement saccadé dans sa tête.

Le bruit du rotor d'un hélicoptère.

Elle avait senti une main lui taper dans le dos, une voix rauque d'homme qui exigeait qu'elle saute. Les secondes où elle avait été en chute libre pour la première fois.

Le claquement sec quand le parachute s'était ouvert. Elle avait tournoyé sur elle-même, vu la carlingue de l'hélicoptère diminuer de volume dans le ciel au-dessus d'elle.

Le choc quand ses pieds avaient touché le sol dans un champ. La secousse quand le vent s'était engouffré dans le parachute et l'avait soulevé de terre. La douleur des suspentes qui lui avaient scié le bras quand elle avait secoué le parachute pour en évacuer l'air.

Anna marcha lentement sur la glace vers le parachute qui voltigeait dans le vent.

Il était plié autour d'un bloc de glace et, chaque fois qu'une rafale soulevait les bords, la voilure émettait un claquement sec. Sunzi flairait et aboyait après un objet à moitié enfoui dans la neige devant le parachute.

Un traîneau.

Les suspentes du parachute attachées au traîneau se tortillaient comme des serpents blancs chaque fois que la voilure se gonflait. Pour une fois, Anna fit ce qu'il fallait faire. Elle courut dans le sens opposé et se mit à l'abri sous la muraille de glace. Allongée, elle observa le traîneau. Si Lanpo entendait Sunzi aboyer, il viendrait. Le cabot du commandant qu'il haïssait serait une cible trop tentante.

Les bourrasques de neige fouettèrent l'arrière de la tête d'Anna et rabattirent sa capuche sur son visage. La visibilité était si mauvaise qu'elle voyait à peine Sunzi. Le chien continuait à faire des va-et-vient entre le traîneau et le parachute. Ses aboiements se mêlaient au mugissement de la tempête.

Après dix minutes d'immobilité, Anna se leva.

Elle se dirigea vers le traîneau en marchant dans la neige profonde.

Sunzi sauta sur elle, fourra son museau dans ses mains. Gémit doucement.

Anna se pencha pour voir ce qu'il y avait dans ce traîneau. Le chargement était recouvert d'une bâche, et la corde qui la maintenait en place était raidie par le gel. Impossible de défaire les nœuds. Elle glissa le bout de son couteau sous la corde et sentit à peine une résistance quand la lame la trancha.

La neige qui recouvrait la bâche était raide et dure, alors la bâche resta en place sur le traîneau. Le souffle de Sunzi embuait le bord des lunettes de ski d'Anna. Le husky se tenait tout contre elle. Elle parvint à arracher la bâche raidie par le gel.

Des griffes écartées vinrent avec.

La jeune femme poussa un petit cri et fit un pas en arrière. La main qui tenait le couteau se leva automatiquement dans un geste de défense.

À la lumière de sa lampe, elle vit que les griffes étaient les doigts d'une main.

62

Aucun film n'avait bouleversé Anna plus que *Seven*. Le chef-d'œuvre de David Fincher était l'une des nombreuses VHS que le service social des armées envoyait par l'Hercules qui atterrissait une fois par mois sur l'aéroport de Pristina ravagé par la guerre. *Seven* fut projeté dans la cantine de Film City une semaine avant que le soldat américain ne soit déchiqueté par une bombe à fragmentation de l'Otan.

Ce ne furent pas les horribles meurtres qui la bouleversèrent le plus mais le moment où le tueur en série diabolique, joué par Kevin Spacey, entre dans le commissariat de police pour se rendre à Brad Pitt et Morgan Freeman. Dès cet instant, elle sut que ce réalisateur adorait baiser son public : c'était un film garanti sans *happy end*.

Des visages agacés s'étaient tournés vers elle quand, sans s'en rendre compte, tant elle était captivée, elle s'était jointe à l'avertissement adressé en vain par Freeman à Brad Pitt : « *Don't open the box !* »

C'était trop tard pour elle aussi.

La boîte était ouverte.

Les doigts écartés et griffus s'étiraient dans le prolongement du corps d'une forme couverte de givre. Une personne était couchée, repliée sur elle-même comme un couteau de poche, au fond du traîneau. Les yeux étaient clos sous les gros sourcils. La bouche n'était plus qu'un trait mince au-dessus du large menton.

Quand Anna vit le corps de Yao Lanpo raidi par le gel, tout le sang reflua de son cerveau. Le pôle Nord tournait sous elle, il n'y avait plus de pesanteur. Le bas devint le haut. Elle dut s'asseoir dans la neige. Le trou au-dessus des sourcils qui se rejoignaient ne laissait pas de place pour le doute : l'homme dans le traîneau avait été tué par balle. Et le tee-shirt et le caleçon long qu'il portait disaient où : dans son lit, pendant son sommeil.

« Putain, putain de merde !

— Allons, du calme, ma chérie, chuchota la voix de Yann dans la tête de la jeune femme.

— Comment tu veux que je sois calme ? Je me suis fait avoir, je me suis fait avoir comme une conne !

— Ça ne sert à rien de t'énerver. Essaie de passer toutes les possibilités en revue. »

Un par un, elle repensa aux événements qui l'avaient conduite ici. Des fils lâches se rassemblèrent jusqu'à former un schéma clair, des failles déchiquetées traçaient leur route à travers un paysage blanc de coïncidences, pourtant même une cynique comme elle n'eut pas le courage de suivre le scénario jusqu'à la conclusion. Il était trop horrible. Les pensées n'arrivaient pas à se coordonner. Il devait y avoir quelque chose que son cerveau choqué et gelé avait laissé passer.

Mais elle avait beau se poser mille fois la question sur la façon dont Lanpo avait bien pu se retrouver dans un traîneau tracté sur la banquise par un parachute, la réponse était toujours la même : quelqu'un avait fait cela pour l'attirer loin d'Isdragen.

Elle finit par se lever et marcha courbée en deux face au vent et aux tourbillons de neige pour se mettre à l'abri derrière la muraille de glace. Elle sortit le téléphone satellite de son sac de secours. Appuya sur la touche « appel ». Cette fois, le symbole indiquant que l'appareil était entré en contact avec le satellite s'alluma. Ignorant le froid, elle ôta ses gants pour faire apparaître le numéro de Boris. Le plastique du combiné était glacial quand elle le colla à son oreille.

La sonnerie vibrante lui apprit que le téléphone avait effectivement un contact.

Et Boris répondit presque aussitôt.

« Salut, Anna, je commençais presque à être inquiet pour toi. »

Comme d'habitude, à entendre le Russe, on aurait dit qu'il était légèrement ivre. Sa voix familière aurait dû la réconforter, pourtant elle eut l'impression que ses entrailles se détachaient et tombaient dans un gouffre.

Les mots se bousculaient dans sa tête.

« Déconne pas, Boris, c'est pas le moment, dis-moi seulement que quelqu'un est en route pour Isdragen.

— Excuse-moi, là c'est moi qui ne te comprends pas très bien. Qui devrait être en route ? Les seuls que je sais sur la banquise, c'est vous. Avez-vous trouvé les Chinois ?

— T'as pas eu mon message ? »

La voix du météorologue se fit tout à coup sérieuse.

« Je n'en sais pas plus que ce que tu as raconté. Que tu as vu un signal de détresse qui pouvait venir d'Isdragen. Que s'est-il passé ?

— Boris, c'est l'enfer ici, ils ont tous été tués. Tout le personnel. Faut envoyer des renforts ici tout de suite.

— Tués ? Comment... Il y a eu un accident ?

— Non, on les a assassinés… tous sans exception. Faut envoyer des soldats, avec des armes. »

Anna hurla pour être sûre que Boris comprenait bien ses paroles par-dessus le mugissement du vent.

« Celui qui les a tous massacrés est ici, il se planque à Isdragen… en ce moment. »

63

Le garde-côte américain répondit encore plus vite que Boris.

« *Yes, ma'am.* »

L'homme avec un fort accent du sud des États-Unis confirma qu'ils avaient bien reçu l'appel de détresse de Zakariassen.

« Pourquoi vous n'avez pas prévenu les Russes ? Leur base est plus près, non ? demanda Anna en tentant de protéger le micro contre les assauts du vent, mais c'était difficile d'entendre ce que disait l'Américain.

— *Don't worry, ma'am*... notre équipe a simplement un peu de retard, mais elle sera chez vous dans une heure. Comment est la météo dans la région ? »

Il n'était pas nécessaire de vérifier. La météo avait déjà réussi à couvrir le combiné d'une épaisse couche de neige fondue.

« Tempête et visibilité inférieure à dix mètres.

— Le professeur Zakariassen est-il près de vous ? Puis-je lui parler ?

— Pas en ce moment. Est-ce qu'il vous a dit que tout le monde était mort, que le personnel chinois avait été tué ? »

Quelque chose dans la voix pondérée de l'Américain l'agaçait prodigieusement. C'était comme s'il n'entendait pas ce qu'elle disait, comme si tout ce qui l'intéressait, c'était de déballer sa petite histoire.

« Oui, le professeur Zakariassen a dit que vous aviez arrêté un tueur présumé. »

Les mots venaient sans la moindre hésitation ni le moindre étonnement. Comme si de pareils événements étaient monnaie courante pour les gardes-côtes américains. Quelque chose ne collait pas.

« Vous avez intérêt à vous grouiller, putain, sinon je te jure que je vais te faire ta fête ! » hurla Anna pour évacuer sa frustration avant de raccrocher.

Dans son sac, elle trouva la dernière ration militaire, déchira le plastique avec des doigts engourdis, gelés et partagea la ration de viande avec Sunzi. La nourriture avait un goût fade, mais dans son état mental Anna aurait probablement mangé le meilleur repas du monde dans un restaurant trois étoiles sans sentir la différence. Elle creusa dans la neige et en mit un peu dans sa bouche. La couche superficielle froide de la glace fondit sur sa langue. La glace fit partie d'elle et elle fit partie de la glace. Toutes deux étaient menacées d'extinction.

Anna regagna la base d'Isdragen, vent dans le dos, avec Sunzi sur les talons. Arrivée au bord de la muraille de blocs de glace, elle se blottit contre elle. Quels scénarios pouvaient bien l'attendre ? Elle essaya d'y réfléchir. Quand elle reviendrait, le tueur saurait qu'elle avait compris ce qu'il avait fait. Qu'il avait tué Lanpo, mis le cadavre dans le traîneau, y avait attaché un parachute et lancé le tout sur la banquise pour créer une manœuvre de diversion avant que Zakariassen et elle n'arrivent. Fait en sorte de détourner les soupçons sur un ennemi extérieur. Le meurtrier avait réfléchi par avance à tous les coups dans son jeu d'échecs sanglant.

Prévu toutes les ripostes. Pour un peu, Anna aurait presque pu admirer le génie de son adversaire, à ceci près que treize personnes y avaient laissé la vie.

Son corps se mit à trembler. Elle crut tout d'abord que ses jambes flageolaient.

Elle se tint les cuisses, mais le tremblement venait d'en bas. La glace vibrait. Il y eut une détonation. Une lumière déchira l'obscurité. Un piège s'était déclenché. Puis un grondement de basse emplit l'air ; Anna se leva et affronta les morsures froides et coupantes du vent au-dessus du rebord de glace. La fusée d'alerte crépitait dans les ténèbres. Les rafales emportaient les étincelles. Ensuite, il y eut une nouvelle détonation. Dans la lumière de la fusée, elle vit un serpent noir s'avancer en rampant.

64

Anna courut vers Isdragen aussi vite que ses jambes pouvaient la porter, longeant la faille en train de fracturer la glace.

Cette nouvelle faille faisait déjà un mètre de large. Couvert par les rafales de la tempête et sa propre respiration haletante, le bruit de la banquise qui se retournait et se fissurait était plus qu'elle n'en pouvait supporter. Sunzi courait toujours sur ses talons. En silence, comme si le chien comprenait que l'assassin était dans les parages. Anna entrevit la lumière des fenêtres sur la base plongée dans le noir. La crevasse se terminait près d'un grand trou dans la glace, là où l'entrepôt de carburant en flammes avait été englouti. La mer avait déjà commencé à geler de nouveau. À la vue des feux de navigation rouge et vert de l'aéroglisseur, Anna s'arrêta. De façon assez incroyable, le bateau semblait intact. Elle courut vers lui et grimpa sur la coque.

En gelant, la mousse carbonique était devenue une bouillie visqueuse qui glissait sous les mains. Sunzi resta en bas sur la glace ; le husky flaira les jupes en caoutchouc avant de lever la patte arrière et de pisser dans le sens du vent.

Anna rampa le long de la cabine jusqu'à jouir d'une vue dégagée sur le baraquement le plus proche. Quelqu'un avait déplacé le pick-up de Marco jusque là-bas. Une silhouette sombre gisait dans la neige devant la voiture. Difficile de mieux voir dans la lumière dansante de la fenêtre de la baraque. Anna rampa jusqu'à son lit. Fouilla dans son sac North Face et en sortit ses jumelles. Grâce au viseur amplifiant la lumière, elle vit ce qui était couché dans la neige devant le véhicule.

Un homme.

Dans la pénombre, il était impossible de voir qui c'était, mais il ne bougeait pas.

Anna leva ses jumelles. La voiture emplit tout son champ de vision, il n'y avait personne dedans. Elle braqua de nouveau les jumelles sur la silhouette immobile. Les pieds étaient tournés vers elle, maintenant elle voyait nettement la double bande autoréfléchissante au-dessus des genoux. C'était Zakariassen qui était allongé là. Un pied bougea légèrement.

Il était vivant.

Elle recula en rampant et se laissa tomber le long de la coque. Un craquement sinistre fracassa le hurlement monotone du vent. Quand Anna se retourna, elle vit une nouvelle faille s'ouvrir en travers devant la base. De petites fissures partaient de la crevasse comme des doigts écartés sur la glace. Le banc de glace sur lequel était bâtie la base chinoise était en train de se disloquer. Sunzi poussa sa truffe contre le visage d'Anna et se mit à geindre faiblement.

Elle se retourna et leva les yeux le long du flanc de l'aéroglisseur. Elle ne pouvait pas voir le garage derrière le grand bâtiment jaune à travers le rideau neigeux. Ni Jackie ni Marco n'étaient en vue. Un coup d'œil à sa montre lui indiqua que les Américains auraient dû être là depuis dix minutes. Elle leva les yeux vers le ciel noir. Une brusque rafale de vent lui fouetta le visage comme si une baleine géante invisible passait tout près, entraînant de la neige dans son sillage comme autant de poissons-pilotes dévoués. Pas de lumière dans le ciel. Pas le moindre bruit de moteur d'hélicoptère.

La coque de l'aéroglisseur vibrait sous la poussée du vent. Le bruit de basse de la débâcle environnait la jeune femme de tous côtés, mais si elle devait réussir à sauver Zakariassen, il lui fallait oublier que le sol sous ses pieds pouvait céder à tout moment. Tant que la glace tenait, elle aussi tenait.

Elle sortit le téléphone satellite et fit de nouveau le numéro de Boris. Il y avait de la friture sur la ligne et le grésillement dans ses oreilles était insupportable. De nouveau la liaison était coupée. Il y eut une détonation dans les ténèbres, une comète lumineuse en jaillit, une nouvelle fusée crépita dans le blizzard. Anna s'obligea à ne pas regarder la lumière aveuglante. Ce n'était pas le moment de perdre sa vision nocturne.

Le chuchotement de Yann couvrit tout : « Allez, ma chérie, tu es intelligente, tu peux y arriver. »

La chose la plus intelligente à faire serait de rester exactement là où elle était. Le Sabvabaa offrait un abri et une position dominante. Une position aisément défendable. Si le banc de glace dans son intégralité venait à se disloquer, l'aéroglisseur flotterait sur la mer. La logique pure commandait qu'Anna attende exactement là où elle se trouvait.

« Allez, tu réussis tout, toi.

— Yann, t'es vachement chiant, tu sais ça ? »

Elle se jeta dans le vent et courut sur la place vide. Prit son élan et sauta par-dessus la faille pour arriver au coin du grand bâtiment. Sous cet angle, le pick-up cachait Zakariassen.

« Daniel ? »

Sa voix luttait contre le vent.

Plusieurs secondes s'écoulèrent, puis le vent lui rapporta la voix du professeur. Ténue et faible dans la tempête. « Anna, pour l'amour du ciel... il faut que tu m'aides. »

Elle entendit Sunzi gronder derrière elle. Le husky reconnaissait l'homme qui lui avait tiré dessus.

Elle serrait si fort son couteau de chasse qu'elle sentait les inégalités du manche à travers ses gants. Elle regarda autour d'elle. Ses yeux suivirent la crevasse dentelée dans la glace jusqu'à l'aéroglisseur. Son regard sautait d'une fenêtre à l'autre, dans les baraquements qu'elle arrivait à voir à travers le rideau neigeux. Vide, vide, vide.

« Ils sont où, les autres ? cria-t-elle.

— Je crois qu'il... est dans le garage. »

Il.

Le monstre.

Le tueur de masse.

« S'il te plaît, Anna, aide-moi. »

Elle regarda vers le garage. Il y avait un bloc gris et indistinct derrière toutes les couches de neige poussées par le vent. La porte du garage était toujours ouverte. Impossible de voir si le meurtrier se cachait à l'intérieur. Elle porta les jumelles à ses yeux. Le bloc gris devint plus net. Elle vit un baril de pétrole avec une pompe branchée dessus. Un pan du tracteur derrière l'autre porte. Des taches noires à l'extérieur de la porte de garage fermée. Les taches flottèrent, couvrirent le garage. Un homme vêtu en orange se tenait devant.

Il n'avait pas de tête.

Non, la tête était dissimulée sous un sac noir, à peine visible contre le mur brûlé près duquel se trouvait l'homme.

Yann ôta le sac qui lui cachait la tête. Lui sourit.

« Tu vas y arriver, allez. »

Anna arracha ses yeux du contact froid des jumelles. Le garage était de nouveau le garage. Elle se dégagea du mur et courut vers Zakariassen.

Les baraques floues dansaient la sarabande devant elle, les pieds glissaient dans la neige profonde, mais elle retrouva son équilibre et arriva péniblement jusqu'à la voiture. Le professeur était couché sur le dos, les bras écartés. Il ne bougeait pas. La neige tourbillonnait au-dessus du toit du pick-up, elle trouva son chemin à travers une fenêtre ouverte. Personne en vue dans la cabine.

Anna s'avança vers Zakariassen, les yeux rivés sur les baraquements de l'autre côté. L'un d'eux était un peu de guingois, la glace avait cédé. Lorsque son pied rencontra un bras, elle baissa les yeux. Le visage du scientifique était dissimulé tout au fond de la capuche. Il clignait des yeux dans la pénombre.

« Daniel, il s'est passé quoi, il t'a blessé ?

— Non, mais… désolé, j'ai foiré lamentablement. »

Ces mots figèrent le temps. Anna eut le loisir de se dire qu'il n'y avait pas de traces sur sa combinaison. Aucun impact de balle. Aucune déchirure faite par un couteau. Tout à coup, ce fut étrangement silencieux. Sunzi avait cessé d'aboyer.

Alors elle sentit quelque chose de dur s'enfoncer dans sa nuque.

65

La voix était dure également. Connue et inconnue en même temps.

« Lâche ce couteau ! »

Le visage de Zakariassen était déformé, on aurait dit un masque rigide. Ce fut à peine si elle l'entendit quand il prononça quelques mots d'une voix chevrotante.

« Tu dois faire comme il dit.

— À quoi tu joues, Daniel ?!

— S'il te plaît, lâche ce couteau, sinon il te tuera. »

La chose dure poussa sa tête vers l'avant. Daniel l'avait attirée vers lui tandis que le meurtrier se cachait sur le plancher dans la voiture. Maintenant, il se tenait dans l'encadrement de la portière ouverte. L'objet dur qu'on lui pressait dans la nuque était le canon d'une arme à feu. Le Mauser ou le revolver.

Elle ouvrit la main. La neige accueillit le poignard avec un doux bruit de rien du tout.

« Prends le couteau », dit la voix.

Le professeur s'assit dans la neige. Il se pencha en avant sur les genoux, rampa jusqu'au trou que le couteau avait fait et le ressortit de la poudreuse. Ses mains élargirent le trou jusqu'à ce qu'il ressemble à un œil qui fixait Anna. *Je te tiens maintenant*.

Zakariassen se remit debout et resta planté là, le couteau dans les mains.

Anna essaya de capter son regard.

« Qu'est-ce que c'est que ces conneries, putain, Daniel… tu ne vois pas que tu aides un meurtrier ?

— Non, tu te trompes. Ce n'est pas lui qui a tué les gens ici.

— Tu ne le crois pas toi-même, Daniel. J'ai trouvé Lanpo. Il est mort… on lui a tiré dessus et on l'a foutu dans un traîneau pour nous attirer au loin… pour m'attirer *moi* au loin. »

La dernière pièce du puzzle se mit en place.

« C'est toi qui as foutu le feu au dépôt de carburant, Daniel. »

La bouche du professeur pendait, à demi-ouverte, comme s'il manquait d'air.

« Tu ne peux pas comprendre, c'est autre chose ici, Anna, quelque chose de beaucoup plus important.

— Qu'est-ce qu'il y a de plus important que tous ces gens qui ont été assassinés ? T'entends pas ce que tu dis, tu parles comme un cinglé ! »

Zakariassen secoua la tête avec obstination.

« Non… non, non, ce n'est pas de la folie. C'est de la politique.

— De la politique ? Bon sang, c'est comme ça que tu as eu le fric qu'il te fallait pour l'expédition ? Les millions qui te manquaient ? En fait, t'as été payé pour espionner les Chinetoques. »

Le savant décrivit un arc de cercle autour d'elle, le couteau à la main. Il le tenait loin de son corps comme s'il avait peur d'être souillé. « Non, ce n'était absolument pas cela, on m'a seulement demandé d'observer les Chinois, rien d'autre. C'est la vérité. Ce… ce qui s'est passé ici n'était pas prévu… je n'en savais rien. »

Il y eut un grincement de charnières gelées lorsque la portière s'ouvrit derrière Anna. Elle reçut un bon coup de portière dans le dos qui l'obligea à avancer.

Elle se retourna.

Elle vit le meurtrier, mais il était une autre personne maintenant.

Le visage était toujours aussi blême, le nez, petit et les lèvres, inhabituellement charnues et larges. Les cheveux rebelles lui pendaient sur les yeux. Mais sous les longs cils, le regard était étranger. Frémissant d'une énergie maniaque. Le masque était tombé. Les veines de la main qui tenait le revolver de Zakariassen saillaient sous la peau. Anna vit une tache de sang noir sur le doigt qui jouait avec la détente.

Elle croisa le regard de Jackie par-dessus le cran de mire du revolver.

66

Jackie s'installa dans l'encadrement de la portière, en tenant le revolver à deux mains. Il était assis un peu de biais, son épaule blessée pendant vers le bas.

« Attache-la, dit-il à Zakariassen.

— Je n'ai pas de corde », répondit le professeur.

Le visage de Jackie prit une expression agacée. Une veine gonfla sur son front. Le doigt taché de sang glissait d'avant en arrière sur la détente. Anna leva les bras, fit un pas en arrière.

« T'as pas besoin de m'attacher. »

Les yeux noirs l'étudièrent sans ciller.

« Que dois-je faire de toi, alors ?

— Rien… Si tu poses ton flingue, tout sera fini. Ce ne pourra pas être pire que ce qui est déjà arrivé.

— Tout est la faute de Qiang. »

Anna essaya désespérément de se rappeler qui était ce Qiang.

« Il m'a attaqué, je n'ai fait que me défendre… c'était un accident, lâcha Jackie à voix basse, comme si les paroles s'adressaient à lui-même.

— Je comprends, d'ailleurs tout le monde le comprendra, les accidents, ça arrive. »

Anna coupa la parole à Jackie tout en s'assurant du positionnement de Zakariassen du coin de l'œil.

Il se tenait juste assez loin pour qu'il soit impossible de l'atteindre facilement.

« Je peux te poser une question, Jackie ? Vous cherchez quoi au juste ici ?

— Du scandium, yttrium, lanthane, cérium, praséodyme, néodyme, samarium, europium, gadolinium, terbium, dysprosium, holmium, erbium, thulium, ytterbium, lutécium, prométhium, répondit-il en énumérant les noms rapidement et en rythme comme une comptine bien apprise. On est là pour ça. »

Anna remonta son bras lentement vers sa poitrine.

« Je suis nulle en minéraux. C'est quoi, tout ça, exactement ?

— C'est le nom de dix-sept éléments chimiques qui forment des minéraux dans le sol, c'est pourquoi nous, les géologues, on les appelle les "dix-sept terres rares". Il y a ici des gisements qui valent des milliards. »

Elle laissa sa main glisser lentement jusqu'à la courroie qui maintenait le lecteur GPS contre sa poitrine.

« Mais toi, pourquoi t'es là ? demanda Jackie. Tu espionnes pour la Norvège ?

— Non.

— Tu es soldat.

— *J'étais*, nuance.

— Tu m'as maltraité.

— Ce n'était pas mon intention, Jackie. »

Il tourna le revolver dans sa main, ferma un œil et visa la jeune femme.

« Je n'ai rien fait de mal… tout est la faute de Qiang. »

Maintenant, elle se rappelait qui était Qiang. L'homme au blouson orange dans la baraque aux ordinateurs. Elle avait vu juste, c'est bien là que tout avait commencé.

« Qu'est-ce qu'il t'a fait, Qiang ? »

Jackie la regarda fixement. Impossible de savoir s'il entendait ce qu'elle disait.

« Tu es une mauvaise personne. Tu es venue ici et tu m'as retenu captif. J'étais blessé, mais tu m'as attaché au lit comme le dernier des criminels. »

Avec son index, elle appuya sur le clip de la sangle qui retenait le sac.

« Je regrette vraiment, Jackie, mais faut que tu me comprennes aussi. J'essayais juste de tirer le meilleur parti d'une situation difficile. On voulait seulement aider.

— Je ne sais pas ce que je vais faire de toi... tu es gênante.

— T'as pas besoin de faire quelque chose.

— Scandium, yttrium, lanthane, cérium, praséodyme, néodyme, samarium, europium, gadolinium, terbium, dysprosium, holmium, erbium, thulium, ytterbium, lutécium, prométhium. »

Il récita sa comptine plus lentement cette fois-ci, le canon du revolver se soulevant et s'abaissant en cadence avec les syllabes.

Anna passa au norvégien.

« Ils t'ont dit quoi, les Américains, Daniel, quand ils t'ont demandé d'aider le cinglé ? »

La tête de Zakariassen s'avança vers elle, comme tirée par un lien invisible.

« Ils ont dit... qu'il y a ici quelque chose qui peut détruire le monde. Que Jackie l'a découvert et qu'il fallait le protéger à tout prix. Pourquoi ne l'aurais-je pas cru ?

— Ne parlez pas entre vous ! » hurla Jackie.

La veine sur son front s'était gonflée encore plus.

Le canon du revolver décrivit un cercle vers Zakariassen. Anna défit le clip sur la sangle du sac, l'empoigna fermement et lança le lecteur GPS vers la tête de Jackie à la manière d'un discobole.

67

Le sac atteignit Jackie à l'épaule. Le revolver sauta dans sa main quand il tira. Daniel poussa un cri et chancela en arrière. Anna s'éloignait déjà.

Elle courut dans l'obscurité. Chaque pas qu'elle faisait était dans une nouvelle direction.

À droite.

À gauche.

Courir, courir.

Il y eut un coup de revolver et des morceaux de glace jaillirent à côté d'elle tandis qu'elle courait toujours. Puis un autre tir. Elle ne vit pas l'impact de la balle de Jackie. Tout ce qu'elle savait, c'est qu'à chaque mètre gagné les ténèbres la dissimuleraient mieux. Elle n'avait pas la moindre idée de l'endroit où elle allait. Elle courait, c'est tout.

Vers la glace.

Vers le néant.

La dernière cabane surgit de l'obscurité.

Il y eut un grondement dans la banquise. Une veine noire s'ouvrit juste devant elle. Elle sauta pardessus juste au moment où le staccato d'un fusil automatique retentit tout près.

Elle se laissa tomber dans la neige et roula sur elle-même.

Les projectiles sifflèrent au-dessus de sa tête.

Elle se remit debout, continua vers le baraquement. Ouvrit la porte à la volée et entra en courant dans l'odeur de beurre rance. Marco était toujours attaché à l'établi. Il la regarda fixement d'un air affolé.

Anna se retourna et vit l'armoire à armes près de la porte. Elle la saisit par un côté et, en se penchant vers l'arrière, elle réussit à la déplacer jusqu'à ce qu'elle soit parallèle à la porte. Ensuite, elle posa les deux mains tout en haut sur la partie arrière et poussa. Il y eut un coup de feu dehors.

« Couche-toi ! » cria-t-elle à Marco. Il se recroquevilla sous l'établi. La main qu'elle lui avait attachée avec du ruban adhésif était toujours ligotée à un pied du banc de travail.

Anna resta allongée derrière l'armoire en acier et elle regarda Marco tout en guettant les bruits de pas dont elle savait qu'ils n'allaient pas tarder à venir, dehors. L'ombre de l'établi sous lequel il était étendu couvrait le visage de Marco. Son corps paraissait décapité.

« N'abandonne pas, Anna. »

Elle ferma les yeux, appuya la tête contre le meuble métallique.

Pan.

Le métal vibra lorsque la balle transperça la porte et vint se ficher dans la partie arrière de l'armoire.

Pan.

Des éclats de bois jaillirent et un tournevis tomba du mur à outils au-dessus de Marco. Le corps récupéra sa tête lorsqu'il se leva et tira désespérément sur l'adhésif pour se libérer.

Pan.

Le métal se bossela juste devant le visage d'Anna. Elle entendit des bruits dans la neige à l'extérieur. Jackie secoua la poignée de la porte.

Pan.

Le coup de feu passa au-dessus de l'armoire. Le modèle de *Playboy*, China Lee, se retrouva avec un trou dans un sein. Les oreilles de lapin violettes vibrèrent lorsque la balle traversa l'affiche. Anna s'aplatit contre le sol, essayant de se faire aussi petite que possible. Elle resta couchée dans cette position et compta les secondes. Il y en eut beaucoup. Puis elle entendit un bruit au loin. Il se rapprocha. Un moteur de voiture rugit.

Elle se recroquevilla.

Un vacarme. Tout le baraquement trembla et fut poussé sur la glace. Les outils tombèrent des cloisons comme des flocons en fer et en acier. Marco poussa un cri quand un marteau lui heurta la tête. Anna sentit le sol en plastique bouger sous elle. Ensuite, un grincement de métal. Elle leva les yeux.

Elle eut le temps de voir l'armoire forte tomber.

Puis tout devint noir.

68

C'est étrange comme tout semble si évident quand on connaît la réponse.

Le zèle singulier de Zakariassen à se porter au secours des Chinois. Son alternance constante entre courage et peur. Le père d'Anna, qui avait raconté que son ami d'enfance peinait à réunir les derniers millions de couronnes qui devaient financer l'expédition. Ils étaient nombreux à vouloir explorer le pôle Nord et la concurrence était acharnée pour attirer l'argent des sponsors. Puis voilà que le fric était apparu comme par magie.

Ces pensées claires traversèrent la tête d'Anna qui désormais avait l'impression d'être coincée entre les mâchoires d'un ours polaire. Elle voulut bouger, mais la lourde armoire forte la plaquait au sol.

« Marco, tu peux m'aider ? demanda-t-elle d'une voix rauque, incapable de tourner la tête.

— Je n'arrive pas à me libérer », répondit-il en hurlant.

Évidemment, *j'ai tout fait pour que ça soit impossible,* pensa Anna. Elle se concentra sur la respiration. Elle bougea les jambes, remua les orteils. Son dos n'était pas brisé. C'était déjà ça. Elle n'entendait rien d'autre que le mugissement du vent dehors, et comme un faible grésillement. Pourquoi Jackie avait-il abandonné ?

Quelque chose de froid glissa sous son ventre. De l'eau.

Maintenant, elle comprenait d'où venait ce grésillement : c'était le bruit de la mer qui s'infiltrait dans le baraquement.

Un autre bruit traversa les cloisons. Un grondement de basse. La baraque trembla, puis elle bascula sur le côté. Quand l'armoire forte bougea, les étagères entrèrent douloureusement dans le dos d'Anna. Sous l'action de l'eau de mer qui s'infiltrait dans le baraquement, la gravité entraînait l'armoire vers le bas. Les doigts trouvèrent une saillie dans le mur pour s'y accrocher tandis que l'armoire forte glissait par-dessus elle.

Le bruit du frottement du métal contre le plastique.

Le dos de la jeune femme fut soulagé d'un poids.

Marco poussa un cri.

Elle se redressa sur les genoux, sur ce sol en pente, et vit que Marco était coincé derrière l'armoire forte qui avait glissé dans la partie profonde de la baraque. L'eau qui s'infiltrait par une fissure dans le sol clapotait déjà sur le côté de l'armoire.

Anna lâcha la saillie et se laissa glisser vers Marco. Pataugea dans l'eau de mer. Désormais, seul le sol en plastique maintenait la baraque au-dessus de l'eau.

« Je n'arrive pas à me libérer. »

Paniqué, Marco tirait sur le ruban adhésif qui l'attachait à l'établi. Elle fit le tour de l'armoire avec de l'eau jusqu'aux genoux, s'empara du bout qui dépassait et poussa. L'armoire bougea un peu, mais dès qu'Anna lâchait prise elle revenait coincer Marco.

Le baraquement s'inclina encore plus. La mer entra à flots.

Une longue étagère se détacha et glissa vers Anna. Elle heurta le bout de l'armoire à armes et la fit pivoter. Libérant Marco mais coinçant cette fois Anna contre le mur. Elle tenta de se libérer mais l'étagère ne voulut rien savoir. Était-ce ainsi qu'elle allait mourir ? Noyée dans une minable resserre en plastique ? Elle regarda autour d'elle, tous les outils étaient tombés dans l'eau. Il lui fallait un couteau ou une scie. La panique montait en même temps que le niveau de l'eau.

Elle ferma les yeux et répéta son mantra. Encore et encore, jusqu'à ce que le sentiment de contrôle revienne. *Regarde ce qui est vraiment là, Anna*. Elle rembobina sa mémoire. Jusqu'à la première fois où elle était entrée dans la baraque. Elle vit des boîtes jaunes, des tournevis, des clés à mollette, des haches, des pistolets à clou et des vrilles à glace accrochés aux murs. Des pièces de moteur et des tuyaux. Le parachute dans un filet. Deux fenêtres supplémentaires. Un traîneau pour Sunzi. Un pneu de rechange. L'armoire forte qui avait été fracturée. Elle fit avancer le souvenir jusqu'à voir ce qu'il y avait par terre devant le placard. Un cadenas scié.

« J'ai une scie à métaux ! »

Marco la fixa avec des yeux écarquillés.

« Où ça ?

— Dans une de mes poches. Tu vas pouvoir scier l'adhésif avec. »

Il se pencha en avant et tendit un bras. Il tâtonna dans l'intervalle entre l'étagère et le corps de la jeune femme, trouva la poche sur la hanche et y plongea la main. Des étincelles jaillirent du plafond. La lumière s'éteignit. Elle entendit Marco gémir dans le noir. Sentit ses doigts qui cherchaient à tâtons.

« Je l'ai. »

Un objet dur fut retiré de sa poche. Dans l'obscurité, elle entendit le crissement de la matière de la combinaison de Marco quand il bougeait. Puis le bruit du métal contre le plastique. Il commençait à scier.

Sunzi aboyait à tout-va dehors et se jetait contre la porte de la baraque. Un craquement sinistre de glace qui se brisait emplit les ténèbres. Anna sentit la pression de l'étagère sur son ventre s'intensifier lorsque le baraquement se renversa et que l'eau de mer se déversa sur son visage.

« Bordel ! »

Elle eut tout juste le temps de jurer avant que l'eau de mer ne recouvre sa tête. L'obscurité liquide lui comprima les yeux. L'eau de l'océan s'engouffra dans son nez. *Tu as le bonjour de la glace. Nous t'attendions.*

La pression sur son ventre cessa subitement. Des doigts se refermèrent sur sa main. L'attirèrent. La sortirent de l'eau. Anna reçut le souffle chaud de Marco sur le visage. Il l'entraîna avec lui jusqu'à la partie la plus haute du baraquement et se jeta contre la porte.

« Il n'y a pas moyen… je n'arrive pas à ouvrir la porte », gémit-il.

Elle passa devant lui et pesa sur la porte, elle aussi. Tous deux luttèrent contre cette force invisible qui la maintenait fermée.

« Allez… maintenant ! » dirent-ils en se jetant contre la porte en même temps. Elle céda.

Des morceaux de glace et des flocons de neige coupants frappèrent leurs visages lorsque l'océan glacial arctique entra à flots. La mer se saisit d'Anna, des doigts glacés se glissèrent dans la combinaison de survie. Elle se débattit pour nager à contre-courant. Par la porte ouverte, elle entrevit la lumière d'une baraque briller sur le bord de la faille. Le niveau de la mer monta rapidement jusqu'au toit. Le baraquement coula. La glace à la surface de l'océan s'ouvrit, découvrant des dents pareilles à celles d'une scie. Qui souriait à la jeune femme.

Toi, enfin.

69

Anna coula.

La mer emplit sa combinaison, et le froid sur sa peau était coupant comme des lames de rasoir. L'océan exerçait une forte pression sur les tympans. Elle souffla machinalement de l'air par le nez pour équilibrer les choses.

Ses pieds rencontrèrent quelque chose de solide, elle se recroquevilla et poussa vers l'avant. Le coup de pied projeta son corps à travers l'eau vers la porte. Une douleur aiguë au coude. Marco la tira de l'eau. Cela lui fit mal aux poumons quand elle expulsa la dernière bouffée d'air par la bouche. Dans une vision floue, elle aperçut des bulles d'air monter devant son visage. Les ténèbres liquides s'épaissirent. Elle était incapable de bouger les bras, ils étaient paralysés par le froid.

Pourquoi as-tu si peur ?

Oui, pourquoi ? Au fond, elle était là où elle avait souhaité être depuis si longtemps. Elle pensa à la veilleuse funéraire qui brûlait sur la banquise à des dizaines de kilomètres de là. Si le blizzard n'avait pas déjà étouffé la flamme. Le souvenir de Yann serait emporté par les glaces flottantes jusqu'au pôle Nord et au-delà. Le banc de glace atteindrait l'océan. Les eaux chaudes trouveraient une fissure et entreraient de force dans la glace. La briseraient en morceaux plus petits. La veilleuse flotterait jusqu'au large. La mer pénétrerait en grignotant dans les entrailles de la neige gelée. Même la glace ancienne, durcie pendant des décennies, se mettrait à fondre. S'emparer de la veilleuse funéraire serait chose aisée. Elle sombrerait dans les profondeurs de l'océan.

Je t'attendrai là, en bas, Yann.

Elle laissa ses bras pendre de son corps, sans force. Ouvrit la bouche et sentit le goût du sel. Déglutir et laisser l'eau trouver le chemin des poumons. Mais d'autres bras la saisirent par la taille. Elle commença à remonter, de plus en plus vite, jusqu'à ce que la tête crève la surface de l'eau.

Elle aspira l'air dans un grand halètement, essaya de crier, mais sa bouche refusa de lui obéir. Marco était déjà sur la banquise, mais la lourde combinaison entraînait la jeune femme vers le bas.

Marco s'étendit de tout son long et saisit la combinaison d'Anna par la capuche. Elle tenta de l'aider, mais ses bras étaient comme de la gelée, sans force. Une autre tête entra dans son champ de vision. Les crocs de Sunzi se plantèrent fermement dans le tissu de la capuche, et, en unissant ses forces à celles de Marco, le chien tira Anna hors de l'eau.

La mer relâcha sa proie à contrecœur.

Allongée au bord de la faille, la jeune femme essaya de reprendre son souffle, mais le froid la fit tousser. La neige se collait sur son visage. Elle claquait des dents et elle avait des problèmes pour voir clair.

Un bras tordu ondula vers elle, c'est à peine si elle remarqua que Marco saisissait quelque chose sur sa poitrine. La pression du froid glacial se relâcha. Elle sentit la neige gratter sa peau nue quand Marco la sortit de la combinaison pleine d'eau et l'entraîna un peu plus loin dans la poudreuse.

Il la lâcha et elle resta allongée dans ses sous-vêtements mouillés. Sunzi aboya et lui lécha le visage. La langue râpeuse du chien répandit de la chaleur une seconde avant que le froid ne revienne. Des frissons glacés successifs provoquèrent des mouvements convulsifs. La glace s'insinuait dans son corps, par en haut et par en bas. De l'intérieur et de l'extérieur.

Je te tiens maintenant.

C'est tout juste si elle enregistra que Marco passait devant elle avec un objet dans les mains. Elle tenta de tourner la tête pour le suivre des yeux, mais ses muscles refusèrent d'obéir. Une odeur forte se répandit que ses sens anesthésiés n'arrivèrent pas à identifier. Puis elle entendit une explosion et un vent chaud lui effleura le dessus de la tête.

Marco cria quelque chose d'incompréhensible pour ses oreilles glacées. Elle sentit qu'il la saisissait et la relevait. Anna vit de la lumière dans l'obscurité. Des flammes sortaient par la fenêtre d'une baraque.

La chaleur la frappa au visage. Fit fondre son maquillage de glace. Fit fondre son cerveau. Délicieusement. Elle voulait dormir.

« Anna… tu m'entends ? Regarde-moi ! »

Elle vit Marco juste devant elle. Sentit ses mains sur le côté de la tête.

« Il faut que tu enlèves tes vêtements mouillés, sinon tu vas geler à mort. »

Elle voulut obéir, mais ce fut impossible. Marco la saisit et fit passer les sous-vêtements par-dessus la tête. Ce fut tout juste si elle arriva à soulever suffisamment les pieds pour qu'il puisse lui ôter son legging trempé.

Nue, Anna resta pelotonnée devant le baraquement en flammes, serrant le corps de Sunzi contre elle. Marco courut jusqu'à sa baraque et en ressortit avec des sous-vêtements, des pantalons et des blousons. Il l'habilla comme un petit enfant tandis qu'elle laissait l'incendie la réchauffer. Les flammes jaillissaient des murs du baraquement et le rougeoiement dans les fenêtres le faisait ressembler à une énorme tête de citrouille sculptée. Le feu illumina la base jusqu'à ce que la baraque s'effondre et devienne un accordéon incandescent entouré de fumée noire et blanche.

Lorsque la dernière flamme s'éteignit et que le baraquement ne fut plus qu'un creux noir dans la glace, Anna se leva. Sa tête lui faisait un mal de chien, des plaies profondes avec des croûtes sanglantes entouraient ses poignets, mais cela faisait bien des années que son corps n'avait pas été aussi chaud. « Mer... merci beaucoup, Marco. »

Il esquissa un sourire et haussa les épaules. Le petit homme paraissait énorme sur la glace.

« Tu m'as sauvé la vie, alors maintenant on est quittes », dit-il.

Elle voulut ajouter quelque chose mais fut prise d'une quinte de toux. Des rouleaux de fils barbelés lui écorchèrent la poitrine.

« Comment t'as allumé ? finit-elle par dire.

— Grâce à ton bateau, il avait un réservoir de gazole supplémentaire. »

Anna se retourna. Ça ne soufflait plus autant, la tempête était enfin en voie de régression. Elle remarqua que le pick-up de Marco avait disparu. Et plus trace de Zakariassen.

Une large faille avait taillé son chemin dans la glace juste devant l'aéroglisseur et se terminait dans le trou laissé par l'atelier. Le traîneau et des tuyaux en plastique flottaient sur la mer. Le grondement des plaques de glace qui se fracassaient les unes contre les autres s'entendait encore, mais à plus longue distance.

Marco regarda autour de lui, à son tour.

« Qu'est-ce… qu'est-ce qu'on va faire maintenant ? » demanda-t-il.

Anna se retourna et regarda vers l'obscurité en dehors d'Isdragen. Jackie avait probablement pris le pick-up pour se rendre jusqu'à un endroit où l'hélicoptère, en route, viendrait le récupérer, mais Zakariassen n'aurait jamais abandonné Anna. Jackie devait l'avoir emmené de force.

Marco et elle étaient en sécurité à Isdragen. Si la banquise venait à se briser au point que l'océan engloutisse la base entière, l'aéroglisseur flotterait encore. Boris avait été averti. Les hélicoptères russes viendraient dès que les conditions le permettraient. À l'abri du vent et avec des vêtements secs, ils s'en sortiraient jusqu'à l'arrivée des secours. Elle aspira une grande goulée d'air froid, recroquevilla ses orteils dans ses chaussures et sentit la chaleur tiède. Elle se tourna de nouveau vers Marco.

« Ce qu'on va faire maintenant… c'est retrouver Jackie. »

70

Anna n'avait pas besoin de GPS pour retrouver Jackie et Zakariassen. Les traces de roue étaient encore visibles dans la neige.

Marco alla chercher deux sacs de couchage, plusieurs pelles, des boîtes de nouilles et trois Thermos de boisson chocolatée qu'il avait réchauffées dans le four à micro-ondes de la cantine. Au pôle Nord, le temps changeait parfois si vite qu'on pouvait mourir de froid à cinquante mètres des secours. Anna ajouta des fusées de détresse supplémentaires.

Tandis que Marco faisait les paquets, elle entra dans la pièce sous la tour. Elle arracha les fils qui reliaient l'ordinateur à la mine au fond de l'océan, éteignit l'appareil et regarda autour d'elle dans le local. L'explication était ici, elle en était sûre désormais. L'endroit le plus important n'était pas la salle aux hommes de glace, à côté. Les chercheurs s'étaient réunis ici, tard dans la soirée. Même ceux qui n'étaient pas de permanence s'étaient penchés par-dessus les épaules des hommes devant les écrans des ordinateurs parce que quelque chose d'important se passait.

Ici.

Sous le trou dans la glace.

Quelque chose de plus que les volcans et la mine. Elle regarda l'ordinateur. Qu'allait-elle en faire ?

Lorsqu'elle ressortit, le vent s'était mué en brise légère, mais il neigeait davantage. Marco retenait Sunzi qui visiblement n'avait pas d'autre idée en tête que de tirer le traîneau. Ils laissèrent le chien les guider sur la banquise.

La dernière chose d'Isdragen que vit Anna fut le dragon peint sur la tour. Blême et anémique, l'animal fabuleux la regardait partir d'un air découragé.

« C'est Jackie qui a peint le dragon, dit Marco. Il disait toujours qu'il était l'homme-dragon.

— L'homme-dragon… ça veut dire quoi ? demanda Anna.

— Je croyais qu'il plaisantait. Jackie disait aussi qu'il se ferait tatouer un dragon quand l'expédition serait terminée. En souvenir de son père. Je n'ai jamais compris pourquoi, en fait. »

Anna entendait la neige et la glace crisser sous ses pieds. Elle glissa un gant sous la corde de l'arc qu'elle portait sur le dos. La tendit un peu et entendit le son creux lorsque l'arc cogna contre le carquois avec les flèches.

« Est-ce que tu sais ce que faisait Jackie avant de venir ici ?

— Je te l'ai déjà dit, il venait de Mongolie intérieure, il bossait dans une usine à Baotou… à extraire des minéraux. Il détestait le boulot et la ville. »

Un rire bref échappa à Marco.

« Remarque, je le comprends, Baotou, c'est l'enfer sur Terre.

— Et moi qui croyais qu'en Mongolie il n'y avait que des chameaux et de belles montagnes…

— Il y a peut-être des endroits comme ça… Je n'ai jamais été en Mongolie, mais j'ai vu des photos de Baotou. Les usines répandent un tas de produits chimiques dans le sol pour extraire des minéraux rares. Ensuite, ils lavent les produits chimiques dans un lac en plein milieu de la ville. Tous les animaux ont fui, et les plantes sont mortes à plusieurs kilomètres alentour.

— Ça a l'air horrible. Comment font les gens pour vivre là-bas ?

— C'est à cause du fric. L'argent, c'est la seule chose qui pousse à Baotou.

— Je vois... Tu crois que c'est vrai ce que Jackie disait... qu'il y a ici des minéraux qui valent une fortune ?

— Peut-être... je ne sais vraiment pas, répondit Marco en haussant les épaules. Tu sais, c'est vrai ce que je t'ai dit : on ne m'a jamais raconté grand-chose sur ce que les scientifiques faisaient. Ils se contentaient de me dire ce qu'il fallait visser ou dévisser. »

Il s'arrêta brusquement.

« J'ai postulé pour ce boulot au pôle Nord parce que je voulais vivre une expérience passionnante. Quel imbécile ! Quand je pense qu'en ce moment je pourrais être dans mon atelier à Shanghai, à raconter des conneries avec mes potes et à manger de bonnes nouilles. Ou bien aller au ciné avec ma copine. »

Il se prit la tête dans les mains et poussa un gros soupir en tremblant.

« C'est terrible... qu'est-ce que je vais dire à la femme de Fu ? Elle attend un fils dans deux mois. Ce pauvre gosse ne connaîtra jamais son père. »

Marco se mit à pleurer. Anna tendit les bras et posa une main sur son épaule. Elle aurait aimé trouver quelque chose d'intelligent à dire.

Sunzi jappait et tirait sur sa longe. Marco leva la tête et lui lança quelques mots bien sentis en chinois. De fait, le chien se calma.

Marco resta là un moment, puis se ressaisit et tira sur le harnais ; Sunzi donna un coup de collier et se mit à tracter le traîneau. La glace crépitait comme si les patins la rendaient électrique. Ils glissaient silencieusement et s'enfonçaient toujours plus loin dans les ténèbres. Les traces de pneu dans la neige devinrent plus nettes. La voiture n'était plus très loin. Quelques minutes plus tard, Anna sentit une odeur d'eau salée. Une faille, si récente que la mer n'avait pas encore eu le temps de geler de nouveau, barrait le chemin devant eux. Ils furent contraints d'abandonner les traces de roue et de longer la fissure dans la glace jusqu'à ce que la crevasse se rétrécisse suffisamment pour qu'ils puissent la franchir. Quand ils retrouvèrent les traces de pneu, Anna s'arrêta. À la lumière de sa lampe frontale, elle constata que seule une mince couche de neige recouvrait les empreintes des roues. Ils étaient très proches désormais.

Elle fit passer son arc par-dessus son épaule. Tendit la corde, la relâcha et sentit l'arme vibrer dans ses mains. Dans le carquois, elle disposait de dix flèches à pointe d'acier. Marco donna une boîte de nouilles à Sunzi et lui parla tout bas dans son oreille velue. L'animal jappa deux ou trois fois avant d'avaler les nouilles en deux bouchées et de se calmer.

Anna ôta la bâche du traîneau et montra du doigt le pistolet lance-fusées. La seule arme que Jackie avait laissée derrière lui. Elle avait essayé de retrouver la kalachnikov qui se trouvait dans le pick-up de Marco, mais une faille dans la banquise avait englouti l'arme.

« Si tu dois tirer, ne le fais pas avant que ce soit à bout portant. »

Marco regarda le pistolet d'un air inquiet.

« Jackie a plein d'armes, pourquoi le poursuit-on ?

— Parce que je ne veux pas que ce salopard s'en sorte après ce qu'il a fait. Si Jackie arrive à convaincre ceux pour qui il bosse que tu es derrière les meurtres d'Isdragen, ils viendront jusqu'ici sur la banquise pour te descendre, Marco. Ou te livrer à la Chine, ce qui revient au même, d'après moi. Je doute que tu aies les moyens de te payer l'avocat qui te fera acquitter quand toutes les preuves gisent par trois mille mètres de fond.

— Voilà de sages paroles, je ne suis pas riche, en effet, admit Marco avant d'ouvrir le pistolet lance-fusées pour vérifier que la cartouche unique était bien dans la chambre.

— Mais on a un petit avantage, Jackie croit qu'on s'est noyés dans la baraque. Je parie que c'est pour ça qu'il a fichu le camp si vite. Faut sûrement qu'il atteigne une certaine position dans un délai donné pour qu'on vienne le récupérer. »

Anna attacha la corde de Sunzi autour d'un bloc de glace. L'animal jappa d'un air mécontent, mais elle ne pouvait pas courir le risque de l'emmener plus loin. Elle passa les mains dans sa fourrure, appuya sa tête contre la grosse tête du chien et chuchota quelques mots à son oreille.

« Faut que tu attendes ici, mais on reviendra te chercher, Sunzi. »

Le husky eut le droit de lui lécher copieusement la figure avant qu'elle le laisse et suive Marco sous les chutes de neige vers la position de la voiture.

La neige qui tombait tout droit atténuait tous les bruits. C'était comme voyager dans un pays où le volume était diminué de moitié. La lassitude s'empara du corps douloureux d'Anna qui s'efforçait de concentrer ses pensées sur Zakariassen. Elle n'avait trouvé aucune trace de sang à l'endroit où Jackie avait tiré sur le professeur. Donc ce crétin était en vie. Elle essaya de recharger ses accus en se montant la tête contre lui, mais elle n'y parvint pas. Le vieux savant s'était fait avoir. Il ne voulait que faire le bien. Croyait faire une bonne action pour la paix dans le monde. Ses pensées glissèrent jusqu'à la seule véritable engueulade qu'ils avaient eue.

C'était la fois où Zakariassen avait raconté que la société pétrolière norvégienne d'État Equinor était le plus gros sponsor de l'expédition Fram X.

« Je croyais qu'on allait sauver le pôle Nord, pas le détruire, avait dit Anna dont les sangs s'étaient échauffés après le petit verre d'eau-de-vie que le professeur lui avait versé pour fêter leur premier samedi sur la banquise.

— Oui, et qu'est-ce que ça peut bien faire, d'ailleurs, si quelqu'un se lance dans le forage pétrolier ici ? s'était-il emporté. Si ce n'est pas nous autres… les Norvégiens… qui trouvons du pétrole ici, d'autres viendront le faire à notre place. Les Russes, les Canadiens ou les Danois. Comme ça, ils pourront prendre leur revanche puisqu'ils prétendent qu'on leur vole le pétrole du Cattégat.

— Toi qui es un scientifique, tu n'es pas censé protéger la nature ? » avait-elle rétorqué, piquée au vif.

Anna avait eu envie de cet affrontement. De quelque chose qui l'arrachait à l'engourdissement et lui faisait se sentir encore en vie.

« L'expédition Fram X a pour objectif de faire des recherches sur les changements intervenus au pôle Nord. Nous ne pouvons pas empêcher la glace de fondre, personne ne le peut, avait dit le professeur avec une expression boudeuse. Il y a sept milliards d'habitants sur Terre qui ont besoin d'énergie. Nous, les chercheurs, nous pouvons les y aider. En tant qu'adulte, il doit être possible d'avoir deux pensées dans la tête en même temps. » Il avait regardé la banquise noire comme de la poix par la fenêtre et hoché lentement la tête, comme pour souligner qu'il était d'accord avec son propre raisonnement.

« Si le pôle Nord fond, ce sera certes très regrettable, mais cela ouvrira aussi une foule de nouvelles perspectives. Par exemple, un cargo partant de Chine rejoindra beaucoup plus vite les ports européens qu'en passant par le canal de Suez ou en faisant le tour par la corne de l'Afrique. Et les cargos, ça pollue beaucoup plus que les voitures, tu sais.

— Tu crois que l'ours polaire y arrivera ? avait-elle riposté. À avoir deux pensées dans la tête en même temps ? "Mes petits meurent de faim, mais c'est une bonne chose… pour le reste du monde" ?

— De nombreux êtres humains meurent de faim également, et en beaucoup plus grand nombre que les ours blancs dans le monde. Je ne peux rien y faire non plus. »

Ils avaient échangé encore des amabilités jusqu'à ce que finalement Zakariassen ne s'installe ostensiblement devant son ordinateur pour signifier que la discussion était close. Mais le tempérament qui bouillonnait chez Anna lui avait fait du bien. Pour un temps. Jusqu'à ce qu'elle ne puisse plus lutter contre le sommeil. Jusqu'à ce que le cauchemar ne revienne.

Elle s'arrêta net sans tout d'abord comprendre pourquoi. Puis elle découvrit que Marco se tenait immobile à quelques mètres devant, avec un bras en l'air.

« Là », chuchota-t-il.

Une lumière rouge brillait à travers la neige qui tombait.

71

Une flèche sur la corde de son arc, Anna s'avança vers la lumière rouge.

Une bourrasque soudaine écarta le rideau neigeux et dévoila la voiture. Le pick-up rouge piquait du nez dans la glace. La lumière des phares clignotait de façon bizarre. Le plateau arrière pointait vers le haut. Anna fit signe à Marco, puis courut jusqu'à être à hauteur du véhicule, l'arc prêt à tirer.

Le pick-up avait tout l'avant engagé dans une faille. La mer et les plaques de glace clapotaient contre le capot, avec l'éclairage des phares par en dessous.

Anna se retourna sans lâcher sa flèche pour autant. Elle scruta les ténèbres et la neige qui tombait lentement, mais pas de Jackie ni de Zakariassen en vue.

Un raclement. Le métal qui glissait sur la neige et la glace. Le pick-up plongea un peu plus dans l'eau. La mer prit une teinte bleu verdâtre à l'endroit où les phares de la voiture se reflétaient sur la glace, sous l'eau. Anna aperçut alors une tête derrière le pare-brise. Un nez pointu. Des cheveux gris. Le professeur était assis sur le siège avant du véhicule.

Elle fit de nouveau signe à Marco. Montra du doigt l'autre côté de la cabine. Il tint le pistolet lance-fusées à bout de bras et s'élança. Le regard de la jeune femme allait de la voiture à la glace devant ses pieds. La neige fraîche pouvait dissimuler d'autres failles. Elle s'arrêta à un mètre de la voiture.

« Tu vois quelque chose ? » cria-t-elle à Marco qui se trouvait maintenant de l'autre côté.

Il appuya le pistolet lance-fusées contre la fenêtre et colla son visage contre la vitre.

« Non, rien que lui. »

Zakariassen était affalé sur le volant. L'eau de mer clapotait paresseusement autour de lui.

« Daniel, tu m'entends ? »

Il ne réagit pas. Anna tendit un bras vers lui, mais de là où elle se trouvait, au bord de la faille, elle ne pouvait atteindre que la portière arrière de la cabine.

« Fais le guet, Marco, il faut que je le sorte de là. »

Anna se débarrassa de son arc, le jeta dans la neige et s'accrocha à la portière. Verrouillée.

« Daniel… Daniel ! Tu m'entends ? Réveille-toi, bon sang ! »

Elle tapa fort avec la main contre la vitre. De derrière, elle vit deux petits trous dans le pare-brise. C'étaient deux impacts de balle. Quelqu'un avait tiré depuis l'intérieur de la voiture.

Elle s'aperçut tout à coup que Zakariassen bougeait la tête.

« Daniel, c'est moi… Anna ! Je suis ici pour te sortir de là ! »

Elle continua à cogner contre la vitre tout en criant, dans l'espoir d'attirer son attention. Même si le professeur avait sa combinaison de survie sur lui, elle pouvait être emplie d'eau. Dans ce cas, le refroidissement altérerait rapidement ses sens.

« Je vais te sortir de là, Daniel, mais il faut que tu m'aides… faut passer sur le siège arrière pour que je puisse t'atteindre. » Tout en essayant d'attirer l'attention de Zakariassen, son regard dérapait constamment vers le paysage plongé dans l'obscurité. Si c'était encore un piège de Jackie, il n'allait pas tarder à se montrer.

Daniel contorsionna le haut de son corps jusqu'à ce qu'il la voie. Il avait perdu ses lunettes, ses yeux clignaient, d'un air désorienté. La peau était blême, presque aussi blanche que la neige. Il toussa.

« Est-ce que c'est toi… vraiment toi, Anna ?

— Oui, c'est moi, Daniel, maintenant faut que tu m'aides. Viens par ici et déverrouille la portière pour que je puisse te tirer de là. Tu comprends ? Tu vas y arriver ?

— Anna, je suis si las… j'ai tout fait foirer, putain… mais j'ai essayé d'arrêter Jackie. J'ai essayé de faire demi-tour pour revenir te sauver, Anna… j'ai vraiment essayé. »

Il ne donnait pas l'impression de vouloir bouger.

« T'es blessé, Daniel ? cria Anna pour être sûre qu'il l'entende.

— Dis à ton père… dis à Johannes que je n'avais pas l'intention de faire quelque chose de mal, dit-il d'une voix lointaine, assourdie par la fenêtre de la voiture. Je voulais juste aider.

— T'en parleras toi-même à papa, Daniel, maintenant tu dois venir me rejoindre. »

Un bruit de glace broyée se fit entendre, le pick-up fut ébranlé et glissa vers l'avant. Anna dut lâcher la portière à côté de laquelle elle se trouvait, il lui fallut faire un pas en arrière pour ne pas être entraînée. Le véhicule s'arrêta lorsque les deux énormes roues arrière se bloquèrent sur le rebord de la faille. Désormais, toute la cabine était plongée dans l'eau, il était impossible d'accéder aux portières.

Sans réfléchir, Anna grimpa sur la jante, s'agrippa d'une main au plateau arrière et se hissa. Une fois sur le plateau, elle cogna du poing sur la vitre arrière.

Zakariassen était toujours derrière le volant. La mer rentrait à travers les trous dans le pare-brise et le professeur avait de l'eau jusqu'à la poitrine. Elle cogna de nouveau du poing contre la vitre arrière qui ne cédait pas. Elle leva une jambe et donna un coup de pied dedans. Rien ne se passa. Elle recommença. La voiture oscilla sous ses pieds, mais la fenêtre tint bon.

« Putain ! »

Elle prit son élan, sauta contre la fenêtre, les deux pieds tendus en avant. Elle sentit la vitre céder quand les chaussures l'atteignirent de plein fouet, avant de retomber sur le plateau arrière. Elle roula rapidement sur elle-même et se remit debout. La vitre arrière était brisée, mais les morceaux de verre tenaient encore ensemble à cause de la colle de stratification à l'intérieur du verre de la fenêtre.

« Daniel, j'arrive ! »

Elle donna des coups de pied désespérés dans le verre. À chaque coup, les chaussures défonçaient davantage la structure. Le joint qui maintenait le tout en place céda à son tour, le caoutchouc s'enroula, la vitre entière s'effondra et tomba dans la cabine.

Anna balaya les morceaux de verre qui s'accrochaient encore au bord et passa les bras par l'ouverture, en direction du vieil homme. L'odeur âcre de l'eau de mer lui monta aux narines.

« Daniel, tu m'entends ? Retourne-toi, passe par-dessus les sièges et viens vers moi. »

Quand elle se pencha plus loin dans la cabine, le pick-up bascula vers l'avant. Zakariassen réagit enfin. Il se retourna lentement ; l'eau de mer clapotait doucement autour de la combinaison comme si elle était en train de geler.

« Puis-je te demander un service, Anna ? dit-il d'une voix à peine audible.

— Tout ce que tu voudras, Daniel, donne-moi juste ta main, s'il te plaît.

— La vérité, c'est que je ne suis pas venu au pôle Nord pour faire des recherches sur la fonte des glaces, ni pour trouver du pétrole ou des minéraux. Il y a des millions d'années de cela, une météorite est tombée ici, c'est elle que je cherchais… c'est pour cela qu'il est si facile de trouver des minéraux ici même. Quand la météorite est tombée, les couches géologiques ont été complètement inversées. Si je l'avais trouvée, j'aurais pu la baptiser Solveig, ça lui aurait plu. »

Le vieil homme toussa à fendre l'âme.

« Une idée à la con, maintenant il n'en restera plus rien.

— Si, bien sûr, Daniel, il en restera quelque chose. On va la trouver, ta météorite… donne-moi juste ta main maintenant, ensuite je te sortirai de là. »

Anna se pencha encore plus à l'intérieur par l'ouverture de la fenêtre, mais Zakariassen resta assis sur le siège avant.

Il toussa de nouveau. Éleva la voix.

« La sœur de Solveig vit à Londres, à Hampstead… il y a un joli parc là-bas où nous avions l'habitude de nous promener. Les Anglais ont une belle tradition… on peut acheter un banc du parc et faire graver son nom sur un écriteau. Pourrais-tu faire cela pour moi, Anna ? Faire installer un banc dans le parc d'Hampstead en souvenir de Solveig et de moi ?

— Tu n'auras pas besoin de moi pour ça, allez, donne-moi juste la main, que je te tire de là en moins de deux ! »

Anna tendit son corps au maximum, mais remarqua que le transfert de poids faisait glisser le pick-up encore plus loin dans la faille. Il lui fallut se pencher en arrière pour enrayer la progression, mais elle en perdit l'équilibre sur le plateau glissant et tomba.

Le plateau de chargement fut chahuté. Les roues arrière perdirent l'adhérence et la voiture se mit à glisser par-dessus le rebord de la faille. Anna se remit debout sur le plateau qui tanguait.

« Daniel ! Donne-moi la main, putain de merde ! »

La mer avait envahi la cabine. L'eau était montée jusqu'à la tête du professeur. Il ne bougeait pas. Les yeux étaient fermés, comme s'il dormait.

« Daniel, réveille-toi ! »

Les touffes de cheveux gris disparurent sous l'eau de mer qui désormais s'infiltrait à travers les trous du pare-brise. Anna sentit le plateau se relever presque à la verticale. Elle perdit l'équilibre. Elle se jeta de côté à l'aveuglette, réussit à sauter du pick-up et retomba sur la banquise. Le véhicule glissa dans la crevasse comme un phoque métallique et sombra. L'eau de mer éclaboussa la jeune femme. Elle vit le pick-up refaire surface, se stabiliser puis se balancer sur les eaux agitées. La tête de Zakariassen demeura visible un court instant avant de tomber en avant et de disparaître sous l'eau.

« Daniel !!! »

Elle hurla et hurla, mais il n'était plus là. La seule chose que voyait Anna à présent, c'était une basket verte qui flottait paisiblement au milieu des bulles d'air dans la faille.

72

Anna demeura assise à regarder fixement la crevasse jusqu'à ce que la dernière bulle éclate. Marco se tenait à quelques mètres, sans rien dire. Lorsque la mer redevint brillante et calme, la jeune femme se leva lentement et regarda autour d'elle.

Les traces profondes des roues monstrueuses du pick-up menaient au bord de la faille à travers la neige. Des taches d'huile étaient disséminées sur la banquise là où le dessous de la carrosserie avait raclé. Elle ramassa son arc, alluma sa lampe frontale et se mit à marcher sous la neige tombante en décrivant des cercles toujours plus larges autour des empreintes de pneu. Marco attendit tandis qu'Anna progressait les yeux rivés au sol. Finalement, elle trouva ce qu'elle cherchait.

Des traces de botte. Sans un mot, elle se mit à les suivre. Marco hésita, puis courut derrière elle. Les empreintes menaient dans une zone où les courants océaniques avaient soulevé des blocs de glace aux formes tourmentées. Désormais, les traces de Jackie étaient plus nettes. Cela ne faisait pas longtemps qu'il était passé par là.

Les empreintes les conduisirent entre deux énormes blocs de glace s'appuyant l'un contre l'autre. Anna s'arrêta devant ce tunnel naturel et écouta jusqu'à être certaine que Jackie ne se dissimulait pas quelque part là-dedans. Elle éteignit sa lampe et entra. Le bruit de ses pas était renforcé par l'écho que renvoyait la muraille de glace. Le corridor devint de plus en plus étroit, et Marco dut marcher derrière la jeune femme. Devant elle, elle entrevoyait le paysage glaciaire plongé dans l'obscurité, quand soudain quelque chose la fit s'immobiliser.

Un son.

Un bip comme émanant d'une radio qui se serait égarée entre deux canaux. Elle mit une flèche sur la corde de son arc et vérifia que Marco avait le pistolet lance-fusées à la main, avant de s'approcher du bruit.

À travers le rideau neigeux, elle vit une lumière se déplacer dans le noir. La lumière éclairait le visage de Jackie. Il se tenait en terrain découvert derrière les blocs de glace. La lumière venait de ce qu'il tenait à la main. Cela ressemblait à une radio. Une antenne courte, épaisse pointait en l'air. Il avait le blouson d'Isdragen sur lui. Avec sa radio à la main, il aurait pu passer pour un touriste égaré, s'il n'y avait eu la kalachnikov à ses côtés, dans la neige.

Anna leva son arc lentement. Tendit la corde, respira calmement. Visa juste en dessous du visage éclairé. Vers la poitrine. Jackie était à vingt mètres de distance, et la neige qui tombait dru la gênait pour viser. Un grondement soudain – comme si un batteur s'acharnait avec ses balais sur des cymbales géantes à une cadence infernale – fit se retourner Jackie vers Anna juste au moment où le bout de son doigt lâchait la corde. La flèche lui effleura le visage et se perdit dans les ténèbres. Jackie laissa tomber sa radio et s'empara de son fusil.

Anna se rejeta en arrière contre Marco, si bien que tous les deux tombèrent. Sans la lumière de la radio, c'est à peine si elle arrivait à voir Jackie dans l'obscurité. Le bruit augmenta de volume. Un hélicoptère était à l'approche.

Le martèlement saccadé du fusil automatique couvrit le vrombissement de l'hélicoptère durant les quelques secondes que cela demanda à Jackie pour vider le magasin. Elle sentit une grêle de morceaux de glace s'abattre sur son visage lorsque les coups de feu pulvérisèrent la glace au-dessus d'elle. Les éclairs sortant du canon restèrent imprimés sur sa rétine.

Au moment même où le bruit cessa, elle sauta sur ses pieds. Tout en bondissant, elle tira une nouvelle flèche du carquois sur son dos et la mit sur la corde de l'arc. Elle courut vers Jackie, l'arme levée.

Le rugissement de l'hélicoptère alla crescendo.

Au-dessus de la pointe de flèche vibrante, elle vit Jackie ramper à reculons sur le sol. Elle le tenait désormais. Anna banda l'arc au maximum, elle était sur le point de décocher sa flèche.

Brusquement, tout devint blanc. Une lumière crue venant du ciel l'aveugla, et la flèche partit toute seule. Comme l'hélicoptère s'approchait de la banquise, la jeune femme reçut des pelletées de neige dans la figure. Il était impossible de voir où était Jackie dans ce contre-jour intense. Anna fit volte-face et revint sur ses pas en courant vers Marco qui était toujours par terre.

« Faut qu'on se tire ! »

Elle le remit debout et elle l'entraîna avec elle entre les blocs de glace. Derrière elle, elle entendit des voix. Quelqu'un les appelait.

Anna poussa Marco à l'intérieur du tunnel de glace. Ils avaient presque traversé quand toute la zone au-dehors fut baignée de lumière. Marco trébucha et tomba, et la jeune femme dut sauter par-dessus lui. Elle glissa sur la glace jusqu'à se retrouver à l'extérieur des blocs et au même instant un second hélicoptère atterrit. À la lueur des phares d'atterrissage, elle vit des silhouettes blanches sortir d'un bond par une portière latérale déjà ouverte. Des rayons laser rouges fouillèrent le sol.

Anna se recula, à l'abri sous les blocs de glace, mais les rayons la suivirent. Pareils à des coléoptères lumineux, les lumières vives remontèrent le long des pieds et ne s'arrêtèrent pas avant d'avoir atteint la poitrine.

73

« Ne bougez pas ! cria une voix de basse grave. Levez les bras au-dessus de la tête ! »

Quatre soldats en tenue de camouflage blanche vinrent en courant vers eux. Celui de tête, un homme grand et musclé, le visage dissimulé derrière des lunettes de ski et un masque blanc, pointa un fusil automatique sur la jeune femme.

Elle leva les bras, resta debout, entendit derrière elle le souffle haletant, apeuré de Marco.

« Au sol ! » cria le soldat.

Elle se coucha par terre et sentit des mains lui palper le corps. La douleur parcourut ses poignets lorsque le soldat glissa ses doigts gantés sous la manche du blouson. Elle sentit une autre main se poser sur sa cuisse, ouvrir la poche et en sortir le couteau.

« Debout ! »

Anna obtempéra et vit son propre visage se réfléchir dans les grosses lunettes du soldat qui se tenait juste devant elle. Les trois autres soldats étaient disposés en arc de cercle derrière lui. Tous braquaient leurs fusils automatiques sur elle.

« D'où venez-vous ? »

Le militaire leva la tête et regarda vers Marco pardessus l'épaule d'Anna.

« De la base d'Isdragen… Vous êtes qui ? »

L'homme ne répondit pas.

« Celui que vous êtes venus récupérer est un dangereux meurtrier », continua Anna.

Il l'ignora, se contenta de se retourner vers les autres commandos. Montra l'hélicoptère du doigt. « Faites-les monter. »

Les trois soldats se rapprochèrent.

« Qui sont ces types ? demanda Marco d'une voix tremblante.

— Reste calme, ne résiste pas, répondit Anna. Est-ce que vous pouvez nous dire qui vous êtes et où on va ? dit-elle en essayant de réprimer un violent accès de colère.

— *Ma'am*, faites ce que je dis, s'il vous plaît. Montez à bord de l'hélicoptère. »

Son fort accent du sud des États-Unis ne laissait aucun doute sur le pays d'où venaient les soldats. Une main la poussa dans le dos. Les rotors de l'hélicoptère tournaient toujours et généraient un vent glacial qui frappait de plein fouet le petit groupe.

L'appareil était peint en noir et dépourvu de toute immatriculation. La coque, lisse et aérodynamique, était celle d'un chasseur furtif. Une longue perche dépassait sous les fenêtres du pilote, une perche pour le ravitaillement en vol. En s'approchant, Anna vit l'emblème de l'armée de l'air américaine peint en gris plus clair sur le fuselage. S'arrêtant devant la portière latérale ouverte, elle se retourna vers le soldat qui venait juste derrière.

« Vous nous emmenez où ? »

Il désigna la cabine.

« Montez. »

Le militaire la poussa vers une rangée de sièges tout au fond de la cabine. Anna vit que deux hommes soulevaient Marco pour le faire entrer. On lui ordonna de s'asseoir sur le siège à côté d'elle.

Marco regarda Anna d'un air effrayé.

« Qu'est-ce qui nous arrive ? »

Anna s'efforça de répondre sur un ton optimiste.

« J'en sais rien, mais en tout cas on va quitter cette putain de glace.

— Et Jackie, alors ?

— C'est le problème de quelqu'un d'autre maintenant. »

Elle se détourna de Marco, elle n'avait pas la force d'entendre d'autres questions dont elle ne connaissait pas la réponse. Elle remarqua que les pilotes étudiaient le terrain grâce aux jumelles de nuit fixées sur les casques.

Lorsque le dernier soldat sauta dans la cabine, les pilotes prirent les commandes, le nombre de tours du moteur augmenta et l'appareil décolla lourdement de la banquise.

Pendant quelques secondes, le sol fut éclairé par les projecteurs. Les blocs de glace lançaient des ombres allongées dans toutes les directions. Puis les lumières s'éteignirent et tout devint noir devant le cockpit.

Dans la faible lumière verte du tableau de bord, Anna s'aperçut que les soldats américains n'avaient pas leurs noms ni le drapeau américain sur leurs uniformes. Ce manque d'identification lui apprit qui ils étaient. Elle s'était entraînée plusieurs fois avec d'autres soldats de la même unité dans les marais de Floride. Les Navy Seals américains étaient des soldats d'élite de la marine, spécialement entraînés pour opérer en petits groupes dans les rivières, la mer, les marécages ou le long du littoral de nations ennemies. Exactement comme son ancienne section à elle dans le commandement des Forces spéciales.

Tout à coup, il lui vint à l'esprit qu'ils avaient oublié Sunzi. Elle se tourna vers le soldat assis à côté d'elle. Hurla à pleins poumons pour couvrir le vacarme du moteur : « On avait un chien avec nous, on ne peut pas l'abandonner ! »

L'homme ne parut ni l'entendre ni comprendre ce qu'elle disait. Il se contenta de remonter son fusil d'assaut plus haut sur sa poitrine.

Après avoir essayé de faire passer le même message, toujours en criant, aux soldats assis juste devant elle, elle abandonna et appuya l'arrière de sa tête contre la cloison de la cabine. Elle pensa au husky resté seul dans l'obscurité ; le froid ne le tuerait pas, mais si un ours polaire rôdait dans les parages, il fallait espérer que Sunzi arrive à se libérer du bloc de glace auquel elle l'avait attaché. Un sentiment accablant d'impuissance et de tristesse l'envahit. Elle avait beau essayer de fuir au loin, la mort lui collait toujours aux basques.

Elle se pencha en avant et regarda par la fenêtre latérale. Les feux de navigation blancs et rouges clignotaient. Leur hélico volait en formation serrée avec l'autre appareil où se trouvait Jackie. Pourquoi des soldats d'élite américains lourdement armés avaient-ils fait ce long trajet jusqu'au pôle Nord pour récupérer un espion ? Le seul véritable danger était Jackie lui-même. Elle tenta de se souvenir des paroles de Daniel. Il avait dit que Jackie avait découvert quelque chose, un secret qui était manifestement plus important pour les États-Unis que tous les gens qu'il avait tués. Elle ne parvint pas à aller plus loin dans son raisonnement. Elle s'efforça d'évacuer sa colère sur sa propre impuissance. Qu'aurait-elle pu faire de plus ? La plus grande puissance militaire au monde avait pris la suite. Un soldat solitaire ne signifiait rien.

Daniel était mort. Jackie vivait.

Le monde était un endroit injuste et sanglant.

L'hélicoptère effectua un virage serré. La jeune femme sentit ses fesses décoller du siège lorsque l'engin plongea vertigineusement dans les ténèbres. Dehors, elle vit de la lumière au sol. La balade n'avait pas duré plus de quelques minutes.

La glace n'en avait pas encore fini avec elle.

74

Lorsque l'appareil atterrit, deux soldats descendirent d'un bond. La portière fut refermée aussitôt, mais Anna eut le temps de voir de la lumière à plusieurs fenêtres dans le noir, et elle comprit qu'ils étaient de retour à Isdragen. Elle devina des silhouettes dans la lumière jaillissant des fenêtres des baraquements. Les soldats étaient en train de sécuriser la base.

Les moteurs de l'hélicoptère tournaient encore et insufflaient de la chaleur dans la cabine ; les pilotes n'économisaient pas le carburant, ils avaient sans doute les réservoirs pleins en arrivant. Un avion ravitailleur décrivait probablement des cercles au-dessus du pôle Nord en ce moment même. Peut-être étaient-ils plusieurs. Les États-Unis d'Amérique peuvent compter sur des ressources infinies lorsque le pays décide de quelque chose.

Les deux militaires qui les surveillaient, Marco et elle, s'étaient placés chacun d'un côté de la portière. Un instant Anna se demanda si elle pourrait retourner contre eux ce que des instructeurs des Seals en Floride lui avaient appris sur le combat dans un petit espace. Mais un coup d'œil sur celui qui était le plus près lui fit abandonner cette idée. Le jeune soldat ne perdait pas de vue le moindre de ses mouvements et avait les deux mains sur son arme. Un fusil automatique Heckler & Koch avec une lunette de visée puissante et une béquille dépliée sous le canon. Un tireur d'élite au pôle Nord.

Anna regarda Marco. Il était assis, la tête penchée sur sa poitrine. Aussi incroyable que cela puisse paraître, il avait réussi à s'endormir. Elle ressentit sa propre lassitude, s'appuya en arrière contre le capitonnage de la cloison de la cabine. Ferma les yeux et tenta de faire en sorte que le ronronnement régulier des moteurs chasse toutes ses pensées.

Elle vit Yann Renault avant qu'il ne l'aperçoive, dans un coin isolé, tout au fond du bar.

Le médecin français était vêtu d'une chemise blanche avec, autour du cou, le badge d'accès à la conférence à laquelle il participait. Plusieurs femmes et hommes le suivirent du regard lorsqu'il passa devant le comptoir. Quand Yann la vit enfin, son visage s'illumina d'un grand sourire. Il s'avança et l'embrassa sur les deux joues. Anna se sentit étrangement fière.

« Comme tu es belle, dit-il.

— Merci. »

En entrant dans le bar, c'est à peine si Anna s'était reconnue dans la glace de la porte d'entrée. Vêtue d'une robe rouge qu'elle venait d'acheter, et ses cheveux cascadant sur les épaules. À son cou pendait un bijou de famille qu'elle portait rarement. Quatre pièces d'un kopeck, datant de l'Empire russe, montées sur une chaîne en argent. Elle avait même acheté de la crème teintée pour essayer de lisser la différence de bronzage laissée par l'uniforme sur ses bras nus. Elle n'avait pas souvenir de la dernière fois où elle avait consacré autant de temps à s'apprêter.

« Comment va Sadi ? demanda-t-elle, ne sachant pas trop comment devait commencer leur rendez-vous.

— À merveille. Il m'a prié de te passer le bonjour et il se demandait si tu pourrais lui acheter des tétines neuves la prochaine fois que tu viendras en visite. Il arrive à perdre les siennes dans les endroits les plus mystérieux.

— Il ne devrait pas arrêter bientôt la tétine ? »

Les pattes-d'oie au coin des yeux de Yann se plissaient quand il souriait.

« Ça, il faudra que tu lui en parles toi-même, moi, je n'ose pas aborder le sujet. Sadi est un petit bonhomme doté d'une forte personnalité. » Son regard se porta sur le verre en cristal qui se trouvait devant Anna. La lumière d'un spot juste au-dessus tombait sur la boisson aux reflets mordorés.

« Qu'est-ce que tu bois ?

— D'après le barman, c'est le cocktail le plus vendu dans le monde. »

Elle leva le verre vers lui.

Yann saisit le bâtonnet à cocktail et porta à son nez le zeste de citron entortillé autour d'une baie rouge vif.

« Sucre, bourbon, une touche d'Angostura, disons un vrai Old Fashioned ?

— Tu n'es jamais pris en défaut ? »

Le rire du médecin fit se retourner plusieurs personnes.

« Je t'ai pourtant dit que j'ai grandi dans un hôtel, non ? Chaque jour après l'école, je faisais mes devoirs au bar, tandis que mon père concoctait des cocktails.

— Un miracle que tu n'aies pas fini alcoolo, alors.

— Oh, qui te dit que je ne le suis pas ? Nous, les Français, nous n'arrêtons jamais de boire assez longtemps pour savoir si nous le sommes ou pas. »

Yann rit de nouveau et désigna du doigt le verre à l'intention de la barmaid qui se tenait déjà devant lui. Elle ignora deux ou trois autres hommes qui essayaient de passer leur commande et se mit aussitôt à lui préparer son cocktail. Anna vit son reflet derrière les bouteilles sur les étagères.

Sa robe était devenue un uniforme de campagne. Elle était allongée derrière un fusil. Dans la lunette, elle voyait son propre œil anormalement grand, divisé en quatre par la croix du viseur. Le canon du fusil se déplaça. Il visait Yann.

Anna s'éveilla en sursaut avec l'impression d'être en chute libre. Les deux soldats levèrent leurs fusils quand elle essaya de se lever de son siège. Le mouvement brusque réveilla Marco qui lui jeta un regard inquiet.

« Qu'est-ce qu'il y a ?

— Désolée, je… rêvais. »

Il leva les yeux.

« On s'est arrêtés. »

Tout d'abord elle ne comprit pas ce que Marco voulait dire, mais ensuite elle réalisa que le bruit de moteur avait cessé. Un instant plus tard, la portière de la cabine s'ouvrit.

« Vous allez venir avec moi maintenant, ordonna le militaire qui se tenait à la portière.

— Pourquoi ? »

Anna sentit une crosse heurter douloureusement son épaule. Une voix sèche et brève sortit de la bouche du soldat qui se trouvait derrière elle.

« Ce n'était pas une question. »

Anna se leva et se dirigea vers la portière de cabine ouverte. La petite demi-heure de sommeil l'avait ankylosée et courbatue. Elle sauta sur la glace et marcha vers les baraquements tandis qu'il neigeait légèrement. Elle entendait derrière elle la glace craquer sous les pieds de Marco et des soldats qui les suivaient. Elle passa devant le trou où la baraque servant d'atelier avait été engloutie. Une pellicule de glace s'était déjà formée sur l'eau. De l'autre côté de la place, elle entraperçut la cavité laissée par le baraquement auquel Marco avait mis le feu pour l'empêcher de mourir de froid.

La lumière sortant des fenêtres des autres baraques n'était pas assez forte pour éclairer au-delà de quelques mètres. Le grand bâtiment jaune était presque invisible dans l'obscurité. Anna vit les monticules de neige qui recouvraient les Chinois morts. Le soldat la fit passer devant la porte où le commandant congelé était toujours prisonnier de la glace. Le vent, ou quelqu'un, avait refermé le battant devant lui.

Elle tourna au coin du bâtiment.

Deux militaires montaient la garde devant l'autre porte du grand bâtiment. Lorsqu'elle arriva à la porte d'entrée, l'un des soldats l'ouvrit pour elle. Elle entra et cligna des yeux à cause de la lumière crue.

Quatre personnes étaient présentes dans la pièce.

Elle entendit une femme parler en chinois sur un ton coléreux. Un homme répliqua d'une voix furieuse : Jackie. Un commando montait la garde juste derrière lui.

À la vue d'Anna, Jackie cessa brusquement de parler. Un voile noir passa devant les yeux de la jeune femme. Des voix hurlèrent dans sa tête. Elle voulut foncer sur lui. La femme se mit en position de défense, serra les poings et les leva à hauteur de son visage. Une queue-de-cheval blonde se balançait au-dessus de l'épaule de la doudoune dont elle était vêtue.

L'homme à côté de la femme blonde cria quelque chose et étendit un bras, mais Anna n'avait d'yeux que pour Jackie qui recula dans la pièce.

« Arrêtez ! » cria la femme.

Anna fit un grand pas mais l'homme lui fit un croche-pied. Elle trébucha, tomba et roula sur la glace. La femme se jeta sur elle, lui saisit un bras et lui tordit dans le dos aussi loin que cela était physiquement possible.

« Restez couchée ! »

La tête de l'homme qui l'avait fait tomber entra dans le champ de vision d'Anna.

« Anna », dit une voix qu'elle avait connue dans une autre vie.

Les yeux gris de l'officier supérieur des opérations spéciales à la CIA, John Odegard, la regardèrent d'un air inquiet sous une mèche grise.

« Ça va ? »

75

« Nous avons peut-être localisé Yann Renault. »

Les paroles de l'officier de renseignement américain John Odegard avaient fait naître un fol espoir chez Anna.

Elle avait rencontré l'agent de la CIA dans un café à un rond-point dans le centre de la ville frontière turque de Kilis. La ville était un chaos sans nom de voitures avec des Syriens fuyant la guerre civile dans leur pays, de véhicules militaires et de gens se rendant au marché du dimanche. Les ânes et les enfants braillaient à qui mieux mieux.

Elle avait fait la connaissance de l'agent expérimenté lors d'un briefing pour les pays impliqués dans la guerre en Syrie. Anna et John avaient sympathisé grâce à leurs origines norvégiennes. Pendant la guerre, son père à lui avait fui un patelin sur les rives du Sognefjord et gagné les États-Unis, pour ne jamais revenir dans son pays natal. John lui avait parlé en détail de son projet de visiter la Norvège quand il serait à la retraite.

« Nous avons une possible observation dans une ville à l'est de la Syrie… Al-Suwar. Un de nos satellites a pris par hasard une photo intéressante. »

Le soleil qui brillait dans ses cheveux gris argenté avait jeté un voile luisant autour des rides de ses yeux et le faisait ressembler à un gentil grand-père. John avait sorti un papier plié de la poche intérieure de sa veste de costume et l'avait posé sur la table du café. Lorsque Anna avait déplié le papier, elle avait vu cinq points orange dans une cour ouverte au milieu d'un bâtiment entouré de palmiers. Le cliché était énormément agrandi et flou.

« Voici notre rapport sur le kidnapping de ton petit ami, avait dit John en poussant un dossier vers elle sur la table. Ce n'est pas moi qui te l'ai donné. »

Anna s'était forcée à le lire.

Les phrases courtes sous l'en-tête de la CIA étaient le témoignage d'un vendeur d'eau. Il avait vu deux minibus de Médecins sans frontières s'arrêter à un croisement dans un village à quelques dizaines de kilomètres au sud de la frontière avec la Turquie. Trois pick-up avaient surgi à grande vitesse d'une ruelle et coincé les minibus. Des soldats de l'État islamique avaient sauté des plateaux de chargement et encerclé les véhicules.

Les chauffeurs étaient descendus, les mains en l'air. Ils avaient agité des dollars sous le nez des assaillants, comme on le leur avait appris, mais les soldats de l'État islamique n'avaient pas voulu de l'argent. Ils avaient obligé les chauffeurs à se coucher sur la route, braqué des pistolets sur leurs nuques et les avaient exécutés. Puis les djihadistes s'étaient emparés des deux minibus et avaient emmené un infirmier allemand, un physiothérapeute anglais et le médecin français Yann Renault.

John avait pointé le doigt sur la photo satellite.

« Ceci est le commissariat de police d'Al-Suwar. Le bâtiment a été endommagé quand l'État islamique a conquis la ville, mais nous croyons que les djihadistes gardent les otages au sous-sol. »

L'agent de la CIA avait jeté un coup d'œil autour de lui. Le 4x4 japonais anonyme dans lequel il était venu était garé de l'autre côté de la rue. Deux jeunes hommes avec casquettes de base-ball, lunettes de soleil et longues barbes étaient assis à la table derrière eux, les muscles saillant sous les tee-shirts blanchis par le soleil. Ses gardes du corps.

« Et ceci n'est pas non plus une info que je t'ai donnée, juste pour mémoire. »

John avait souri et bu une gorgée de café turc.

Anna avait maintenu la photo satellite à contre-jour, tentant d'analyser les pixels flous de l'espace, d'interpréter les points orange. Se pouvait-il vraiment que l'un d'eux fût Yann ?

Les lumières au plafond du grand bâtiment brûlaient les yeux. John lui tendit la main, mais elle s'éloigna de lui en rampant.

« Putain, qu'est-ce que tu fous ici, John ?!

— S'il te plaît, Anna... parlons-nous en gens civilisés.

— Pas tant que votre salaud d'agent sera ici... dit Anna en faisant un signe de tête vers Jackie. T'as pas vu ce qu'il a fait ?

— Si, nous avons vu les morts... c'est horrible. »

Anna se releva toute seule. D'un bras tremblant d'indignation, elle désigna Jackie qui se tenait tout au fond de la pièce.

« Votre agent a tué quatorze personnes !

— Oui, nous savons que beaucoup de gens sont morts, mais le tableau n'est pas aussi clair pour nous, dit John. Et nous...

— *Clair ?* le coupa Anna. Il y a une heure de ça, ce monstre a tué mon collègue, celui que vous avez fourré dans ce guêpier. »

John Odegard la regarda d'un air inquiet.

« Le professeur Zakariassen est mort ?

— Oui, il est dans une bagnole au fond de l'océan. Jackie lui a tiré dessus et l'a laissé crever quand la caisse a basculé dans une faille. »

John jeta un coup d'œil à la femme blonde.

« Qu'est-ce qu'on sait là-dessus, Lara ?

— Jackie a confirmé que la voiture a basculé dans une faille, il a essayé de sauver Zakariassen mais il n'y est pas arrivé. »

La femme blonde regardait fixement Anna tout en parlant. Elle avait le visage bronzé, les mâchoires puissantes et le nez petit. Un regard pénétrant, des yeux verts. Anna l'avait déjà vue, mais où ? Elle portait un foulard palestinien, noué lâchement, autour du cou et un pantalon kaki avec de larges poches sur le côté. Bref, l'uniforme informel des agents de la CIA en mission sur le terrain.

« C'est un mensonge, Jackie lui a tiré dessus et l'a laissé crever ! »

Anna regarda Jackie dont les yeux étaient sombres, des trous dénués de sensibilité dans le visage.

« J'étais là et j'ai tenté de le sauver, vous n'avez qu'à lui demander, à lui ! s'exclama Anna en se tournant vers Marco qui, dans l'embrasure de la porte, regardait les gens dans la pièce d'un air effrayé.

— Anna, nous éclaircirons tout cela. À notre retour, les événements qui ont eu lieu ici seront passés au peigne fin. Je te le promets, la rassura John en jetant un coup d'œil à Jackie, toujours tenu par le soldat qui en avait la charge. Si c'est vraiment notre agent qui a commis ces meurtres, alors il sera puni. »

Jackie ne dit rien. Ses yeux devinrent deux traits minces.

« Nous n'avons pas le temps, John, dit Lara. L'avion Awacs nous signale une intense activité d'hélicoptères du côté de Mourmansk, les Russes peuvent surgir ici à tout moment.

— Anna, nous avons vraiment besoin de ton aide maintenant. »

John désigna la pile de boîtes métalliques à côté du trou dans la glace.

« Il y avait un ordinateur ici, sais-tu où il est ? »

Anna ressentit une pointe de plaisir.

« Aucune idée, votre agent l'a sans doute piqué aussi. »

Le regard de Lara se durcit. Ses larges épaules se soulevèrent sous sa doudoune.

Tout à coup, Anna comprit où elle l'avait déjà vue. Sur la photographie que Jackie avait dissimulée dans le livre sur l'art de la guerre. Lara devait être son officier traitant. Elle ignorait sans doute que l'espion l'avait photographiée en cachette.

« Jackie dit que l'ordinateur était là quand il a quitté la base. Il n'y avait personne d'autre ici que la Norvégienne et le Chinois. »

Anna fut prise d'un nouvel accès de fureur.

« Très juste ! Et tu sais pourquoi il ne l'a pas emporté ? dit-elle en crachant ces mots à la face de John. Parce qu'il croyait qu'on allait se noyer. Jackie nous a enfermés dans une baraque et l'a traînée jusque dans une faille.

— Anna… cela ne résout rien.

— Tant mieux, car moi, je n'ai aucun intérêt à vous aider à démêler vos problèmes. »

Lara plongea la main dans la poche de côté de son pantalon kaki et en sortit un pistolet. Elle poussa John sur le côté, se campa devant Anna et braqua l'arme sur sa tête.

« Trouve cet ordinateur maintenant !

— Non ! »

Anna ferma les yeux. Elle pencha la tête en avant jusqu'à ce qu'elle sente le canon du pistolet sur son front.

« Je ne plaisante pas, entendit-elle Lara dire. Donne-nous cet ordinateur. »

Anna ne répondit pas, se borna à appuyer sa tête encore plus fort contre l'arme.

« J'ai un ordinateur de réserve. »

C'était la voix de Marco.

La pression sur son front disparut instantanément. Anna ouvrit les yeux et vit Lara se diriger vers Marco, le pistolet levé.

John était blême, les traits décomposés.

« *Sorry*, elle n'aurait pas fait feu. Tu comprends ?

— Mais qu'est-ce que tu fous ici, John ? » s'exclama Anna.

Il lui lança un regard résigné.

« Tu sais très bien que je ne peux pas répondre à ça.

— T'es ici parce que moi, j'y suis ? »

Il passa la main dans ses cheveux gris.

« Tout est lié, en effet.

— L'ordinateur que vous cherchez est là-haut », dit-elle en montrant du doigt le trou dans le plafond d'où descendaient les câbles.

Il la regarda d'un air surpris.

« Tu es sûre ?

— Oui.

— Lara, l'ordinateur est là-haut », cria-t-il.

Lara était sur le point de franchir le seuil de la porte avec Marco, mais se retourna et revint rapidement sur ses pas, sauta sur les boîtes métalliques et fouilla un peu avec la main avant de trouver le PC et de le sortir. Elle descendit d'un bond et dit quelque chose à Jackie en chinois.

Le soldat le lâcha et Jackie se mit à connecter l'ordinateur aux câbles qui géraient la mine au fond de l'océan.

« Ça va vous servir à quoi ? » demanda Anna qui luttait pour garder son calme.

Lara lui jeta un regard hostile.

« John, si tu ne l'éloignes pas d'ici, c'est moi qui vais le faire ! »

John posa la main sur l'épaule d'Anna, en esquissant un vague sourire.

« Viens, allons quelque part où nous pourrons nous asseoir et parler un peu. »

Il la conduisit hors de la pièce. Une fois à l'extérieur, il s'arrêta et regarda autour de lui dans l'obscurité.

« Tu connais mieux les lieux que moi… il doit bien y avoir une sorte de cantine ici ? »

Elle désigna le baraquement correspondant. Tout en marchant, il bavarda d'un ton léger.

« Je t'ai rendu visite à l'hôpital en Allemagne… tu le savais ? Tu étais dans le coma avec tellement de tuyaux dans le corps que tu ressemblais à… Dieu seul sait quoi… (Il toussa.) Je voulais rester à l'hôpital jusqu'à ton réveil, mais le boulot… tu sais… cette putain de guerre civile en Syrie n'en finit pas.

— T'as vu ce qu'il y a à l'intérieur du grand bâtiment, là ? demanda Anna en indiquant la porte qui dissimulait les pauvres diables raidis par le gel.

— Oui. »

John se tut jusqu'à la cantine et ouvrit la porte.

« Entrons nous mettre au chaud. »

Anna entra. Un vieil homme était attablé en compagnie d'un soldat. L'homme portait une parka Canada Goose trop grande pour lui et une casquette avec une inscription brodée au fil doré sur la visière. Le soldat se leva brusquement en apercevant Anna, braqua son fusil vers elle, mais John leva la main dans un geste d'apaisement.

« Ça va, Robert, elle est avec moi. »

Il la conduisit à la deuxième table où trônait un bol de riz. Deux baguettes étaient enfoncées dans le riz imprégné d'une sauce rouge. Ce repas abandonné fit soudain ressurgir le souvenir du risalamande, ce dessert qu'on sert en Norvège au réveillon de Noël. Cette tradition à laquelle son père se cramponnait, même alors qu'Anna et Kirsten avaient quitté la maison depuis longtemps.

Elle s'arracha à ses souvenirs. Regarda John droit dans les yeux.

« C'est toi qui as donné le fric à Daniel pour l'expédition. C'est ta faute s'il est mort. »

John secoua la tête.

« Non, personne ne pensait que cela allait se passer ainsi et je n'avais rien à voir avec cet argent, c'est l'opération de Lara.

— Charmante dame.

— Eh bien, ce ne sont pas exactement des circonstances idéales pour faire connaissance. Nous sommes sous pression. Pour être franc, j'avais espéré régler ça discrètement... récupérer Jackie et retourner aussitôt au Groenland.

— C'est toi qui as demandé à Daniel de me prendre dans l'expédition ? continua-t-elle.

John leva un poing bronzé.

— Écoute... crois-moi, j'ignorais vraiment que tu étais ici... jusqu'à ce que je voie ton nom dans un rapport de Lara. Tu as complètement disparu de ma vie après ta sortie de l'hôpital en Allemagne. J'ai envoyé un mail à... comment s'appelle votre quartier général déjà... Camp Reina ? On m'a simplement fait savoir que tu étais dans un centre de convalescence. En permission à durée illimitée, c'était ça, la formule nébuleuse, je crois bien. Quand Lara m'a raconté que tu allais participer à l'expédition au pôle Nord, je me suis dit que ça ne pouvait pas faire de mal d'avoir dans notre équipe un soldat compétent, entraîné à survivre dans des conditions extrêmes.

— Pourquoi avoir recruté Zakariassen et lui avoir demandé d'aller au pôle Nord ?

— La CIA ne s'intéresse pas particulièrement à ce qu'un professeur à la retraite mijote à Tromsø. Mais il avait publié une demande officielle de parrainage sur un site Internet américain pour chercheurs. Après avoir découvert que les Chinois allaient construire une base sur la banquise, nous avons d'abord tenté de les inviter à nous faire part de leurs projets par les canaux officiels. Les réponses que nous avons eues étaient vagues et ne collaient pas du tout avec l'importance de la base, alors Lara est partie en avion à Tromsø pour rencontrer le professeur. En comprenant qu'il était assez sérieux, elle lui a fait une offre : nous financerions l'expédition à hauteur de trois millions de couronnes norvégiennes. La seule contrepartie était qu'il devait tenir les Chinois à l'œil. Rien de plus. »

Anna nota que le vieil homme ne perdait pas une miette de la conversation.

« Jackie était *"humint"*... une source de renseignements tout ce qu'il y a de banal, poursuivit John. Nous espionnons la Chine, ils nous espionnent. Sois proche de tes amis et encore plus proche de tes ennemis. »

Il écarta les bras, comme si l'environnement pouvait tout expliquer. Anna savait que l'agent de la CIA jouait les prestidigitateurs. Il sortait une colombe blanche tandis que le véritable tour de passe-passe se faisait dans son dos.

« Quand les chefs ont découvert que je te connaissais depuis la Syrie, ils m'ont demandé d'assister Lara, au cas où il y aurait des complications, continua-t-il comme elle ne répondait pas. J'étais en train de jouer au golf quand j'ai été rappelé.

— Tu ne me feras pas croire que la CIA envoie un de ses meilleurs analystes se taper tout ce chemin jusqu'au pôle Nord au nom d'une vieille amitié. »

Il fit courir sa main sur le bord du bol de riz, taquina les baguettes du doigt avant de repousser le bol d'un geste brusque.

« Tous les pays espionnent tout le monde. Oui, même la Norvège, nation de la paix, a un espion dans les prisons russes en ce moment, si je ne m'abuse. Le pôle Nord va devenir le nouveau Klondike, tout le monde voudra sa part. Et les Russes… voudront bien entendu être les rois de la montagne. Poutine a même rouvert l'ancienne base polaire sur les îles de Nouvelle-Sibérie. Dix mille soldats, rien que là-bas. Ils projettent de construire une ville totalement nouvelle à l'extrémité de la dorsale de Mendeleïev en Sibérie. Si les Russes parviennent à faire reconnaître la dorsale de Mendeleïev comme une partie de leur socle continental, ils possèdent le pôle Nord. Et à ce panier de crabes viennent s'ajouter les Chinois.

— Je sais très bien ce qu'est un espion… Votre agent, lui, c'est tout autre chose. Il a tué des gens. Tu me dois la vérité, qu'est-ce que vous foutez ici, John ? Qu'est-ce que vous cherchez ? »

Elle vit le vieil homme se détourner quand il entendit ces paroles. Il toussa et sortit un mouchoir de sa parka pour se moucher.

L'agent de la CIA se pencha au-dessus de la table et baissa la voix.

« As-tu déjà entendu parler de quelque chose qui s'appelle les dix-sept terres rares ? »

Anna comprit qu'il allait contourner la vérité le plus longtemps possible. Elle joua le jeu.

« Je devrais en avoir entendu parler ?

— Oui. Si tu veux mon avis, les dix-sept terres rares devraient être au programme de la maternelle. En fait, sans ces trucs-là, le monde tel que nous le connaissons s'arrêtera assez vite. Ces dix-sept éléments sont d'une importance capitale pour fabriquer des téléphones portables, des ordinateurs, des voitures électriques, des éoliennes… tout ce à quoi nous ne pensons pas. Le problème, c'est que la Chine extrait plus de quatre-vingt-dix pour cent des ressources mondiales et les États-Unis en importent soixante-dix pour cent. Nous sommes donc assez dépendants, pourrait-on dire… En 2010, la Chine a tenté de profiter de la situation ; ils ont réduit leurs exportations de quarante pour cent du jour au lendemain. Les prix ont explosé. Les fabricants de technologie se sont retrouvés avec le couteau sur la gorge, ils n'avaient personne d'autre à qui acheter. La Chine espérait qu'ils allaient délocaliser les usines sur son territoire. Il a fallu un an de négociations et des menaces de boycott de la Chine avant que les exportations ne reviennent à la normale. »

Il releva la manche de sa veste, jeta un rapide coup d'œil à sa montre.

« Beaucoup de temps perdu, quand on voit ce que fait notre cher Président de nos jours. Mais après la réduction des exportations, nous nous sommes particulièrement intéressés aux endroits où la Chine trouvait ses matières premières. Les Chinois ont déjà acheté d'énormes ressources minérales en Afrique, ils avancent leurs pions en Amérique du Sud et voilà qu'ils se lancent ici aussi dans la prospection de minéraux rares. Jackie a grandi dans une ville minière où on extrayait les dix-sept terres rares, alors nous avons pensé qu'il pourrait nous être utile… le fond de l'océan regorge probablement d'énormes quantités de minéraux. Peut-être au point que les États-Unis n'auront plus besoin d'importer de Chine. Il nous faut notre part du pôle Nord.

— Tu sais quoi, John... »

Il la regarda, sur ses gardes.

« Tout ça, c'est des conneries... La CIA n'envoie pas des soldats d'élite par hélicoptère au pôle Nord à la plus mauvaise période de l'année parce que la Chine a découvert des minéraux. Ce n'est pas pour ça que vous êtes ici. »

John eut un sourire forcé.

« Tu ne laisses jamais tomber... j'aime ça. »

Il y eut un sifflement quand il respira par le nez.

« La seule chose que je puisse dire, c'est que ma mission n'a rien à voir avec toi... nous en aurons terminé dans un petit instant. Ensuite nous te ramènerons au Groenland par hélico. De là, tu pourras prendre un vol pour le Danemark.

— En fait, je préfère attendre les Russes. »

John haussa les épaules.

« Comme tu veux. »

Il caressa une grosse alliance.

« Tu ne me crois sans doute pas, mais j'ai vraiment beaucoup pensé à toi, Anna. Quand je t'ai déposée au camp militaire kurde... que s'est-il passé après, en fait ? Il y a eu tellement de rumeurs... et de spéculations. Que s'est-il passé quand tu es entrée en Syrie pour sauver Yann ?

— Va te faire foutre. »

Une expression sincèrement blessée traversa le regard de John. Il chercha quelque chose à dire, mais fut interrompu quand un soldat ouvrit la porte.

« Lara Kowalsky vous demande. »

John soupira et se leva.

« Restez ici et surveillez-la. »

Il sortit tandis que le militaire se postait à la porte. Anna sentit sa gorge se serrer.

76

Les questions de John firent affluer dans sa tête des souvenirs qu'elle avait eu du mal à garder à distance. Sa poitrine se serra. Son pouls battit à ses tempes. La pièce se rétrécit. Elle leva les yeux au plafond et emplit ses poumons d'air.

« Hé... vous allez bien ? » demanda le vieil homme.

Elle se frotta fort les jointures contre les côtes. Ressentit une vraie douleur. Aspira une nouvelle bouffée d'air, prit son temps pour vraiment sentir que cela faisait du bien de respirer. Renouvela l'opération, le plus calmement possible.

« Oui, je suis très fatiguée. »

« Tu es complètement cinglée, Anna. »

Elle se souvenait des mots exactement comme ils avaient été prononcés. Se rappelait que John Odegard n'avait pas serré sa cravate tout à fait jusqu'au cou. Que l'anse de la tasse à café dans laquelle elle buvait était fendillée. Que trois moineaux sautillaient dans l'ombre sous le guéridon en se disputant des miettes de pain. Un petit garçon était assis sur le trottoir, une main dans la bouche. Il avait la joue sale, et de la morve lui pendait du nez. Sa mère parlait fort avec une femme vendant des bananes, tout en tapant sur son portable.

Tout.

Tout.

Elle se souvenait de beaucoup trop de choses.

« Tu es complètement cinglée, Anna. »

Telle avait été la réaction de John quand elle lui avait exposé son projet. Elle l'avait revu dans un autre café, à un autre croisement. La voiture dans laquelle il était arrivé n'était pas la même. Une Land Rover noire. Trois gardes du corps, cette fois-ci. Il avait accepté de l'aider, l'agent de la CIA avait eu un problème qui ne pouvait pas être résolu par les canaux officiels habituels.

« Nous croyons que l'État islamique détient un otage américain avec ton petit ami. »

La large bague en or avait renvoyé un éclat de lumière quand il avait poussé une photo vers elle sur le guéridon poussiéreux. Il lui avait confié qu'il ôtait son alliance quand il était en mission sur le terrain et qu'il la remettait toujours quand il revenait. C'était sa façon à lui de réintégrer le monde normal.

Elle avait regardé le cliché : un homme entre deux âges, aux cheveux mal coupés et portant d'épaisses lunettes, souriait devant l'objectif. Un col romain dépassait de sa tenue.

« Il s'appelle Robert O'Leary, c'est un prêtre catholique de Boston. Il était en Turquie dans le cadre d'une mission pour l'organisation caritative catholique Caritas. O'Leary a été kidnappé dans la rue à Alep, il y a six mois. Son église à Boston a réuni trois millions de dollars pour le faire libérer, avait dit John en secouant la tête avant de boire une gorgée de son Coca Light. Mais je crois malheureusement que l'État islamique va l'utiliser pour sa propagande. Enfoirés de barbares. »

Lorsqu'ils se furent mis d'accord sur le plan et sur la façon dont devait se dérouler l'opération, l'agent de la CIA avait conduit Anna jusqu'à Jandaris, une des régions de Syrie du Nord contrôlées par les Kurdes.

« Ici, mais pas plus loin, lui avait-il dit après l'avoir déposée à la porte du camp des guérilleros kurdes. Si ça tourne mal, je ne t'ai jamais rencontrée… OK ? »

Puis il avait éclaté de rire, l'avait serrée dans ses bras et embrassée sur la joue.

« Fais attention à toi. »

Tout d'abord, les gardes à la porte ne voulurent pas laisser entrer une femme inconnue, mais lorsque Anna leur eut montré sa carte d'identité militaire et une photo d'elle prise lors d'exercices, les sentinelles acceptèrent de l'emmener dans le camp.

Ils l'avaient escortée en passant devant des rangées interminables de tentes grises où les guerriers kurdes vivaient. Après avoir été considérés comme des terroristes, les guérilleros kurdes étaient maintenant pris dans le feu de la guerre contre l'EI. C'était une alliance fragile. Les guerriers kurdes haïssaient les soldats de l'État islamique qui torturaient, violaient et tuaient les habitants kurdes dans les villes qu'il avait conquises, mais l'objectif final des Kurdes ne coïncidait ni avec celui des forces occidentales ni avec celui de l'armée turque. Depuis la Seconde Guerre mondiale, les Kurdes n'avaient cessé de lutter contre les autorités centrales en Irak, en Syrie et en Turquie pour obtenir un statut d'État indépendant. Personne ne savait ce qui arriverait le jour où l'EI serait éradiqué de Syrie.

Anna avait fini par trouver la femme qu'elle avait rencontrée dans le restaurant à Aïn Issa. Nuhad n'avait pas hésité une seconde lorsque la femme qui l'avait sauvée d'un attentat suicide à la bombe lui expliqua pourquoi elle avait besoin de son aide.

« Je suis désolée que davantage de membres de ma compagnie ne puissent pas nous accompagner, mais cela éveillera les soupçons de Daech s'il y a plus de femmes que d'hommes dans la voiture », dit Nuhad.

Daech – « celui qui crée la discorde » –, tel était le nom courant de l'État islamique pour les gens ordinaires en Syrie et en Irak. Nuhad avait emmené Anna jusqu'à une camionnette Hyundai rouillée avec deux impacts de balle dans la carrosserie. Elle avait ouvert la portière arrière et avait sorti une burka noire qu'elle avait donnée à Anna.

Nuhad avait ri en découvrant un peu plus tard Anna comme une ombre noire dans la lumière aveuglante du soleil.

« C'est plutôt ironique que les djihadistes oppresseurs de femmes nous aient donné le déguisement parfait. »

Nuhad et Anna s'étaient installées dans le coffre de la fourgonnette tandis que deux hommes kurdes sous le nom de Joro et Samal avaient pris place à l'avant.

Ils étaient arrivés à Al-Suwar tôt le lendemain. Ils avaient été arrêtés à deux postes de contrôle, mais les jeunes hommes à longue barbe les avaient laissés passer après avoir soigneusement examiné les fausses cartes d'identité syriennes de Joro et Samal. Joro s'était habilement faufilé en voiture à travers cette ville à moitié détruite et avait roulé lentement dans les quartiers autour du commissariat de police avant qu'Anna ne trouve la meilleure planque : une usine abandonnée construite sur un terrain vague de l'autre côté de la route principale menant à la prison.

Lorsque la nuit était tombée, la camionnette était entrée dans l'usine en marche arrière. Puis Anna et les soldats kurdes avaient emporté armes, bouteilles d'eau et boîtes de ration militaire pour s'installer sur le toit. Ils avaient dormi et fait le guet à tour de rôle pendant toute la nuit.

Anna avait étudié le commissariat de police aux jumelles. Le bâtiment était à moitié dissimulé derrière de hauts palmiers, dans le centre-ville d'Al-Suwar. Derrière lui, la tour élancée d'une mosquée s'élevait très haut dans le ciel. La façade du commissariat de police était couverte de suie et la plupart des fenêtres étaient défoncées. Allongés sur le toit à côté d'elle, Joro et Samal portaient tous deux des vêtements civils. Joro, le plus âgé, avait abaissé ses jumelles. Des rides profondes s'étaient creusées sur son visage.

« Qu'est-ce qu'on attend ? avait-il demandé.

— Les prisonniers », avait répondu Anna sans ôter les jumelles de ses yeux.

Sans Geir à ses côtés, il lui fallait calculer elle-même la force du vent et la distance jusqu'au commissariat. Des chiffres lumineux sur le viseur lui avaient indiqué que le mur noir de suie se trouvait exactement à huit cent trente-huit mètres.

Trois heures après que le soleil eut passé son zénith, Anna avait cru que sa tête allait exploser. Nuhad était montée sur le toit avec une Thermos et une tasse qu'elle remplit de thé chaud.

« Le thé, c'est meilleur quand il fait chaud, dit-elle en lui tendant la tasse. Il te fait transpirer, ça rafraîchit le corps. »

Anna était accro au café et à ce moment précis l'eau chaude ne lui disait rien, mais elle avait bu poliment le thé que lui offrait Nuhad.

« Cet homme doit être très spécial, avait dit Nuhad dont les yeux, sous ses cheveux noirs, dévisageaient Anna avec insistance. Tu prends un gros risque en venant ici.

— Toi aussi. Vous n'étiez pas obligés de m'aider.

— Si, c'est notre guerre. Je combats pour un Kurdistan libre.

— Tu n'as pas peur ? On n'est que quatre et il y a sûrement cinquante soldats de Daech dans la prison là-bas. »

Nuhad s'était contentée de sourire et de sortir son M16 américain. Elle avait montré du doigt une rangée de smileys jaunes sur la crosse.

« J'ai envoyé onze soldats de Daech en enfer. Ils croient qu'ils n'iront pas au paradis s'ils sont tués par une femme. »

Elle avait dénoué le foulard palestinien de ses cheveux noirs et ondulés qui tombèrent doucement sur ses épaules.

« Il suffit de leur montrer mes cheveux pour qu'ils s'enfuient tous, avait-elle dit en riant.

— Voilà, des gens arrivent. »

Samal avait pointé du doigt la place devant le commissariat de police. Des gens affluaient, venant des rues étroites aux alentours. Dans ses jumelles, Anna vit des hommes avec des fusils automatiques et de longs sabres à la ceinture, derrière la foule. On forçait les habitants à sortir de chez eux.

Un raclement métallique.

Anna tourna ses jumelles vers le bruit. Un portail s'ouvrit au bout du bâtiment de la police. Huit soldats de Daech sortirent, suivis de cinq personnes vêtues de combinaisons orange. Les otages avaient des cagoules sur la tête et derrière eux marchaient trois hommes habillés de noir. Les bourreaux.

« Démarre la voiture », avait dit Anna.

Nahud s'était levée et, courbée en deux, avait couru sur le toit vers l'escalier.

« Je prends les trois hommes en noir, vous vous occupez des autres », avait-elle chuchoté à Joro et Samal.

Anna avait déplié la béquille du fusil Winchester Magnum recouvert de peinture de camouflage que

Nahud lui avait prêté, et relevé le cache protégeant la lunette de visée.

« On est trop loin », avait protesté Joro en installant sa kalachnikov sur le bord du toit.

À ses côtés, Samal avait remonté ses lunettes Oakley dont il était si fier sur le foulard palestinien et posé un vieux fusil qui avait l'air de venir tout droit de la Première Guerre mondiale près de sa kalachnikov.

Dans sa lunette, Anna pouvait voir chaque impact de balle dans le mur du commissariat. Elle avait abaissé son arme jusqu'à ce que la tête d'un soldat de Daech s'inscrive dans la croix de son viseur. Il paraissait très jeune, dix-huit ans à peine. Elle avait laissé son fusil glisser doucement vers la gauche et capter la cagoule d'un otage. Un homme grand et costaud. La croix s'était déplacée vers l'otage suivant, un homme mince, assez petit. Le troisième otage était de haute stature avec quelques cheveux qui dépassaient de la cagoule. Anna avait vu des boucles brunes onduler dans le vent. La large poitrine avait tendu l'étoffe de la combinaison.

C'était Yann.

77

Les souvenirs d'Anna furent interrompus quand les deux soldats montant la garde dans la cantine reçurent un message par radio. Celui que John avait appelé Robert se leva.

« Ils ont besoin de moi là-bas.

— Vas-y, je contrôle la situation ici, dit l'autre soldat.

— Est-ce que je dois venir maintenant ? demanda d'une voix rauque le vieil homme en se levant.

— Non, attendez ici qu'on vous appelle. »

Le soldat sortit, tandis que l'homme se laissa de nouveau retomber sur sa chaise. L'autre militaire se campa devant la porte, jambes écartées. Son index directement sous la queue de détente.

« Le seul jour facile, c'était hier. » C'était ce que disaient toujours les Seals avec lesquels Anna s'était entraînée. Cette devise avait pour but de les inciter à s'entraîner encore plus durement. Elle se demanda ce que le soldat savait de cette mission au pôle Nord. Ou bien lui avait-on seulement dit qu'il devait servir de garde du corps à deux agents de la CIA ?

Elle jeta un coup d'œil au vieil homme. Il devait avoir largement plus de quatre-vingts ans. Maintenant, elle voyait ce qu'il y avait de brodé sur sa casquette, c'était « USS Skate ». Pourquoi l'avait-on emmené au pôle Nord ? Elle renonça à éclaircir le mystère et son regard se concentra sur le bol de riz entamé. Le visage de l'homme était divisé en deux derrière les baguettes.

La cible est en vue de ma position.

C'est le message qu'elle avait envoyé à John Odegard lorsqu'elle eut constaté que l'on avait fait sortir les otages en combinaison orange du commissariat de police.

Elle savait que la CIA pouvait déterminer très précisément sa position via le téléphone satellite. Elle n'avait aucune idée de ce que les Américains feraient dans le court laps de temps précédant l'exécution des otages, mais John savait qu'on les avait trouvés. Elle avait rempli sa part du contrat. Elle avait posé le téléphone et s'était concentrée sur ce qu'elle voyait dans la lunette. Un soldat de Daech avait installé une caméra sur un trépied juste devant Yann. Ils postaient toujours des vidéos des exécutions sur leur propre site Internet. Son pouls s'était affolé et elle s'était obligée à respirer calmement. À cette distance, le moindre mouvement parasite pouvait lui faire manquer sa cible de plusieurs mètres.

Un autre soldat de Daech s'était avancé vers l'otage le plus loin à droite. Anna avait distinctement vu les yeux du djihadiste à travers le foulard dont il s'était enveloppé la tête. Il ôta la cagoule de l'otage. Un homme.

Il avait les cheveux gris, était plus mince que sur la photo que John lui avait montrée, mais les lunettes épaisses étaient les mêmes. Robert O'Leary, le prêtre catholique de Boston. La sueur ruisselait sur son visage et il avait cligné des yeux d'un air désorienté dans la lumière aveuglante du soleil. Dans sa lunette, Anna avait vu ses lèvres bouger. Le prêtre avait compris ce qui l'attendait et il priait. L'islamiste avait proféré quelque chose d'inaudible, puis, saisissant l'épaule d'O'Leary, l'avait fait pivoter de manière à ce qu'il regarde la caméra bien en face. Anna avait décalé son fusil vers la gauche et aperçu un autre soldat qui se tenait juste derrière Yann. Son visage était à découvert. Elle avait nettement discerné la barbe clairsemée du jeune homme quand il avait posé les mains sur les épaules de Yann pour le retourner, lui aussi, face à la caméra. Puis il lui avait retiré sa cagoule.

Le visage de Yann avait empli la lunette de visée.

Il regardait droit vers elle. Après des semaines de captivité, Yann avait la peau blême et des cernes noirs. Son regard n'avait plus cet éclat et cette chaleur qui le caractérisaient. Ses cheveux avaient été plaqués sur sa tête par la cagoule qu'il avait été contraint de porter. Anna avait dû lutter contre l'envie de lui crier quelque chose.

Après avoir ôté les cagoules des autres otages, les djihadistes s'étaient éloignés. Au même moment, un autre homme vêtu de noir avait jailli de la porte du commissariat.

Il était énorme. Une montagne humaine, de presque deux mètres de haut. Les autres islamistes s'étaient écartés, par respect ou par crainte. Derrière la montagne humaine marchait un petit homme. Comme un poisson charognard suit un requin, le petit homme avait suivi le géant. Anna avait vu que le premier portait quelque chose dans les mains : un long tube relié à un tuyau souple qui s'enroulait sous les bras et dans le dos.

Il s'était arrêté devant les otages, son corps jetant une ombre noire sur le sol, un trou vers l'enfer.

Le petit homme avait allumé quelque chose dans le dos du colosse. Une petite flamme était apparue à l'extrémité du tube.

La montagne humaine s'était tournée vers le mur noirci et avait dirigé vers lui l'embouchure de son tube. Une vague orange et jaune avait jailli du lance-flammes. Elle avait bouillonné dans l'air avec des reflets rougeâtres et frappé le mur, telle une déferlante qui s'écrase sur une jetée. Les flammes avaient léché la façade et de la fumée noire s'était élevée dans le ciel.

Anna avait entendu les otages crier.

Dans sa lunette, elle avait vu le réservoir de carburant que le bourreau portait sur son dos. Elle avait armé.

« Maintenant ! » avait-elle crié en pressant le dernier millimètre nécessaire sur la détente. Un bruit faible se fit entendre quand la balle magnum quitta le canon à silencieux du fusil Winchester. Le projectile avait touché sa cible. Le réservoir de carburant explosa.

Le petit homme et les trois bourreaux djihadistes avaient disparu dans un éclair lumineux. La montagne humaine avait été entourée de flammes qui lui dévorèrent les bras et les transformèrent en tiges calcinées. Il s'était écroulé, englouti par son propre enfer.

Des gens avaient poussé des cris. Les habitants s'étaient enfuis de la place.

« Démarre ! » avait hurlé Anna dans le talkie-walkie à l'intention de Nuhad stationnée en bas dans le hall de l'usine, le moteur de la camionnette en marche.

Elle avait tourné son arme vers les otages plantés là, comme paralysés, devant les bourreaux en train de brûler. Tous les islamistes sauf deux avaient détalé vers le portail d'entrée du commissariat. Elle avait vu le jeune soldat de Daech se saisir de Yann et l'obliger à renverser la tête en arrière. Le djihadiste avait crié quelque chose en appuyant la lame d'un long couteau sur la gorge du petit ami de la jeune femme.

Les yeux d'Anna avaient cherché la cible. La croix du viseur s'était posée sur la poitrine du soldat. Elle avait laissé son instinct décider quand le doigt appuierait sur la détente.

Le coup était parti.

Le visage de Yann fut couvert de sang.

Une rafale de vent avait fait dévier la balle de quelques centimètres, et au lieu d'atteindre le djihadiste à la poitrine, elle lui avait perforé la gorge. Yann avait fait un bond de côté quand l'homme était tombé à terre, un nuage de liquide rouge giclant de son cou. Anna avait vu le fusil automatique de l'autre soldat de Daech tressauter dans ses mains quand il avait tiré. Les balles avaient fait des trous sanglants dans la combinaison orange de l'un des autres otages. Elle avait tourné une mollette sur le viseur pour compenser l'effet du vent et tiré une nouvelle fois. La balle avait touché l'homme à la poitrine, projetant le corps en arrière.

Une fois seulement la menace immédiate contre Yann écartée, Anna avait levé les yeux de sa lunette pour avoir une vue d'ensemble du champ de bataille. Les kalachnikovs de Joro et Samal crépitaient par courtes salves de trois balles, à côté d'elle. Les Kurdes ne gaspillaient pas les munitions. Elle avait entendu un coup de Klaxon venant d'en bas et vu la Hyundai rouillée s'engager sur la route conduisant au commissariat.

Anna avait espéré que Yann et les trois autres otages comprendraient que la camionnette conduite par Nuhad venait à leur secours. Nuhad avait de nouveau klaxonné et Yann s'était retourné vers la voiture. Il avait donné un coup d'épaule à O'Leary avant de se mettre à courir. Les deux autres avaient suivi. Ayant les mains liées dans le dos, les otages avaient couru le buste haut pour ne pas perdre l'équilibre.

Deux djihadistes gisaient à terre, morts, devant le mur de la prison avec les bourreaux en train de brûler. La fumée montait tout droit de la place désertée par les gens et creusait un sillon noir dans le ciel bleu pâle. Le reste des islamistes s'était réfugié dans le commissariat. On entendait des tirs sporadiques venant de l'intérieur du bâtiment, mais les salves efficaces des fusils automatiques de Joro et Samal les avaient forcés à rester à couvert.

Maintenant, Nahud n'allait pas tarder à arriver. Anna avait vu distinctement Yann dans sa lunette courir vers la fourgonnette. La liberté n'avait été qu'à cinquante mètres.

78

Anna s'arracha à ses souvenirs et ouvrit les yeux. Elle éprouvait encore des difficultés à respirer. Elle essaya de ne penser à rien. « Ce n'est que dans votre tête, physiquement tout va bien chez vous. » Voilà ce que lui avait expliqué un jeune médecin aux urgences à Tromsø. Elle avait été transportée en ambulance après être tombée dans la rue quand un touriste français lui avait demandé le chemin de la cathédrale arctique. « Ce que vous avez vécu est un accès de panique. Avez-vous déjà eu ce genre de crise ? »

Au bout d'une heure, le médecin était revenu, frustré, et lui avait demandé pourquoi il ne pouvait pas avoir accès à son dossier médical. Elle avait marmonné quelque chose comme quoi elle n'en avait aucune idée et lui avait demandé de commander un taxi. Le reste du temps à Tromsø, elle n'avait pas mis le nez dehors sauf pour aller chercher le courrier à la boîte aux lettres de son père.

La porte claqua quand Robert entra dans la cantine.

« Ils ont des problèmes avec les câbles là-bas, c'est plus ton rayon que le mien. »

L'autre militaire le regarda d'un air agacé.

« On ne parle pas de l'opération en présence de civils. »

Robert se tut.

Le vieil homme se leva de nouveau.

« Puis-je être utile à quelque chose ?

— Non, vous devez attendre qu'ils soient prêts à vous recevoir là-dedans, on fera signe à Robert », dit le soldat en sortant tandis que Robert prenait sa place à côté de la porte.

Anna remarqua qu'il l'examinait avec un regard curieux.

« Tu viens d'où ? demanda-t-elle.

— Je ne suis pas autorisé à vous parler », dit-il en détournant les yeux.

Elle regarda le vieil homme.

« Et vous… vous êtes qui ?

— Il paraît que je n'ai pas le droit de parler à qui que ce soit, moi non plus, dit-il en jetant un rapide coup d'œil à Robert. Mais je m'appelle Dan Morton, et vous ?

— Anna Aune. Je suis norvégienne… »

Les yeux de Robert allèrent de l'un à l'autre.

« Arrêtez de parler entre vous ! »

Elle fixa intensément le jeune soldat qui ne soutint pas son regard. Puis elle croisa les bras sur sa poitrine, ferma les yeux et se concentra sur sa respiration.

Le soleil chaud de Syrie traça un sillon brûlant dans les ténèbres.

Anna n'avait pas entendu le coup de feu du tireur embusqué avant que la balle ne frappe.

La détonation du fusil du djihadiste lui était parvenue en même temps que la fenêtre latérale de la camionnette explosait. La voiture s'était mise à tanguer. Pendant un instant, Anna craignit que

Nahud n'eût été touchée mais elle avait redressé et la Hyundai avait fait de nouveau un crochet vers les otages. Anna avait braqué son fusil sur le commissariat : les bâtiments avaient d'innombrables fenêtres sans vitre qu'un tireur isolé pouvait utiliser.

« Il y a un tireur dans le commissariat ! avait-elle crié à Joro et Samal. Guettez les départs de flamme ! »

Le coup de feu suivant du sniper avait touché l'otage qui courait à côté d'O'Leary. L'homme était tombé en avant et n'avait plus bougé.

« La tour ! Il est dans la tour ! » avait hurlé Samal en montrant du doigt le minaret élancé de la mosquée.

Anna avait visé une des ouvertures dans la colonne tout en haut du minaret. Il n'y avait personne en vue, mais elle avait quand même tiré une fois : le bruit de la balle dirait au tireur embusqué qu'il avait été repéré. La jeune femme l'obligerait à rester à couvert.

En bas sur la route, la camionnette avait dérapé en pilant devant Yann et les deux otages. Plus que quelques secondes et ils seraient dans la voiture. Une salve de coups de feu avait crépité et de la fumée était sortie de la fenêtre brisée du véhicule. Nuhad avait tiré sur le commissariat pour tenir les soldats de Daech à distance, le temps pour les otages de grimper dans la Hyundai.

Anna avait vu la lueur des flammes de départ dans le minaret à la seconde même où la balle touchait le bord du toit et faisait sauter des éclats de pierre à son visage. Le sniper l'avait repérée. Elle avait tiré sur la tour sans viser, armé, pris le fusil et roulé sur le toit vers une trappe de ventilation située plus loin en arrière.

Joro et Samal s'étaient jetés à couvert près d'elle. Elle avait mis le fusil en position et constaté que la fourgonnette de Nuhad faisait demi-tour. Des nuages de poussière avaient dissimulé le sol autour du véhicule quand les djihadistes du commissariat avaient ouvert le feu, mais une longue salve des kalachnikovs de Joro et Samal les avaient forcés à se mettre de nouveau à couvert.

« Allez, allez », avait murmuré Anna tout en suivant la camionnette dans sa lunette de visée. Quatre cents mètres, c'était tout ce qui séparait le véhicule de la sécurité de l'usine.

Soudain, la voiture s'était arrêtée net. La portière s'était ouverte à la volée et un homme en combinaison orange en était sorti d'un bond : Yann s'était mis à courir vers l'otage touché par la balle du tireur embusqué, qui gisait à terre. Anna avait senti son corps s'engourdir. Yann avait les mains libres désormais, ses liens avaient été tranchés. Quand il était arrivé près du corps inanimé, Yann l'avait saisi pour le ramener vers la Hyundai.

Anna avait vu des silhouettes sortir en courant du commissariat, mais elles étaient encore loin. Elle avait fait feu à cinq reprises, le temps de réarmer chaque fois, sur le minaret où se dissimulait le sniper.

Yann était presque arrivé à hauteur de la fourgonnette et O'Leary avait tendu les mains vers lui depuis le coffre. Le prêtre s'était saisi du blessé et l'avait hissé à l'intérieur quand, tout à coup, le sol devant Yann avait explosé dans un nuage de poussière. Anna avait entendu le crépitement d'une mitrailleuse de gros calibre. Une autochenille avait débouché de l'arrière du commissariat avec une mitrailleuse sur le toit qui crachait une rafale de balles. Anna avait visé le torse du mitrailleur, tiré et l'avait vu tomber dans la trappe ouverte. La mitrailleuse s'était tue et avait basculé en avant.

Joro et Samal avaient eux aussi tiré sur l'autochenille, mais leurs balles s'étaient heurtées aux flancs du véhicule blindé sans causer de dommages. La camionnette violemment secouée avait cahoté en passant sur des pierres ou dans des trous sur la route quand Nuhad avait enfin regagné le bâtiment de l'usine désaffectée à toute allure.

Sans Yann.

Dans le nuage de poussière soulevé par la fourgonnette, Anna avait aperçu trois djihadistes le porter en courant vers le commissariat. Elle savait qu'il ne lui restait que deux cartouches dans le magasin. Le viseur avait trouvé le haut du corps du premier, le coup était parti et le soldat s'était effondré. Pour introduire la dernière cartouche dans la chambre, cela ne lui avait pris qu'un quart de seconde. Les deux islamistes avaient lâché Yann en voyant leur camarade tomber, ils s'étaient jetés à terre, mais la balle en avait atteint un avant qu'il ne touche le sol.

« Fais faire demi-tour à Nuhad ! » avait crié Anna à Joro tandis que sa main avait cherché un magasin neuf dans sa poche de côté. C'est à cet instant que Geir lui avait cruellement manqué. Le *spotter* aurait tenu un chargeur prêt pour elle avant même que le dernier coup de feu n'eût été tiré. Elle avait engagé le magasin et armé.

Dans sa lunette, elle avait distingué le dernier soldat allongé sur le sol qui se servait de Yann comme bouclier. La combinaison orange avait été ensanglantée de la taille jusqu'en bas. Anna avait nettement vu le visage de Yann. Les paupières s'étaient soulevées. Ses pupilles avaient brillé au soleil.

Il était vivant.

Le combattant de Daech s'était mis à traîner Yann avec lui vers l'arrière. Il avait compris que le médecin français était sa seule chance de regagner le commissariat. Mais les mouvements qu'il faisait en rampant à reculons l'obligeaient à relever le torse. Anna avait pu lire l'étiquette avec son nom sur l'uniforme plein de sueur, il y avait écrit « Baldy ». La tête du djihadiste n'était plus totalement couverte par Yann. Anna régla la lunette de quelques millimètres jusqu'à ce que la croix soit centrée sur le front de Baldy.

Le souffle s'était lentement échappé entre les lèvres à peine écartées. Son cœur avait battu fort. Le doigt avait exercé la minuscule pression supplémentaire sur la détente, entrant dans la zone de non-retour, la croix centrée en plein sur le front de Baldy. Les paroles que les instructeurs avaient rabâchées des milliers de fois sur le champ de tir lui étaient revenues en mémoire. « Laisse ton subconscient te dire quand c'est le bon moment, ne précipite pas ton tir. » Encore une pulsation dans ses oreilles qui s'estompa.

Le coup partit.

79

Anna repoussa la table de la cantine qui se renversa avec fracas. Le bol de riz atterrit sur le sol et se mit à tourner sur lui-même, les baguettes roulèrent par terre.

Robert épaula son fusil automatique tout en s'avançant de quelques pas.

« Vous devez rester assise. »

Elle se leva, essaya de respirer, mais c'était impossible. Sa poitrine était comprimée par les crampes. Les parois du tunnel se rétrécirent autour du champ visuel. Les cuisses tremblèrent, les jambes se dérobèrent, elle tomba à genoux. Dans le lointain, elle entendit Dan crier :

« Mais aide-la, bon sang ! »

Le tunnel à travers lequel elle voyait devenait de plus en plus étroit. Elle ferma les yeux. « Ce n'est qu'un film. Des souvenirs ne peuvent pas vous tuer. » Elle se prit la tête à deux mains.

« Vous n'arrivez pas à respirer ? »

Elle ouvrit les yeux et vit Robert debout juste au-dessus d'elle. Elle avait une respiration sifflante, sentit sa tête s'éclaircir. Une fureur soudaine chassa ses angoisses.

« Tu dis quoi ? » demanda-t-elle.

Il se pencha davantage.

« Vous n'arrivez pas à respirer ? »

Elle tendit sa main en arrière.

« Je n'entends pas ce que vous dites », murmura-t-elle.

Robert se pencha encore plus près.

« Je vais chercher les premiers secours… »

Il poussa un cri quand elle lui piqua une baguette sous le menton.

« Si tu bouges, je te l'enfonce dans la gorge ! »

Elle s'empara de son fusil automatique et le décrocha du clip qui le maintenait sur la poitrine.

« Vous ne pouvez pas… »

Robert cria de nouveau quand elle lui planta la baguette dans la peau jusqu'à ce que le sang perle. Avec l'autre main, elle lui appuyait la tête sur la baguette.

« Si, je peux… si tu ne fais pas exactement ce que je dis ».

Robert rejeta la tête en arrière.

Exactement ce qu'elle avait escompté.

Elle lui donna un bon coup de poing sur le point névralgique situé en dessous de l'oreille. Il s'effondra, tomba en arrière et resta allongé par terre, inconscient. Anna s'approcha de lui en crabe, sortit le pistolet qu'il avait dans un holster sur la cuisse et d'un coup de pied l'envoya valdinguer sur le plancher ainsi que le fusil automatique Heckler & Koch. Puis elle le fouilla rapidement et prit un couteau à lame courte dans une gaine attachée à la ceinture qu'il portait autour de la taille.

Elle se leva et se dirigea vers Dan, resté derrière sa table.

« S'il te plaît, ne me fais pas de mal, dit-il.

— Je ne te ferai rien si tu me dis ce qui se passe ici, répondit-elle.

— Que… que veux-tu dire ?

— Pourquoi t'es là ? Tu aides la CIA en faisant quoi ?

— Je ne peux pas... j'irai en prison si j'en parle. »

Elle s'avança vers lui. Dan recula jusqu'à ce que son dos heurte le four de la cuisine.

« Je ne sais pas jusqu'à quel point la CIA t'a briefé... mais quatorze personnes ont été tuées ici, ces derniers jours. »

Dan cligna des paupières ; les yeux sous les plis lourds de la peau étaient humides et brillants.

« Je... je ne le savais pas.

— L'un d'eux était mon collègue, il s'appelait Daniel Zakariassen. Il était venu ici pour aider des gens dans le besoin... et il s'est fait descendre.

— Ce n'est pas ma faute... je n'étais pas au courant. Je le jure, je devais juste aider à identifier un sous-marin.

— Quel sous-marin ? »

Il hésita un instant.

« La CIA a retrouvé au fond de l'océan ici... le sous-marin russe. »

Anna repensa à ce qu'elle avait vu dans le casque 3D. La projection numérique de l'étrange cylindre qui gisait, brisé en trois parties, dans une crevasse au fond de l'océan. Un sous-marin détruit. Ce devait être ce que Jackie avait découvert en examinant les données du radar chinois qui scannait les fonds marins. Lorsque l'espion avait envoyé les données à son employeur – la CIA –, quelqu'un du bureau devait lui avoir donné l'ordre de dissimuler sa découverte, d'effacer les données... c'était ce que Jackie devait être en train de faire quand il avait été surpris par Qiang. L'homme que Jackie avait tué avec un couteau. C'était ainsi que tout avait commencé. Un meurtre qui avait déclenché un bain de sang.

« Comment t'es au courant pour ce sous-marin ? »

Dan la regarda d'un air effrayé.

« Je ne peux pas en dire plus… je n'ai parlé de cela à personne depuis cinquante-six ans. Il a fallu que je signe un accord de confidentialité. Même ma femme a été enterrée sans que je lui en parle. »

Anna s'approcha encore plus de Dan. Elle vit tous les pores de la peau de son visage, les rides profondes et les poches sous les yeux qui en disaient long sur une vie remplie d'inquiétude et d'angoisse. Elle lui ôta sa casquette et elle posa la main sur le crâne brillant. Il était chaud et moite. Elle regarda la casquette avec « USS Skate » écrit en lettres dorées.

« Tu sais ce que je crois, Dan ?

— Non…

— Que t'étais officier sous-marinier.

— Oui…

— Et que t'es déjà venu ici… au pôle Nord. »

Il acquiesça sans rien dire.

« Qu'est-ce qui s'est passé cette fois-là… il y a cinquante-six ans ?

— Je ne peux pas en parler.

— Si, ça va être un grand soulagement pour toi de me raconter tout ce que tu sais sur ce foutu sous-marin. Ça t'ôtera un grand poids des épaules. »

Elle laissa sa main glisser au bas de la tête de Dan jusqu'à la nuque. Elle y resta tout en serrant doucement. Dan cligna des yeux, sa lèvre inférieure se mit à trembler.

Il regarda le soldat allongé par terre.

« S'il te plaît, ne me fais pas de mal.

— T'as qu'à me dire ce que tu sais. »

Les larmes commencèrent à couler.

« Comme je l'ai dit à John, je n'avais pas l'intention de les tuer, dit-il d'une voix brisée. C'est la vérité de Dieu, ces pauvres diables de Russes, je n'avais pas l'intention de les tuer. »

80

« J'étais second sur un sous-marin en 1962, dit Dan. On nous a envoyés à Mourmansk en pleine crise cubaine pour surveiller le port. Tout le monde avait une sacrée pression sur les épaules. Quand nous avons appareillé, la crise cubaine battait son plein… l'île était encerclée.

— Je sais parfaitement ce qu'était la crise cubaine, viens-en au fait. »

Dan toussa et renifla. Anna entendit un message venant de la radio du soldat inconscient. On demandait aux hélicoptères de commencer à faire chauffer les moteurs.

« Au bout d'une semaine en plongée au large de Mourmansk… nos sonars ont capté quelque chose. Un sous-marin soviétique avec une signature d'hélice que nous n'avions jamais entendue. Un type de sous-marin tout à fait nouveau. Nous avons reçu l'ordre de prendre le navire en filature. Après quelques jours, les Russes ont soudain mis le cap sur le pôle Nord. Ils ont passé une journée sous la banquise, puis ils ont ralenti brusquement et se sont mis à tourner en rond. À ce moment-là, j'étais de quart. J'ai cru qu'on était grillés, oui, que les Russes nous avaient repérés. »

Il respirait difficilement tout en parlant.

« C'est alors que nous avons entendu un bruit, le bruit le plus terrifiant qu'on puisse entendre en tant qu'équipage d'un sous-marin... les Russes ouvraient leurs tubes lance-torpilles. Nos opérateurs sonars ont détecté la mise à l'eau d'une torpille. Droit sur nous. J'ai donné l'ordre de virer à bâbord toute et de lâcher une double salve de torpilles, je n'ai même pas eu le temps de prévenir le capitaine. Il fallait juste que je prenne une décision séance tenante, on croyait ferme qu'on allait tous mourir.

« Au bout de trente secondes, nous avons entendu une explosion dans la glace au-dessus de nous. Personne n'a compris ce que cela signifiait, avant qu'il ne soit trop tard... Les Russes avaient simplement essayé de se dégager de la glace en lançant une torpille. »

Sa voix s'éteignit quelques secondes.

« Nos torpilles ont frappé les Russes une minute et onze secondes après que nous avons entendu l'explosion. La première était un pétard mouillé, mais la seconde a atteint sa cible, c'était suffisant... Je n'oublierai jamais cette saloperie de bruit... quand la coque des Russes a éclaté. Il y avait presque trois mille mètres de profondeur, les pauvres n'avaient aucune chance. »

Dan essuya ses larmes et renifla.

« Ce que tu me racontes, c'est qu'un sous-marin américain a coulé un submersible soviétique par erreur en 1962 ?

— Oui.

— Et ça a été tenu secret jusqu'à maintenant ?

— Oui... Quand nous sommes rentrés à la base, les renseignements militaires et la CIA nous attendaient sur le quai. Personne ne fut autorisé à quitter le sous-marin. Les renseignements avaient capté un message radio du submersible soviétique quelques jours plus tôt. Le capitaine avait informé Moscou de problèmes de refroidissement dans un réacteur atomique. Ils ont probablement connu une situation de crise sous la glace. Les Russes ne se doutaient pas que nous les suivions, ils n'ont pas tiré leur torpille sur nous... Ces malheureux ont simplement essayé de sauver leur peau. »

Il se mit à pleurer.

« Mais comment pouvais-je le savoir ? J'ai seulement fait ce que je pensais être juste... nous défendre comme on me l'avait appris.

— Et cette bourde n'a jamais été découverte parce que l'Union soviétique a cru qu'il s'était produit un accident à bord du sous-marin ?

— Oui... et la marine m'a fait jurer de n'en parler à personne. Tout l'équipage a dû signer un accord de confidentialité avant qu'on nous laisse quitter le navire. On nous a informés que tout manquement à cet accord nous enverrait en prison à vie... à l'isolement. Si les Russes venaient à apprendre ce qui s'était réellement passé, ça pourrait déclencher la guerre atomique.

— Et maintenant te voilà ici pour aider la CIA à identifier le sous-marin russe ?

— Oui. On m'a téléphoné au milieu de la nuit. Une voiture est venue me chercher dix minutes après, je n'ai même pas eu le temps de faire mes bagages. »

Tout à coup, elle entendit du bruit venant de dehors.

Quelqu'un s'approchait du baraquement.

81

« Reste là, pas un mot ! »

Anna courut vers la porte. Elle parvint à se plaquer contre le mur avant que le battant ne s'ouvre. Le second soldat entra. Il eut le temps de voir le visage de Dan baigné de larmes et Robert allongé par terre, sans connaissance, avant que la jeune femme se glisse derrière lui et lui appuie un couteau sur la gorge.

« Lâche tes armes. »

La voix de basse du soldat lui écorcha les oreilles.

« Vous êtes folle, vous n'avez aucune chance de vous en sortir. »

Elle appuya encore plus fort la lame du couteau sur son cou.

« Balance tes armes. Maintenant. »

Le militaire jeta le fusil automatique et un pistolet sur le sol.

« Nous sommes au pôle Nord, il n'y a nulle part où fuir.

— Ça tombe bien parce que j'ai l'intention de fuir nulle part. »

Elle obligea le soldat à sortir et se dirigea vers le grand bâtiment, en se servant de lui comme bouclier.

De l'autre côté de la place, deux militaires étaient encore en faction devant la porte du local où se trouvaient John et Jackie. Tout d'abord, ils ne réagirent pas en voyant Anna arriver en compagnie du garde. Mais ensuite l'un d'eux la désigna du doigt.

« Elle a un couteau ! »

Tous deux levèrent leurs fusils automatiques.

« Arrêtez ! Lâchez-le ! »

Anna se colla contre le dos de son otage et le poussa devant elle vers les sentinelles.

« Arrêtez, sinon nous tirons ! Poste de garde au chef CIA, nous avons une prise d'otage ici ! »

Le soldat parlait dans la radio tout en visant Anna.

« La Norvégienne s'est échappée. »

Elle poussa l'otage vers eux.

« Lâchez vos armes. »

Les soldats continuèrent à la viser.

« Arrêtez ! Nous allons tirer. »

Elle s'avançait toujours vers eux. La respiration de l'homme derrière lequel elle se cachait s'accéléra. Elle sentit une odeur de transpiration.

La porte derrière les sentinelles s'ouvrit à la volée. John Odegard sortit.

« Anna, qu'est-ce que tu fous, bordel ?

— Je veux Jackie. »

L'agent de la CIA écarta les bras.

« Tu n'as pas entendu ce que j'ai dit ? Si Jackie a tué les gens ici, il sera puni. Tout ceci est trop bête, maintenant lâche ton couteau et on oublie l'incident. Je sais que tu as vécu l'enfer ici, mais dans une heure nous aurons tous quitté les lieux. Si tu venais plutôt me rendre visite ? Ça te ferait du bien de sentir un peu le soleil et l'été sur le corps.

— Je sais pourquoi vous êtes ici... Dan m'a tout raconté. »

Les yeux de John firent le tour de la place.

« Si tu le sais vraiment, alors tu comprends pourquoi notre mission est de la plus haute importance.

— Je veux voir les deux Chinois ici, dehors ! cria-t-elle. Marco et Jackie.

— Tu sais que cela n'arrivera pas, Anna. »

Il fit un signe aux deux soldats, qui se rapprochèrent encore davantage de la porte. Lui-même plongea la main sous sa veste et en sortit un pistolet qu'il arma. Il leva un peu l'arme. Les lumières se reflétèrent sur l'acier du canon.

« Et si tu laissais tomber maintenant, Anna ? Restons-en là, on remballe et on rentre à la maison. Tu n'as rien à gagner ici. Rentre plutôt à Tromsø, profite de ta famille.

— Je ne peux pas laisser Jackie s'en sortir comme ça.

— Il ne s'en sortira pas, nous le tenons.

— Je ne te crois pas. »

L'agent de la CIA pencha la tête un peu de côté, comme si Anna était une créature inconnue qu'il fallait étudier sous tous les angles.

« C'est vraiment dommage, mais ce n'est pas mon problème.

— John, tu n'as pas vu les gens dans le grand bâtiment ? Comment ils sont morts ? C'est l'homme que tu défends qui les a assassinés. »

Le visage de John se durcit.

« Je n'ai pas de comptes à te rendre, je représente les autorités américaines. Ton choix est simple : relâche notre soldat et laisse tomber ton couteau. Ceci est le dernier avertissement. »

Du coin de l'œil, Anna vit les deux militaires la mettre en joue avec leurs fusils automatiques. À trois mètres de distance, ils ne pouvaient pas la rater. Les canons des armes dépassaient des ombres que leurs corps faisaient, telles des lances pointues. Elle entendait la respiration rapide de l'homme qu'elle tenait fermement. Le cœur qui s'emballait sous la veste d'uniforme. Elle ne pouvait pas le tuer. Elle était arrivée au bout du chemin.

Sa rage s'était heurtée à un mur impénétrable. La glace finirait par prendre le dessus sur elle. Il n'existait pas d'autres issues.

Yann était mort.

Daniel était mort.

Et elle était si fatiguée, jusque dans la moelle de ses os. Elle écarta le couteau de la gorge du soldat. Elle le lâcha et le repoussa loin d'elle.

John abaissa son pistolet.

« Merci », dit-il.

Les militaires s'approchèrent et saisirent les bras de la jeune femme sans ménagement.

« Ça va, les gars, dit John. Anna ne nous causera plus d'ennuis, n'est-ce pas ? dit-il en glissant le pistolet dans sa veste. Lâchez-la. »

Les soldats la lâchèrent et reculèrent docilement de quelques pas.

« Je ne t'ai jamais raconté cela, mais j'avais une fille qui aurait ton âge aujourd'hui, lui confia John à voix basse. Ellie était une fille charmante, mais j'étais trop occupé à sauver le monde pour rester à la maison. Un soir à Séoul, ma femme a téléphoné… Ellie avait été renversée par un camion poubelle à cent mètres de chez nous… tandis que moi, j'étais occupé à capturer des trafiquants d'armes nord-coréens. »

Il mit une main sur l'épaule de la jeune femme.

« Quand j'ai perdu Ellie, j'ai cru que jamais je ne trouverais un sens à quoi que ce soit. Mais nous avions également deux fils, ils avaient besoin de nous, eux aussi, alors nous avons trouvé un moyen d'aller de l'avant… au bout d'un certain temps. »

Elle vit comme une lueur briller dans les yeux gris. Il lui serra légèrement l'épaule et lâcha prise.

« Prends soin de toi, Anna. »

Tout à coup, le hurlement d'une sirène déchira l'air.

82

Le bruit de la sirène venait de l'intérieur. Un hurlement syncopé. Les soldats se retournèrent pour regarder le grand bâtiment, indécis.

John se précipita et ouvrit la porte.

« Arrête-moi ce putain de bruit, Lara ! » s'écria-t-il.

À l'intérieur de la pièce, Anna vit Jackie debout près de l'ordinateur. Un militaire était agenouillé par terre, devant une caisse verte au couvercle ouvert. Des fils partant de la caisse pendaient dans la mer.

Lara cria quelque chose en chinois à Jackie, il désigna une boîte à côté de l'armoire électrique. Elle s'avança vers la boîte, l'ouvrit et abaissa un bouton. La sirène s'arrêta d'un coup. Le silence s'emplit du souffle des gens tendus.

« Qu'est-ce que c'était ? demanda John.

— Jackie dit que c'est pour avertir de la présence de méthane dans la pièce, il faut qu'on aère », répondit Lara.

Jackie dit de nouveau quelque chose, en montrant du doigt l'ordinateur. Lara s'approcha et se pencha sur l'écran.

« John, il faut que tu voies ça. »

John revint dans le local tandis que les soldats encadraient Anna, mais à distance suffisante pour qu'elle ne puisse les atteindre d'un coup de poing ou de pied. Elle vit que Marco se tenait en haut d'une échelle à côté des câbles qui conduisaient dans la tour, un bidon d'huile à la main. Ses yeux faisaient le va-et-vient entre la jeune femme et ce qui se passait sur l'écran de l'ordinateur.

La lumière de l'image colorait le visage de John en bleu.

« J'ai besoin de la présence de Dan là, tout de suite. »

John fit signe à Anna.

« Entre.

— Non, elle n'a rien à faire ici », protesta Lara.

Il ignora ses protestations.

« Elle sait pourquoi nous sommes ici, laisse-la entrer. »

Les soldats suivirent Anna dans la pièce. Quand elle s'approcha de l'ordinateur, Jackie se recula au point de se heurter au militaire derrière lui. L'écran montrait une image du fond de l'océan : une forme ronde, à moitié plongée dans la boue, jetait une ombre noire sur une paroi rocheuse. L'autre soldat se leva et désigna une élévation au milieu de la forme grise.

« C'est la coque du sous-marin ; l'élévation, c'est ce qui reste du kiosque. »

Les plaques de la coque étaient pliées et bosselées, suite aux changements de pression subis lorsque le sous-marin avait coulé trop profondément, après avoir été torpillé. Un aileron de gouverne sortait en biais de la boue. Les membrures de la structure étaient visibles parce que la paroi métallique avait été enfoncée par la pression de l'eau. Anna voyait Jackie par-dessus l'écran. Il se tenait rigoureusement immobile. Elle nota qu'il regardait fixement

Lara qui lui tournait le dos. Impossible de déterminer si c'était avec haine ou désir.

Anna entendit crisser la neige. Dan arrivait. Il regarda nerveusement les personnes agglutinées autour de l'écran de l'ordinateur.

John s'avança vers lui, posa doucement une main sur son dos et le conduisit jusqu'à l'ordinateur. « Nous avons localisé une épave, est-ce bien le sous-marin que tu as coulé ? »

Dan regarda en silence l'épave fracassée.

« Ce... ce n'est pas si facile à voir, finit-il par dire.

— Je peux m'approcher davantage. »

Le soldat poussa la manette sur le clavier. Le mini-sous-marin qui filmait l'épave s'avança vers le kiosque du submersible. La forme grise emplit toute l'image. Anna aperçut des lettres et des chiffres sous une couche de boue : « KS 2 ».

« Oui, ça y est maintenant, je le vois... c'est K2... Le S signifie qu'il s'agit d'un prototype expérimental ; c'était un des tout premiers sous-marins de la classe Novembre à propulsion nucléaire », dit Dan.

Il renifla et se passa la main sur la joue.

« Voici la position du second objet », dit Lara en montrant du doigt une partie de l'écran.

Le soldat Seal manœuvra son sous-marin de poche vers ce qu'elle désignait. Anna vit un long poisson se faufiler hors de la coque éclatée. Elle pensa aux marins russes morts qui se trouvaient encore à l'intérieur. Resterait-il encore quelque chose des corps après si longtemps ? Quelque chose à enterrer qu'on puisse rendre aux familles ?

Anna jeta un coup d'œil à John qui suivait attentivement ce qu'il voyait à l'écran.

« Là ! s'exclama Lara en frappant du doigt sur l'écran. Voilà la torpille. »

Elle tira Dan par la manche pour que l'ancien capitaine sous-marinier s'approche encore.

« Est-ce exact, est-ce bien ta torpille ? »

Il cligna des yeux face à l'écran. Anna distingua un long cylindre presque enterré dans la boue au fond de l'océan.

« Oui, c'est bien une torpille Mark 37, dit Dan. Nous en avons lancé deux de ce type, ce jour-là. L'une d'elles a raté sa cible. »

Anna essaya d'interpréter la signification de ce que Dan lui avait raconté. Au-dessus d'elle, Marco regardait fixement l'écran du haut de l'échelle où il était perché. Elle aperçut une clé anglaise et un bidon d'huile. Qu'est-ce qu'il avait bien pu réparer ? Elle se retourna. Le panier métallique qui avait remonté les minéraux explosifs avait disparu. Du coin de l'œil, elle vit un militaire prendre une télécommande. Le bras robotisé du mini-sous-marin apparut à l'écran, tout en bas au bord de l'image. Dans ses griffes métalliques, il tenait une boîte noire.

« Le paquet est armé et prêt. »

Il appuya sur un bouton.

Les griffes s'ouvrirent et la boîte coula lentement vers la torpille jusqu'à ce qu'elle s'échoue dans la boue à côté, en soulevant un nuage gris.

Anna entendit la voix de Lara.

« Finissons-en maintenant, il faut qu'on fiche le camp d'ici.

— Vous allez en faire quoi, de cette torpille, John ? demanda Anna.

— L'éliminer, bien entendu, répondit-il sans quitter l'écran des yeux une seule seconde. Les Russes finiront tôt ou tard par retrouver l'épave, mais sans torpille américaine sur les lieux, un accident reste un accident. »

Il respira profondément et se tourna vers le militaire qui tenait la télécommande.

« Tu as le contact radio ? demanda John d'une voix ferme.

— Oui, signal fort et clair.

— Bon, ramène le mini-sous-marin à la mine.

— Il vaut mieux que votre homme mène les opérations », dit le soldat à Lara.

Elle dit quelque chose en chinois à Jackie. Tout d'abord, il ne répondit pas. Lara répéta sa question. Il marmonna quelque chose et se dirigea vers l'ordinateur, suivi de près par le commando qui le surveillait.

Anna revint à la charge auprès de John.

« Cette torpille, vous allez l'éliminer comment ?

— Nous n'avons pas tellement le choix, à une profondeur pareille et avec si peu de temps devant nous. Il faut la faire sauter. »

83

Anna sentit des picotements sur sa peau.

« Tu ne peux pas faire sauter une torpille ici ! Vous ne savez pas que du méthane s'échappe des fonds marins ?

— Notre mission est d'éliminer la torpille ; si nous n'y parvenons pas, tout ce travail aura été inutile. Si les Russes venaient à apprendre que nous avons coulé un de leurs sous-marins, ce serait ouvrir les portes de l'enfer.

— Tu ne le sais pas, mais on a eu un incendie ici avant votre arrivée ; Daniel Zakariassen a essayé de prendre des échantillons de minéraux remontés du fond de l'océan et ils se sont auto-enflammés dans cette pièce. »

Indécis, John regarda Jackie qui contrôlait le mini-sous-marin.

« C'est exact, Jackie ? »

Jackie se contenta de hausser les épaules.

« Fais-le répondre, Lara ! »

Elle lui adressa quelques mots dissuasifs en chinois. La réponse de Jackie fut brève.

« Il dit qu'il ne sait pas... ils n'avaient jamais eu de problèmes avec les gaz avant que la Norvégienne ne vienne.

— Drew, existe-t-il une autre solution que de faire sauter la torpille ? »

L'expert en explosifs du corps des Seal passa sa main dans ses cheveux coupés court.

« Il faudrait dans ce cas la soulever du fond de l'océan et la transférer dans une zone sécurisée. Mais ça fait cinquante-six ans qu'elle est là en bas… nous ne pouvons pas utiliser simplement des bras mécaniques, il faut la hisser sous contrôle, sinon elle se brisera. La CIA est bien placée pour le savoir : quand vous avez tenté de soulever le K-129 dans l'océan Pacifique, même avec un navire spécial de quatre milliards de dollars, la plus grande partie du sous-marin soviétique s'est brisée avant même d'atteindre la surface…

— Donne-moi la version courte, le coupa John avec impatience. Tu dis que c'est possible ?

— Oui, mais nous devons faire intervenir un sous-marin spécial qui peut descendre à trois mille mètres, téléguidé à partir d'un submersible atomique en plongée… Cela prendra au minimum une semaine pour mettre en place une opération pareille.

— Mon Dieu », dit John en se passant la main sur la tête.

Lara lui jeta un coup d'œil furibard.

« Nous n'avons pas une semaine devant nous mais quelques minutes. Nos ordres sont clairs, nous devons faire sauter la torpille maintenant et évacuer aussi vite que possible. Sans la torpille, personne ne pourra prouver que nous avons coulé le sous-marin.

— Quand je pense que cela devait être une simple opération aller-retour, dit John avec un air résigné en sortant un téléphone satellite de sa veste. Il faut que je parle à Langley.

— John ! Ceci est mon opération, je dis que nous devons le faire maintenant », insista Lara.

Quelque chose craqua visiblement en lui. Anna entendit que sa voix était chargée de colère frustrée.

« Oui, c'est ta putain d'opération de merde et ton boulot de faire le ménage, ça, tu peux en être sûre. Tu es l'officier traitant d'un agent qui doit répondre de quatorze meurtres ! Mais jusqu'à contre-ordre, c'est moi le plus haut gradé ici et maintenant... je sors et j'appelle Langley... Personne ne fait rien avant mon retour. »

John se retourna brusquement et sortit. Ce fut le silence dans la pièce, on n'entendait que le bruit des doigts de Jackie sur le clavier. Anna regarda dans le trou où la mer était tout à fait calme. Quelques rares bulles éclataient à la surface. L'échelle grinça quand Marco descendit. Il posa le bidon d'huile, la clé à mollette et s'avança vers Anna.

« Non, toi, tu restes là, ordonna Lara en se mettant entre lui et Jackie pour faire barrage.

— Je ne veux pas rester ici », dit Marco.

Elle le repoussa brutalement en arrière.

« Tu restes ici jusqu'à nouvel ordre, j'ai dit ! »

Le silence retomba. On entendit juste un reniflement quand Dan s'essuya le nez avec un mouchoir.

La porte s'ouvrit à la volée. Tout le monde se retourna lorsque John Odegard entra, son téléphone satellite à la main. Le visage était gris, comme si la glace s'insinuait également en lui.

« On le fait, dit-il.

— Bien reçu », dit Drew.

Il tourna une clé.

Anna se raidit, mais rien ne se passa. Aucune secousse, aucun bruit. La boîte émit un bip bref.

« Charge explosive activée avec succès. »

Drew prononça ces mots comme si c'était aussi normal que d'allumer une cafetière électrique.

Le visage de John retrouva des couleurs.

« OK, maintenant on évacue, tout le monde aux hélicoptères. »

Anna se retourna pour partir mais un grésillement l'arrêta. Au fond du trou, la mer bouillait. Puis la jeune femme sentit une faible vibration sous ses pieds. La glace se brisait.

« John ! Le gaz ! » hurla-t-elle.

Il se retourna vers elle.

« Quoi ?

— Faut sortir tout de suite, il y a du gaz dans la pièce ! »

Il jeta un coup d'œil dans le trou.

« Merde », eut-il le temps de dire avant qu'une flamme verte jaillisse.

84

La flamme se propagea hors de la glace et partagea la pièce en deux.

Anna entendit un cri provenant de l'incendie. De l'extérieur parvenait un vrombissement.

Dan recula, mais tomba sur la glace glissante.

« Prends ma main ! »

Anna le saisit et le remit debout. Marco contemplait l'incendie, comme hypnotisé. Elle le saisit également et les entraîna tous les deux vers la porte. Drew la suivit, portant un soldat inanimé sur ses épaules. Dehors, on eût dit pendant un instant que les projecteurs avaient été rallumés, mais la lumière venait des flammes qui sortaient en tourbillonnant des failles dans la banquise. À la lueur du feu, Anna aperçut les hélicoptères à l'arrière des baraquements. Les rotors tournaient à plein régime, les pilotes étaient prêts à décoller.

Il y eut une détonation près de la cantine, une flamme jaillit de la banquise et la baraque fut poussée vers l'avant sous la pression de l'explosion. La porte s'ouvrit et Anna vit Robert sortir en courant. L'explosion l'avait réveillé.

« Lara, où es-tu ? » cria John derrière la jeune femme.

Il se tenait toujours dans l'embrasure de la porte. La pièce était plongée dans le noir, seulement éclairée par les flammes qui à présent brûlaient autour des câbles de la tour et dans les armoires électriques près du mur. Lara surgit de derrière les câbles ; sa queue-de-cheval avait pris feu et elle courut vers la porte tout en se tapotant frénétiquement les cheveux. John se débarrassa de sa veste et la lui enroula autour de la tête.

Une fois dehors, à distance de sécurité, John reprit sa veste. De la fumée s'élevait des cheveux blonds de Lara.

« Ça va ? »

Lara se toucha la nuque. De sa queue-de-cheval, il ne restait qu'un moignon noirci par le feu.

« Ça va aller. »

Anna vit le visage de John violemment éclairé par les flammes. Ses lèvres formèrent des mots silencieux. *Désolé, on s'est plantés*.

Un des militaires arriva en courant.

« Tout le monde est dans les hélicos ! »

John acquiesça et désigna Dan qui regardait autour de lui, d'un air désorienté.

« J'arrive. Emmène-le avec toi. »

Le soldat prit Dan par la main.

« Venez avec moi, *sir*. »

Le vieil officier sous-marinier et le jeune militaire entreprirent de traverser la place. Soudain Dan se débattit, s'arrêta un instant et se retourna vers Anna.

« Je n'avais l'intention de tuer personne... » dit-il avant que le militaire ne l'entraîne fermement avec lui dans l'obscurité.

Anna jeta un coup d'œil au local en feu. Les flammes avaient pris de la hauteur et s'étaient attaquées au plafond comme une rivière qu'on aurait libérée de la pesanteur.

« Il est où, Jackie ? »

Drew l'expert en explosifs regarda derrière lui.

« Il a disparu dans les flammes quand l'eau a explosé. Il a dû mourir brûlé. »

Drew respirait avec difficulté ; il saisit une main et un pied du soldat inconscient qu'il portait sur les épaules.

« Il faudra le faire examiner par un médecin. »

Il hissa son camarade plus haut sur son dos et se dirigea vers les hélicoptères.

John leva les yeux et regarda fixement les ténèbres. « Un incendie pareil, ça doit probablement se voir depuis l'espace. Si les Russes ne savaient pas que nous étions là, maintenant ils le savent. »

Il remit sa veste brûlée.

« Allez, on s'en va. »

Anna resta là à contempler les flammes.

« Va avec lui, dit-elle à Marco. Tire-toi d'ici. »

Il l'observa d'un air déconcerté.

« Tu ne viens pas ? »

Elle se contenta de prendre une profonde inspiration, rabattit sa capuche sur son visage et se précipita dans la pièce en feu.

Un mur de flammes se dressa devant elle. La moitié du toit se consumait déjà et le mur du fond était un enfer incandescent. Elle se mit à genoux et regarda à l'intérieur. L'ordinateur et les caisses étaient la proie des flammes. Des étincelles tombaient en pluie du plafond. Elle tenta de distinguer un corps à l'intérieur du local, mais c'était impossible. Tout au fond, les flammes avaient provoqué un trou dans le mur. Elle voulut s'approcher en rampant, mais dut battre en retraite à cause de la chaleur.

Dans cet enfer de flammes, Anna cherchait le diable, mais Jackie avait disparu. Le tueur de masse avait été avalé par le feu vert. Quelque chose explosa sous le toit. Les flammes s'abattirent sur elle lorsque le mur s'effondra vers l'intérieur.

85

L'air froid brûla le visage d'Anna quand elle sortit du local en feu. À la lueur des flammes, les figures de Marco et John avaient pris une couleur rouge. Elle respirait difficilement et se pencha en avant. Une intense odeur de brûlé lui emplit les narines.

John la regarda d'un air affolé.

« Mon Dieu, Anna, j'ai cru que c'en était fini de toi.

— Il fallait seulement que… »

Elle se redressa et ôta sa capuche. L'étoffe était chaude sous ses doigts.

« Que j'essaie de voir s'il était vraiment mort.

— Et alors ?

— On n'y voyait que dalle. »

Une nouvelle explosion se fit entendre, venant du toit du grand bâtiment jaune. Anna se retourna et leva les yeux vers la tour qui commençait à pencher sur le côté. Le dragon d'Isdragen voltigeait dans la chaleur, comme si l'animal légendaire devenait vivant.

Des moteurs vrombirent, un des hélicoptères s'éleva lentement au-dessus des baraquements. Une voix puissante transperça les ténèbres. Un soldat des Seals faisait signe depuis l'autre côté de la place.

« On y va maintenant, dit John. Tu viens ? »

Anna suivit des yeux la machine de guerre volante jusqu'à ce qu'elle disparaisse dans l'obscurité.

« Non, je reste ici et j'attends l'équipe de secours russe.

— L'endroit n'est pas sûr, la base va être réduite en cendres.

— J'ai l'aéroglisseur, je m'en sortirai.

— Anna, sois raisonnable, bordel, viens avec nous ! Je veillerai à ce qu'on te ramène chez toi par avion au départ du Groenland. »

Il voulut lui saisir le bras mais elle le repoussa sans ménagement.

« Va te faire foutre, je ne viens pas avec toi ! »

Il se retourna et s'éloigna du bâtiment en flammes.

« Tu ne peux raconter à personne ce qui s'est passé ici, tu le sais, ça ? entendit-elle John crier. Si tu dis quoi que ce soit, je ne pourrai rien pour toi, la CIA fera en sorte que la Défense norvégienne t'arrête. »

Sa seule réponse fut un doigt d'honneur et elle continua à marcher.

Il poussa le rugissement frustré d'un homme à bout d'arguments avant de tourner les talons et de traverser la place au pas de course. Anna longea le grand bâtiment, tête baissée. Elle sentit la banquise agitée de puissantes secousses sous ses pieds. Le pôle Nord hurlait sous elle. Des crevasses s'ouvraient de partout, formant comme une toile d'araignée. Le feu dévorait la glace par en dessous. Elle vit une baraque basculer et s'engloutir dans une faille en flammes. Un nuage d'étincelles s'envola vers le ciel.

Des flammes jaillirent du trou où l'atelier avait sombré. La lumière de l'incendie se propageait sous la glace, allumant les poches de gaz les unes après les autres. Le dragon de feu venu du fond de l'océan enfla et cracha un énorme panache de flammes vers le grand bâtiment. Cette torche lécha la baraque et se dissipa. Le feu de méthane s'étendit vers le côté extérieur des murs du baraquement.

Anna tourna et courut vers la porte de devant qu'elle ouvrit. L'homme de glace était toujours à quatre pattes, mais l'intérieur du local était illuminé par les flammes de l'autre pièce. Le vent brûlant passait comme une caresse sur les corps congelés. Leurs yeux brillaient derrière la couche de glace qui se mit rapidement à fondre. Anna eut l'impression qu'à tout instant ils allaient s'éveiller à la vie, se libérer du froid et continuer leur travail d'exploration des fonds marins. Elle resta plantée là jusqu'à ce qu'une poutre en flammes tombe du plafond et vienne s'écraser sur l'un des corps qui explosa en une pluie de glaçons. Si Jackie s'était caché quelque part ici à l'intérieur, il aurait fui immédiatement.

Anna ferma doucement la porte devant le commandant congelé. Au moment où elle sortait du grand bâtiment, le dernier hélicoptère décollait. Il décrivit un cercle, éclairé par l'incendie comme une énorme guêpe orange et noire. À son bord, John baissa les yeux sur elle. Anna ne leva pas les siens, elle quittait le camp à enjambées obstinées, direction l'aéroglisseur. Les deux appareils ne furent plus que des lumières clignotantes qui disparurent dans les ténèbres.

La coque du Sabvabaa était bosselée et noire de suie mais encore intacte. Anna s'arrêta net en voyant une silhouette se dresser devant le bateau.

Marco lui sourit d'un air indécis.

« J'ai pensé que tu avais besoin d'un peu de compagnie. »

Elle le regarda, découragée, et le sourire timide du jeune homme s'évanouit.

« Mais je peux peut-être trouver un autre endroit…

— Parce que tu sais où il y a des chambres disponibles au pôle Nord ? »

Il resta là sans rien dire. Soudain, un bruit le fit regarder vers l'incendie. Anna se retourna. Sunzi faisait des allers-retours en courant et en aboyant le long des baraquements en flammes.

« Sunzi ! Je suis là ! »

Anna lui fit signe. Le husky la vit et changea de trajectoire. Il aboya à tue-tête et se rua dans les bras tendus d'Anna avec une telle force qu'elle tomba en arrière et roula dans la neige. Elle le saisit par son collier, hissa le chien sur le bateau avec elle, alors qu'il aboyait toujours, et l'emmena jusqu'à l'écoutille. Ensuite, elle se retourna.

Marco n'avait pas bougé de la banquise.

« Bon sang, qu'est-ce que tu attends ? Monte à bord, voyons ! » cria-t-elle.

Il sourit, tout content, et grimpa sur la coque.

Elle le fit entrer dans la cabine par l'écoutille et l'imita. Après avoir refermé derrière elle, Anna se dirigea vers Marco qui s'était installé près d'un hublot en compagnie de Sunzi. La lumière de l'incendie ruisselait sur son large visage. Les ombres noires des cadres de fenêtre divisaient les champs lumineux en triangles irréguliers. Un visage qu'aurait pu peindre Picasso.

Un grondement fit tinter les vitres.

Elle tenta de s'imaginer ce qui s'était passé dans les profondeurs de l'océan : on avait fait sauter la torpille, l'explosion avait mis le feu aux colonnes de méthane qui remontaient des fonds marins, les flammes s'étaient élevées jusqu'à atteindre les grosses bulles de gaz prisonnières sous la glace, de nouvelles explosions et des flammes qui avaient jailli en quête d'oxygène et l'avaient trouvé dans les failles béantes.

En somme, la dernière vacherie du pôle Nord quand tout l'arsenal de tempête, de glace, de froid et de bête carnivore y était passé.

Le mur d'un côté du grand bâtiment vola en éclats. Telles du papier de soie froissé, les plaques de métal s'éparpillèrent sur la banquise. Des bouteilles de gaz brûlantes sortirent en roulant du baraquement et se mirent à tourner sur place, harcelées par des flammes incandescentes. La tour du dragon vacilla, plusieurs poutrelles s'effondrèrent, la structure s'écrasa sur le toit en feu. Le dragon des glaces fut arraché, poussé par l'air chaud ; l'animal légendaire voleta au-dessus des flammes et les deux réservoirs dans la tour se détachèrent. Les œufs du dragon tombèrent dans l'océan en feu.

Pendant une brève seconde, Anna vit le commandant dans l'embrasure de la porte avant que l'incendie ne l'engloutisse. Une galaxie d'étincelles d'étoiles tourbillonnantes illumina le ciel.

Anna demeura assise près du hublot jusqu'à ce que la dernière flamme s'éteigne et que les ténèbres engloutissent de nouveau toute la scène.

86

Une lumière blanche scinda l'obscurité en deux.

Le signal lumineux s'éleva derrière les arbres aux formes torturées par le vent dans la prairie. Anna sentit son cœur cogner dans sa poitrine. La chasse allait commencer. C'était sa première. Elle empoigna fermement son fusil et marcha droit devant elle. Son cœur s'emballa et diffusa le sang dans tout son corps, ce qui la rendit vigilante. Elle voyait et entendait tout. Le semi-remorque qui passait sur l'autoroute. Les vaches au pré en bordure de route. Sous ses pieds, des touffes d'herbe sèche craquaient. Un corbeau croassait dans les bois. L'obscurité se déplaçait autour d'elle. Les chasseurs avançaient en ligne dans le champ en même temps qu'elle. Chacun à son rythme.

Les chiens se mirent à aboyer, un animal leur répondit, ou se défendit, avec un hurlement rauque. Une voix d'homme sortit d'un talkie-walkie.

« Les chiens ont trouvé les cochons ! »

Anna s'arrêta. Arma le fusil comme son oncle le lui avait appris. Se tint jambes écartées. Entendit le son de petites pattes lancées à pleine vitesse. Leva le fusil, cala la crosse contre son épaule, regarda dans la lunette de visée. L'obscurité grise devint un jour rouge. Les chiens en chasse emplirent la lunette.

Devant eux une harde de cochons. Les animaux sortirent d'entre les arbres tordus par le vent. Les évadés de la ferme porcine. La peau lisse des cochons était maintenant recouverte de poils courts. Des cochons domestiques étaient devenus des cochons sauvages.

Elle visa l'animal de tête. Un grand mâle. Sentit un frisson de plaisir. Son premier trophée. Demain, elle aurait quinze ans. Une chasseresse adulte. Son doigt appuya sur la détente. Le coup ne partit pas. Elle réarma calmement comme elle l'avait appris. Essaya de tirer de nouveau.

Rien ne se passa.

Son cœur battit la chamade. La panique fit des gerbes d'étincelles dans sa tête. Elle ôta le magasin. Le métal était froid dans sa main en sueur. Au lieu de cartouches brillantes, le magasin était plein de quelque chose de blanc. Elle enfonça un doigt dans le blanc.

De la neige.

Un hurlement furieux.

Elle leva les yeux. Le gros cochon mâle fonçait droit sur elle. Mais il avait une tête bizarre. Un visage humain derrière la face plate du cochon. Des cheveux longs pendaient sur les yeux noirs.

Jackie lui adressa un ricanement.

De longues dents dépassaient des coins de la bouche. Anna tenta de fuir, mais ses pieds restèrent collés à la terre. Elle cria, mais aucun son ne sortit de sa bouche. Le cochon énorme se jeta sur elle.

La gueule de Jackie s'ouvrit. Tirant une langue rouge comme le feu.

Humide. Anna s'éveilla au contact d'une langue râpeuse qui lui léchait la joue.

C'était Sunzi qui haletait et frottait son museau contre le visage de la jeune femme. Elle passa une main dans la fourrure épaisse du chien avant de s'asseoir sur son lit, désorientée. Une grosse larve bleue était couchée à côté d'elle. Bien emmitouflé dans le sac de couchage de Zakariassen, Marco ronflait légèrement. Elle sentit quelque chose de froid sur sa nuque, se retourna et vit qu'elle était allongée contre la poignée de l'écoutille. Maintenant, Anna se rappelait qu'elle s'était couchée là pour monter la garde. Elle avait sur la poitrine un couteau qu'elle avait trouvé dans un tiroir de la cuisine. Il était onze heures dix. Elle avait dormi deux heures. Elle regarda dehors. L'obscurité enveloppait la fenêtre. La base d'Isdragen avait été engloutie par les flammes et l'océan. Marco et elle étaient seuls désormais sur la banquise.

Sunzi jappa de nouveau.

« T'as faim, sans doute, toi », chuchota Anna.

Elle sortit de son sac de couchage en se contorsionnant et sentit le plancher froid sous ses mains. Sans chauffage, l'air à l'intérieur du Sabvabaa était presque aussi froid qu'à l'extérieur. Mais il faisait plus tiède malgré tout, car aucun vent mordant n'entamait vos dernières forces. Elle alla vers l'arrière, franchit le tas de neige que le vent avait poussé à l'intérieur par la fenêtre brisée.

Elle trouva une boîte de boulettes de viande. Les favorites de Daniel. Il avait acheté cinq cartons de ces boulettes à la viande de renne pour l'expédition quand le commerce de proximité à Tromsø faisait des promotions. Anna enleva un gant, passa un doigt dans l'anneau sur le haut de la boîte de conserve et arracha le couvercle. Les boulettes de viande étaient gelées. Elle utilisa son couteau pour découper des morceaux qu'elle répandit par terre pour Sunzi.

« Tiens... j'espère que t'aimes les boulettes de viande. »

Le chien les dévora, elles craquaient sous ses dents. Quand il eut terminé, le husky se mit à lécher la sauce dans la neige. Elle entendit le vent caresser doucement la coque de l'aéroglisseur. La tempête s'était calmée. Les hélicoptères russes ne tarderaient pas à arriver. Les Russes ne retrouveraient pas grand-chose. Le grand bâtiment et la plupart des baraques étaient réduits en cendres et avaient sombré avec leurs morts. Les agents de la CIA, John Odegard et Lara Kowalsky, devaient être déjà repartis vers les États-Unis. Leur mission avait été une catastrophe, mais l'objectif avait été atteint : la torpille américaine n'existait plus.

Des milliers de questions seraient posées, mais tout pourrait être nié. Tout pourrait s'expliquer. Un fou avait pété les plombs et assassiné ses collègues. Le seul caractère unique de l'histoire, c'était que la tragédie avait frappé des chercheurs chinois au pôle Nord, et non cette fois-ci des enfants dans une école aux États-Unis.

Anna se sentit vide. Complètement désemparée. C'étaient la fureur et le besoin de venger Daniel qui l'avaient soutenue ces dernières vingt-quatre heures, mais Jackie était mort maintenant.

Elle secoua Marco. Il se tourna de l'autre côté en se tortillant dans son sac de couchage. Elle le secoua de nouveau. Les yeux apparurent dans l'ouverture resserrée.

« Qu'est-ce qu'il y a… ? demanda-t-il d'une voix ensommeillée.

— On s'en va. »

Boris appela un peu plus tard. Sa voix n'était plus rendue pâteuse par l'alcool, seulement pleine d'inquiétude.

« Anna, tu ne peux pas partir d'Isdragen, voyons ! Nos équipes de secours sont retardées parce que nous avons pris la même tempête que vous en pleine gueule, mais les hélicoptères pourront décoller dans une heure.

— Il ne reste plus rien ici. Isdragen n'existe plus, Boris.

— Mais vous allez où, alors ?

— Ni Marco ni moi n'avons été au pôle Nord géographique. D'après la carte, ça n'a pas l'air si loin que ça, vous n'aurez qu'à nous récupérer là-bas.

— Anna, vous ne pouvez pas y aller seuls, protesta le météorologue.

— Mais on *est seuls* ! »

Son regard s'évada par la fenêtre de l'aéroglisseur. Il n'y avait rien d'autre à voir que les ténèbres. La base d'Isdragen n'existait plus.

« Qu'on s'en aille ou qu'on reste, ça ne change rien à l'affaire. »

Un profond soupir de Boris se fit entendre.

« Dans ce cas, y a-t-il quoi que ce soit que je puisse faire pour t'aider en attendant, Anna ?

— Maintenant que tu le dis, t'as un bon enregistrement du *Lac des cygnes* à portée de main ? »

Marco et elle se tinrent serrés l'un contre l'autre et écoutèrent au téléphone tandis que Boris trouvait un morceau qui, dit-il, était un *remake* du chef-d'œuvre de Tchaïkovski joué par l'orchestre symphonique de Montréal.

Le météorologue de Saint-Pétersbourg choisit la « Danse russe ».

Les accents plaintifs du violon solo envahirent la cabine de l'aéroglisseur plongée dans le noir. La musique flotta au-dessus de la petite couchette de Daniel Zakariassen, devant les revues scientifiques qu'il adorait lire, et fit une pirouette en dansant au-dessus des instruments de bord morts. Les notes se glissèrent ensuite le long du mur, au-dessus des appareils de radio, devant le samovar couvert d'une couche de givre scintillant et ressortirent par la fenêtre brisée.

Puis le reste des cordes fit son entrée avec la légèreté d'une plume. La musique évoquait des images de danseurs de ballet virevoltant au-dessus des hublots givrés. Marco se mit à pleurer. Son corps était secoué de sanglots. Anna lui passa un bras autour des épaules, l'attira contre elle, sentit son ventre contre son corps à elle. L'orchestre au complet entra en action, la musique augmenta de volume.

Quelque chose en elle se rompit.

Elle n'arriva pas à se retenir. Des larmes emplirent ses yeux. Elle se mordit la lèvre, mais une secousse venue du fin fond de son ventre explosa dans sa tête. Elle vit les morts.

Yann.

Zakariassen.

Les hommes de glace aux yeux gelés.

Elle vit de jeunes hommes, presque des enfants, gisant dans une cabane en tôle où le soleil brillait sur les corps ensanglantés à travers des impacts de balle dans les murs. Des graines de pissenlit qui tombaient lentement sur les restes d'un homme dans une ville détruite. Anna s'accrocha à Marco et pleura avec lui.

Boris les écouta en silence.

Anna prit une profonde inspiration quand les dernières notes s'estompèrent. Elle sentit l'air froid circuler dans son corps. Désormais elle ne le ressentait plus comme un ennemi qui tentait de la tuer. Simplement comme de l'air frais, froid.

Anna était habitée d'un sentiment qu'il y a à peine deux jours elle avait cru ne jamais retrouver : la joie d'être en vie. Reconnaissante que Marco et elle soient sur leurs deux jambes et puissent respirer l'air frais, froid.

La glace dehors semblait différente maintenant.

Plus amicale.

Comme si elle avait trouvé la paix après s'être vidée du poison et de la bile. La glace avait brûlé les structures hautaines des hommes et chassé les hélicoptères noirs. La glace ne se souciait pas des deux petites puces qui restaient.

Anna prit un paquet de cigarettes dans une cartouche se trouvant dans le sac. Deux ou trois fois par semaine, elle s'était autorisée à fumer en douce, loin du nez sensible de Zakariassen. Marco et elle fumèrent en silence avant de commencer à charger le traîneau.

87

Ils abandonnèrent le Sabvabaa.

Anna s'arrêta à la porte de l'aéroglisseur et contempla la base dévastée. Dans une dizaine d'années à peine, le dernier iceberg serait brisé par les vagues de l'océan, se fracasserait contre l'étrave d'un navire d'avant-garde, serait ballotté dans des vagues d'écume le long de la coque en acier jusqu'aux hélices qui moudraient les derniers blocs de glace pour les transformer en boue. Les ultimes restes de glace seraient anéantis dans le sillage d'un porte-conteneurs chargé à bloc d'ordinateurs neufs et de téléphones intelligents fabriqués à partir de minéraux récupérés au fond de l'océan…

Elle passa la main sur le métal bosselé de la coque de l'aéroglisseur, vissée avec précision par des ingénieurs anglais, il y avait bien des années. Sentit les ongles qui avaient éraflé la peinture. Marco attendait en bas sur la banquise, tenant en laisse un Sunzi impatient. Ils avaient retrouvé le traîneau du commandant flottant dans une faille et pris le strict nécessaire : des conserves, des aliments secs, des vêtements de rechange, un téléphone satellite, un pic à glace, une corde et du matériel de secours. Anna emporta également un des pistolets lance-fusées du Sabvabaa.

Elle demanda à Marco d'entrer dans la baraque de la cantine à moitié immergée et d'aller chercher le fusil d'assaut que Robert avait laissé. Ils ne pouvaient se permettre de s'aventurer sur la banquise sans protection. Marco dut attaquer la glace avec un pic pour dégager la crosse de l'eau gelée. Il mit le fusil sur le haut du chargement avant que la bâche soit attachée.

Anna jeta un dernier coup d'œil à l'intérieur du Sabvabaa. La balise Argos était brisée par terre. C'était ainsi que Daniel Zakariassen avait communiqué avec la CIA. Les messages préprogrammés étaient très certainement des codes. *Besoin de pièces de rechange* : « Les Chinois récupèrent des minéraux au fond de l'océan. » *Besoin d'assistance médicale* : « Envoyez des soldats. » Ou un truc dans le genre.

Consacrer du temps à bousiller l'émetteur avait été puéril mais libérateur. Détruire le brouilleur était une façon de punir John Odegard. Elle se détestait d'aimer cet homme. Elle détestait que ce soit John qui l'ait aidée à trouver Yann. Elle détestait que ce soient les millions de la CIA qui l'aient amenée sur la banquise.

Tu mens, tu ne détestes personne d'autre que toi-même.

La pensée fit jaillir des étincelles. Cela lui fit mal à la tête.

Elle sauta sur la glace et rejoignit Marco. Elle tenait dans les mains le seul objet personnel qu'elle ne voulait pas abandonner. Le samovar. Elle fourra la théière au fond du traîneau, Sunzi donna un coup de collier et ils se mirent en mouvement. À chaque pas qu'elle faisait, la neige crissait sous ses bottes, sinon c'était le silence.

Pas le moindre souffle de vent.

Pas de craquement de plaques de glace se fracassant les unes contre les autres.

Pas de grondement dû aux contractions de l'enfantement quand le pôle Nord soulevait des blocs de glace jusqu'en surface.

Pas de bruits humains.

Pas de moteurs.

Le baraquement aux générateurs était à moitié immergé dans la faille en partie gelée qui avait englouti l'atelier et failli les avaler eux aussi. Un oiseau égaré poussait des cris dans le lointain. Une boue rigide s'était formée dans le trou sur la banquise où le grand bâtiment se dressait auparavant. Seules quelques poutrelles métalliques tordues et noircies par le feu étaient là pour témoigner de la présence de la tour que Marco avait construite. Le garage était encore intact. À quelques centaines de mètres de la base, ils trouvèrent un morceau à demi calciné de la peinture du dragon. Un œil bleu peint sur la toile scrutait le noir pour l'éternité. Marco plia le morceau de toile avec précaution et le fourra dans sa poche. Un dernier souvenir.

Anna se retourna. La lumière de sa lampe frontale portait à peine jusqu'à l'aéroglisseur. Un coléoptère métallique dans un désert gelé. Le couvercle autour du moteur : des ailes refermées prêtes à s'ouvrir. La jupe en caoutchouc mou : des pattes. Le corps métallique creux se remplirait-il jamais à nouveau de gens et de vie ? Le Sabvabaa se montrerait-il une fois encore digne du nom que lui avaient donné les Inuits et *volerait-il rapidement au-dessus de la banquise* ? La dernière chose que vit la jeune femme, ce fut le feu de navigation vert qui brillait faiblement dans la nuit polaire.

Ni Marco ni elle n'aperçurent la silhouette qui sortait de la baraque des générateurs et courut sans faire de bruit vers le garage.

88

Puis il n'y eut plus qu'eux.

Et la banquise.

Anna Aune et Marco Zheng He se dirigèrent vers le pôle Nord. Sunzi tirait le traîneau du commandant chargé de ravitaillement. Les lampes frontales jetaient une lumière crue sur le paysage de glace. Lorsque Anna se retourna, elle ne vit plus la base. Le monde se réduisit au cercle de lumière des lampes frontales. Marco était vêtu d'une des combinaisons de survie que Zakariassen avait en réserve. Cela faisait deux jours qu'Anna avait vu la fusée de détresse et on aurait dit qu'il s'était écoulé une vie entière. Quatorze personnes avaient été assassinées. Daniel Zakariassen et treize autres hommes qu'elle n'avait jamais connus. *Le Lac des cygnes* continuait de résonner dans sa tête tandis qu'elle cheminait sur la banquise.

Dans le ciel, les étoiles scintillaient, lumineuses et claires. Mais de toutes, c'était l'Étoile polaire la plus brillante. Il faisait froid, mais sans vent à affronter on avait l'impression de se promener par une douce journée d'été. Les jambes avançaient toutes seules, Anna n'avait besoin de penser à rien. Marco et elle progressaient en silence.

Au bout d'une demi-heure, ils atteignirent une zone de vagues de tempête gelées : le pack.

Au lieu d'essayer de le franchir en l'escaladant, ils longèrent le bord de la glace. Au terme d'une demi-heure de marche, ils arrivèrent de nouveau en terrain plat. Anna sentit son ventre gargouiller, s'arrêta près du premier bloc de glace venu, ouvrit le traîneau et trouva une tablette de chocolat noir à cuire.

Elle partagea avec Marco. Ils s'assirent sur le bloc de glace pour manger. Le chocolat rendu cassant par le froid craquait sous la dent avant de fondre dans la bouche ; l'énergie du sucre se répandait dans le sang. Anna sortit une boîte de tabac à chiquer de sa veste. Coinça une dose sous sa lèvre, sentit la nicotine la picoter. Elle tendit la boîte à Marco. Il en prit deux qu'il fourra sous sa lèvre avec l'habileté d'un vieux briscard.

Dans la lumière des lampes frontales, elle vit leurs traces dans la neige.

« Tu es mariée ? »

La question de Marco la prit au dépourvu.

« Non.

— Tu as un petit ami ?

— J'en avais un, mais il est mort.

— Ah, excuse-moi… mes condoléances. Je prierai pour ton bonheur. »

Elle sourit.

« Merci, ça va mieux maintenant, mais je ne dis pas non à de bonnes pensées. »

En disant ces paroles, Anna sentit sa poitrine soulagée d'un poids. Ça va mieux maintenant. Cela semblait vrai. Elle espérait que c'était vrai. Marco regardait fixement la neige en bas tout en faisant circuler sa chique sous sa lèvre avec la langue.

« J'économise pour une femme.

— T'économises pour une… femme ?

— Oui, en Chine le prétendant doit payer les parents de sa promise pour obtenir leur autorisation de se fiancer. Se marier peut coûter une fortune.

— Ah bon, et si le malheureux n'a pas assez de fric, alors ? »

Marco cracha sur la glace.

« Alors il doit mourir seul et sans enfants. En Chine, il y a plus de trente millions d'hommes en trop par rapport au nombre de femmes. Si je deviens trop vieux, personne ne voudra de moi. Il y a une fille à Shanghai que j'aime bien, elle s'appelle Mo Chou et je crois que je lui plais… Mais elle demande beaucoup. Maison et voiture, et un mari avec un très bon boulot. »

Anna ne put s'empêcher de rire.

« Construire une tour au pôle Nord, ce n'est pas un boulot assez bien ? »

Marco cracha de nouveau sur la glace.

« Son père est expert-comptable. Il veut une fortune en argent de fiançailles.

— Ma sœur est expert-comptable, elle aussi, dit Anna. C'est un bon métier si on aime les chiffres et beaucoup bosser.

— Je suis très paresseux et je n'aime pas les chiffres, répondit Marco, mais je pense devenir monteur en ascenseur. C'est très facile. Tu démarres simplement avec un trou que d'autres ont creusé, et tu le remplis avec un ascenseur. J'ai potassé des bouquins sur le sujet pendant mon séjour ici. Mon père serait content que je construise des ascenseurs qu'il pourrait faire marcher. »

Anna rit de nouveau.

« Ça me paraît vraiment un très bon plan, Marco. Ta petite amie a sûrement hérité du sens des chiffres de son père. Elle pourra tenir ta comptabilité. Faire régner l'ordre aux étages de l'ascenseur. »

Marco sourit.

« C'est exactement ce que je me suis dit. »

Une étoile vola brusquement à travers le ciel. Sa trajectoire s'incurva au-dessus de l'horizon avant de disparaître derrière le globe terrestre.

« C'était une étoile filante, tu dois faire un vœu, dit Marco.

— Non, ce n'était rien qu'un satellite, sûr et certain.

— Il y a une différence ? dit-il en riant de son rire bizarre qui ressemblait à un gloussement. Je connais un bon bar à karaoké à Shanghai... tu aimes chanter ? »

Il jeta un coup d'œil à Anna du fond de la capuche de sa combinaison. Sa barbichette dépassait comme la pince d'une écrevisse dans une coquille d'escargot.

« C'est un bon vœu, allons au bar, Marco. S'il y a quelqu'un en Chine qui chante plus mal que moi, j'offre une tournée générale. »

Après avoir vérifié la direction du pôle Nord, ils repartirent. Une nouvelle rangée de blocs de glace apparut dans la lumière des lampes frontales. Voyant qu'il y avait un passage étroit entre deux blocs, Anna marcha dans cette direction. Elle s'engagea dedans et sentit une odeur de sel. À l'autre bout, la lumière rencontra une étendue d'eau noire. Une grande zone de glace s'était brisée. Les plaques de glace s'étaient disloquées en se heurtant les unes les autres et elles avaient été soulevées.

Marco arriva sur ses talons.

« On va où maintenant ? »

Anna explora la banquise du regard aussi loin que portait la lumière.

« Je ne crois pas qu'on puisse faire le tour par ici. »

Le husky leva les yeux, ses narines s'élargirent quand il huma l'air. Il se mit à grogner sourdement. Elle s'avança vers le chien.

« Qu'est-ce qu'il y a, Sunzi ? »

Sur la glace, derrière un gros bloc, se tenait un ours polaire. Il devait avoir entendu le chien, mais il n'avait pas l'air de s'en préoccuper. La jeune femme vit un long sillon noirâtre s'incurver au-dessus des côtes. L'animal semblait affamé.

Elle se tourna vers Marco et lui fit signe de ne pas faire de bruit. C'était fascinant de contempler cet ours blanc qui attendait qu'un phoque sorte la tête de l'eau. Anna savait que les phoques peuvent plonger jusqu'à plus de cinq cents mètres de profondeur et qu'ils ont assez d'air dans les poumons pour rester sous l'eau pendant plus de quarante minutes. Mais le phoque n'est pas un sous-marin auquel le grand prêtre ingénieur peut enseigner la magie de voler de l'air dans l'océan même : le phoque, lui, doit faire surface. Ou se noyer.

La meilleure arme de défense dont dispose le phoque, c'est son ouïe. Chaque fois qu'un ours polaire pose ses grosses pattes sur le sol, il brise des cristaux de glace qui envoient des vibrations vers le bas à travers la banquise. Dans l'eau de mer, ces vibrations sont amplifiées, comme par une membrane dans un haut-parleur gigantesque. Dans la mer, les vibrations deviennent des ondes sonores que le phoque peut entendre à des kilomètres de distance.

L'ours blanc restait immobile et patient au bord de la faille. Il tendit la tête en avant, il avait sans doute repéré un bruit. Il bâilla, prêt à refermer ses mâchoires sur la tête du phoque à la seconde même où celle-ci crèverait la surface de l'eau.

C'est alors qu'Anna entendit le bruit.

Régulier et rythmé. Un son qu'aucun animal ne pourrait reproduire. Un hélicoptère.

L'ours se retourna au moment précis où la tête du phoque brisait la croûte d'eau. Il tourna de nouveau la tête mais trop tard : le phoque avait replongé et les mâchoires de l'ours se refermèrent violemment sur le vide.

Sunzi se mit à aboyer à tue-tête. L'ours polaire renonça, retourna son corps efflanqué, courut sur la glace et se jeta dans l'eau.

89

Le bruit de l'hélicoptère se rapprochait.

Puis une lumière clignotante apparut dans l'obscurité. Elle s'approcha rapidement.

« Les Russes arrivent ! Faut aller chercher le pistolet lance-fusées. »

Marco faillit trébucher en courant vers le traîneau. Il tâtonna un peu pour défaire la bâche. Prit le pistolet, le braqua vers le ciel et tira.

Il y eut une détonation et une lumière rouge s'éleva dans la nuit.

L'hélicoptère ralentit et se mit à décrire des cercles autour d'eux. Des phares puissants s'allumèrent. Anna vit que le fuselage était peint en orange vif avec une bande bleue au milieu. L'emblème russe sur la porte. L'appareil survola la faille avant de virer un peu plus loin vers la glace stable et d'entamer sa descente.

Marco et Anna se dirigèrent vers l'appareil. Sunzi aboya à tout-va en voyant qu'on le laissait attaché au traîneau par le harnais. Alors qu'ils étaient à mi-chemin, les rotors soulevèrent des paquets de neige qui cinglèrent leurs visages. Anna se détourna, la lumière de sa lampe frontale balaya la glace. Une tache de couleur apparut dans les ténèbres et disparut de nouveau. Elle tourna la tête.

La lumière capta un objet vert.

Il lui fallut quelques secondes avant de comprendre de quoi il s'agissait.

Le tracteur du garage.

Quelque chose l'atteignit dans le dos.

Une douleur aiguë.

Elle tâtonna avec la main. Ses doigts trouvèrent un objet planté dans le tissu de sa combinaison de survie.

Anna le saisit et tira.

Elle sentit la pointe sortir de sa peau juste en dessous de l'omoplate gauche. Dans sa main, elle tenait un clou à l'extrémité ensanglantée.

Elle cria pour alerter Marco : « Jackie est ici ! »

Pris dans les tourbillons de neige, Marco se retourna vers Anna. L'hélicoptère s'était posé et un homme sortit par la portière latérale. Un flot de lumière jaillit de la cabine.

Anna leva la main pour éteindre sa lampe frontale. Un tir étouffé retentit dans le noir et une douleur vive lui coupa le souffle. Un clou était enfoncé dans sa poitrine.

« Putain ! »

Elle saisit la tête du clou, ferma les yeux, se prépara à la douleur et au sang, tira. À sa grande surprise, le clou sortit facilement. Elle sentit quelque chose de dur là où le clou s'était planté. Arracha le rabat de sa poche de poitrine : le livre du général chinois sur l'art de la guerre l'avait sauvée.

Un autre clou l'atteignit à la cuisse. Il s'enfonça si profondément que la tête disparut dans la combinaison.

Elle courut en boitant vers l'hélicoptère tout en mettant la main dans sa poche de côté, mais le couteau de chasse n'y était plus. Un autre clou la frappa. Lui transperça la main. Elle cria en l'arrachant, le sang inonda sa main.

Marco la regarda d'un air désorienté. Il ne comprenait pas ce qui se passait. Derrière lui, l'homme de l'hélicoptère approchait.

Une colère folle s'empara d'elle. Elle courut vers l'endroit où elle croyait que Jackie était tapi. La lumière de la lampe frontale dansait sur la glace. Tous les muscles de son corps étaient tendus, elle serait touchée de nouveau mais elle s'en foutait. Elle s'arrêta, fit un tour complet en éclairant la glace. Revint vers Marco en boitillant. Une silhouette surgissait vers lui, par-derrière.

« Attention ! »

Marco se retourna, mais n'eut pas le temps de lever les mains avant que Jackie le frappe avec le pistolet à clou. Marco poussa un cri et tomba. Jackie lui appuya son arme sur la gorge.

Anna essaya d'aller vers lui, mais un de ses pieds la trahit. Elle resta plantée là, impuissante, et vit Jackie relever Marco. Elle se força à faire encore un pas en avant.

Jackie se dissimula derrière Marco, en lui enfonçant le pistolet à clou dans la nuque.

« Arrête, sinon je tire, dit-il de sa voix rauque.

— T'es un homme mort, Jackie. »

Elle fit encore un pas en avant. Le pistolet à clou claqua, Marco poussa un hurlement et se tint le bras. Jackie lui mit le canon sur la tempe.

Elle implora : « Tu ne peux pas le relâcher ? »

Jackie ne répondit pas, se contenta de tirer Marco en arrière, vers l'homme de l'hélicoptère qui les regardait, complètement désemparé.

« Rends-toi, Jackie, tu n'iras nulle part maintenant.

— Disparais, sinon je le tue ! »

Marco la regarda, mort de peur.

« S'il te plaît, Anna, je ne veux pas mourir.

— Quel genre de créature es-tu ?! » cria Anna.

Jackie la dévisagea un court instant. Une expression triomphante.

« Je suis… Zhao Wu, le vengeur. »

Il braqua son arme sur elle.

Anna se jeta à terre au moment où il tira. Jackie entraîna Marco avec lui, fit des moulinets avec son pistolet vers l'homme de l'hélicoptère qui recula dans les tourbillons de neige. Anna comprit ce qui allait se passer. Elle s'était trompée : Jackie réussirait à quitter la banquise.

Marco lui cria quelque chose.

Elle se retourna et commença à ramper dans la direction opposée. Elle se mit debout quelques mètres plus loin et se dirigea en boitant vers Sunzi qui aboyait de façon hystérique près du traîneau. Chaque fois qu'elle prenait appui dessus, une douleur fulgurante comme un coup de poignard lui traversait le pied où le clou s'était planté.

Elle arriva au traîneau. S'agenouilla, s'empara du fusil qui se trouvait tout en haut du paquetage. Elle ferma les yeux et dit les paroles que le vieillard aveugle lui avait apprises. Posa une main sur la crosse de l'arme, l'empoigna fermement. Sentit la nausée envahir sa gorge. Elle ouvrit les yeux et respira par le nez tout en dépliant la béquille sous le canon du fusil. Derrière elle, elle entendit le moteur de l'hélicoptère monter en régime. Elle réussit à se retourner, posa le pied sur la glace et regarda dans la lunette. Son visage se mit à lui démanger.

La vision de nuit transforma l'obscurité en jour vert fluo. Les moteurs de l'hélicoptère chauffés à blanc dégageaient une chaleur que le viseur captait. L'appareil décolla, et la portière latérale apparut dans la lunette. Un membre de l'équipage était en train de la refermer ; derrière lui, elle aperçut Marco et Jackie. Leurs yeux étaient des points dans des visages verts.

La crosse du fusil devint chaude dans ses mains.

Des gouttes de sueur perlèrent à son front.

Le monde s'inversa.

La nuit devint le jour.

La glace devint le soleil.

90

Elle est allongée sur un toit d'une ville dont personne ne connaît l'existence sauf ceux qui y habitent.

Le visage de Yann emplit la lunette de visée.

Le soldat de Daech qui le traîne sur le sol s'est redressé.

Le torse de l'homme que certains ont baptisé Baldy entre dans la croix du viseur.

Le doigt augmente la pression sur la détente.

Un battement de cœur.

Elle appuie davantage.

Une détonation.

Elle sent la crosse percuter son épaule.

La balle sort du canon à une vitesse de douze cents mètres par seconde.

Il faut au projectile à peine une demi-seconde pour atteindre son but.

À ce moment précis, Yann se dégage de l'emprise de Baldy.

Il lève la tête.

La balle atteint Yann.

Lui perfore le cerveau.

Ressort par l'arrière du crâne et pénètre dans la poitrine de Baldy.

Les deux hommes tombent l'un sur l'autre par terre.

Elle s'entend crier.

Dans la croix du viseur les cheveux de Yann ondulent dans le vent.

Sous lui, Baldy, le soldat de Daech, saigne à mort.

Le sable brun absorbe le sang.

Anna ne voit pas le reflet métallique qui étincelle dans une des ouvertures de la colonne tout en haut du minaret de la mosquée. Le coup de feu du tireur embusqué frappe la lunette de visée. Réduit en miettes les lentilles suisses. La balle change de direction juste assez pour que le projectile n'atteigne pas l'œil, effleure le côté du front et arrache le lobe de l'oreille avant de frapper l'épaule et de pénétrer dans le corps. Le bras droit est comme mort. Joro le guérillero se penche au-dessus d'elle. Une douleur irradie dans tout son être comme une coulée de lave et consume jusqu'à l'image du combattant kurde.

Elle ouvre les yeux.

Des gens vêtus de blanc l'entourent. Un tuyau s'enfonce dans sa bouche, de ses bras partent des fils connectés à des appareils où des étoiles filantes volent en clignotant sur les écrans des ordinateurs. À l'extérieur de la fenêtre : un ciel gris posé comme un couvercle sur une forêt sombre. Un des hommes en blanc ôte son masque. Yann lui sourit.

« J'ai confiance en toi, ma chérie, tu vas y arriver. »

Il se penche et l'embrasse.

Chaud.

Froid.

Soleil.

Nuit.

Elle aspira une bouffée d'air froid. Elle sentit un goût de mucus âcre dans la bouche. Ôta l'œil de la lunette de visée. La ville avait disparu. Yann avait disparu.

L'hélicoptère s'était rabattu sur le côté et il était en train de virer. Elle fit pivoter le fusil. Regarda dans la lunette.

La portière latérale était presque fermée maintenant. Elle vit Jackie saisir la poignée et pousser Marco, mais ce dernier mit les mains sur les côtés de la portière pour éviter d'être éjecté.

Anna se concentra et s'obligea à respirer calmement. Tenta de sentir la direction du vent sur son visage, d'estimer la distance jusqu'à l'hélicoptère. La croix du viseur était centrée sur le visage de Jackie. Elle déplaça la lunette de quelques millimètres vers le bas, du visage de Marco à l'épaule de Jackie. L'hélicoptère accéléra, elle suivit sa trajectoire dans la lunette. Elle sentit la détente au bout du doigt.

Le métal était brûlant.

Quelque chose au goût aigre monta rapidement dans sa gorge.

Un marteau cogna contre l'intérieur de sa tête.

91

Jackie se colla contre le dos de Marco et vit la banquise défiler sous l'hélicoptère. À la main, il brandissait le pistolet qu'il avait pris à un des membres de l'équipage qui maintenant le regardait, affolé. L'autre homme bataillait pour essayer de refermer la portière.

Jackie voulait se débarrasser de Marco. Une fois seul, il pourrait contraindre les pilotes de l'appareil à le transporter jusqu'à un endroit désert. Après l'atterrissage, il n'aurait plus besoin des pilotes. Il se débrouillerait. Exactement comme il avait réussi à fuir cette ville minière dans les montagnes. À entrer dans une université et à gagner ensuite la Californie.

Il refusait de laisser cet abruti de Qiang gâcher tout ça.

Pourquoi avait-il fallu que Qiang, qui n'aimait jamais bosser tard, vienne justement le soir où il effaçait les données comme Lara le lui avait demandé ? Le meurtre au couteau avait été un acte désespéré. Dès que Qiang s'était affalé, sans vie, devant les écrans des ordinateurs, Jackie avait su qu'il n'avait plus le choix. Il pourrait toujours raconter aux autres que Qiang et lui s'étaient querellés, que le coup de couteau était un accident, mais le résultat serait le même : une condamnation à mort chez lui en Chine. Tout ce pour quoi il s'était battu toute sa vie se terminerait devant un peloton d'exécution ou par une injection de poison dans les veines.

Jackie savait que tous les scientifiques faisaient des heures supplémentaires dans le grand bâtiment jaune, occupés à une importante opération minière. Après avoir grimpé en haut de la tour, il avait braqué son revolver sur les tuyaux qui amenaient l'azote liquide et l'eau jusqu'au radar au fond de l'océan. Les coups de feu avaient fait plus de bruit qu'il ne pensait. Il avait failli tomber quand l'azote et l'eau avaient dégringolé de la tour et pénétré dans le baraquement.

Il avait seulement entendu quelques cris brefs venant de l'intérieur. Comme il faisait le tour en courant pour passer à l'avant du grand bâtiment, de la fumée froide s'était échappée de la porte où se tenait le commandant.

Chun Li et les deux cuisiniers étaient arrivés en courant, encore en sous-vêtements. « Qu'est-ce qui s'est passé ? » avait crié Chun Li avant que Jackie ne l'abatte. Les cuistots avaient tenté de s'enfuir en courant mais n'avaient fait que quelques pas. Ensuite il avait aperçu Zhanhai. Il s'était carapaté dans l'obscurité et avait disparu avant que Jackie ait réussi à tirer.

Dans la baraque, Guan et Lanpo dormaient encore quand ils avaient été tués.

Jackie savait que Zhanhai devait revenir s'il ne voulait pas mourir de froid. Il était allé chercher un fusil et avait grimpé dans la tour. Il avait caché le disque dur avec les données volées. Avait attendu dans le froid. Mais au lieu de voir arriver Zhanhai, c'était le signal de détresse qui avait été déclenché.

Et au lieu des hélicoptères de la CIA, c'était la Norvégienne qui avait débarqué.

Mais rien de tout cela n'avait d'importance désormais. Elle gisait sur la banquise, blessée, et elle mourrait de froid avant que quelqu'un la découvre. Jackie allait se transformer une nouvelle fois. Et un jour, il retrouverait Lara Kowalsky et John Odegard. Ils sauraient ce qu'il en coûtait de le trahir. Car son véritable nom était Zhao Wu.

Zhao Wu. Le vengeur.

L'hélicoptère se rabattit encore plus sur le côté. Maintenant, il allait éjecter Marco.

Mais il sentit alors quelque chose le frapper à l'épaule avec une force inouïe ; il tomba en avant et bascula par-dessus Marco.

Il volait.

Sous lui, il vit un motif noir tourner en rond.

Il ferma les yeux et se recroquevilla juste avant d'entrer en contact avec la mer. Le froid lui tenailla les chairs tandis qu'il coulait. Quand il ouvrit les yeux, les lumières de l'hélicoptère scintillaient au-dessus de lui. Dans la lumière, un brouillard rouge. Du sang flottait dans l'eau devant son visage.

Il battit des jambes, essaya de nager avec ses bras. Une douleur intense lui cisailla l'épaule, le bras refusa d'obéir au cerveau. Il flottait tout de même et remontait dans le brouillard rouge. Ses poumons étaient douloureux, mais désormais la surface n'était plus très loin. Il pensa aux mots du livre qu'il avait lu tant et tant de fois. Écrit par un général, il y avait plus de deux millénaires, mais toujours aussi d'actualité.

« Au milieu du chaos se trouve aussi une opportunité. »

Toute sa vie se résumait à cela.

À des opportunités au milieu du chaos.

Il agita les bras, sentit ses forces diminuer, mais à présent la surface n'était qu'à un mètre. Il brassa l'eau avec les bras. Flotta jusqu'à la surface.

Quelque chose le saisit par le pied.

La douleur irradia dans tout son corps et explosa dans la tête. Il hurla, l'eau de mer entra à flots dans sa bouche. Il se retourna. Quelque chose d'énorme glissa dans l'eau devant lui. Des bulles d'air s'accrochaient à la fourrure d'un dragon blanc.

Les dents puissantes du dragon s'enfoncèrent dans sa cuisse. Jackie se pencha en avant, cogna sur le mufle du dragon, mais les mâchoires ne lâchèrent pas prise. Il sentit sa jambe se briser, mais l'eau de mer glaciale atténua la douleur. Le dragon l'entraîna vers le bas, loin de la faille. L'océan fit pression sur les tympans et pressa le crâne contre le cerveau. Des étincelles dansèrent devant ses yeux. Un goût de sang envahit sa bouche. Le dragon blanc l'entraîna dans les profondeurs. L'eau de mer aux coins de la bouche voulut entrer dans la gorge. Un étau glacé, soudé par la douleur, comprima la boîte crânienne.

En criant, Jackie expulsa le dernier reste d'air quand l'ours polaire enfonça ses dents plus profondément dans la cuisse. L'animal nagea avec sa proie entre les mâchoires, plongeant encore plus loin dans les ténèbres sous la banquise.

Anna vit Jackie tomber de l'hélicoptère.

Il battit des bras, son corps fit une demi-vrille en l'air. Elle suivit sa chute dans la lunette jusqu'à ce que Jackie échoue dans une faille béante et disparaisse.

Elle sentit quelque chose de chaud sur la main qui entourait la détente. De la bave avec des morceaux de nourriture. Elle enfonça le poing sanglant dans la neige et nettoya le vomi. Elle resta allongée sur la glace à sentir le froid sous elle. Il avait un effet apaisant, atténuait la douleur dans son corps. Elle se mit à tirer sur sa fermeture à glissière. Le froid de la banquise s'infiltra dans sa poitrine. Elle toussa. Les lumières de l'hélicoptère devinrent visibles au-dessus d'elle et le vrombissement des moteurs gagna en intensité. Elle sentit une brusque rafale de vent lui gifler le visage et le soleil s'alluma dans le ciel noir.

92

77° 44' N – 104° 15' E

Anna Aune planait dans un néant noir.

Elle entendait des bruits, mais ne les comprenait pas. Quelque chose se déplaça dans le noir, mais elle ne réussit pas à voir ce que c'était. Quelque chose toucha son corps, mais elle ne comprit pas où.

Une voix lui parvint à travers le noir.

« Tu m'entends, Anna ? » répéta la voix sur un rythme saccadé.

Elle ouvrit les yeux. Une jeune femme lui sourit. Elle avait une coiffe blanche sur la tête et une blouse blanche avec des bandes bleu clair sur la manche. L'infirmière porta une tasse aux lèvres d'Anna, et un liquide sucré, tiède, coula dans sa gorge. Puis une douleur aiguë la transperça. Elle dit quelque chose qu'elle-même ne comprit pas. La femme en uniforme blanc se pencha au-dessus d'elle, appuya sur un bouton encastré dans la cloison.

Le noir engloutit tout. Elle rouvrit les yeux.

Lorsque la lumière blanche crue frappa de nouveau ses yeux, ce fut comme si les pupilles lui brûlaient. Où était-elle ? La lumière venait d'une lampe placée juste au-dessus d'elle. Elle détourna la tête, vit un rideau qui pendait du plafond. Cela lui faisait mal quand elle bougeait la tête. Un petit lavabo et un miroir étaient accrochés au mur à côté du rideau. Elle s'aperçut dans le miroir.

Elle avait un gros sparadrap sur le front. Des croûtes noires sur le visage provenant d'écorchures. Sous le menton, deux grosses marques bleu foncé. Anna essaya de se soulever un peu plus haut, mais elle éprouva une vive douleur, comme une piqûre dans le bas-ventre. Elle souleva la couette épaisse : un tuyau en plastique dépassait d'une grande culotte que quelqu'un devait lui avoir mise quand elle était inconsciente. Le tuyau aboutissait dans une poche pleine de liquide foncé. De l'urine. Depuis combien de temps était-elle ici ? Au-dessous de la culotte de l'hôpital, la jambe gauche était entourée d'un bandage. Anna se sentait totalement vidée. Elle n'arrivait pas à se concentrer sur quoi que ce soit. Les pensées étaient comme des grains de sable dans la main : plus elle s'efforçait de se souvenir, plus elles lui filaient entre les doigts.

Elle renonça, lâcha la couette et posa la tête sur l'oreiller moelleux. Du coin de l'œil, elle perçut un mouvement qui la fit regarder de l'autre côté. Un homme était assis, renversé en arrière, sur une chaise basse à côté des rideaux. Il était inhabituellement grand, près de deux mètres ; les cheveux blancs comme de la craie ondulaient à partir d'un front haut. Des lunettes de soleil dissimulaient ses yeux. Des palmiers tropicaux d'un vert impossible étincelaient sur la chemise hawaïenne rouge qu'il portait. Le pantalon était aussi blanc que les cheveux.

L'homme bougea, il se retourna. Les yeux clignèrent derrière les verres sombres des lunettes.

« Tu es réveillée », dit-il.

Sa voix lui disait quelque chose, mais Anna n'arriva pas à se rappeler quoi. L'homme remua son grand corps, se leva de sa chaise et s'avança vers elle.

« Nous avons été vraiment inquiets pour toi, Anna… as-tu besoin de quelque chose ?

— Je suis où ? »

Elle éprouvait une douleur quand elle parlait, comme si on lui passait une râpe dans la gorge.

« Tu es dans un… hôpital, tu peux te détendre, tu es tout à fait en sécurité désormais. »

L'homme s'approcha du lavabo, prit un verre dans un placard et le remplit d'eau.

« Le médecin a dit que tu étais très déshydratée quand tu es arrivée ici… essaie de boire un peu. »

Anna sentit l'eau froide dans sa bouche. Quand elle avalait, la gorge lui piquait. L'homme aux cheveux blancs la regardait en souriant tandis qu'elle buvait. Quand elle eut terminé, il lui reprit le verre avec précaution.

« Je dois dire que j'ai toujours eu envie de te rencontrer, Anna, mais peut-être dans d'autres circonstances. »

Enfin, elle reconnut cette voix de baryton profonde.

« Tu es Boris ?

— Oui, naturellement, qui d'autre sinon ? »

Elle devina une pointe de déception dans les yeux derrière les verres foncés.

« Excuse-moi, Boris, ma tête est complètement embrouillée. »

Il sourit.

« Tu n'as pas besoin de t'excuser de quoi que ce soit. Les médecins ont dû t'opérer pour extraire un clou de ta cuisse, et tu avais une grave lésion par écrasement au niveau de la gorge. C'est un miracle que tu sois en vie. »

Les souvenirs commencèrent à affluer, à combler le vide. La banquise. Zakariassen. Une lumière rouge dans le ciel. Isdragen. Jackie. Le sous-marin. John Odegard. Les flammes. Elle se redressa brusquement.

« Marco, il est où ?

— Tu veux dire le Chinois ? Il va bien, il est dans la chambre d'à côté.

— Et Sunzi, qu'est-ce qui lui est arrivé ? Il y avait un chien avec nous.

— Oui, ton husky est dans mon chenil, en attendant. Il s'amuse avec mes chiens, jusqu'à ce que tu ailles mieux… »

La porte s'ouvrit et une infirmière massive avec une tête ronde comme une boule entra. Sans ménagement, elle dit quelques mots à Boris.

« Nous parlerons plus tard, on me chasse. »

Boris tapota la main d'Anna et sortit. L'infirmière remplit un verre d'eau et donna à la jeune femme un plateau avec trois comprimés.

« Pour vous. Buvez. »

Anna avala les pilules, sentit un goût amer dans la bouche qu'elle chassa à grand renfort d'eau. Posa de nouveau la tête sur l'oreiller.

S'endormit.

93

« "Zhao Wu le vengeur", tu sais ce que ça veut dire ? »

Anna posa la question tandis que la fumée de la cigarette lui sortait par le nez. Assis sur un baril de pétrole rouillé à côté d'elle, Marco fumait, lui aussi. Ils étaient à l'abri du vent. Les lumières de la rue accrochées à des poteaux penchés éclairaient des maisons en bois que seul le hasard semblait avoir regroupées.

L'infirmière à la tête ronde comme une boule s'appelait Yana et elle avait confié à Anna qu'ils se trouvaient à l'infirmerie de l'Observatoire hydrométéorologique E.K. Fedorov, une station météo russe sur la presqu'île de Taïmyr. Après d'âpres négociations, elle avait accepté de les laisser quitter leurs lits de malades pour sortir fumer une cigarette.

« Zhao Wu… ? »

La fumée de la cigarette s'échappait lentement des narines de Marco.

« Euh, c'est une pièce de théâtre très ancienne. *L'Orphelin de la maison de Zhao*. »

Il alluma une nouvelle cigarette dont le rougeoiement sembla réchauffer son visage.

« Ça parle d'un garçon qui grandit dans la maison d'un général sans savoir que celui-ci a tué ses parents et toute sa famille. Quand le gamin apprend la vérité, il se venge… il tue le général… enfin, je crois. Pourquoi cette question ?

— C'est quelque chose que Jackie a dit… qu'il était Zhao Wu… le vengeur.

— Jackie était barjo. »

Anna rit, mais la gorge lui brûla.

« Oui, Marco, là t'as raison. »

Il sourit.

« Merci beaucoup de m'avoir sauvé la vie.

— De même. On dirait qu'on a neuf vies, nous deux. »

Il lui vint tout à coup à l'esprit qu'elle n'avait pas rêvé de Yann ni entendu sa voix dans sa tête depuis qu'elle avait tiré sur Jackie. Peut-être avait-il trouvé la paix dans l'au-delà, ou bien Yann *lui* avait-il apporté la paix à elle ?

L'infirmière passa la tête par la porte.

« Téléphone pour vous, Marco, une dame qui dit qu'elle appelle de Shanghai… en Chine. »

Marco se leva d'un bond.

« Ça doit être Mo Chou. »

Il se précipita dans l'escalier mais s'arrêta à la porte et se tourna vers Anna.

« Tu crois que je devrais lui faire ma demande en mariage maintenant ?

— Non, Marco. Fais les choses bien. Achète une bague et des fleurs quand tu rentreras chez toi, les femmes adorent ces trucs-là. »

Il la regarda pensivement pendant quelques secondes avant de disparaître. Anna alluma encore une cigarette. Elle regarda le paysage sombre. Difficile de s'imaginer qu'il y avait un monde à l'extérieur.

Pourtant, à Tromsø, la vie suivait son cours normal.

Kirsten était toujours aussi multitâche.

Son père avait sûrement la tête plongée dans un moteur de bateau récalcitrant, dans son atelier.

Il était allé de choc en choc quand elle lui avait téléphoné pour lui raconter ce qui s'était passé. Elle avait omis la partie concernant le rôle d'espion joué par Daniel Zakariassen pour le compte de la CIA. Il garderait ce secret pour lui au fond de l'océan. Son père voulait prendre un avion pour la Sibérie.

« Je vais te ramener à la maison, dans un hôpital comme il faut.

— Non, papa… je vais très bien. C'est si paisible ici. »

Il ne s'était calmé qu'après lui avoir arraché la promesse qu'elle lui téléphonerait deux fois par jour pour l'informer de ses progrès.

« Et si jamais des journaux appellent… tu n'es au courant de rien, papa. Je suis en vacances dans un endroit inconnu. »

Le ciel gronda. Un hélicoptère surgit de l'obscurité et vola à basse altitude au-dessus du toit de l'infirmerie. De puissants projecteurs balayèrent le sol lorsque l'appareil fut en approche pour se poser derrière les maisons.

En voyant cela, Anna pensa à l'histoire que lui avait racontée Nuhad quand elle lui avait téléphoné tout à fait inopinément à Tromsø quelques semaines après sa sortie du centre de rééducation de Sunnaas.

« Les Américains prétendent que c'est leur hélicoptère qui t'a sauvée, mais ce sont des conneries, c'est Joro, Samal et moi ! » avait hurlé Nahud dans le téléphone, comme si elle croyait que c'était nécessaire sous prétexte qu'elle appelait du fin fond de la Turquie.

Elle avait raconté avec passion et force détails spectaculaires de quelle façon les soldats kurdes avaient arrêté le saignement dû à la balle du djihadiste avant de transporter Anna dans l'usine désaffectée où Nahud attendait dans la camionnette. Anna avait été placée entre O'Leary et les deux autres otages. Puis Nahud avait mis pleins gaz et filé avant l'arrivée du blindé de Daech.

« Quand la guerre sera terminée, je crois bien que je deviendrai pilote de rallye ! dit Nahud en riant entre deux grésillements sur la ligne. Si tu m'avais vue conduire au milieu des balles ! »

Après avoir semé l'autochenille des islamistes, Nuhad avait foncé avec sa fourgonnette sur les routes pleines de bosses qui menaient à la sortie d'Al-Suwar. Vingt minutes plus tard, elle avait quitté brusquement la route quand l'hélicoptère Black Hawk envoyé par John Odegard s'était posé.

Les infirmiers militaires américains avaient emmené Anna et l'otage blessé que Yann avait sauvé. Elle fut transportée, inconsciente, jusqu'à un hôpital de campagne anglais aux abords de Kilis où trois chirurgiens se tenaient prêts dans la salle d'opération.

« Tu es morte à l'hôpital, Anna, avait raconté Nahud. Ton cœur s'est arrêté deux fois, mais Dieu veillait sur toi. Les médecins t'ont réanimée. »

Six heures et un nouvel arrêt cardiaque plus tard, les chirurgiens l'avaient suffisamment stabilisée pour qu'elle puisse être transférée jusqu'à la base aérienne turque d'Incirlik sur la côte méditerranéenne avant qu'un avion de transport ne l'achemine de là jusqu'en Allemagne.

L'otage dont Yann avait sauvé la vie se révéla être un géologue chinois kidnappé alors qu'il aidait l'Autorité nationale kurde à chercher du pétrole à Kirkouk. La balle du tireur embusqué avait rendu l'homme paralysé, mais un semestre plus tard Anna avait reçu, via des filières diplomatiques complexes, une lettre de remerciements personnelle du président chinois.

Lorsque Yann Renault avait été inhumé, le chef de l'Église catholique de France, l'archevêque de Lyon et l'ambassadeur de Chine avaient assisté aux obsèques. Dans les médias, on avait rendu hommage à Yann pour son courage et sa contribution héroïque à la libération des otages.

« J'ai été une célébrité, moi aussi », dit Nuhad.

La photo de la combattante kurde posant sur le toit de sa camionnette transformée en écumoire par les balles avait fait le tour du monde. Dans certains endroits, il avait été mentionné que les Kurdes avaient avec eux un « spécialiste militaire », sans approfondir la question.

« C'est injuste, c'est quand même toi qui as sauvé les otages, Anna. Tu es la plus grande héroïne de tous.

— Merci de vanter mes mérites, mais tous ces trucs de héros, c'est du vent pour moi.

— Tu vas bien ? » avait demandé Nahud.

Anna avait menti et dit que tout allait bien, avant de raccrocher.

En allumant une autre cigarette, Anna prit une résolution. Quand elle rentrerait chez elle, elle achèterait un billet d'avion pour Nice. Louerait une moto. Longerait la Côte d'Azur et se lancerait sur les routes sinueuses de Provence jusqu'au village niché au fond de la vallée sous les deux montagnes. Là, elle trouverait la tombe de Yann. Et peut-être, si elle y était prête, elle rendrait visite à ses parents. S'assiérait au bar de l'hôtel et boirait un Old Fashioned.

Un bruit de ferraille assourdissant et le rugissement d'un moteur malmené l'arrachèrent à ses pensées.

Un engin bizarre tourna au coin de la maison. Une vieille motocyclette à courroie, toute rouillée. Vêtu d'une doudoune et d'un pantalon blancs, Boris ployait sa grande carcasse au-dessus du guidon. Derrière lui, sur un plateau de chargement, Sunzi aboyait comme un fou. Le husky sauta à terre avant que le météorologue n'ait pu s'arrêter et Anna fut plaquée contre le mur lorsque le chien se dressa sur ses pattes arrière, celles de devant posées sur la poitrine de la jeune femme, pour lui lécher le visage avec enthousiasme.

Boris descendit de la moto et éloigna le chien surexcité.

« Désolé, mais tu manquais tellement à Sunzi qu'il a fallu que je l'amène… Comment vas-tu, mon amie ?

— Suffisamment bien pour qu'on m'autorise à essayer de me tuer avec de la nicotine. »

Elle lui tendit son paquet de cigarettes. Le météorologue en prit une. Il releva ses lunettes de moto sur son front, sortit ses lunettes de soleil d'une poche de poitrine et les ajusta sur son nez avant de laisser Anna lui allumer sa cigarette.

Il en prit une bonne bouffée, laissa sortir la fumée de ses narines et montra du doigt une plage que l'on distinguait à peine dans le faisceau oblique de l'éclairage de la rue. « Tu as vu nos bœufs musqués, alors ? »

Anna aperçut des silhouettes floues se déplacer en contrebas, au bord de la mer.

« Non, je n'ai pas bougé d'ici.

— Les bœufs musqués sont la fierté de la presqu'île de Taïmyr… Ce sont des créatures assez agressives, je dois l'avouer, mais elles tiennent les ours polaires à distance, à défaut d'autre chose.

— C'est déjà ça. »

Anna et Boris fumèrent un moment en silence. Sous la lumière de la rue, l'homme tout de blanc vêtu devenait jaune pâle. Elle se rendit compte qu'elle était curieuse de savoir pourquoi cet homme était si incroyablement différent de ce qu'elle avait imaginé : un homme petit et gros, enfermé dans une pièce exiguë. Dans le sombre paysage hivernal, il criait au contraire : « Me voici ! » Et les lunettes de soleil... Rien à voir avec une pop star qui ne veut pas attirer l'attention. Il sentit qu'elle l'observait, elle détourna les yeux, suivit du regard les formes grises des bœufs musqués se déplaçant le long de la plage. Sunzi poussa son museau sur les genoux de la jeune femme, réclamant son lot d'attention.

La gorge irritée d'Anna lui fit mal quand elle fut prise d'une quinte de toux. Boris la regarda d'un air inquiet.

« Veux-tu que j'appelle l'infirmière ?

— Non, ça va... encore une clope et tout sera nickel. Ces derniers jours, mes poumons ont eu droit à trop d'air frais.

Boris eut un petit rire. Il désigna une des maisons en bois grises où un groupe d'hommes étaient réunis sous un réverbère.

« En fait, je suis là pour t'avertir que l'hélicoptère qui vient d'atterrir est bourré de policiers de Mourmansk. Ils vont sans doute te poser un tas de questions sur ce qui s'est passé à Isdragen.

— Merci de m'avertir. »

Il leva un bras, remonta ses lunettes de soleil sur son front et tint sa montre-bracelet tout contre ses yeux.

« Il faut que je retourne au bureau maintenant, la météo, ça n'attend personne... Il y a juste une chose que je voulais te demander avant de partir. »

Boris sortit un papier plié de la poche intérieure de sa veste en duvet. Le météorologue le déplia. Anna découvrit l'image de quatre danseurs de ballet, tout en blanc, debout sur un seul pied, l'autre jambe tendue en l'air dans un angle impossible. Tout en haut, elle lut : « *Russian Broadway in St. Petersburg* ».

« Ce sont des places de loge pour *Le Lac des cygnes*, le soir du réveillon du Nouvel An, avec dîner gastronomique et les meilleurs vins après le spectacle, dit-il. J'ai dû vendre mon scooter des neiges pour pouvoir les acheter, alors j'espère sincèrement que tu n'as pas d'autres projets pour cette soirée. »

Le sourire d'Anna était si large que cela lui fit mal aux joues.

Remerciements

Aux professeurs Yngre Kristoffersen et Audun Tholfsen pour leur blog très détaillé rédigé après avoir passé un hiver à bord du Sabvabaa : https://sabvabaa.nersc.no – et à l'Institut des sciences de la Terre de l'université de Bergen pour ses pages très instructives sur toutes les subtilités de ce remarquable aéroglisseur : www.polarhovercraft.no

J'ai trouvé aussi l'inspiration en lisant *Traversée en solitaire du pôle Nord* de Børge Ousland et l'article de *VG* sur le lieu de travail d'Anna : « Ceci est le groupe d'espionnage norvégien secret E14 ». *Mining, Monies, and Culture in Early Modern Societies* de Nanny Kim et Keiko Nagase-Reimer m'a beaucoup appris sur l'histoire de l'extraction de minéraux en Chine. *L'Orphelin de la maison de Zhao*, de Jun xiang Ji, fut la première pièce de théâtre chinoise à être traduite dans une langue occidentale. L'œuvre de Torbjørn Færøvik *Chine – un voyage sur le fleuve de la vie* fut un magnifique guide de voyage dans l'histoire et la culture de ce royaume géant.

Mais sans aide, *La Glace* aurait fondu bien avant le point final. La première scène horrible du livre m'est venue à l'esprit en discutant avec le réalisateur Jens Lien d'un film qui traitait d'un tout autre sujet. Mon bon ami Sven Erik Løchen, grand amateur de livres, a lu et fait part de ses éloges comme de ses critiques tout au long de l'aventure. L'éditeur Thomas Ingebrigtsen Lem a pris le temps de lire les premières pages et a dit qu'il y avait effectivement matière à un livre ! Merci mille fois à ma collègue scénariste Maja Lunde qui a pris le temps de me donner des conseils au milieu de l'énorme succès qu'elle connaît actuellement. Et à l'écrivain Harald

Rosenløw Eeg qui a généreusement partagé ses expériences. J'embrasse ma copine de script Linn-Jeanethe Kyed qui est une éternelle optimiste me concernant. Un merci particulier à Martin Sundland qui, il y a quelques années, m'a encouragé à écrire un scénario de film de plus d'une page. Il y a eu depuis des milliers et des milliers de pages.

Merci à Johanne Brath qui m'a parlé de son temps passé dans les rangs de la Défense, à Holger Fangel pour l'histoire sur la chasse aux cochons dans le Dakota du Nord et au pilote Jostein G. Larsen pour la navigation au pôle Nord. Anna Aune : j'espère que tu aimes ton homonyme ! Mille millions de mercis à Astrid Dalaker et Thomas Mala de Northern Stories Literary Agency qui m'ont guidé dans le monde de l'édition d'une main sûre. Chers Kari et Oddvar chez Gyldendal, c'était adorable de votre part de m'accueillir avec autant d'enthousiasme. Quant à Harriet, ma talentueuse éditrice, confrontée à un nouveau job, elle a fait montre d'un *timing* parfait pour un moussaillon comme moi.

Maman : merci pour la machine à écrire ! Et pour finir, ceux qui sont toujours les premiers dans ma vie : Eirik, Hannah et Siv. Merci de m'avoir toujours soutenu et de m'avoir laissé du temps (beaucoup trop) pour écrire *La Glace*.

13353

Composition
PCA

Achevé d'imprimer en Slovaquie
par NOVOPRINT SLK
le 4 octobre 2021

Dépôt légal : novembre 2021
EAN 9782290358566
L21EPNN000521N001

ÉDITIONS J'AI LU
87, quai Panhard-et-Levassor, 75013 Paris

Diffusion France et étranger : Flammarion